AU-DELÀ DU TEMPS

Marie-Bernadette Dupuy est née et vit en Charente. Écrivaine aux multiples talents, elle aborde avec un immense succès les genres les plus variés : biographies historiques, grandes sagas familiales, policiers, romances. Son œuvre, traduite jusqu'en Russie, lui a permis de conquérir le cœur de très nombreux lecteurs et de devenir la reine française de la saga.

Paru au Livre de Poche :

ABIGAËL (6 tomes)

ANGÉLINA
1. Les Mains de la vie
2. Le Temps des délivrances
3. La Force de l'aurore

LA GALERIE DES JALOUSIES (3 tomes)

LARA
1. La Ronde des soupçons
2. La Valse des suspects
3. La Danse macabre

LE MYSTÈRE SOLINE
2. Le Vallon des loups
3. Un chalet sous la neige

L'ORPHELINE DE MANHATTAN
1. L'Orpheline de Manhattan
2. Les Lumières de Broadway
3. Les Larmes de l'Hudson

L'ORPHELINE DES NEIGES
1. L'Orpheline des neiges
2. Le Rossignol de Val-Jalbert
3. Les Soupirs du vent
4. Les Marionnettes du destin
5. Les Portes du passé
6. L'Ange du lac

LE SCANDALE DES EAUX FOLLES
1. Le Scandale des eaux folles
2. Les Sortilèges du lac

ROMANS INDÉPENDANTS
Les Amants du presbytère
Amélia, un cœur en exil
L'Amour écorché
Les Feux de Noël
Les Fiancés du Rhin
Le Refuge aux roses
Le Val de l'espoir

MARIE-BERNADETTE DUPUY

Au-delà du temps

Le Mystère Soline *

CALMANN-LÉVY

ISBN : 978-2-253-26248-0 – 1re publication LGF

Note de l'autrice

Chères amies lectrices, chers amis lecteurs,

Cette fois, je vous invite dans les Alpes, pour un nouveau périple sur le fil d'une intrigue au parfum de neige, d'eaux vives et de grands espaces, proches des cimes d'un de nos massifs montagneux les plus impressionnants, les plus attirants.

J'ai tenu aussi à évoquer une catastrophe naturelle, ayant eu lieu en juillet 1892, et qui a beaucoup marqué l'histoire de la Haute-Savoie. Les victimes furent nombreuses, surprises en pleine nuit par une coulée de lave torrentielle.

Sinon, certains en seront peut-être surpris, agréablement je l'espère, une partie de mes personnages évoluent dans une période récente. Ce n'est guère dans mes habitudes, mais je tenais à relever le défi, en mettant en scène notre époque actuelle.

J'ai aussi choisi de jongler d'un siècle à l'autre, de Louise à Soline, mes deux nouveaux personnages féminins, toujours pour distiller du suspense et du mystère, sans oublier de vous faire rêver… peut-être d'amour.

Je voudrais également rendre hommage à tous ceux qui se consacrent au sauvetage des personnes en danger, souvent au péril de leur propre vie. Que ce soit en montagne, en mer, dans notre quotidien, ils sont des héros de l'ombre, qui méritent tout notre respect.

Je redirai, comme dans chacun de mes livres, même si cet avertissement figure sur chaque ouvrage sérieux, que toute ressemblance avec des personnes existantes ou ayant existé serait fortuite et indépendante de ma volonté, et que les événements sont fictifs, hormis ceux signalés comme authentiques par une note.

Agréable lecture,

Marie-Bernadette Dupuy

1

La colère du glacier

Village de Bionnay, nuit du lundi 11 au mardi 12 juillet 1892

Louise se redressa sur un coude. Son jeune cœur de douze ans battait à se rompre. La faible lueur des braises dans l'âtre lui permit de lire les chiffres sur l'horloge. Il était minuit et demi.

— Tante Albertine n'est pas rentrée, déplora-t-elle tout bas.

Son petit frère, couché tout contre elle, s'agita un peu dans son sommeil. D'un geste presque maternel, Louise lui caressa les cheveux.

— Seigneur Dieu, je vous en prie, faites que je me sois trompée, dit-elle en se signant.

À peine avait-elle formulé ces quelques mots que des images d'épouvante lui revinrent à l'esprit, dignes des prédictions du livre de l'Apocalypse.

Elle entendait aussi des grondements étranges, pareils aux cris de fureur d'un monstre qui serait tapi en haut de la montagne.

Vite, elle se boucha les oreilles. Mais en vain, car le funeste concert résonnait à l'intérieur de sa tête, Louise le savait.

— Pitié, pitié, gémit-elle.

Indifférent à sa supplique, le vacarme prit de l'ampleur, assorti d'un souffle maléfique. Puis, soudainement, le silence se fit en elle. Ses mains agrippèrent le drap. Tremblante, les larmes aux yeux, elle tenta d'oublier ces sinistres visions qui la hantaient. Une sueur froide embuait son front.

— Papa ne me croyait pas, ni oncle André, dit-elle à mi-voix. Mais si c'est comme les autres fois, ça va arriver.

Elle préféra se lever, dans l'espoir d'entendre le pas alerte de sa tante, qui travaillait le soir à l'Hôtel des Thermes de Saint-Gervais. L'établissement, distant du village de trois kilomètres environ, attirait beaucoup de curistes en cette saison estivale[1]. Il se composait de huit bâtiments, édifiés dans une gorge étroite au bord du Bonnant, un torrent impétueux.

« Où est la chandelle ? Il fait trop sombre, se dit-elle tout en guettant le moindre bruit en

---

1. Actuellement, Bionnay et Saint-Gervais forment une seule agglomération.

provenance de l'extérieur. Je ne dois pas réveiller maman, elle est si fatiguée. »

Louise éprouva un vague réconfort en fixant la flamme jaune qui s'élevait de la bougie, qu'elle avait retrouvée au coin de la cheminée. Elle se rappelait les invocations inscrites en façade de la ferme, sur un éparron[1], et censées protéger la maison. C'était une très ancienne tradition savoyarde que son père, Jean Favre, avait tenu à respecter.

— Mon Dieu, écarte de moi la foudre, le feu et les avalanches, récita-t-elle, car elle connaissait la phrase pour l'avoir lue souvent.

Pourtant, elle ne se sentait pas en sécurité. Oppressée, elle décida de se rhabiller, afin d'aller à la rencontre de sa tante. Pour ne pas perdre de temps, elle enfila une jupe et un corsage sur sa chemise de nuit, noua un foulard sur ses cheveux d'un blond de paille. Elle cherchait ses sabots lorsqu'une longue plainte affolée retentit dans la cour. Leur chien hurlait à la mort, ce qu'il ne faisait jamais.

— C'est Finaud ! Il a peur, comme moi !

Le chien n'était pas le seul à manifester ses craintes. Louise perçut les couinements des cochons, le caquetage des poules. Les oies menaient elles aussi un affreux tintamarre. Un

1. En savoyard, pièce de la charpente d'un toit qui relie un poteau vertical à une panne horizontale, et sur lequel on gravait des prières pour protéger la maison.

pleur aigu d'enfant couronna le tout. Antoine s'était réveillé.

— N'aie pas peur, mon petit ange, viens au cou !

Le petit garçon, ébouriffé, lui tendit les bras. Il avait deux ans et sa grande sœur représentait pour lui la sécurité, la tendresse.

— Maman, souffla-t-il en bâillant.

— Qu'est-ce qui se passe ? fit une voix douce, en provenance de la pièce voisine.

Aussitôt Clémence Favre apparut, ses longs cheveux blonds nattés. Ses yeux clairs exprimaient une vive angoisse.

— Pourquoi les bêtes font-elles autant de tapage ? questionna-t-elle. Et où allais-tu, Louise ?

— Je m'inquiète pour tante Albertine. En fait, je m'inquiète pour nous tous, ici, à Bionnay. Mais tu le sais, et toi au moins tu aurais dû me croire, maman.

Au moment précis où elle prononçait ces mots, son frère serré contre sa poitrine, Louise fut frappée par une nouvelle vision d'horreur. Un gigantesque serpent d'eau boueuse se précipitait vers le village, la gueule ouverte, avide de destruction. Ses dents étaient des rochers, des arbres, et des morceaux de terre tapissés d'herbe lui servaient d'écailles.

— Maman, je t'en supplie, on ne peut pas rester là, enfile ton gilet, des chaussures. Nous sommes le 12 juillet, la date que j'ai vue avant-hier en m'endormant, déclara gravement Louise.

— Tu me fais peur, se plaignit sa mère. Je suis désolée, nous aurions peut-être dû monter au chalet d'alpage avec ton père et ton frère. Mais dans mon état, ce n'était pas prudent.

Clémence massa d'une main lasse son ventre bombé. Elle était enceinte de six mois et espérait un autre garçon.

— On est quand même à l'abri chez nous, hasarda-t-elle.

Un choc sourd ébranla la porte. Tout de suite, une bête gratta le bois à coups de griffes. Louise ouvrit sans hésiter, pour voir le chien en proie à la panique, le poil hérissé.

— Finaud, calme-toi !

L'animal, de taille moyenne, aux longs poils bruns et à l'oreille crème, se dressa sur ses pattes arrière en aboyant. Puis il recula brusquement avant de s'enfuir et de disparaître du côté de la bergerie.

— Maman, c'est un signe, affirma Louise. Les bêtes savent, elles aussi.

Antoine se cramponnait à elle, les yeux écarquillés. Il désigna de l'index la lune, ronde et blanche.

— Oui, c'est joli, mon ange. Maman, je t'en prie, viens.

— Où voudrais-tu aller, ma fille ?

— On peut descendre à Saint-Gervais. Je connais un endroit sûr, où on jouait souvent avec Nicolas. Mon Dieu, la maison a tremblé, le plancher aussi.

— Tu as raison, ça vibre sous mes pieds. Je vais m'habiller, passe devant, emmène Antoine. Je te rejoins.

Un sentiment d'urgence absolue taraudait Louise, qui hésitait pourtant à sortir. Maintenant le grondement était bien réel. On aurait dit qu'un train géant passait sur les pentes des alpages.

— Oh, ce bruit, ce bruit ! se lamenta Clémence.

— Maman, tant pis, viens comme tu es, par pitié.

— Non, j'aurai honte si on me voit en chemise. Obéis, ma petite ! Pars devant avec ton petit frère, je n'en ai pas pour longtemps.

L'adolescente contempla le charmant visage de sa mère, qui lui souriait afin de la rassurer. Enfin, elle se rua dans la cour de la ferme où sa famille vivait depuis des années.

Hôtel des Thermes de Saint-Gervais,
même nuit, même heure

Albertine Marty avait terminé d'essuyer la vaisselle, une tâche fastidieuse, l'hôtel hébergeant de nombreux curistes. Une femme plus âgée,

Germaine, rangeait assiettes et couverts dans un grand placard.

— Pourquoi tu ne dors pas ici, Albertine ? On est bien à l'aise dans le pavillon des domestiques.

— Ce serait plus pratique, mais ma sœur attend son quatrième petit. Comme mon beau-frère et l'aîné, Nicolas, sont montés à l'alpage, Clémence préfère que je rentre coucher à Bionnay.

— Puisque tu es nourrie et logée, là-haut, moi à ta place, je ne m'esquinterais pas les mains à travailler pour tout ce monde qui vient se soigner.

— J'ai besoin de l'argent que je gagne, Germaine.

— Pour ta dot ?

— Non, je n'ai toujours pas de promis, et je n'en cherche pas. Je fais des économies. Comprends-tu, pour ce qui est de manger, on a tout ce qu'il faut à la ferme, mais je pense à ma nièce, Louise. Si elle obtenait le certificat d'études, elle pourrait continuer l'école et devenir institutrice. Nicolas, mon neveu, il s'en moque. Lui, il aime cette vie, grimper au chalet avec le troupeau dès le mois de mai, garder les bêtes et faire le fromage. Penses-tu, à quatorze ans, on dirait déjà un homme.

Un puissant souffle d'air frais entra par la fenêtre de l'office. Tout de suite, Albertine s'en approcha et respira avidement.

— Ah, ça fait du bien, soupira-t-elle. Il a beaucoup plu ces derniers jours, mais la chaleur est étouffante.

Elle ôta son tablier blanc et la coiffe réglementaire qui ornait ses boucles d'un châtain doré.

— J'avais promis à ma nièce de ne pas traîner, Germaine, alors je me dépêche. Louise ne peut pas dormir tant que je ne suis pas dans le lit, à côté d'elle et d'Antoine. Si tu la voyais s'occuper de ce chérubin, une vraie petite maman. Mais…

— Mais quoi, Albertine ?

— Ce n'est pas une fillette ordinaire. Depuis qu'elle sait parler, Louise dit des choses bizarres, comme si elle voyait ce qui va se passer. Tiens, à cinq ans, pendant que je faisais le ménage, la voilà qui me crie : « Attention, un chat va renverser le broc d'eau ! » Je lui réponds qu'il n'y a pas de chat dans la pièce ni dehors, et c'était vrai.

— Et alors ?

— Alors, un gros chat tigré entre d'un coup par la fenêtre que j'avais ouverte, il saute sur le coin du bahut et il renverse le broc. S'il n'y avait que ça ! Un jour, elle avait huit ans, une belle journée de juin, Louise a montré un grand sapin à son père, en lui disant que la foudre allait fendre l'arbre en deux le soir même. Et c'est arrivé. Je pourrais en raconter encore.

— Qu'en dit monsieur le curé ? s'enquit Germaine d'un air méfiant.

— Le curé ? Ma sœur et mon beau-frère n'ont pas osé lui avouer ça. Mais à quoi tu penses ? Ma nièce est très pieuse. Le don qu'elle a de voir des choses, il lui vient de Dieu, sûrement.

Germaine, qui était superstitieuse, se signa. Elle redoutait le moindre phénomène anormal. Cependant, lancée sur le sujet, Albertine ajouta :

— Figure-toi que Louise se rend malade, en ce moment. Elle a fait des cauchemars récemment, et le mois dernier, elle aurait eu des visions. Une tragédie se prépare, à l'écouter.

— Fi de loup, tu me donnes la chair de poule.

— Elle a tout raconté à son père, elle voulait qu'on quitte la ferme pour s'installer à Combloux, chez mes parents. Jean a eu le malheur d'en causer à son frère, André, et ils se sont querellés pendant toute une journée. J'ai cru qu'ils allaient en venir aux mains. Tu comprends, Jean, en tant qu'aîné, a hérité de la ferme familiale des Favre, et André a dû s'établir dans celle de Saint-Nicolas-de-Véroce, beaucoup moins rentable. Il était si jaloux ! Alors il a braillé que si la famille vidait les lieux, lui, il s'y installerait avec son épouse et ses enfants.

Albertine se tut brusquement, car le sol de l'office avait vibré sous ses pieds. Il lui sembla entendre un lointain grondement.

— On va avoir un sale orage, marmonna-t-elle. Je jacasse, mais je ferais mieux de partir. Tu as senti, Germaine ?

— Oui ! Misère, ça a tremblé, les murs, et par terre ! On dirait que ça a tonné, aussi.

Elles se regardèrent, apeurées. Chacune guettait un autre roulement de tonnerre, une nouvelle secousse.

— C'est fini, on ne sent plus rien, remarqua Albertine. Il a dû y avoir un éboulement quelque part, à cause des grosses pluies d'hier. Des rochers ont dû rouler sur une pente. Bonne nuit, Germaine, je m'en vais.

La jeune femme saisit son châle, suspendu à une patère et mit son chapeau. Elle sortit de l'office avec un petit sourire, empruntant la porte de service qui donnait sur la berge du torrent. Tout de suite, un homme lui barra le passage. Elle se jeta à son cou.

— Toi, tu as encore bavardé, dit-il avant d'effleurer ses lèvres d'un rapide baiser. Je te raccompagne un bout de chemin ?

— Je veux bien, Pierre, tu l'as mérité, à patienter si longtemps.

— Qu'est-ce que je n'ferais pas pour tes jolis yeux !

Il l'enlaça d'une étreinte jalouse. Employé aux bains pour messieurs, Pierre Delage venait de Lyon. Il avait des manières de citadin qui séduisaient Albertine. Elle s'était laissé courtiser en grand secret, sans rien lui accorder d'inconvenant.

— Tu me plais, lui dit-il doucement à l'oreille. J'en dors plus, tellement j'ai hâte de te retrouver, le soir.

Elle lui prit le bras pour marcher. La clarté de la lune et des myriades d'étoiles ne parvenait pas à dissiper la pénombre qui régnait au sortir de la gorge étroite où se dressaient les thermes.

— As-tu entendu le bruit, tout à l'heure, Pierre ?

— Bien sûr, mais c'est souvent bruyant, ici, avec le torrent. Certains clients ronchonnent, mais ils n'ont qu'à pas venir dans le pays. Albertine, encore un baiser ?

Il l'obligea à s'arrêter sous un arbre, la plaqua contre le tronc. Elle n'eut pas le courage de résister. Pierre représentait la grande ville dont elle rêvait, il se parfumait à l'eau de Cologne et portait une cravate en soie.

— Tu m'aimes ? demanda-t-elle, grisée par ses caresses.

— Comme un fou !

Albertine se vit fiancée dans l'année, mariée l'été prochain. Les mains habiles du Lyonnais lui firent oublier sa sœur, sa nièce et son neveu. Pendant qu'elle s'abandonnait avec des soupirs, un monstrueux serpent d'eau dévalait la montagne, charriant des blocs de glace et de roche, arrachant les sapins, brisant tous les obstacles. Libéré de sa prison d'altitude par le mystérieux vouloir d'une nature toute puissante, il avait faim de destruction.

Village de Bionnay, ferme des Favre, même heure

Clémence geignait de douleur, pliée en deux au milieu de la cour. Malgré la panique qui la suffoquait, elle récitait d'une voix rauque le *Notre Père* puis l'*Ave Maria*, comme elle l'avait fait si souvent, dans la modeste chapelle de Bionnay, devant le tableau représentant l'Annonciation à la Vierge.

— Mon Dieu, ayez pitié ! cria-t-elle soudain.

Elle avança encore, hébétée, obsédée par l'idée de libérer les cochons. Les trois bêtes poussaient des couinements en cognant les planches de la porte et se ruèrent dehors affolées, quand elle leur ouvrit.

— Seigneur, faites que j'aie encore le temps, implora-t-elle.

En dépit des supplications de sa fille, Clémence, après s'être rhabillée, avait estimé nécessaire d'emporter dans un baluchon sa robe du dimanche et son collier en cristal de roche. Les paroles de Louise la hantaient pendant qu'elle s'affairait.

— Si vraiment la maison est démolie, je dois prendre l'argent que Jean cache sous la maie. Et je vais lâcher les cochons, nos poules, nos oies, s'était-elle persuadée.

Il faisait sombre. Dans sa hâte, Clémence avait trébuché et elle était tombée lourdement sur le dos. Aussitôt, un liquide tiède avait coulé le long de ses cuisses, tandis qu'une souffrance bien connue vrillait ses reins.

— Oh non, non, pas ça, mon Dieu.

Elle avait réussi à se lever pour allumer la lampe à pétrole. Retroussant son jupon, elle avait touché d'une main sa culotte humide. Elle perdait du sang. Mais ce n'était pas une nuit à se réfugier au creux du lit. Alors, pleine d'un courage désespéré, Clémence était sortie. Une bourrasque démentielle l'avait heurtée.

— Mes enfants, mes pauvres enfants !

Maintenant elle ne doutait plus. La tragédie aurait lieu, et la première victime serait le bébé qu'elle attendait, qu'elle chérissait déjà. Un hurlement d'épouvante lui échappa.

— Seigneur, sauvez mes enfants !

Une muraille liquide déferlait sur le village, une funeste coulée d'eau alourdie de roches, hérissée de branchages, et qui broyait les chalets en bois, écrasait les bardeaux des toits, semant la ruine et la mort.

— Mettez-vous à l'abri, madame Favre ! s'époumona un voisin. Je vais à Saint-Gervais chercher des secours.

L'homme était jeune, rompu aux courses sur les sentiers. Il disparut. D'abord Clémence se précipita vers l'étable vide, puis se ravisant, elle changea de direction, pour tenter d'atteindre la pente boisée, sur sa droite. Le sang ruisselait entre ses jambes, son ventre était agité de spasmes violents, mais elle voulait vivre. Le torrent de boue la renversa en arrière.

Assommée, balayée et emportée comme un simple morceau de chair, les ténèbres glacées allaient la rayer du monde des vivants.

Entre Bionnay et Saint-Gervais, même heure

Louise venait de se blottir au fond de la cavité où son frère Nicolas l'entraînait, les jeudis de printemps. Le plafond rocheux, assez bas, recouvrait une sorte de repli, tapissé de cailloux. Deux adultes y tiendraient à peine, en se serrant.

C'était leur repaire secret, où ils se cachaient pour jouer aux bandits embusqués. De là, ils s'amusaient à observer le creux du vallon, sillonné de chemins tracés au fil des ans par les gens du pays.

— Ne pleure pas, Antoine, supplia-t-elle d'un ton câlin.

Elle berça dans ses bras tremblants le petit qui réclamait sa mère. La marche dans la nuit, le vent, les larmes de sa sœur, tout ceci le terrifiait. Il lançait de faibles cris déchirants.

— Maman arrive. D'ici, je la verrai. Je l'appellerai et elle nous rejoindra. On sera en sécurité, on sera sauvés.

Sur le qui-vive, elle répéta son mensonge, comme pour s'en convaincre. Rongée par l'angoisse, elle se remémorait les atroces images qui lui étaient apparues.

— Je n'ai rien vu, pour maman, non, je n'ai rien vu ! Peut-être qu'elle va arriver…

L'écho d'une galopade effrénée l'alerta. Elle reprit courage, en espérant qu'il s'agissait de sa mère. En s'approchant du rebord de son abri, elle distingua la silhouette de leur voisin. Il courait à perdre haleine, en hurlant au secours.

— Maman, où es-tu ? Pourquoi tu tardes autant ? Maman, viens.

Antoine sanglota de plus belle, sensible à l'immense détresse de sa grande sœur, qui l'embrassa sur le front. Louise aurait voulu fredonner une comptine pour le calmer, mais elle avait le cœur brisé et la bouche sèche.

Soudain des nuées d'oiseaux s'envolèrent des arbres. Un bruit terrifiant résonna dans toute la montagne, un grondement sourd qui s'amplifiait, affreux à entendre.

— Seigneur, protégez maman et tante Albertine, protégez-nous, réussit-elle à articuler.

Elle obligea son frère à se coucher au fond de la cavité, en lui recommandant de ne pas bouger. Puis elle avança un peu, en appui sur ses genoux et ses mains. Une force mystérieuse lui dictait sa volonté, qui était de voir le monstre en mouvement. Louise l'aperçut, énorme, gorgé de la terre brune qu'il dévorait sur son passage, magma de boue, de débris.

— Nous sommes perdus, gémit-elle.

La gigantesque coulée d'eau grandissait à vue d'œil, tandis que le vallon se rétrécissait. Des craquements retentissaient, des heurts de rocher à rocher se répercutaient dans la nuit.

Louise recula pour se coucher sur Antoine, afin de lui faire un bouclier de son propre corps.

— Mon Dieu, chuchota-t-elle encore. Pardon, papa, pardon, maman.

Une grosse vague à l'odeur minérale frappa la paroi. Elle pénétra dans le dérisoire refuge, puis reflua, vite suivie d'une autre, dont la virulence fut ponctuée par la brutalité d'un choc. Trempée mais vivante, Louise ouvrit les yeux, confrontée à une profonde obscurité. Elle s'écarta d'Antoine qui à présent pleurait en silence, agité de frissons.

— Mon petit ange, je vais te réchauffer, ton pyjama est tout mouillé, déclara-t-elle, oppressée par le noir absolu.

Avant même de le réconforter, elle voulut comprendre. Elle constata, à tâtons, qu'une énorme pierre obstruait l'entrée de la cavité. La rumeur des eaux déchaînées lui parvenait encore, mais atténuée.

— Pour le moment, nous sommes hors de danger, soupira-t-elle, en attirant son frère dans ses bras. Il faut dormir, Antoine, mon Toinet… Maman te disait ça, Toinet… Maman…

Le doux visage de Clémence lui apparut, derrière ses paupières closes, illuminé par ce dernier sourire qu'elle avait adressé à sa fille, une heure plus tôt.

— Maman !

Louise s'accrocha à un fragile rêve. Sa mère avait survécu, elle s'était réfugiée loin du village. Blotti contre sa poitrine, Antoine reniflait, mais il suçait son pouce, terrassé par le sommeil.

— Dors, mon mignon, dors, dit-elle. Il fera bientôt jour, et papa viendra nous chercher.

Chalet d'alpage des Favre, même nuit,
même heure

Jean Favre se dressa sur sa couchette à la façon d'un automate. Tout de suite, il tendit la main et secoua Nicolas par l'épaule. Son fils ronchonna, en s'enfonçant davantage sous la couverture.

— Les vaches sont comme folles, écoute donc ! Il y a eu du grabuge quelque part ! tonna son père. Debout !

Il se leva le premier, enfila précipitamment son pantalon et sa chemise. Une fois la chandelle allumée, il descendit l'échelle, le bougeoir à bout de bras. Le décor familier l'accueillit, avec le gros chaudron en cuivre où on faisait tiédir et cailler le lait, les claies d'égouttage.

— Je suis sûr d'avoir entendu un grand bruit et d'avoir senti le sol vibrer, maugréa-t-il en passant dans l'étable.

Le troupeau tournait en rond, piétinait la paille, cognait les bat-flanc à coups de corne. Jean ne put s'empêcher de penser à Louise. Il revit sa fille lui demander de quitter la ferme pour aller habiter à Combloux, sous le prétexte d'une catastrophe qui se produirait au cours de l'été.

« C'était le jour où nous sommes montés, ici, Nicolas et moi, au début mai », se souvint-il, effaré par l'agitation de ses vaches.

La gorge nouée, il sursauta lorsque l'adolescent lui tapa dans le dos.

— Hé, papa, qu'est-ce qui se passe ?

— Ta sœur avait peut-être raison, voilà ce qui s'passe. Viens dehors, s'il y a eu un accident en bas, on entendra.

Nicolas, brun et costaud, fronça les sourcils. Dans la bouche de son père, « en bas » signifiait le village, leur maison.

Ils sortirent sur l'esplanade boueuse qui s'étendait devant leur chalet d'alpage, la Combe aux Loups. Il était situé à mille quatre cents mètres d'altitude, entre les Houches et les Contamines, en face du glacier de Bionnassay. Jean Favre l'avait construit en solides planches de mélèze avec une assise en pierre, après avoir creusé une cave destinée à la maturation des meules de fromage.

— La nuit est claire, commenta Nicolas.

— C'est la pleine lune, répliqua son père, tous ses sens aux aguets. Bon sang, je n'suis pas tranquille. Reste là, fils, je ferais mieux de descendre maintenant à Bionnay. Ta mère aura besoin d'aide s'il y a eu des dégâts.

— Des dégâts, papa ? Tu crois que Louise disait la vérité ?

— Que j'y croie ou non, ça ne change rien, je m'en vais aux nouvelles. Tiens, tu entends ? Ce bruit, dans la vallée… On dirait le tonnerre, mais il n'y a pas d'orage.

— Je viens aussi, s'enflamma Nicolas.

— Non, tu t'occupes des bêtes et du lait. Si je me suis fait des idées, je remonterai immédiatement.

Un quart d'heure plus tard, Jean Favre se ruait sur le sentier menant à son village.

Thermes de Saint-Gervais, même nuit, même heure

Albertine arrangeait sa jupe d'une main nerveuse. Elle avait réussi à repousser Pierre Delage au moment où il s'était couché sur elle, prêt à la rendre femme. Les jambes molles, elle respirait très vite, à la fois vexée et frustrée.

— Je ne t'accorderai rien de plus sans passer devant monsieur le curé ! lança-t-elle d'une voix faible. Je m'en vais.

Le désir la faisait encore trembler, mais elle aurait eu honte d'y céder.

— Attends ! cria Delage en se relevant à son tour. Tu entends ça ? Ce n'est pas normal ! On dirait que la montagne s'écroule !

— Non, j'ai déjà entendu des éboulements, c'est autre chose. Seigneur, quelqu'un appelle au secours.

Ils se ruèrent vers l'esplanade de l'hôtel. Un homme dévalait le chemin qui descendait du village de Bionnay. On le voyait à peine, mais ses clameurs avaient de quoi glacer le sang.

— Vite ! Vite ! hurlait-il. On a besoin d'aide !

— Je le connais, gémit Albertine. C'est un voisin. Mon Dieu, qu'est-ce qui est arrivé ?

Terrifiée, elle prit la main de Pierre. Un veilleur de nuit sortit du hall principal, une lanterne à bout de bras. Et soudain, envahissant le lit du torrent, une épouvantable coulée d'eau boueuse déferla sur les thermes. L'enfer se déchaîna, cruel, implacable, un enfer sans feu ni flammes. Les six pavillons qui entouraient le bâtiment principal furent broyés, réduits à un affreux fouillis de poutres, de planches, de plaques de plâtre, où agonisaient des hommes et des femmes, soit tués sous l'effondrement brusque des toits, soit noyés.

La lave dévastatrice faucha Albertine comme elle avait fauché sa sœur Clémence. La dernière pensée de la jeune fille fut pour sa nièce Louise.

« Elle disait la vérité, on ne l'a pas écoutée… »

Pierre, emporté par les flots furieux, put s'agripper à un bout de bois après avoir suffoqué sous l'eau. Il vit des gens se jeter par les fenêtres des étages, en toilette de nuit, les traits crispés sous l'effet de la panique. Affolés, ils fuyaient leur chambre, certains d'être bientôt écrasés sous les décombres. Pareil à un navire ébranlé sous les assauts d'une tempête, le grand hôtel glissait, vibrait, prêt à sombrer.

Des cris de pure détresse résonnaient, tragique concert dont l'écho se répercutait jusque dans les villages situés plus bas, en amorce de la plaine.

— Albertine, gémit Pierre.

Il se débattait, avec la volonté farouche de survivre. Une jeune fille aux longs cheveux bruns luttait elle aussi contre la violence de l'eau. Elle coula sous ses yeux, assommée par une branche. Il se retourna, effrayé, pour découvrir un énorme bloc de glace qui le heurta de plein fouet.

Dans un couloir du premier étage, une des employées des thermes venait de bousculer des clients anglais, un couple et sa fille. C'était Germaine. Elle aurait dû se trouver dans un des pavillons réservés au personnel, des constructions légères, déjà réduites à néant. Mais fidèle à l'une de ses manies, elle était allée visiter une chambre inoccupée, dans l'espoir de dénicher un objet oublié, briquet ou coupe-papier.

L'année précédente, elle avait rempli son bas de laine grâce à ces menus larcins.

— Il faut monter sur une des terrasses, dit-elle aux Anglais, prise de pitié pour l'enfant qui sanglotait de peur.

Le mari parlait un peu le français, il acquiesça en poussant son épouse et sa fille vers l'escalier.

— Merci, madame, articula-t-il d'un air paisible.

Dehors, le cauchemar prenait une ampleur atroce. Des corps flottaient, des bras se tendaient par endroits, tandis que la lave boueuse poursuivait sa course, grossie par chaque obstacle. Le moindre barrage freinait l'eau qui, ensuite, le dépassait avec une rare violence.

En aval, le pont du Diable céda, frappé par le courant où tournoyaient les débris d'un moulin.

Cette nuit-là, la mort récolterait une funeste moisson de cent soixante-douze personnes.

Louise percevait la rumeur de la terrible catastrophe. Terrée au fond de la cavité, son petit frère endormi dans ses bras, elle n'avait qu'un recours, celui de prier.

— Mon Dieu, protégez ces pauvres gens. Sainte Vierge Marie, faites que maman soit vivante, ma chère maman.

Elle évoqua à nouveau le sourire de Clémence, à l'instant où elles s'étaient séparées. De toutes ses forces, Louise refusait d'admettre que sa mère avait souri pour la dernière fois.

— Seigneur, si vous m'avez accordé le don de voir ce qui doit se produire, montrez-moi mes parents réunis en automne… Quand mon père descend de notre chalet d'alpage, avec Nicolas. Et nos vaches ! Montrez-moi un jour heureux, en famille.

Elle n'osait pas penser au bébé dont la naissance était prévue pour la fin du mois d'octobre.

— Ma sœur ne vivra pas, dit-elle à mi-voix, en larmes. Je le sais, je le sens. Ma petite sœur, car maman attendait une fille.

Antoine se réveillait. Apeuré d'être dans le noir, il poussa une plainte, en se cramponnant au cou de Louise.

— Dors, il fait nuit, dit-elle. Tu dois être sage, Toinet. Le soleil va se lever, et on sortira pour le saluer. On est à l'abri, ici, petit bonhomme. Tu deviendras aussi grand que Nicolas, mais toi, tu iras vivre en ville. Tu porteras un beau costume et une cravate, je t'ai vu.

La voix douce, si familière, ponctuée de baisers sur son front, apaisa Antoine. Il se rendormit, au vif soulagement de Louise. Elle gardait les yeux ouverts dans l'obscurité, attentive aux cris de désespoir qui lui parvenaient toujours. Sans la nécessité de tenir son frère contre sa jeune poitrine pour le réchauffer, elle aurait plaqué ses mains sur ses oreilles.

— Papa, pourquoi tu n'as pas voulu partir habiter à Combloux ? s'étonna-t-elle tout bas. Je t'avais dit qu'un malheur allait se produire, je l'avais dit aussi à oncle André.

Louise fut submergée de souvenirs. Maintenant elle comprenait le sens de ses visions.

— Le glacier de Tête Rousse, je le voyais, j'entendais des bruits effrayants, et il y avait l'eau grise, en pleine nuit, l'eau lourde de rochers, d'arbres. Je n'étais pas sûre que ça se passerait près de chez nous, je ne pouvais pas en être sûre, pourtant j'avais vu tous ces morts.

Elle se tut, la gorge nouée. Il était trop tard. Le destin en avait décidé ainsi. Toute sa vie, Louise ressasserait ces deux mots, « trop tard ». Et durant des années, elle préciserait aux incrédules qu'elle avait su, pour la catastrophe de Saint-Gervais, comme la surnommeraient les journaux.

L'épuisement la gagna. Sans lâcher Antoine, elle s'allongea sur le sol humide de la cavité, où elle somnola.

Village de Bionnay, mardi 12 juillet 1892

Jean Favre n'avait jamais mis aussi peu de temps pour descendre de la Combe aux Loups. Le jour pointait quand il toucha au but. Il n'était plus seul, un autre homme du village l'avait rejoint à mi-chemin. En cette saison, une partie des habitants séjournaient sur l'alpage, souvent en famille.

— Il s'est passé du vilain, Favre, avait déclaré celui-ci sobrement. Tu as entendu le bruit ?

— Oui, et on aurait cru que la montagne entière tremblait !

Maintenant ils arrivaient en surplomb des premières maisons, confrontés à un tableau de désolation. Seule l'école, construite en pierre, avait résisté à la furie des eaux[1].

— Seigneur, est-ce possible, une chose pareille ? s'écria Jean, livide. Clémence, mes enfants ?

1. Fait véridique, l'école était quasiment intacte.

Pendant quelques secondes, il n'osa pas avancer, comme fasciné par l'ampleur du désastre. Il avait l'impression qu'une bête folle, d'une taille extraordinaire, s'était acharnée à disloquer le moindre bâtiment. Partout on voyait des murs effondrés, des pans de toit, des meubles brisés. Le corps d'une vieille femme gisait sous une poutre.

— Mon Dieu, si j'me doutais de ça, souffla son voisin avant de s'élancer en courant parmi les débris.

Jean étouffa un juron, puis il se rua chez lui. Il dut enjamber le cadavre d'un cochon, dont les yeux exorbités semblaient le regarder.

— Clémence ! hurla-t-il, le cœur survolté. Louise, Antoine !

Il pataugeait dans des flaques boueuses quand il aperçut la tache blanche d'un jupon blanc, des pieds nus. Ils dépassaient de l'angle du soubassement rocheux sur lequel son grand-père, Louis Favre, avait édifié la maison, un siècle plus tôt.

— Clémence, répéta-t-il.

Son épouse était adossée là, son doux visage blême marqué d'une ecchymose au front. Jean la prit contre lui, suffoqué par un bref sanglot.

— Ma pauvre petite femme, gémit-il.

Elle était glacée, inerte, cependant il perçut sa respiration. Stupéfait de lui trouver encore un souffle de vie, il frictionna son dos, ses joues.

— Les enfants, où sont les enfants ? dit-il d'un ton désespéré. Clémence, je t'en prie, parle-moi.

Elle eut un frémissement, ses paupières s'entrouvrirent un peu. Jean la souleva avec l'idée de la transporter à l'école. Il constata ainsi que sa jupe et ses jambes étaient maculées de sang.

— J'ai perdu le bébé, notre bébé…

La voix, ténue, paraissait venir d'outre-tombe. Jean traversa la cour, malade de chagrin. Il savait qu'il devait fouiller les décombres pour trouver Louise et Antoine, mais sa femme avait peut-être une chance de survivre, qu'il ne pouvait pas gâcher. Il prêta à peine attention aux bêtes mortes, ici et là, leurs oies, la truie, les lapins. Mais un aboi rauque le fit se retourner. Un chien aux longs poils bruns, avec une oreille couleur de crème, se tenait sous un bosquet de noisetiers.

— Finaud !

L'animal, trempé et les pattes gainées de boue, aboya encore. Jean renonça à l'appeler, obsédé qu'il était par les plaintes de Clémence.

— Louise, Antoine, dit-elle entre deux gémissements. Ils doivent être aux thermes de Saint-Gervais. Je n'ai pas pu les suivre. Va les chercher, Jean. Aie pitié ! Va vite.

Elle avait rassemblé toutes ses forces pour parler. Il la sentit s'abandonner entre ses bras. L'instituteur lui faisait signe, du seuil de l'école.

— Par ici, monsieur Favre, j'accueille les blessés. Mais il faut prévenir un docteur.

— Ma femme respire, elle m'a dit quelques mots.

Malgré l'aurore étincelante, deux lampes à pétrole éclairaient la salle de classe. Jean reconnut le vieux Basile, le crâne en sang, allongé sur une couverture, et près de lui, une fille de quinze ans, Mariette, dont les parents élevaient des moutons.

— Quel malheur, quel terrible malheur ! soupira l'enseignant. J'ignore l'ampleur des dégâts, en aval, à Saint-Gervais surtout. La coulée de boue a dû grossir dès la sortie de la gorge. Elle a suivi le lit du torrent.

— Louise serait descendue vers les thermes avec son petit frère, lâcha Jean en approuvant ces explications. Je dois aller à leur recherche. Clémence me l'a demandé, mais si elle rendait l'âme, la malheureuse, seule, sans que je lui tienne la main ! Ma femme a perdu le bébé.

— Je suis désolé, monsieur Favre. Je prendrai soin de Mme Favre. Si vous allez tout de suite à Saint-Gervais, vous pourrez peut-être nous envoyer un médecin.

Jean fit signe qu'il avait compris. Il étendit son épouse au creux d'une paillasse, près du poêle juste allumé.

— Reste avec nous, Clémence, murmura-t-il en lui caressant les joues. Je te ramènerai notre fille et notre petiot.

Il quitta le village, le cœur lourd. Lui qui ne pleurait jamais, il dut essuyer des larmes de colère et de remords mêlés. Il pensait à Louise.

— Notre fille disait la vérité, maugréait-il. Elle savait qu'une grande catastrophe se préparait, elle l'avait vue. J'ai préféré croire mon frère, qui la traitait de sotte et de menteuse.

Le montagnard longeait le bord du torrent démesurément élargi. Il piétinait dans la boue, en évitant les branches de sapin, les rochers, les troncs déracinés. Les images de Bionnay le hantaient.

— Pourquoi mon Dieu ? interrogea-t-il entre ses dents, le regard dur. Pourquoi ? Il n'y a pas assez des incendies, des orages, des avalanches ?

Il lui fallut presque deux heures pour atteindre les abords de Saint-Gervais, alors qu'il faisait d'ordinaire le trajet en une trentaine de minutes. Partout régnait le chaos.

— Hé, vous !

Un homme l'arrêta, qui grimpait un des sentiers descendant vers l'établissement des thermes.

— On a besoin d'aide, ajouta-t-il. Il y a des dizaines et des dizaines de morts.

Jean Favre distingua les toitures de l'hôtel, qui était entouré jusqu'au premier étage d'un fleuve de boue grisâtre. Il manquait des bâtiments.

— On sort des corps, le maire est là, on les aligne où on peut.

— Avez-vous vu une fille de douze ans, blonde, et un garçon de deux ans ? demanda Jean, épouvanté.

— Mon pauvre monsieur, comment voulez-vous que je vous réponde ? J'étais en cure, avec mon épouse. On s'est réfugiés sur une terrasse et cela nous a sauvés ! Je pourrais le jurer, l'hôtel a glissé de plusieurs mètres, mais il est resté debout.

Le rescapé hocha la tête, encore hébété d'avoir échappé à la noyade. Jean demeura silencieux, hésitant. Un aboiement le tira de la peur viscérale qui le paralysait. Leur chien, Finaud, l'avait suivi.

Gorges du Bonnant, même jour,
six heures plus tard

Louise essayait en vain de calmer les pleurs de son frère, qui réclamait sa mère, ou bien du lait, en gémissant sans cesse.

— Tu as faim et soif, Toinet, je le sais, répéta-t-elle encore une fois. Je n'ai rien à te donner, mon pauvre petit.

Un mince filet de lumière filtrait entre l'énorme bloc de pierre qui avait fermé la cavité et la paroi rocheuse. C'était déjà un grand réconfort pour Louise d'y voir un peu plus clair.

— J'ai entendu sonner midi à un clocher, j'en suis sûre, dit-elle en cajolant l'enfant. Papa doit être descendu de l'alpage, il nous cherche.

Elle voulait s'en persuader, tout en ayant une conscience aiguë de l'endroit où ils étaient prisonniers. La perspective de passer une seconde nuit dans leur refuge, devenu un piège, la frappait de terreur.

— S'il y a beaucoup de victimes à Saint-Gervais, personne ne montera jusqu'ici, se dit-elle à voix basse. Nicolas, oui, lui, il aurait peut-être l'idée de venir. Mais si papa a quitté le chalet, il a sans doute laissé Nicolas là-haut, pour s'occuper des vaches, de la traite.

La bouche sèche, l'estomac tordu par des spasmes de faim, Louise rêva d'une source pure, à l'eau limpide, où elle pourrait se désaltérer. Ensuite elle s'imagina attablée devant une bonne omelette aux herbes, que sa mère lui servirait.

— Maman, où es-tu ? soupira-t-elle.

Des chants d'oiseaux lui parvenaient, d'une sempiternelle gaîté, comme s'il ne s'était rien passé. Soudain furieuse, Louise repoussa délicatement Antoine. Elle posa ses mains sur la pierre, en tentant à nouveau de la déplacer. Ses efforts étaient dérisoires, mais elle pesait contre cet obstacle qui les séparait de l'air frais et du ciel immense.

« Nous ne pouvons pas rester là, sans eau ni nourriture, songea-t-elle. J'ai appelé, j'ai hurlé, on ne m'a pas entendue. »

Vaincue, l'adolescente retint un sanglot exaspéré. Antoine, qui pouvait tenir debout sous le plafond bas, vint nouer ses petits bras autour de son cou.

— Tu veux me consoler, comme tu es gentil, Toinet !

Elle l'enlaça, le couvrit de baisers, en fermant les yeux afin de se rassasier de tendresse. Soudain, une scène lui apparut, derrière ses paupières closes. Elle vit son père qui grimpait le chemin montant à Bionnay, précédant un homme aux cheveux gris, aux lunettes rondes. Elle sut qu'il s'agissait d'un médecin, avant même de remarquer la sacoche au bout de sa main droite.

Le souffle court, Louise se concentra, en pensant de toute son âme à sa mère. La vision lui fut accordée. Clémence était allongée dans la salle de classe, le teint cireux, mais en vie.

« J'ai vu papa qui retourne au village, il ne viendra pas par ici ! »

Tremblante d'effroi, elle pria avec ferveur, en invoquant aussi la Vierge Marie, telle qu'elle était représentée dans le beau tableau de la chapelle de Bionnay. Antoine, apeuré par les murmures qu'elle émettait, se remit à pleurer.

— Chut ! Toinet, écoute !

Louise était certaine qu'un chien avait aboyé, non loin de la cavité. Elle crut reconnaître Finaud, son compagnon de balade et de jeux. L'animal s'était révélé trop désobéissant et trop indépendant, si bien que Jean Favre ne l'emmenait pas sur l'alpage. Il préférait une grosse chienne blanche croisée de berger des Pyrénées et son rejeton, un mâle aux poils bruns et gris.

— Finaud ! Ici, mon Finaud ! s'époumona-t-elle, envahie d'un fol espoir. Finaud ! Papa !

Sa voix lui semblait faible, étouffée, pourtant elle cria encore de toutes ses forces. Enfin elle perçut un halètement, un court jappement, et des griffes grattèrent la pierre.

— Finaud, aboie, mon chien, aboie, supplia-t-elle. Papa, papa ? Tu es là aussi, papa ?

L'animal aboya, grogna, lança un hurlement impatient, mais aucune voix humaine n'y fit écho. Après avoir gratté la terre, reniflé et gémi, le chien se coucha devant le bloc de pierre.

— Personne ne l'a suivi, ni entendu, se désola Louise. Nous sommes perdus, nous allons mourir de soif et de faim.

Deux heures s'écoulèrent. Des chaussures ferrées firent rouler des cailloux sur la pente. Finaud jappa, mais de joie.

— Papa, s'égosilla l'adolescente. C'est toi, papa ?

— Non, c'est Nicolas ! On va vous délivrer, sœurette, je te le promets.

Seul son frère aîné l'appelait ainsi, de ce doux « sœurette » dont se moquait parfois Jean Favre, en homme peu enclin à témoigner de son affection.

— Nicolas ! Merci Seigneur !

— Je ne tenais plus en place, au chalet, tellement j'étais inquiet ! J'ai confié nos bêtes à mon ami Angel, qui me rendait visite, pour avoir de tes nouvelles. Louise, notre village est en ruine. Douze maisons sont détruites, il y a des morts.

— Et maman ?

— Je l'ai vue, elle a perdu le bébé, mais elle est vivante.

La conversation, chacun d'un côté du bloc de pierre, avait quelque chose de pathétique. Nicolas, du haut de ses quatorze ans, n'osait pas avouer l'extrême faiblesse de leur mère. Il évita de parler de leur tante Albertine, dont il avait aperçu le corps inanimé, englué de boue, le visage en sang.

— Il y a beaucoup de morts, ajouta-t-il. Tiens bon, Louise, je vais trouver de l'aide et on vous délivrera.

— J'ai confiance en toi, Nicolas. J'attendrai, Antoine sourit parce qu'il a entendu ta voix. Reviens vite.

— N'aie pas peur, Toinet, et toi non plus, sœurette ! Si seulement papa t'avait écoutée, si seulement…

Nicolas s'éloignait déjà, la gorge nouée par le chagrin et les horreurs qu'il avait entrevues, près des thermes. Louise serra Antoine contre son cœur. Elle pleurait, de soulagement cette fois. Lorsque la nuit tomberait sur son beau pays endeuillé, elle pourrait enfin retrouver l'air libre, les étoiles, la lune ronde de juillet et rendre grâce à Dieu.

2

Soline Fauvel

Cent dix-huit ans plus tard,
site de Crenans, près de Lons-le-Saunier,
dimanche 17 octobre 2010

L'homme guettait avec angoisse la course du soleil dans le ciel. Ravagé par la douleur de sa jambe cassée, il souffrait aussi de la soif et de la faim.

— Je ne vais pas finir là, quand même, marmonna-t-il.

Il était tombé la veille, en effectuant une descente en rappel. Depuis des mois, il s'adonnait à l'escalade, toujours avide des sensations grisantes que lui procurait cette pratique parfois périlleuse. La chute représentait le plus grave danger.

— Comment j'ai pu me mettre dans une situation pareille ? gémit-il, prêt à pleurer.

Deux buses volaient au-dessus des falaises. Il les observa, en rêvant d'avoir des ailes, lui aussi, pour s'échapper du replat où il était en péril. Il allait fermer les yeux lorsqu'il entendit aboyer un chien.

— Il y a peut-être quelqu'un avec cette bête !

C'était son unique chance de ne pas passer une autre nuit là, peut-être même son unique chance de survivre. Il rassembla ses dernières forces pour appeler au secours, d'une voix rauque.

Ses cris retentirent, pathétiques. Ils obligèrent Soline Fauvel à s'immobiliser quelques instants. La main droite sur le cou de son chien, un berger suisse[1] à la fourrure blanche, elle leva la tête, tous ses sens en éveil. Son regard bleu, ce bleu particulier des myosotis, scruta les hauts pans de roche calcaire qui l'entouraient.

— J'ai bien fait de venir ! Allez, Neige, on doit trouver cet homme.

L'animal s'élança parmi la végétation qui encombrait le fond de la gorge étroite. Il traversa un ruisseau, suivi de près par sa jeune maîtresse.

Soline, à dix-neuf ans, était une sportive accomplie. Elle pratiquait l'escalade avec talent et passion dans un des clubs de la région. Mais il lui arrivait souvent de grimper seule, pour le plaisir

---

1. Chien de type berger allemand mais blanc à poil semi-long.

de se confronter à des parois non sécurisées, et de réussir leur ascension sans jamais s'en vanter.

— Par là, oui, on approche, dit-elle en arrivant au pied d'une falaise.

Les « au secours » lui vrillaient les nerfs. Son chien s'était dressé, les pattes griffant la pierre. Tout son grand corps frémissait d'excitation, tandis qu'il aboyait de plus belle.

— C'est bien, Neige, le félicita Soline. Maintenant je n'ai plus qu'à monter.

— Il y a quelqu'un ? hurla une voix d'homme, tandis qu'une main s'agitait au-dessus du vide.

— Oui ! Tenez bon, monsieur ! cria-t-elle.

Elle avait eu soin d'emporter son matériel. Vite, elle mit un baudrier, passa une corde sur son épaule. Son sac à dos, très léger, contenait de l'eau et des barres de céréales.

Soline avait téléphoné à la gendarmerie en chemin. D'un ton net, elle avait décliné son identité et indiqué la position topographique du site où elle allait.

— Ne bougez pas, mademoiselle, lui avait-on conseillé. Rassurez cette personne si elle vous entend. Nous contactons le peloton de gendarmerie de haute montagne de Morez. Ils vont envoyer une équipe de secours en hélicoptère.

Déterminée à rejoindre l'homme en détresse, Soline avait évité de répondre.

— Si les parents savaient pourquoi je suis là... Toi, Neige, tu m'attends sagement.

Soline commença à grimper. Comme à chaque fois, une exaltation bienfaisante accélérait la course de son sang. Plus aucune pensée superflue ne troublait son esprit. Elle était corps et âme dans chacun de ses gestes, concentrée sur l'objectif à atteindre.

Gracieuse, aérienne, elle s'élevait un peu plus à chaque prise que ses doigts trouvaient, le bout de ses chaussons d'escalade en appui sur les anfractuosités de la roche. La voie, non sécurisée, ne présentait guère de difficulté pour elle.

L'homme s'était tu, la gorge en feu d'avoir hurlé. Il guettait le moindre bruit, fébrile, sans oser appeler encore. Soudain il entendit parler de nouveau.

— Monsieur, les secours vont venir.

Le timbre féminin, mélodieux, tout proche, lui fit douter de sa raison. Il ferma les yeux, hébété, au moment précis où Soline poussait une exclamation étouffée. Une pierre s'était détachée sous sa main gauche. Mais elle avait déjà trouvé une autre prise. Toute son énergie rassemblée, elle se hissa sur le replat, contrainte de se serrer contre l'inconnu.

— J'ai réussi, souffla-t-elle en respirant à fond pour apaiser les battements désordonnés de son cœur. Monsieur ?

Elle le vit ouvrir les yeux, se ranimer à la vue de son casque rose d'où coulaient ses cheveux blonds, sur son survêtement orange.

— J'ai alerté les gendarmes, ils vont vous sortir de là. J'ai de l'eau et des barres de céréales. Je vais vous aider.

Il but de longues rasades à la gourde que Soline tenait et mangea, les paupières mi-closes, stupéfait de renouer avec la vie. La certitude d'être sauvé lui donna la force de s'expliquer.

— Je suis tombé hier, en fin de journée. En descente, un piton a lâché, j'ai été projeté dans le vide et ma jambe a heurté le rocher. Je me demande par quel miracle j'ai atterri ici. C'est très confus, je me revois en train d'être balancé de tous les côtés. J'ai perdu aussi mon téléphone.

— Personne ne s'est inquiété de vous ?

— Non, je suis célibataire et j'en ai assez des mises en garde de mes amis, dès que je choisis de grimper seul.

— Je comprends ça, répliqua-t-elle tout bas. Mais vous avez eu la preuve que c'est irresponsable.

L'homme la dévisagea, presque amusé malgré la douleur et le stress qui étreignaient encore sa poitrine. Il nota combien elle était jolie, le teint hâlé, une bouche bien dessinée, un regard bleu, mince et musclée.

— Je me présente, Arthur Hesnard, professeur d'anglais. Et j'accepte la réprimande, car vous êtes venue à mon secours en prenant de grands risques. Monter cette paroi sans vous assurer, c'était dangereux.

— J'ai l'habitude, je pratique l'escalade depuis l'âge de douze ans. Moi c'est Soline Fauvel, étudiante en droit, et souvent en quête d'exploits.

— Je vous remercie, sans vous, j'étais perdu. J'ai eu une chance incroyable que vous vous baladiez dans le coin. En cette saison, il n'y a pas beaucoup de monde.

Arthur Hesnard lui parlait de très près. Il dégageait des odeurs corporelles pénibles qui incommodaient la jeune fille, cependant elle n'en montra rien.

— Un hélicoptère approche, ils ont fait vite, lui dit-elle. Ils vont vous conduire à l'hôpital. Dès qu'ils vous auront chargé, je descendrai retrouver mon chien qui m'attend en bas.

Bientôt l'hélicoptère manœuvrait pour se positionner au mieux au-dessus d'eux. Une porte s'ouvrit sur le fuselage bleu foncé de l'appareil. Un gendarme apparut, harnaché afin d'être suspendu dans l'abîme, au bout d'un câble. Il y eut alors un court dialogue entre le blessé, le secouriste et la jeune fille.

Fascinée, celle-ci assista au sauvetage du professeur, avec en musique de fond le vrombissement du moteur et le chuintement des hélices dont la ronde incessante faisait s'agiter le moindre brin d'herbe niché entre les failles de la paroi.

— C'est vous qui avez appelé la gendarmerie, mademoiselle ? s'enquit un des hommes.

Pourquoi êtes-vous montée rejoindre le blessé ? C'était d'une extrême imprudence.

— J'avais de l'eau dans mon sac, je me disais qu'il en avait besoin. Au revoir ! Ne vous faites aucun souci pour moi.

La porte de l'habitacle se referma. Tout en manœuvrant pour rentrer à la base, le pilote la vit entamer sa descente en rappel,

— Elle est douée, cette petite, commenta-t-il à l'adresse du reste de l'équipe.

— Je ne l'oublierai jamais, avoua Arthur Hesnard, de la civière où il recevait les premiers soins.

Lons-le-Saunier, chez Monique et Jacques Fauvel, le soir

Soline hésita un peu avant d'entrer dans la maison qui avait abrité une partie de son enfance et son adolescence. Disposant d'un jardin et d'une cour, située à l'écart du centre-ville, la construction datait de l'après-guerre.

— Allons-y, Neige, dit-elle en caressant son chien. J'espère que les parents ne se seront pas trop fâchés.

Elle avait envoyé un message à sa mère pour lui donner l'heure approximative de son retour, mais sans expliquer les raisons de son absence. Comme toujours en fin de journée, Monique et

Jacques Fauvel étaient dans le salon, ce dont elle s'était assurée en regardant par la fenêtre.

— Je suis là ! cria-t-elle du vestibule, où elle quitta sa veste et ses chaussures.

Sa mère lui lança un coup d'œil soulagé quand elle entra dans la pièce, mais son père se leva brusquement du canapé, après avoir éteint la télévision.

— Où étais-tu, Soline ? demanda-t-il d'un ton sec. Je croyais t'avoir dit de me prévenir quand tu empruntes la voiture.

— Excuse-moi, papa. Je n'ai pas réfléchi. Enfin si, j'y ai pensé, mais comme vous passiez l'après-midi chez vos amis, je n'ai pas voulu vous déranger.

— J'espère que tu n'as pas revu Enzo, s'alarma sa mère. Il paraît qu'il revient de temps en temps à Lons le week-end.

— Maman, il étudie à Paris depuis un an, il ne m'a jamais donné de nouvelles et je ne tiens pas à en avoir.

Soline était sincère. Enzo, avec qui elle avait eu une relation pendant six mois, en terminale, ne l'intéressait plus.

— C'est autre chose, qui vous déplaira autant, dit-elle. Vous savez très bien ce qui m'arrive parfois, pourtant je n'ose plus vous en parler.

Ils la regardèrent d'un air anxieux. Gênée, Soline déambula dans la pièce avant de prendre place au coin de la cheminée, qui abritait un insert. Elle contempla les flammes un instant.

— Je n'y peux rien, plaida-t-elle. Je préparais mon dossier pour la fac, quand j'ai eu une vision. Une image très nette, celle d'un homme en souffrance sur un replat, près du site de Crenans. Ce replat, je le connais, la voie d'escalade aussi. Je pouvais lire sur son visage combien il était terrifié, une jambe en sang. Je n'avais pas le choix ! Alors je suis partie avec Neige. Je devais l'aider, non ?

Elle eut ce sourire lumineux qui faisait la conquête de tous ceux qui en bénéficiaient. Sa mère la trouvait ravissante sous la lumière du plafonnier en opaline, avec ses cheveux blonds qui nappaient ses épaules de mèches souples, ses yeux bleus en accord avec les traits harmonieux de son visage au nez droit.

— Ma pauvre chérie, tu aurais dû nous le dire dans ton message, déplora-t-elle. Ton père ne serait pas en colère. Tu as entendu, Jacques ?

Son mari leva les bras au ciel, désemparé. Pour lui, comptable de métier épris de logique, ces phénomènes étaient rebutants et l'angoissaient.

— Si ça se produit seulement tous les trois ou quatre ans, ce n'est pas dramatique, papa, hasarda Soline. Je ne le fais pas exprès, il y a sans doute une volonté au-dessus de moi. Tu te rends compte ? Cet homme aurait pu passer une deuxième nuit bloqué sur la falaise, sans eau ni nourriture. Sa blessure se serait infectée, il serait mort.

Elle leur raconta en détail le sauvetage, en s'étendant sur l'intervention des gendarmes de haute montagne.

— C'est un professeur d'anglais, il s'appelle Arthur Hesnard. J'ignore où il enseigne, mais il pratique l'escalade, lui aussi, en débutant, je pense, conclut-elle.

— Tu pouvais te contenter de téléphoner à la gendarmerie, protesta son père, au lieu de te précipiter là-bas, et de prendre le risque de te briser le cou.

— Je devais y aller, papa. Souviens-toi, pour ma cousine, si je n'avais pas insisté, elle aurait pu mourir.

Jacques Fauvel hocha la tête avec un long soupir, se remémorant le soir d'hiver où sa nièce de vingt ans avait fait une tentative de suicide.

— J'aurais dû mal à oublier, concéda-t-il. Tu es arrivée dans le salon, en nous criant que tu avais eu une vision, où Magali avalait un tube de somnifères. Grâce à toi, les pompiers ont pu l'emmener aux urgences. Tu l'as sauvée.

— Mon Dieu, oui, nous avons eu tous très peur, se lamenta Monique. Bon, c'est ainsi, on doit faire avec. C'est l'heure de dîner, on en discutera à table.

Chez Monique et Jacques Fauvel, le lendemain, lundi 18 octobre 2010

Le dîner de la veille avait déçu Soline, car il s'était déroulé selon ses prévisions, dans un silence obstiné de la part de ses parents. Elle était montée très tôt dans sa chambre, en cachant mal sa contrariété. À présent, alors qu'ils prenaient tous les trois leur petit déjeuner, le couple ne semblait toujours pas décidé à parler.

— Vous ne voyez pas combien je souffre de votre attitude, et ce n'est pas nouveau, dit-elle soudain, d'une voix triste.

— Ce n'est pas le moment, Soline, je pars au travail dans un petit quart d'heure, rétorqua son père. Tu nous diras ce qui te tracasse ce soir.

— Je vous en prie, écoutez-moi dix minutes, pas plus. Vous faites comme les autres fois. On ne dit rien sur ce qui s'est passé, et qui se produira encore, sûrement. Vous m'avez même conseillé de n'en parler à personne, au collège, au lycée.

— Qui t'aurait prise au sérieux ? On se serait moqué de toi, se rebiffa Jacques Fauvel. Tu as eu assez de problèmes, petite fille.

Le chien vint quémander une caresse à Soline, en posant son museau sur ses genoux. Elle éprouva du réconfort en plongeant ses doigts dans l'épaisse fourrure de son cou.

— Dans ce cas, je vous imite, on efface tout, tant pis. Je vais être brève. Hier soir, je suis allée sur Internet pour trouver des renseignements sur un métier qui me tente. Je voudrais devenir pisteur-secouriste, et obtenir le diplôme de maître-chien d'avalanche, annonça Soline.

— C'est stupide ! s'indigna sa mère. Toi qui pourrais faire une brillante carrière dans la magistrature, avoir un excellent salaire.

— Les études de droit ne me conviennent pas, maman. Je me suis ennuyée toute l'année dernière, mais je ne vous ai rien dit, car je n'aime pas me plaindre. Je suis décidée, j'arrête la fac. Comprenez-moi, je serai malheureuse si je me trompe de vocation et que je ne peux plus faire marche arrière.

— Je n'ai jamais rien entendu d'aussi idiot ! s'emporta Jacques Fauvel. Tu as des capacités peu communes, nous en avons eu la preuve. Et tu préfères tout gâcher en allant gagner une misère.

— Mais je vivrai comme j'en ai envie, en plein air ! Dans la montagne. C'est le comportement de Neige, hier, qui m'a donné l'idée. J'avais reconnu le site de Crenans, mais je ne savais pas où était précisément cet homme. J'ai encouragé mon chien à chercher la bonne direction. Il a très vite compris et une fois au pied de la falaise, il s'est mis à aboyer. Avec mon bac et le brevet de secouriste que j'ai eu l'an dernier, mon niveau en ski et en escalade, je peux suivre la formation nécessaire cet hiver. Je travaillerai dans les Alpes.

Soline ne remarqua pas la pâleur anormale de ses parents. Monique se révolta la première.

— Pourquoi dans les Alpes ? Le Jura ne te suffit pas ?

— Je rêve de hauts sommets, du mont Blanc, tu le sais bien. Nous n'y sommes jamais allés, ce sera l'occasion idéale.

— C'est ridicule, quel besoin as-tu de toujours prendre des risques ? gémit sa mère. Et comment feras-tu ? Nous n'avons pas les moyens de t'aider.

— Vous n'aurez rien à payer, je ferai des saisons dans les stations de ski. De toute façon, je dois partir, gagner ma vie, ne plus être à votre charge.

Le couple était accablé. Monique crut trouver un argument de poids en avançant :

— Et Neige ? Cette pauvre bête est tellement triste, quand tu n'es pas là. Tu vas l'abandonner sans regret ?

Le coup porta. Soline dévisagea sa mère d'un air éperdu.

— Quand j'étais à la fac, à Besançon, tu m'affirmais que je ne lui manquais pas, maintenant tu dis le contraire ? Il m'attendra, et dès que j'aurai un logement, je le récupérerai.

Consterné, son père quitta la table sans finir son bol de café. Il passa dans le vestibule pour mettre son manteau. Son épouse le suivit, en tirant la porte de la cuisine derrière elle.

— Il faut l'en empêcher, Jacques, souffla-t-elle à son oreille, la mine affolée. Notre Soline est fragile, les docteurs nous l'ont dit. Si par malheur elle se souvenait de quelque chose, là-bas !

— Calme-toi, Monique, on va trouver une solution, répliqua-t-il tout bas. On doit la protéger d'elle-même. À ce soir.

Soline entendit la porte claquer. Elle n'avait pas prêté attention aux murmures en provenance du vestibule et dont ses parents étaient coutumiers. Elle estimait être à un moment crucial de son existence, où il lui fallait s'envoler, conquérir sa liberté. Son cœur battait plus vite, à la seule perspective d'un départ vers les Alpes.

Elle se leva et commença à débarrasser. Tout de suite, le berger suisse bondit sur ses pattes, en jetant un aboiement sonore. Il pressentait une sortie.

— Tu es télépathe, mon chien. Oui, je t'emmène en balade. Va chercher ta laisse, lui dit-elle en souriant.

— Il y a du vent, et il ne tardera pas à pleuvoir, ma chérie, se désola Monique, qui la voyait enfiler ses bottes.

— Maman, le mauvais temps ne me fait pas peur. À tout à l'heure.

Soline était allée jusqu'au parc des Bains. Ni la marche ni l'air frais n'avaient atténué le sentiment d'oppression qui la tourmentait depuis la veille. Malgré toute sa bonne volonté, elle se sentait perdue, presque désespérée, à cause de l'attitude de ses parents.

Elle venait de faire demi-tour. Son chien avançait à ses côtés, sans jamais tirer sur la laisse. Par moments, il levait sa belle tête blanche vers sa maîtresse.

— Cet après-midi, on ira plus loin, dans la campagne, Neige. Tu pourras courir. Je suis sûre que nos grandes promenades te manquent.

Elle révisa en silence les informations lues la veille sur son ordinateur portable. Un chien d'avalanche devait avoir entre un an et quatre ans lors du dressage, Neige en avait six.

« Il ne pourra plus exercer, mais il lui sera possible de travailler avec moi en montagne, je suis sûre qu'il en est capable. Et il s'accoutumera à la compagnie d'un chiot. »

Pour Soline, se concentrer sur ce projet était le seul moyen de lutter contre le malaise qui la tenaillait. Elle longeait une rue tranquille quand elle crut entendre son prénom. Quelqu'un accourait. Neige virevolta, les poils du dos hérissés.

Elle se retourna et reconnut aussitôt celui qui s'approchait. De taille moyenne, les cheveux châtains, les yeux gris, il arborait un sourire étonné.

— Eh, Neige, tu ne vas pas me mordre, quand même, c'est ton vieux pote Enzo.

L'animal renifla la main qu'on lui tendait, sous le regard amusé de Soline.

— Enzo, ça alors, dit-elle avant d'embrasser le jeune homme sur les joues.

Ils s'observèrent mutuellement, assaillis de souvenirs.

— Je n'en reviens pas, j'étais de passage à Lons, j'étais prêt à rentrer sur Paris, et puis je vois une fille canon sur le trottoir d'en face, c'était toi.

— C'est vrai que ta mère habite ce quartier, concéda-t-elle.

— Oui, j'étais venu lui rendre visite, elle a quelques soucis de santé.

— Rien de grave ?

— Non, juste une grosse angine, précisa Enzo. Je t'offre un café ?

— Je veux bien, si tu y tiens.

— Je suis tellement content de te revoir, Soline, tu es encore plus jolie. Et tu as l'air en forme.

— N'en fais pas trop, protesta-t-elle, agacée. C'est toi qui as rompu du jour au lendemain sans explication. En un an, tu aurais pu m'écrire ou me téléphoner.

— J'ai manqué de courage, sans doute, insinua-t-il, un peu amer. Non, ne fais pas ta moue irrésistible, c'est du passé. Je suis en couple depuis six mois avec une fille adorable.

— Tant mieux. Moi je suis célibataire et ça me plaît.

Ils revinrent vers le centre-ville. Place de la Liberté, ils s'assirent à l'abri de l'auvent rouge d'un bar et commandèrent des cafés.

— Qu'est-ce que tu deviens ? s'enquit Enzo. Dis-moi tout, ta santé, tes études. Tu te prépares à devenir avocate ou juge ?

— Ni l'un ni l'autre. J'ai décidé d'être maître-chien. Il suffit que je passe deux saisons comme pisteur-secouriste dans une station, et je pourrai suivre la formation nécessaire.

— Pourquoi pas, tu as un don pour ça. Je me rappelle encore les exercices que tu faisais faire à Neige, quand on se baladait avec lui.

— Toi au moins tu ne me dis pas que c'est ridicule. Enzo, je n'ai pas vraiment pas le moral ce matin. Je suis même sur une corde raide, sans savoir comment ne pas tomber, ni ce qui m'arrivera si je perds l'équilibre.

— C'est à ce point ?

— Oui. Dis, on est toujours amis toi et moi ?

— Bien sûr !

— Il y a une chose que je ne t'ai jamais confiée. Là, j'ai besoin d'en parler, d'avoir un avis neutre, objectif. Si je t'ennuie, tu peux encore t'enfuir, plaisanta-t-elle tristement.

— Je ne ferai pas deux fois la même erreur, Soline. Je t'écoute. C'est en rapport avec l'accident que tu as eu dans ta petite enfance ?

— Non, pas du tout, mais c'est difficile à expliquer. Voilà, en fait, j'ai des visions. J'avais treize ans la première fois que c'est arrivé, précisa-t-elle à mi-voix. L'été 2004, nous étions en vacances en Vendée. Je lisais sur la plage et soudain j'ai eu une image d'un petit garçon en train de se noyer, il avait un maillot de bain rouge et bleu. C'était plus fort que moi, je me suis levée et j'ai couru alerter le poste de secours. Ils l'ont trouvé et il a survécu. Depuis, j'ai eu trois autres visions du même genre, de quelqu'un qui allait mourir.

Enzo la dévisagea attentivement, d'un air soucieux. Pour se donner une contenance, il alluma une cigarette. Il en proposa une à Soline qui fit non d'un signe de tête.

— En fait, je vois une personne en danger de mort, et je peux la sauver, ajouta-t-elle. J'ai tout noté dans mon journal intime. Il y a eu le cas de ma cousine, qui avait avalé des somnifères pour un chagrin d'amour. J'ai vu aussi la tante de ma mère, allongée dans la rue. Elle avait glissé sur une plaque de verglas, le col du fémur était cassé. Et hier, j'ai pu secourir un professeur d'anglais, qui avait fait une chute sur une falaise. Mes parents m'ont toujours interdit d'en parler. Je crois qu'ils avaient peur. Mais j'en ai assez ! Je souffre et on dirait qu'ils n'en tiennent pas compte. Ils préfèrent rester dans le déni.

Soline avait envie de pleurer. Enzo le devina, cependant il demeura silencieux, se contentant de jeter un coup d'œil sur son téléphone.

— Ne te mets pas en retard pour moi, dit-elle d'un ton amer. J'ai l'impression que tu es gêné, à cause de ce que je viens de te raconter.

— J'étais au courant, Soline. Je ne suis pas gêné, mais blessé, car tu aurais dû me confier tes problèmes quand on était ensemble.

— Comment pouvais-tu être au courant ? demanda-t-elle, stupéfaite.

— Ton père me l'a dit il y a un peu plus d'un an, juste après le bac, quand on cherchait dans quelle fac étudier. Il m'a rendu visite et crois-moi, il était vraiment bouleversé. J'ai appris que tu avais des hallucinations que tu considérais comme réelles, que tu étais très fragile sur le plan psychologique depuis ton enfance. Tu imagines le choc que j'ai eu ?

— Continue, je suis curieuse de savoir, exigea sèchement Soline, son regard bleu assombri par une vive colère.

— Il voulait te protéger. Selon lui, tu ne pouvais pas partir avec moi pour Paris, tu te souviens, on avait décidé ça. Ton père m'a demandé de te quitter, car tu étais incapable d'assumer une relation. Il paraît même que je te mettais en danger ! J'ai capitulé, j'étais furieux, complètement perdu. Je ne m'estimais pas capable de gérer ta maladie.

Très pâle sous son teint hâlé, Soline essayait d'assimiler les paroles d'Enzo.

— Ma maladie ? répéta-t-elle, indignée. Tu as gobé tous les mensonges de mon père, toi qui me connaissais bien. J'ai eu de brillantes notes au bac. Je suis sportive, j'ai gagné des championnats de varappe, de ski de fond. Mon corps et mon esprit fonctionnent à merveille.

— Désolé, ça ne prouve rien, les troubles mentaux sont complexes ! Si tu t'étais entendue, à l'instant, évoquer tes visions d'un air inspiré !

— Tu devrais avoir honte, Enzo, et papa encore plus. Maman et lui voulaient juste se débarrasser de toi. Tu aurais pu prendre la peine de m'interroger sur mes prétendus problèmes, au lieu de rompre par texto.

— C'est du passé, trancha-t-il. Au revoir !

Il se leva et régla leurs consommations. Soline frémissait d'une rage intérieure qui lui donnait envie de hurler.

— Va-t'en vite, réussit-elle à dire d'un ton net.

Elle le vit s'éloigner avec soulagement. Son cœur cognait à grands coups dans sa poitrine. Son chien poussa un bref jappement, pour attirer son attention. Il pencha la tête de côté, les oreilles dressées. Il y avait dans ses yeux bruns une telle expression d'amour inconditionnel que Soline eut envie de pleurer.

— Viens, on rentre à la maison, Neige. Toi au moins, tu m'acceptes comme je suis, dit-elle en le caressant.

Chez Monique et Jacques Fauvel,
même jour, environ une heure plus tard

Monique Fauvel, les mains jointes à hauteur de sa poitrine, assistait avec incrédulité aux préparatifs fébriles de Soline, qui remplissait un gros sac à dos d'une partie de ses affaires.

— Mais qu'est-ce qui te prend, à la fin ? se lamenta-t-elle pour la troisième fois. Tu décides de partir, tout d'un coup ! Pense un peu à ton père !

— Maman, ne te fatigue pas, je ne peux pas rester ici. J'ai un train dans quarante minutes.

— Il y a d'autres trains dans la journée ! Il est midi, déjeune au moins avec moi.

Soline prit un second sac, de taille modeste, où elle mit son ordinateur portable et sa tenue d'escalade.

— Vas-tu enfin me dire pourquoi tu pars ? s'irrita sa mère. Tu n'as presque pas ouvert la bouche depuis que tu es rentrée de ta balade !

Les traits défaits, Soline ajusta un bonnet blanc sur ses cheveux et noua une écharpe assortie autour de son cou.

— Je suis tellement en colère et tellement triste, maman. Je préfère m'en aller tout de suite, tant que j'en ai le courage.

— Mais pourquoi ? Qu'est-ce qui t'es arrivé, encore ?

— J'ai rencontré Enzo. Il m'a avoué ce qu'a fait papa, il y a un an et deux mois précisément. Je me suis sentie trahie et humiliée. Qu'est-ce que vous me cachez de si grave pour me surveiller autant, m'empêcher de vivre comme une fille de mon âge ? Et me faire passer pour une malade mentale ?

Mortifiée, Monique avait les larmes aux yeux. Elle tenta d'arranger la situation.

— Jacques croyait agir pour ton bien. Il ne s'est jamais remis de ton séjour à l'hôpital, suite au grave accident que tu as eu quand tu avais six ans, mais ça, tu le sais, ma chérie. Nous étions si malheureux, c'était une période tragique et les soucis ne faisaient que commencer. Tu étais traumatisée. À ton retour tu ne pouvais plus parler, tu as été suivie par un psychologue.

— Maman, ceci, vous me l'avez raconté des dizaines de fois. Mais pourquoi on m'a emmenée à l'hôpital, qui et comment ? Qu'est-ce que j'ai eu ! Je peux entendre la vérité, même si elle est affreuse. Est-ce que j'aurais subi des violences, un abus sexuel ?

— Veux-tu te taire, pourquoi dis-tu des horreurs pareilles ?

Excédée, Soline sortit de sa chambre et dévala l'escalier, encombrée de ses sacs. Sa mère la rattrapa en sanglotant.

— Continue à me mentir. Vous avez peur des mots ! Tu diras à papa pourquoi je m'en vais. N'aie pas peur, je vous donnerai des nouvelles.

— Ma chérie, pour l'accident, on n'en sait pas plus, gémit sa mère. C'est bien là le souci. On ne sait pas ce qui pourrait se passer, si tu te souvenais de quelque chose. Un docteur nous a mis en garde, tu pourrais en souffrir.

— Parce que là, je ne souffre pas, maman ? Peut-être que j'avais envie de vivre une histoire plus longue avec Enzo, peut-être que je voudrais chercher des solutions avec vous deux, au sujet de mes visions ! Mais non, il n'y a rien à faire.

Soline vérifiait si elle n'oubliait rien, quand son chien se coucha devant la porte d'entrée de la maison, comme pour lui barrer le passage. La gorge serrée, elle détourna les yeux.

— Je serai obligée de toucher à l'argent que vous avez versé sur mon livret d'épargne, dit-elle à sa mère, qui pleurait sans bruit. Je vous le rembourserai un jour. Et prenez soin de Neige, je reviendrai le chercher dès que je pourrai.

Le berger suisse bondit et se dressa, afin de poser ses pattes avant sur les épaules de sa maîtresse. Il lui lécha le bout du nez, puis le menton.

— Et zut, je t'emmène, je ne peux pas t'abandonner ! s'écria Soline.

Elle lui mit sa laisse, enfouit sa muselière au fond de la poche de sa parka. Enfin elle déposa un léger baiser sur le front de Monique Fauvel, muette de chagrin.

Gare de Chamonix, même jour,
en fin d'après-midi

Soline était assise en tailleur sur un terre-plein tapissé d'une herbe jaunâtre, en face de la gare de Chamonix. Le bâtiment en lui-même la charmait, avec sa longue façade et sa verrière, ses volets peints en rouge, son toit d'ardoise orné de sept chiens-assis, dont celui du milieu servait de cadre à une horloge ronde.

— Tu as vu ça, Neige ? On est arrivés !

Le grand chien, couché à ses côtés, était sur le qui-vive, désorienté par de nombreuses odeurs nouvelles et le va-et-vient incessant d'inconnus autour d'eux.

— Je ne sais pas où on dormira cette nuit, mais je me sens bien ici. Je suis dans les Alpes et je ne pensais pas que c'était aussi beau, aussi haut.

Elle admirait à présent les majestueuses montagnes qui dominaient la gare, déjà blanches de neige. L'air vif la grisait, comme l'avaient enchantée les paysages découverts au fil du trajet.

Revenue à des considérations plus pratiques, Soline songea à la somme qu'elle avait pu retirer d'un distributeur. Elle n'était pas dépensière et avait toujours l'argent qu'elle avait gagné pendant l'été au centre de loisirs. Cela lui permettrait de trouver un logement. Et elle prévoyait de virer le contenu de son livret sur son compte bancaire dès qu'elle pourrait se connecter à Internet.

Un groupe de jeunes, équipés de sacs à dos, s'installa à quelques mètres d'elle. Soline esquissa un sourire.

« Je suis comme ceux que je regardais avec envie, sur la place de la Liberté ou dans le parc des Bains. J'en avais mal au cœur, car ils étaient libres, toujours en mouvement. »

Mais Neige n'appréciait pas la proximité de ces étrangers. Il commença à grogner, le poil hérissé.

— Non, pas de ça, sois sage, ordonna Soline. Je ne suis pas en danger.

— T'en sais rien, fit une voix moqueuse, toute proche.

Une fille s'était postée à trois pas, son visage rieur couronné de boucles noires. Elle portait une combinaison de ski jaune, des bottes en caoutchouc.

— Il ferait presque peur, ton chien, mais il est superbe, lança-t-elle en faisant glisser un énorme sac à dos de ses épaules. Un berger blanc suisse, c'est ça ?

— Oui, il n'y en a pas beaucoup en France. Il est gentil, mais méfiant, précisa Soline.

— Salut, moi c'est Kate. Enfin Catherine Girard sur la paperasse, mais tout le monde m'appelle Kate.

Sans hésiter, elle prit place près du chien, en lui faisant sentir ses doigts. Neige parut satisfait.

— J'adore les bêtes, et elles me le rendent bien. Je me suis arrêtée là pour récupérer une copine, mais elle vient de me planter par texto. Je vais sur Megève. Et toi ?

Soline s'en voulait d'être un peu intimidée. Elle était loin d'avoir les manières décontractées de la dénommée Kate.

— Je dois trouver du travail, alors j'ai choisi Chamonix. Ce n'est pas la pleine saison, mais on ne sait jamais.

— Avec de la chance, tu pourras décrocher un job logée nourrie dans un hôtel-restaurant. Tu feras quoi de ton chien ?

— J'aviserai, je ne pouvais pas le laisser derrière moi. Je coupe les ponts avec ma famille. Au fait, je m'appelle Soline, et lui, c'est Neige.

Kate approuva d'un signe de tête, avant de sortir son téléphone et de l'étudier d'un air perplexe.

— Tu veux à tout prix rester à Chamonix ? hasarda-t-elle. Parce que sinon j'ai un bon plan pour vous deux.

— Dis-moi, vu ma situation, je ne peux pas faire la difficile.

— Cette copine qui m'a lâchée au dernier moment, elle devait bosser avec moi jusqu'en avril. Je pensais proposer le job à quelqu'un, une fois là-bas. Il faut tenir une crêperie près de Megève. Je l'ai déjà fait l'année dernière. Si tu voyais le restaurant, un superbe chalet. On s'installera dans mon van. Il y a un emplacement pour se garer près du resto, planqué par des sapins. La patronne me fournit l'électricité. Comme ça, je me chauffe gratis. Mon camion est bien isolé, c'est tout confort. Ton chien ne dérangera pas, mais il sera souvent tout seul. Il gardera nos affaires, et tu pourras le promener pendant tes pauses.

L'étau d'angoisse qui oppressait Soline se desserra. Elle avait craint de passer la nuit dehors, très peu d'hôtels acceptant les chiens de grande taille.

— Je suis partante, répondit-elle. Je ne sais pas comment te remercier.

— Au fond, tu me rends service, affirma Kate en riant. Et tu plairas à la patronne. Tu es jolie et tu as l'air bien élevée. Allez, je t'embarque, Soline.

Deux heures plus tard, étourdie par le bavardage continu de Kate durant la route, Soline découvrait le lieu, idyllique à ses yeux, où elle passerait l'automne et l'hiver. Stupéfaite d'avoir eu tant de chance, elle savourait la certitude de vivre désormais à son idée. Son aventure personnelle commençait. Après s'être garée à l'emplacement voulu, Kate lui fit visiter l'habitacle du van.

— Alors ça te plaît ? demanda Kate. Tu as vu, il y a même de quoi cuisiner !

— C'est presque luxueux ! Il y a deux couchettes, une douche. Je n'en reviens pas. Ce matin, j'étais à Lons, et ce soir, je vais dormir en Haute-Savoie.

— On se fait du thé, Soline ? Comme ça, tu viens du Jura…

— J'y ai grandi. Les paysages sont beaux, mais je rêvais de voir les Alpes, le mont Blanc.

Soline se tut un instant. Elle ôta le collier de Neige qui s'était couché sous la petite table en bois blanc. Ses pensées allaient vers ses parents. Son père devait savoir qu'elle était partie, à l'heure qu'il était. Ils s'inquiétaient sûrement. Elle prit son téléphone pour leur envoyer un message.

À côté d'elle, Kate s'affairait. Elle tira les rideaux, alluma le chauffage et se débarrassa de sa combinaison de ski. En collant noir et pull rouge, elle s'étira.

— Je ne ferai pas long feu, dit-elle en bâillant. Je te préviens, je me couche tôt. Il n'y aura pas trop de clients, en ce moment, mais vers décembre, c'est l'affluence. Enfin, on a signé nos contrats, tout roule.

— Je te remercie encore, insista Soline. Sans toi, je serais peut-être dehors, sous la pluie, quelque part à Chamonix.

— J'appelle ça le destin, déclara Kate. Je peux bien te le dire, maintenant. Quand je t'ai vue, avec ton sublime chien blanc, vous m'avez fait de la peine tous les deux, ça sautait aux yeux que vous étiez un peu paumés.

— Si tu savais à quel point. Je suis partie sur un coup de tête de chez moi. Tu parlais du destin, justement il m'a joué un tour ce matin. J'ai appris que mon petit ami du lycée m'avait quittée à cause de mon père. J'étais furieuse. Alors j'ai plié bagages.

— En emmenant Neige !

— Je n'ai pas pu le laisser. Je l'ai eu pour mes quatorze ans. On est devenus inséparables. Il était trop mignon, à trois mois, une vraie peluche. On a créé un lien très fort, il me rassurait…

— Pourquoi ? Tu avais peur de quelque chose ?

— J'ai eu des problèmes, toute petite, après un accident. Mais je ne veux pas t'ennuyer.

— On aura l'occasion d'en reparler, trancha Kate qui préparait le thé. Je suis contente de t'avoir rencontrée. Tu es différente des autres filles avec qui je travaille, en saison. Ta famille doit être du genre bourgeois, non ?

Cette fois, Soline éclata de rire, en dévoilant ses petites dents nacrées.

— Pas du tout, mais j'ai été élevée comme une fille unique, un peu sévèrement, dans le souci des convenances. En fait, mes parents sont vieux jeu, sans doute à cause de leur âge. Mon père approche de la retraite. Ils avaient la quarantaine quand ils m'ont adoptée.

— Ah, je vois, répondit Kate, à l'instant où une violente averse s'abattit sur le toit de la caravane.

— Il doit neiger en altitude, supposa Soline.

— On est déjà à plus de mille mètres, ici. Les pistes situées à plus deux mille sont sûrement praticables. Tu sais skier ?

— J'ai surtout fait du ski de fond, mais je vais apprendre le ski alpin, pour descendre les pentes à toute vitesse. Je pratique l'escalade, le kayak et j'ai mon brevet de secouriste.

— Tu m'épates, déclara Kate. Je suis sincère.

— Merci.

Soline déployait des ailes invisibles, et sa joie toute neuve la rendait d'une beauté émouvante. Sur le seuil d'une nouvelle existence, elle espérait guérir des mystérieuses blessures de son enfance.

Ce soir-là, ses parents, qui s'apprêtaient à dîner, lurent ensemble le message qu'elle avait envoyé : « Je suis en sécurité, j'ai trouvé du travail et un logement. Neige va bien. Ne vous faites pas de souci pour moi. Je vous écrirai. »

3

En haute montagne

Cent dix-huit ans plus tôt,
village de Combloux, jeudi 18 août 1892

Louise avait allumé le feu dans l'âtre. Les flammes léchaient le fond de la marmite posée sur un trépied.

— La soupe sera prête pour ce soir, maman ! s'écria-t-elle d'un ton faussement joyeux. Antoine joue avec le chaton, devant la porte. Tu n'as pas à te faire de tracas.

Après l'épouvantable catastrophe qui avait dévasté le village de Bionnay, les Favre étaient allés habiter à Combloux, dans la maison de la famille Marty, dont avaient hérité Clémence et sa sœur Albertine. La localité comptait plus de huit cents âmes et elle était située à six kilomètres de Saint-Gervais.

Le logis était modeste, très ancien, construit par un aïeul, Hippolyte Marty, à la fin du siècle précédent. Clémence y était née, elle avait grandi là, et elle était sûre d'y rendre l'âme.

— Qu'est-ce que je ferais sans toi, ma fille ? déplora-t-elle. Si j'avais la force de me lever, tu n'aurais pas tant de travail.

— Le docteur t'a recommandé de rester couchée, maman, répondit Louise, dont la silhouette menue était dissimulée par un tablier en toile bleue trop large pour elle.

Une grande pièce à vivre occupait tout le rez-de-chaussée. Sur la droite une sorte d'alcôve abritait deux lits et une armoire. L'étage comprenait une chambre où dormaient Jean Favre et Nicolas, le fils aîné.

— Nous avons un toit, de quoi manger, et tu es là, maman, ajouta l'adolescente. Nous avons eu de la chance.

Le regard clair de sa mère s'embua de larmes. Comme tant d'autres à Bionnay, ils avaient subi de terribles pertes. Les terres autour du village n'étaient plus exploitables[1], et les Favre avaient dû renoncer à en vivre. Mais le deuil le plus cruel demeurait l'enfant né bien trop tôt, dans la tourmente de cette nuit de juillet, un mois auparavant.

1. Cet état de choses durera dix ans après la catastrophe.

— Je t'en prie, ne pleure pas, maman. Tu vas guérir, le docteur l'a dit.

— Je le souhaite, ma petite, pour tes frères, ton père et toi. Mais je me sens inutile, clouée sur ma paillasse. Je n'ai même pas pu assister aux obsèques du bébé et de ma sœur. Les malheureux, que Dieu les ait en sa sainte garde.

Clémence se signa, puis elle ferma les yeux, les doigts serrés sur son chapelet. Son mari avait refusé de lui montrer le petit être en formation, sanguinolent, qu'il avait retrouvé parmi les décombres jonchant leur cour. C'était une fille, qui ne verrait jamais l'immense ciel des Alpes.

Louise, le cœur lourd, s'avança vers le soleil qui inondait le seuil de la maison. Son petit frère, assis par terre contre le mur, s'amusait avec des cailloux, sous la garde du chien.

— Tu es sage, Antoine, c'est bien, dit-elle distraitement.

Elle s'absorba dans la contemplation du sublime paysage qui servait d'écrin au village, du clocher à bulbe de l'église Saint-Nicolas au massif des Aravis, d'un blanc éblouissant.

« Merci, mon Dieu, pour tant de beauté, songeat-elle. Merci d'avoir sauvé maman, Antoine et moi, merci. »

Chaque matin, elle exprimait ainsi sa gratitude au Seigneur, avec ferveur, sans s'attarder sur le sacrifice qu'elle s'imposait, pour aider ses parents. Elle avait quitté l'école et en souffrait.

— Viens, ma fille, appela Clémence. Viens près de moi.

— Mais Antoine, maman ?

— Finaud aboiera si ton frère s'éloigne ou si quelqu'un arrive. Ce brave chien a prouvé sa valeur en vous retrouvant.

Louise se précipita au chevet de sa mère qui lui adressa son doux sourire plein de tendresse, ce sourire qu'elle avait cru ne plus jamais revoir.

— Fais-moi une promesse, ma petite, dit gravement Clémence. Si je meurs, prends bien soin d'Antoine. J'ai confiance en toi, tu sauras l'élever et en faire un homme digne de ce nom. Il doit étudier, pour partir d'ici un jour.

— Oui, maman, je te le promets. Mais tu le verras grandir, car tu ne vas pas mourir.

— Louise, regarde-moi ! Je sais que tu détournes la tête quand tu me mens. Est-ce que tu m'as vue guérie, vaillante comme avant ?

— Je n'ai pas eu de vision depuis la catastrophe, maman.

— Maintenant ton père et moi, nous te croyons. Tu avais raison, en nous avertissant d'un malheur qui tuerait beaucoup de gens. Écoute-moi, tu es en âge de comprendre. Quand j'ai perdu le bébé, quelque chose s'est détraqué en moi, dans mon ventre. Je m'affaiblis, au point d'avoir de la peine à tenir debout. Les visites du docteur coûtent cher et sont malheureusement inutiles. Il ne me rassure que par charité chrétienne.

— Il n'oserait pas, protesta Louise. Il dit la vérité, tu iras mieux. Je travaillerai dur, tu n'auras plus jamais à te fatiguer. Tu viendras à la messe de minuit, à Noël, et au retour, nous mangerons des galettes toutes luisantes de miel.

Une lueur d'espoir fit briller les yeux de Clémence. Elle prit la main de sa fille.

— Tu as vu ça ? Je serai encore avec vous à Noël ?

Les joues de Louise s'empourprèrent. Gênée, elle étreignit les doigts de sa mère.

— Non, maman, je n'ai rien vu. Mais je prie le Seigneur matin et soir, pour que tu te rétablisses. Je te l'ai dit, parfois je vois des choses, parfois non. Quand j'étais prisonnière dans la cavité, je n'ai rien su du tout. J'avais très peur de rester enfermée plusieurs jours, avec Antoine qui avait si soif et si faim, qui pouvait mourir.

— Dieu veillait sur vous, affirma Clémence.

— Et Finaud aussi, plaisanta Louise, la gorge nouée pour ne pas pleurer à son tour.

Il avait fallu trois hommes, équipés d'un solide madrier, afin de déplacer l'énorme roche qui avait obstrué la cavité où elle s'était réfugiée avec Antoine. Une fois libérée, elle s'était surtout inquiétée du sort de sa mère, de son village.

— J'étais tellement soulagée, maman, quand Nicolas m'a dit que tu étais vivante, ajouta-t-elle. Je m'en doutais, car une image m'était venue, où tu étais allongée sur le plancher de l'école. Peut-être même que tu auras un autre bébé…

Clémence secoua la tête d'un mouvement las. Elle caressa les cheveux châtain clair de sa fille.

— Tu as promis, n'oublie pas, Louise.

— Oui, maman. Et toi, par pitié, reprends des forces. Nicolas a récupéré quatre de nos poules, et elles pondent bien. La lapine qui a survécu va nous faire des petits.

— Retourne au soleil, il fait si beau, soupira Clémence. Tu peux promener Antoine sur le chemin qui descend au ruisseau. Emmène le chien. Petites filles, ta tante et moi, nous allions nous tremper les pieds dans l'eau. Elle était si fraîche, ça nous faisait pousser des cris de joie.

— Je veux bien, mais la soupe ? Il ne faudrait pas qu'elle soit trop cuite.

— Tire un peu le trépied à l'écart des braises. J'en profiterai pour dormir.

Les gestes d'affection étaient rares, la pudeur des sentiments étant de mise, pourtant Louise caressa les joues de sa mère, puis elle l'embrassa sur le front.

— Je reviens vite, maman. Tu es chaude, toute moite.

— Par ce temps orageux, c'est normal.

Dès qu'elle fut seule, Clémence souleva l'épais drap de lin, rêche et lourd. Elle retroussa sa longue chemise de nuit pour vérifier l'état des bandes de linge qu'elle mettait entre ses cuisses. Des humeurs fétides suintaient de son sexe depuis la veille, dont l'odeur la révulsait.

— Pourvu que Louise n'ait rien senti.

D'abord, elle avait eu des douleurs lancinantes et des accès de fièvre, mais grâce au laudanum que le médecin lui faisait boire, son corps s'était comme engourdi. À présent elle avait l'impression d'être rongée par un feu intérieur.

Soucieuse de préserver sa fille, elle réussit à se lever, et se tenant au bord du buffet, elle parvint à changer ses linges souillés, qu'elle cacha sous l'escalier, dans un pot en grès à couvercle.

« Jean ira les jeter ce soir, quand il rentrera. Mon pauvre mari, il sait tout, lui… »

Antoine gambadait sur ses petites jambes robustes, heureux de la balade. Le chien suivait l'enfant de près, sans s'autoriser à renifler les talus ou les trous de rongeur. Il faisait très chaud, sans un souffle d'air.

Louise éprouvait un plaisir innocent à marcher sur le chemin bordé de haies, vers le ruisseau qui chantonnait sur les galets, en bas de la pente.

— J'aurais dû emporter un récipient, il y a plein de mûres à cueillir, se reprocha-t-elle après avoir dégusté une poignée de baies d'un violet presque noir.

Elle en fit manger à son frère, qui eut bientôt le tour de la bouche maculé de rouge.

— Si tu te voyais, Toinet, dit-elle en pouffant.

C'était bon de rire, de ne plus penser à la tragédie dont toute la région parlait encore. Jean et André Favre, qui avaient participé aux travaux de déblaiement à Saint-Gervais, se souviendraient longtemps des cadavres alignés sur l'herbe d'un grand pré.

Les victimes qui avaient échappé à la noyade étaient mortes quand même, empoisonnées pour avoir avalé l'eau boueuse, chargée d'éléments toxiques[1].

— On doit ôter nos sabots, recommanda Louise.

Antoine s'empressa d'obéir. Ils étaient au bord du ruisseau, sur la berge humide, envahie d'une végétation luxuriante.

— Allez, Toinet, on met nos pieds dans l'eau ! Hou, que c'est froid.

---

1. Fait véridique.

Son frère lança un cri aigu, puis il s'amusa à l'éclabousser. Finaud se joignit au concert en aboyant.

Jamais Louise ne pourrait effacer de sa mémoire ces instants de joie, qu'une vision brisa net, en quelques secondes. Une libellule était passée près d'elle, ses longues ailes irisées par le soleil, et aussitôt la scène lui était apparue. Son père, son grand frère Nicolas, oncle André et tante Jeannette, ils étaient tous vêtus de noir, dans le cimetière de Combloux. Antoine lui tenait la main en réclamant sa mère, qu'on venait d'enterrer.

« Non, non ! se révolta-t-elle. Non, je ne veux pas. »

Elle remit ses sabots, souleva Antoine et le jucha sur ses épaules. Elle remonta le chemin jusqu'au village en courant, talonnée par le chien. Dans la maison silencieuse, Clémence sommeillait.

— Maman, ma chère petite maman, dit-elle tout bas. Ne fais pas de bruit, Toinet, maman est très fatiguée.

Une semaine plus tard, Clémence Favre, née Marty, rendait son âme à Dieu, après une pénible agonie.

*

Cent vingt-trois ans plus tard,
Chamonix, mardi 10 février 2015

Survoltée, Soline avait du mal à maîtriser les battements de son cœur. Elle gara son petit 4 × 4 rouge, acheté à crédit, sur le parking de la gendarmerie de haute montagne. Le sentiment d'urgence qui la tenaillait lui coupait presque le souffle.

— Sois sage, Barry, je reviens vite, dit-elle au chien installé dans le coffre de la voiture.

Campée dans ses bottes fourrées, elle jeta un dernier regard au tervueren, avec qui elle avait suivi la formation de maître-chien d'avalanche. C'était un mâle de deux ans et demi, au long et épais pelage d'un brun clair, plus sombre sur la tête et le cou.

— Pourvu qu'on me croie, espéra-t-elle à mi-voix.

Elle fit irruption dans le hall d'accueil, où deux gendarmes équipés pour une intervention la considérèrent d'un air intrigué. Ils s'arrêtèrent à sa hauteur. Le plus grand, brun aux yeux gris, l'interpella.

— Est-ce qu'on peut vous aider, mademoiselle ?

— Oui, bonjour ! Je suis Soline Fauvel, dit-elle en montrant le badge officiel qui ornait sa veste.

— Capitaine Demolliens, qu'est-ce qui vous amène ?

— Une coulée de neige a emporté deux hommes. Ils sont en grand danger, vous savez que chaque minute compte. J'étais près d'ici quand je l'ai su, alors je suis venue.

— Nous n'avons reçu aucun appel nous la signalant. Cela s'est produit dans quel secteur, et qui vous a avertie ?

— Nous perdons du temps. Monsieur, vous pouvez me faire confiance. Je travaille comme pisteur-secouriste depuis un an au domaine Échappées-Mont-Blanc[1]. J'ai eu il y a huit mois mon diplôme de maître-chien d'avalanche, et je viens d'obtenir celui de guide de haute montagne, après beaucoup d'efforts et de sacrifices. Vous pouvez vérifier auprès de l'ENSM[2]. Je suis une personne sérieuse, je vous assure. Ces hommes faisaient sûrement du hors-piste, et je crois savoir l'endroit exact où ils sont.

— On ne peut pas lancer une opération sur des bases aussi imprécises. Avez-vous des coordonnées topographiques, et l'identité de la personne qui vous a contactée ? Nous allons la rappeler.

— Non, répliqua-t-elle.

1. Note de l'autrice : je m'inspire ici du vaste domaine skiable Évasions-Mont-Blanc.

2. École nationale des sports de montagne de Chamonix.

Les joues de Soline avaient rosi sous son teint doré. Elle cherchait comment se justifier sans être obligée de dévoiler la vérité.

— Mademoiselle, le capitaine vous demande des précisions, votre histoire n'est pas claire, trancha l'autre gendarme, le sous-officier Mathis Derain. Nous sommes pressés. Vous pouvez vous adresser à l'adjudant Rivet, il préviendra notre commandant.

— Mais c'est très clair pourtant, ces hommes vont mourir, je le sais ! s'exaspéra Soline. Il y a urgence et je suis la seule capable de reconnaître le lieu exact. Si je comprends bien, je dois parler à votre commandant, alors j'y vais, en espérant qu'il lancera une intervention.

Le capitaine Demolliens observa attentivement la jeune femme, dont l'embarras était évident.

— Mademoiselle Fauvel, nous partons dans dix minutes, un vol de surveillance du manteau neigeux sur le massif du Mont-Blanc, pour parer aux risques d'avalanche, justement. Soyez plus précise, j'aviserai. Vous ne m'avez toujours pas dit qui vous a prévenue.

Éperdue, Soline répondit très vite, soudain déterminée à ne pas se laisser impressionner.

— Très bien, mais si je vous dis comment je suis au courant, vous ne me croirez pas, capitaine. Vous me prendrez pour une illuminée.

— Essayez toujours !

— J'ai eu une vision, il y a environ quinze minutes, en comptant les cinq minutes que nous venons de gaspiller. J'en ai depuis mon adolescence, et à chaque fois, j'ai pu sauver une personne en détresse. J'ai vraiment vu ces hommes ensevelis.

— Laissez tomber, capitaine, coupa Mathis Derain. On a déjà eu affaire à des mythomanes du même genre.

— Je n'invente rien. Je vous en prie, il faut m'écouter, insista Soline.

— Une vision, soupira le capitaine. Et comme par hasard, à proximité de nos locaux. Je suis navré, mais je ne peux pas tenir compte de vos propos. Au revoir.

Consternée, Soline les suivit à l'extérieur, consciente que plus elle insisterait, plus on douterait de sa santé mentale. Les deux gendarmes lui accordèrent un coup d'œil presque apitoyé.

— Une toquée, à mon humble avis, commenta Derain.

— Et si elle disait vrai ? s'inquiéta le capitaine Demolliens. Il y a eu des précédents, aussi il faut rester ouvert d'esprit. Je l'ai sentie sincère. Mademoiselle ?

— Oui, répliqua Soline en revenant vite sur ses pas.

— Essayez de nous fournir des éléments plus convaincants, et appelez-nous dès que vous avez du concret.

— Merci, capitaine. Je vais faire de mon mieux. Peut-être qu'il ne sera pas trop tard.

L'argument toucha Demolliens. Si jamais il apprenait ensuite que la jeune femme disait la vérité et qu'il avait causé le décès de deux hommes, il n'aurait plus qu'à démissionner.

— Bon, on vous embarque, vous et votre chien, déclara-t-il. Derain, on emportera le matériel nécessaire. Cette décision sera sous mon entière responsabilité.

— Mais, capitaine, le commandant va vous…

— J'aviserai, Derain, on ne perd plus une seconde, à présent.

Ce revirement inattendu rassura Soline. Elle courut chercher son chien et prit son équipement.

Massif des Aravis, un quart d'heure plus tard

Soline avait pu établir l'endroit précis de la coulée de neige. Maintenant, le capitaine Demolliens et elle gravissaient à allure régulière une pente douce, en laissant leurs empreintes sur le manteau neigeux, durci par le gel. Barry humait le vent, et lançait souvent des jappements étouffés.

— Du calme, Barry !

La jeune femme sentait à peine la morsure du froid sur son visage. Chaudement vêtue, coiffée d'un bonnet en laine bleue, elle portait des lunettes de protection. L'hélicoptère avait repris de l'altitude, dans l'attente des consignes à suivre.

— Regardez, nous sommes arrivés, dit-elle au gendarme.

— Oui, en effet, il y a eu une coulée de neige, mais de faible amplitude, admit-il.

— Barry ! Cherche ! ordonna-t-elle au tervueren.

L'animal s'élança en reniflant la neige. Soline le suivait de près. Au bout d'une quinzaine de mètres, elle sut à son comportement qu'il avait senti quelque chose et elle ne le quitta plus des yeux.

— Cherche, cherche, répétait-elle.

Soudain Barry donna de la voix et marqua l'arrêt, un point essentiel de son dressage. Soline et le capitaine le rejoignirent. Il commença à gratter la neige et saisit aussitôt un gant en nylon doublé de tissu polaire.

— Cherche encore, Barry, tout doucement.

L'obéissance du chien était primordiale. Il devait mesurer la force de ses coups de griffes.

Si les victimes bénéficiaient d'une poche d'air, il fallait avoir soin de ne pas provoquer un effondrement des blocs de neige en surface. Elle se plaça à côté de lui pour l'encourager tout en le surveillant.

— Je vois de la couleur, il y a bien quelqu'un, nota le gendarme. J'appelle Derain, qu'il descende. Vous aviez raison, mademoiselle.

Une manche en tissu rouge apparut. Soline dégagea une main glacée. De toute son âme, elle espérait trouver l'homme encore vivant.

— C'est bien, Barry, c'est bien, murmura-t-elle.

Le capitaine commença à creuser lui aussi, avec précaution. Bientôt un visage apparut, figé dans une expression terrifiée. Un court examen les renseigna.

— C'est trop tard, déplora Soline. Il ne respire plus.

Malade d'amertume, Soline entraîna son chien par une boucle du harnais. Elle lui donna une récompense, sans oublier de le caresser.

— Ils étaient deux. Cherche encore, Barry.

Le tervueren, sur un simple geste de sa part, recommença à flairer la neige. Il fallut une dizaine de minutes au chien pour détecter une autre présence humaine.

— C'est bien, Barry, répéta-t-elle. Doucement. Là ? Oui, c'est bien, cherche.

Une gangue de neige gelée freinait les coups de patte du tervueren. Il creusa sur le côté avec frénésie. Soline le seconda, à l'aide de la petite pelle adaptée qu'elle avait emportée dans son sac à dos. Elle aperçut enfin des cheveux bruns, bouclés, un profil aux paupières mi-closes.

— Il est encore vivant ! Il avait de l'air. Capitaine, il faut vite le dégager. Monsieur, vous m'entendez ? Monsieur ?

Elle n'obtint pas de réponse, mais elle perçut un vague tressaillement sur la face grisâtre, aux lèvres givrées.

« C'est un miracle, songea-t-elle. Ou bien l'avalanche s'est produite il n'y a pas longtemps, moins de vingt minutes. Après une heure sous la neige, la survie est rarissime. Dans ce cas, quand j'ai eu cette vision, rien n'était arrivé. C'est la première fois que ça se passe ainsi. »

Sans perdre son calme, Soline accomplit les gestes censés préserver la vie du blessé, sous le regard du gendarme qui donnait des ordres par radio à ses collègues. Elle eut soin de ne pas bouger sa tête ni son cou, au cas où le rachis serait atteint, mais elle réussit à l'envelopper en partie d'une couverture de survie.

Barry s'était couché à ses côtés guettant l'approche de l'hélicoptère. Quelques minutes plus tard, l'appareil faisait du sur-place au-dessus d'eux.

Mathis Derain fut hélitreuillé, ainsi qu'une civière. Dès qu'il toucha le sol, il se précipita vers le jeune homme inconscient, la mallette de premiers secours à bout de bras.

— Il faut le transporter de toute urgence à l'hôpital, indiqua le capitaine. L'autre victime est décédée.

Soline saisissait mal le sens des paroles qui s'échangeaient près d'elle, à cause du bruit ronflant des pales de l'hélicoptère et des sifflements du vent qui se levait.

— Il a une chance de s'en sortir, et c'est grâce à vous, mademoiselle Fauvel, lui dit enfin le capitaine Demolliens.

Les deux gendarmes installèrent le survivant sur la civière, avec d'infinies précautions et il fut remonté lentement.

— Pour celui-ci, tout est fini, soupira Mathis Derain.

Il indiqua d'un mouvement de tête le trou dans la neige où gisait l'autre homme. Soline le suivit quand il se pencha sur le mort, afin de l'examiner.

— On doit le dégager et l'emmener lui aussi, déclara-t-il d'un ton grave.

Elle acquiesça en silence. Elle s'étonnait de l'expression du défunt, dont les traits crispés révélaient une intense détresse. Cet inconnu fauché par l'avalanche lui inspirait une sincère pitié.

Le sous-officier procéda à un examen plus détaillé. Il ouvrit le blouson, intrigué par une déchirure du côté gauche.

— Capitaine, venez par là, appela-t-il d'une voix altérée par la surprise. Il a été tué par balle, et à bout portant.

— On l'a tué ? répéta Soline, sidérée. Ici ?

— Non, on a dû l'abattre avant qu'il soit emporté par l'avalanche. L'autopsie en dira plus. Cet homme n'a aucun papier d'identité sur lui. Il faut ouvrir une enquête dès ce soir.

Troublée, Soline recula pour ne plus voir le masque tragique du mort.

« Il a dû voir son assassin en face, se dit-elle. Et il était terrifié. »

Elle se réconforta en cajolant son chien, qui avait reçu une poignée de croquettes en récompense. De son regard bleu, embué de larmes, elle scruta l'immense paysage de roches et de glaciers qui l'entourait, sans parvenir à imaginer un crime, au sein d'une telle beauté.

— Je suis trop idéaliste, se reprocha-t-elle.

— Ce n'est pas un défaut, nota le capitaine qui passait près d'elle. Je pensais un peu comme vous. La haute montagne peut tuer, si on ne respecte pas certaines règles, mais on a du mal à y voir le cadre d'un meurtre.

— C'est vrai, concéda Soline en se relevant.

— Vous devrez faire une déposition à la gendarmerie, je suis prêt à témoigner de votre bonne foi. Passez en fin d'après-midi.

— Entendu. Je n'aurais pas pu demain matin, je pars très tôt pour la station de ski. Je dois être sur place avec Barry avant l'ouverture des pistes.

— Barry, un nom illustre[1] ! Et les tervuerens sont d'excellents chiens d'avalanche.

— Je l'ai acheté chez un bon éleveur, à l'âge de quatre mois. Nous nous entendons à merveille.

— Vous faites un excellent binôme, concéda-t-il.

Combloux, même jour, 15 heures

Soline se gara dans la rue où elle habitait depuis six mois. C'était une voie peu fréquentée, un atout appréciable, car la petite ville, classée station de tourisme, accueillait en toutes saisons de nombreux passionnés de montagne.

Elle ouvrit le hayon du véhicule, pour faire sortir son chien. Il sauta sur le sol verglacé et se secoua, sans s'éloigner de sa maîtresse.

---

1. Barry est un chien de secours en montagne qui a sauvé quarante personnes au début du XVIIIe siècle.

La porte d'un chalet tout proche s'ouvrit sur une petite femme, qui se posta sur le perron, en surplomb d'un jardinet. Ses cheveux roux, striés d'argent, auréolaient des traits émaciés, à peine ridés, malgré ses soixante-quinze ans.

— Où étais-tu passée, Soline ? Je suis allée toquer chez toi, personne, pourtant tu étais en congé aujourd'hui. Dis-moi un peu, tu as mauvaise mine !

— Il s'est passé quelque chose, Viviane.

— Eh bien, monte, tu me diras ce qui te met dans cet état !

Soline grimpa l'escalier en bois, suivie par le tervueren. Un aboi rauque, sonore, ponctua son irruption dans la pièce.

— Ne bouge pas, Neige… Oui, on est là.

— Il peut quand même trottiner, le pauvre vieux, répliqua Viviane Gonod. Il n'a pas eu de chance de se casser une patte. Mais le mois prochain, on lui ôte son plâtre.

— Je vous remercie encore de le garder. Je me demande ce que j'aurais fait sans vous, dit très vite Soline en caressant Neige.

— Allons, cause donc, je vois bien que tu es soucieuse.

Soline se confia à la septuagénaire, pour qui elle n'avait pas de secret. Elles s'étaient rencontrées quatre ans auparavant, chez un vétérinaire de Chamonix. C'était Viviane qui l'avait incitée à suivre, en plus de la formation de pisteur-secouriste, celle de guide de haute montagne.

Viviane Gonod et son mari Léon s'étaient illustrés dans le secourisme en montagne. Ils avaient aussi dressé des chiens d'avalanche et de pistage durant des années, pour le PGHM[1]. Fascinée par les capacités surprenantes de cette jeune femme experte en alpinisme, Viviane l'avait même aidée financièrement.

— Vindiou, tu aurais dû me téléphoner, quand tu as eu cette vision de malheur ! Si j'avais appelé moi-même le capitaine Demolliens, il aurait moins tergiversé. Il me connaît bien, je l'ai vu tout minot. C'est un bon gars, très consciencieux. Il n'a pas pris de risque, il a préféré vérifier ce que tu disais.

— Mais il y a eu un meurtre, si vous aviez vu le visage de cet homme, je ne peux pas le chasser de mon esprit.

— Je comprends ça. Je t'accompagnerai quand tu iras faire ta déposition ce soir, qu'on ne te cherche pas d'ennuis, gamine…

Le terme était affectueux, dans la bouche de cette femme au grand cœur et au franc-parler. Il plaisait à Soline, même si elle avait vingt-quatre ans.

1. Peloton de gendarmerie de haute montagne.

Il était 18 heures. Le crépuscule d'hiver bleuissait le paysage derrière la baie vitrée de la pièce. Sous la lumière crue des plafonniers, Soline paraissait très pâle. Assise à côté d'elle, Viviane avait par contraste les joues rouges, couleur rehaussée par sa couronne de cheveux cuivrés.

— Je peux causer à mon aise, capitaine ? demanda celle-ci au gendarme, à voix basse.

— Bien sûr.

— Je suis venue avec la petite. Est-ce que ça te gêne pour la procédure, gamin ?

Alban Demolliens eut un sourire amusé. Il fit signe que non, tandis que Soline, anxieuse, se préparait à témoigner.

— Avant de commencer, Alban, as-tu des nouvelles du petit gars que notre demoiselle a retrouvé vivant ? s'enquit Viviane.

— Il va s'en tirer. Pour le moment, on ne peut pas encore l'interroger. Mademoiselle Fauvel, vous pouvez parler, je vous enregistre.

Soline se lança dans le récit précis de sa vision, jusqu'à son irruption dans le local de la gendarmerie de haute montagne.

— J'ai vu ces hommes sous la neige, alors que je sortais d'un magasin. C'était net, j'ai su où ils étaient, déclara-t-elle. Sachant combien le temps est compté en cas d'avalanche, j'ai choisi de venir ici. J'en suis heureuse, j'ai pu sauver au moins une des victimes.

— En effet, cependant c'est la première fois dans ma carrière qu'on nous signale un accident à la suite d'une vision. Excusez-moi, mais c'est déconcertant. J'en ai informé notre commandant, qui a émis de gros doutes, même si j'ai témoigné de votre bonne foi et de la réalité de la chose.

— Des doutes, des doutes, ça ne mène pas loin, et la preuve a été faite, intervint Viviane de sa voix éraillée. Soline avait vu juste. Tu es d'accord, Alban ?

Il se félicita d'être seul avec les deux femmes. Accoutumé aux manières directes de Viviane Gonod, il ne s'en formalisait pas. Néanmoins certains de ses collègues ne réagiraient pas comme lui, encore moins l'austère commandant Jarny, leur supérieur à tous.

— Oui, je suis d'accord. Mais il reste des points à éclaircir. Mademoiselle Fauvel, l'équipe envoyée là-haut a pu constater que la coulée de neige n'était pas naturelle, on l'aurait déclenchée sciemment, sans doute avec des explosifs Gazex.

— Alors, c'est en lien avec le meurtre, hasarda Soline.

— L'enquête le déterminera, je ne peux pas vous en dire plus pour le moment, ajouta-t-il. De vous à moi, dans notre métier, nous sommes parfois confrontés à des situations surprenantes. Comme votre vision de ce matin, n'est-ce pas, mademoiselle Fauvel ?

Soline approuva d'un air boudeur. Alban Demolliens fut sensible à la moue sensuelle de ses lèvres, au bleu particulier de ses yeux. D'un geste vif, il coupa l'enregistrement, pour se tourner vers la septuagénaire.

— Vous ne semblez pas du tout surprise par ce phénomène assez insolite, madame Viviane. J'en déduis que vous en avez vous aussi été témoin ?

— Tout à fait, mon p'tit gars. C'était l'an dernier, au mois d'octobre. D'abord, je t'explique… Soline, je la connais depuis quatre ans. Maintenant je lui prête la petite maison qui fait partie du lot sur lequel je suis installée. C'est moi qui l'ai poussée à cumuler les diplômes, elle est tellement douée. Enfin, pour résumer, on a tout de suite sympathisé quand on s'est rencontrées, on a commencé à se voir quotidiennement et Soline m'a vite parlé de ses visions. Moi, ça ne m'a pas étonnée. Toute ma vie, j'ai eu des chiens, et certains ont un sixième sens, ils s'agitent et s'affolent, avant un incendie ou une tempête. Pourquoi pas certains humains ? Il y a des charlatans et des gens sincères. Et si tu crois que c'est facile pour elle ! Il y a même des imbéciles pour la traiter d'illuminée, comme un de tes collègues.

Alban Demolliens jeta un regard furtif sur la jeune femme, à l'instant précis où elle souriait, sans doute égayée par ces derniers mots. Il fut saisi par son charme, sa blondeur.

— Donc, en octobre, reprit Viviane, on buvait un café chez moi. Soudain, je vois Soline frissonner, blanche à faire peur. Et là, elle me dit que mon vieux voisin, ce brave Jeannot, va tomber dans son escalier, qu'il saignera du crâne. On a couru chez lui, c'était vrai, il était déjà tombé. Je t'épargne le reste, l'ambulance, l'hôpital. Jeannot est en convalescence, mais toujours en vie. Es-tu convaincu ? Sinon, demande à la gamine de te raconter ses autres visions.

— Je me rends à l'évidence, si une grande dame du secours en montagne me le conseille, conclut le capitaine. Désormais, mademoiselle Fauvel, notre peloton tiendra compte de vos capacités… exceptionnelles. Mais j'ai une question !

— Je vous en prie, dit Soline, satisfaite de la tournure qu'avait prise l'entretien.

— Avez-vous vu autre chose ? Notamment la blessure fatale d'un des deux hommes ?

— Non, ce que je vois est net, coloré, mais le plus souvent bref, comme une image un peu figée. Ceci dit, j'ai aussi des pressentiments. J'ai eu l'intuition, en début d'après-midi, qu'une des victimes pratiquait un sport de glisse, peut-être du snowboard.

— Je suis épaté, admit-il. Nos hommes ont retrouvé un snowboard en contrebas, et le jeune homme que vous avez sauvé présente une fracture à la cheville droite. De toute évidence, sous le choc de la coulée de neige, les fixations ont lâché et il a été violemment projeté hors de sa planche.

Soline imagina la peur qu'avait dû éprouver le snowboardeur, lorsque l'avalanche avait déferlé sur lui.

« Lui au moins, il est vivant, songea-t-elle. Qu'importe le prix à payer, les soupçons, la méfiance, l'incrédulité, si je peux secourir quelqu'un en danger de mort. »

Viviane se leva en considérant le capitaine d'un air maternel. Pour elle, c'était un « petit gars » du pays, qui avait grandi à Saint-Gervais.

— Léon serait fier de toi, Alban, affirma-t-elle à mi-voix.

— Je l'espère, madame Viviane, c'est votre mari qui m'a encouragé à devenir gendarme de haute montagne. Je voulais suivre sa voie. Il nous a quittés trop tôt.

— Attention, ne me fais pas pleurer. Est-ce qu'on peut partir, maintenant ? Il va geler, on aura du verglas si on traîne.

Alban les raccompagna dans le hall. Viviane le gratifia d'une bourrade amicale, quant à lui, il serra plus longtemps que nécessaire la main de Soline. Elle se mit au volant de son 4 × 4 en pensant à ce geste un peu équivoque.

— Tu lui plais, gamine, bougonna sa vieille amie. Bah, il n'est pas vilain, notre capitaine, célibataire comme toi en plus !

— Il est séduisant, nota Soline, mais pas du tout le genre qui me ferait rêver.

— Pourquoi ça ?

— Les traits trop réguliers, la carrure d'athlète, on dirait un acteur américain des années 50.

La remarque fit sourire Viviane, qui jugea bon d'insister sur son affection pour Alban Demolliens.

— Je l'aime bien, ce garçon. Mon mari le considérait un peu comme le fils que je n'ai pas pu lui donner. Il devait épouser une jolie animatrice, il y a trois ou quatre ans, mais elle l'a plaqué une semaine avant la noce. Depuis il doit se méfier des femmes. Tu réagis de la même façon, ma petite Soline, à cause de cet Enzo qui t'a traitée de malade.

— Oublions tout ça, Viviane. Je suis affamée et fatiguée.

Soline se concentra sur sa conduite, même si ses pensées se bousculaient, pareilles à un kaléidoscope d'images où apparaissaient ses parents adoptifs, Viviane, Enzo, le capitaine Demolliens, ses chiens Neige et Barry, ainsi que le masque mortuaire de l'homme assassiné en montagne, dont elle ignorait encore l'identité.

Combloux, chez Viviane, le soir

Soline commençait à ressentir les effets de la fatigue, pourtant elle n'en montra rien en entrant chez Viviane.

— Neige, Barry, on est de retour, dit-elle. Vous avez été sages, c'est bien.

Au son de sa voix, le berger suisse se leva sans hâte de la couverture où il était couché. Il vint lui faire la fête sur ses trois pattes valides. Barry, lui, resta étendu sous la table, comme il en avait l'habitude.

— Veux-tu un bol de soupe, gamine ? Tu l'as bien mérité ! s'écria la maîtresse des lieux. Tu te serres la ceinture pour nourrir tes chiens, il faut te remplumer. Une jolie fille comme toi ne doit pas maigrir.

Ses soixante-quinze ans l'inclinaient à materner sa protégée. Elle alluma le gaz sous une casserole, l'air pensif.

— Un meurtre dans nos montagnes, ça va faire couler de l'encre, dit-elle en faisant claquer sa langue.

— Sûrement, c'est assez rare, admit Soline qui s'étira, en s'appuyant au dossier de sa chaise.

Elle ne put s'empêcher de sourire, en fixant Viviane.

— Le capitaine Demolliens vous a qualifiée de « grande dame du secours en montagne », ça doit vous faire plaisir.

— Bah, je me fiche des flatteries. Mais venant de lui, ça me touche. Quel brave garçon ! Eh oui, il doit avoir une trentaine d'années, mais pour moi, c'est encore le gosse qui suivait mon mari partout. Tu sais, gamine, sans mon Léon, je n'aurais pas eu la même vie.

Sur ces mots, elle coupa du pain. Soline se sentait mieux, retrouvant le plaisir qu'elle éprouvait toujours en présence de Viviane.

— Je ne me souviens plus si je t'ai raconté comment j'ai connu Léon ?

— Non, vous deviez le faire le jour où vous m'avez montré des photos de lui, mais on nous a dérangées.

— Oui, je m'en souviens. Bon, tu as l'air vannée, gamine, je vais résumer l'histoire. Je n'avais pas encore seize ans, quand le 22 décembre 1956, deux jeunes gars, un Parisien et un Belge, se sont lancés dans l'ascension hivernale du mont Blanc, par l'éperon de la Brenva. Mais la météo était très mauvaise et ils ont été bloqués là-haut, sur un pan de neige gelée, en pleine tempête. On les observait à la jumelle depuis le sommet, et à la longue-vue depuis Chamonix[1].

— J'ai dû lire un article sur eux en faisant des recherches sur l'historique des secours en montagne, se remémora Soline.

— Tu penses, tous les journaux de l'époque en parlaient. Cinq jours de calvaire, on lisait ça en gros titres dans la presse. Personne ne voulait prendre le risque d'aller les chercher, on les traitait d'irresponsables. C'est Lionel Terray, un alpiniste renommé, qui a organisé une caravane de secours. Léon en faisait partie, il avait vingt-trois ans.

Soline avait mangé trois tartines beurrées. Elle termina son bol de potage, sans quitter Viviane des yeux.

— Mais la situation n'a fait qu'empirer. À la faveur d'une accalmie, poursuivit Viviane, l'armée française a envoyé un hélicoptère qui s'est écrasé dans le massif. Les occupants de l'appareil s'en sortirent indemnes, et le commandant des opérations décida alors de donner la priorité à leur sauvetage. Les deux jeunes gars, qui étaient intransportables, furent placés à l'abri dans la carcasse de l'hélicoptère, mais le mauvais temps mit fin aux opérations. Si mon mari était encore là, il pourrait te raconter en détail les conditions

1. Fait authentique.

terribles de ces expéditions. Les deux imprudents ont été retrouvés en mars 1957, morts bien sûr. Et l'année suivante, a eu lieu la création d'unités spécialisées pour le secours aux victimes en montagne. Le premier centre s'est installé à Chamonix, et Léon y a vite eu sa place. Au fil du temps, il est monté en grade. C'était sa vocation, et il a su me la communiquer.

La voix de Viviane avait un peu tremblé. Soline, pleine de compassion, hasarda :

— Mais ça ne me dit pas comment vous vous êtes connus !

— J'assistais au retour de l'expédition menée par Lionel Terray. Crois-moi, j'avais le cœur lourd en pensant à ces deux jeunes qui souffraient là-haut du froid, de la faim, qui devaient voir leur mort en face. Et puis un beau garçon du groupe, blond et charpenté, m'a souri comme pour me consoler. Je lui ai souri aussi. Un vrai coup de foudre. Le soir même, on causait tous les deux. Six mois plus tard, on se mariait et…

Un aboiement de Neige la fit taire. Le chien clopina vers la porte. Barry se leva pour se joindre à lui en grognant.

— Qui c'est ? clama Viviane, agacée.

— Kate ! Tenez les fauves, madame Vivi !

Soline bondit sur ses pieds, la mine effarée. Elle s'expliqua très vite, avant d'ouvrir.

— Flûte, j'avais oublié que Kate m'avait demandé de l'héberger quelques jours, avoua-t-elle. Je lui avais dit d'arriver aujourd'hui, car j'étais en congé.

— Ne la laisse pas geler dehors, on va lui offrir de quoi se réchauffer !

— Neige, Barry, couchés ! ordonna Soline. C'est une amie !

Les apparitions de Kate à Combloux réjouissaient Viviane. La jeune femme était la seule amie de sa protégée, et elle mettait aussi de la gaîté dans leur quotidien par sa bonne humeur et ses talents de cuisinière.

— Bonsoir, la compagnie ! claironna-t-elle. Admirez le look ! J'ai déniché cette super combi de ski dans une friperie. Soline, je suis prête à filer sur les pentes !

Entièrement moulée de nylon rose fluo, doublé de tissu polaire, Kate fit semblant de défiler autour de la table.

— Vous ne remarquez rien ? s'enquit-elle en s'arrêtant sous une des suspensions électriques.

— Tu as un piercing au nez, répliqua Soline. Et la bise ?

Kate s'exécuta, radieuse. Ses boucles noires scintillaient, ornées de flocons.

— Il neige beaucoup, dit-elle. Soline, j'ai attendu devant chez toi pendant un quart d'heure. J'ai failli me casser une jambe en venant ici !

— Dites, les filles, si je vous faisais une omelette au lard. Kate, tu as sûrement des choses à nous raconter, sur ton séjour à l'Alpe d'Huez !

— Plein d'anecdotes, madame Vivi. J'accepte l'invitation.

Soline avait du mal à chasser de son esprit l'image du mort, prisonnier d'un carcan glacé. Le masque tragique qu'il arborait l'obsédait. Mais elle céda à la chaleureuse ambiance qui présageait un dîner animé.

— Tu nous as coupées dans notre discussion, Kate, lança à son amie d'un ton faussement sévère. Viviane évoquait pour moi sa première rencontre avec son mari. Ils ont eu un vrai coup de foudre !

— Oh, madame Vivi, vous n'exagérez pas un peu ! Je n'y crois pas du tout au fameux coup de foudre, se moqua la visiteuse. C'est bon pour les romans d'amour, ça.

— Tu peux rire, je sais de quoi je parle, se défendit Viviane. Il faut l'avoir vécu pour comprendre. Bah, les générations de maintenant vivent à cent à l'heure, on se donne rendez-vous par texto, on rompt de la même façon. Je me souviendrai jusqu'à mon dernier jour du regard de Léon, de son sourire. J'en suis devenue toute chose, mon cœur sautait comme un cabri dans ma poitrine.

Rêveuse, Soline chercha à revivre les moments les plus émouvants de sa relation avec Enzo. Elle ne découvrit aucun instant magique.

— Vous avez eu de la chance, Viviane, dit-elle. Kate et moi, on est célibataires depuis deux ans, à ce rythme, on finira vieilles filles.

Elles éclatèrent de rire toutes les trois, heureuses d'être ensemble, bien au chaud, alors que la neige ruisselait sur le toit, que le vent sifflait dans la cheminée, où flambait un bon feu.

4

Un souffle de tempête

Combloux, chez Soline, même soir

Kate, assise sur un tapis, près du poêle à bois, désigna d'un geste solennel le plafond bas, aux poutres sombres, mais ornées de bouquets de fleurs séchées, les murs chaulés où couraient des guirlandes lumineuses, en forme de flocons de neige. Des tissus blancs à motifs rouges, d'inspiration scandinave, recouvraient un divan et deux fauteuils.

— Il fait bon, ici, pourtant tu n'étais pas là de la journée, si j'ai tout compris, débita Kate en bâillant. Et c'est toujours aussi douillet. J'adore ta déco, ma puce.

— J'avais laissé le radiateur électrique allumé et Viviane est venue garnir le poêle, expliqua Soline. Jusqu'à aujourd'hui, j'avais l'impression d'être enfin sous une bonne étoile, depuis mon arrivée dans les Alpes.

— J'admets que tu as eu de la chance de rencontrer madame Vivi. Je l'admire, elle est incroyable, tellement énergique, drôle. Je voudrais vieillir aussi bien qu'elle. Pourquoi dis-tu ça : « jusqu'à aujourd'hui » ?

— J'ai évité de relancer le sujet pendant le repas, Kate, mais j'ai eu une vision, tôt ce matin. La deuxième en six mois. Une avalanche ensevelissait deux hommes…

Elle continua son récit, en préparant une infusion de tilleul.

Parfois elle regardait autour d'elle, comme pour se convaincre que rien de mauvais ne pourrait pénétrer son refuge.

— Un des types a été tué, s'étonna Kate quand elle sut tous les détails. Il faut être tordu pour faire ça, à cette altitude.

— Tout à l'heure, je me demandais si ce n'était pas le coup de feu qui avait provoqué l'avalanche, mais j'en doute. Parlons d'autre chose.

— Oui, t'as raison, ma puce. Un truc m'a surpris, pourquoi tu laisses Neige chez madame Vivi ?

— Déjà, elle est enchantée de le garder. Et c'est provisoire, le temps qu'il soit guéri. Il aurait été triste de rester seul, de me voir sortir avec Barry. Veux-tu du miel dans ta tisane ?

— Je préférerais une rasade d'eau-de-vie, déplora Kate, soudain sérieuse. Je n'ai pas voulu gâcher le dîner, mais j'ai de gros soucis, Soline.

— Dis-moi, Kate, si je peux t'aider…

— Luc, tu sais, mon ancien mec, celui qui était si jaloux, et du style à cogner dur, dès qu'il était en colère…

— Oui, tu avais peur qu'il te retrouve il y a cinq ans, quand on travaillait à la crêperie, près de Megève, répliqua Soline.

— Figure-toi qu'il a réussi. Il s'est pointé dans l'hôtel où je bosse, à l'Alpe d'Huez, à cause d'une photo sur le blog d'une cliente, où on me voit en train de servir. Il a débarqué en plein service, dimanche midi. Ce type est un malade, je t'assure. Un de mes potes serveurs a pu le mettre dehors, mais je ne me sentais plus en sécurité. Alors j'ai tout plaqué et je suis venue à Combloux. Si j'avais encore mon camping-car, je ne squatterais pas chez toi, comme je l'ai vendu l'année dernière…

— Tu as bien fait, Kate ! Je comprends mieux, ça m'étonnait un peu que tu quittes ton travail en début de semaine.

— Luc ne te connaît pas, je t'ai rencontrée juste après notre rupture. Soline, je t'en prie, je peux me cacher chez toi ? Je te dédommagerai.

Mon job était super bien payé, et les clients du genre à laisser de gros pourboires.

— Mais oui, évidemment, tu peux rester. Pour l'argent, on verra plus tard. Installe-toi dans ma chambre, à l'étage, je dormirai sur le divan.

— Non, le contraire, protesta Kate.

— Ne discute pas, je me sens mieux en bas, avec Barry. Et la journée, tu pourras tenir compagnie à Viviane, lui faire la cuisine. Il faut lui confier tes ennuis, elle sera de bon conseil.

Kate, soulagée, promit de se rendre indispensable et de se faire discrète. Elles s'assirent près du poêle à bois, dont la lucarne rougeoyait. Comme à chaque fois qu'elles se revoyaient, l'une et l'autre se confiaient.

— Je suis contente, mes parents acceptent enfin mes choix, dit Soline en souriant. Après un an à s'écrire, ou à se téléphoner, ils m'ont rendu visite en octobre, et ils reviendront au mois de mai. Je les emmènerai en randonnée, un itinéraire facile.

— Tant mieux, soupira Kate. Moi mon père vit je ne sais où et ma mère enchaîne les amants. Je ne vais jamais la voir à Bordeaux, c'est trop loin à mon goût. Elle a emménagé là-bas, sûrement pour me décourager de venir. Dis, Soline, tu n'as pas envie de savoir qui étaient tes vrais parents ?

— Non ! Je te l'ai expliqué, je n'ai aucun souvenir de ma petite enfance. Avant mes six ans, c'est le trou noir. D'après maman, j'étais placée en famille d'accueil. Il y a eu cet accident, et ce sont mes parents qui se sont occupés de moi. Ensuite ils m'ont adoptée. Je me suis rendu compte, loin de chez eux, combien ils m'avaient donné d'amour. Je n'ai jamais manqué de rien, j'ai pu faire toutes les activités qui me plaisaient.

Attendrie, Kate tapota l'épaule de Soline qui eut un sourire mélancolique.

— J'espère que tu leur as dit tout ça ?

— Oui, dans une longue lettre, en leur demandant pardon d'être partie si brusquement il y a cinq ans. Mais c'était mon destin, puisque je t'ai croisée en chemin, Kate.

Elles échangèrent un regard affectueux, toutes les deux au bord des larmes. Le tervueren, sensible à l'extrême, se leva de sa couverture et se coucha à leurs pieds.

— Barry lit en nous, j'en suis persuadée, murmura Soline d'un air mystérieux. Au lit, maintenant, demain je me lève tôt. Direction le poste de secours du domaine Échappées-Mont-Blanc.

Domaine skiable Échappées-Mont-Blanc, le lendemain, mercredi 11 février 2015

Barry secoua la neige fraîche qui alourdissait sa fourrure. Tous les matins où elle travaillait, Soline lui accordait une heure de liberté et d'entraînement avant de l'attacher. C'était la semaine où elle était de permanence au poste de secours, prête à partir si un appel signalait un blessé.

— Viens, Barry, on n'a plus qu'à attendre, dit-elle au chien.

D'un regard, elle vérifia le matériel qu'on sortait par avance pour ne pas retarder les interventions. Rien ne manquait, le traîneau, une barquette, la mallette de pharmacie.

Un scooter des neiges arrivait à vive allure vers le bâtiment. Soline reconnut Léo, un de ses collègues, qui revenait de son inspection.

— Salut, Soline, c'est bon, les pistes sont sécurisées et toutes praticables dans notre secteur, annonça-t-il sans éteindre le moteur. Tu as ce qu'il faut pour les premiers secours ?

— J'en ai suffisamment pour la journée. C'est assez tranquille en ce moment, mais dès samedi, il faudra assurer !

— Oui, les vacances scolaires commencent… Bon, je continue. Au fait, tu es au courant ? Il y a eu un meurtre avant-hier, au pied de la Pointe Percée.

— J'en ai entendu parler, mentit-elle par prudence.

— Le type qu'on a flingué, c'était un des moniteurs de ski du domaine.

— Ah, tu sais son nom ?

— Cédric Rousseau, il se la jouait play-boy avec les filles.

La nouvelle causa à Soline un pincement au cœur, même si elle ne connaissait pas la victime. Le domaine, avec ses quatre cent cinquante kilomètres de pistes, ses nombreuses remontées mécaniques, employait beaucoup de gens.

— Tiens, si ça te branche, je t'ai apporté le journal, ajouta Léo. Je repasse vers midi. Surveille le bulletin météo, paraît que ça va se gâter.

— D'accord, merci, Léo.

Il redémarra en laissant un sillage de cristaux de neige. Barry, impassible, suivit l'engin de ses yeux ambrés.

— Cédric Rousseau, j'ai déjà entendu ce nom, se dit Soline en dépliant le quotidien.

Ignorante des rapports entre la gendarmerie de Chamonix et la presse régionale, elle se demandait surtout si on la citerait. Mais l'article, bien qu'en première page, révélait très peu de choses sur le sauvetage, insistant sur le meurtre qui faisait naître maintes hypothèses. Elle lut tout bas : « La gendarmerie penche pour un règlement de comptes entre un dealer et son client, ou un trafic de stupéfiants qui aurait mal tourné. »

— On ne parle pas de moi, se réjouit-elle en posant le journal. Mon rôle est resté secret, tant mieux.

Pendant toute la matinée, Soline observa le va-et-vient incessant des télésièges. Le téléphone du poste restait muet, si bien qu'elle déjeuna à l'extérieur, assise sur une banquette, en contemplant l'immense paysage blanc qui s'étendait à perte de vue, dentelé par le dessin des plus hauts sommets de France.

« Je ne pourrais plus vivre ailleurs, songeait-elle. La prochaine fois que j'ai un jour de congé, j'irai grimper, sinon je vais perdre mes acquis. »

Il était plus 15 heures quand le bruit caractéristique de skis glissant sur la pente la fit se retourner. Deux gendarmes du peloton de haute montagne s'approchaient. Il était simple de les identifier, à leur tenue bleu marine et noir, aux bonnets portant l'enseigne réglementaire.

— Sage, Barry, recommanda-t-elle au tervueren qui s'était relevé en grognant. Tu es bien nerveux, aujourd'hui !

Soline ne fut pas vraiment surprise de découvrir le capitaine Demolliens, quand il ôta ses larges lunettes de protection. Il la salua d'un léger signe de tête. Le second gendarme, taciturne, surveillait Barry d'un air circonspect.

— Bonjour, mademoiselle Fauvel, dit Alban. On m'a indiqué où vous trouver, j'ai des questions à vous poser.

— Bonjour, capitaine. C'est dans le cadre de l'enquête ?

— Exactement. Vous affirmiez hier que vous n'aviez jamais vu la victime du meurtre, déclara-t-il. Pourtant il s'agit de Cédric Rousseau, moniteur de ski sur le domaine. Je pense que vous auriez dû l'identifier sans peine. Voyez par vous-même !

Il sortit une photographie de sa poche intérieure et la tendit à Soline. Elle y figurait, debout près d'un homme qui lui souriait en la tenant par l'épaule. Ils étaient plusieurs jeunes gens sur une terrasse au balcon de bois sculpté en feston. En arrière-plan, des cristallisations de glace, en forme de stalactites, étincelaient au soleil, le long d'un pan de toit.

— Oui, je me souviens du jour où cette photo a été prise, avoua-t-elle. C'était il y a moins d'un an, le 18 avril, le domaine allait fermer et une partie du personnel avait organisé un pot de départ.

— L'homme qui vous sourit et semble vous parler de très près, vous le reconnaissez.

— Oui. Il me semblait bien que ce nom m'était familier… Mais il ne ressemble pas à la victime, se défendit Soline, abasourdie.

— Je vous accorde qu'il avait alors les cheveux longs attachés sur la nuque et ne portait pas de barbe, cependant le doute n'est pas permis, décréta Demolliens. C'est bien Cédric Rousseau.

Effarée, Soline revit le visage crispé par la peur, la peau blême, les lèvres blanches de givre, comme les sourcils, le crâne presque rasé.

— Je suis désolée, capitaine, il était méconnaissable, affirma-t-elle. Et je l'avais rarement croisé. Même si nous avions trouvé ses papiers sur lui au moment où on l'a découvert, j'aurais eu du mal à l'identifier.

Son cœur cognait fort dans sa poitrine, elle avait la bouche sèche tant elle était émue.

— On dirait que vous m'accusez de mentir, souffla-t-elle. À l'époque de cette photo, j'ignorais qu'il s'appelait ainsi. Mais je me souviens qu'il était du genre…

— Du genre ?

— Collant, si vous me comprenez, surtout ce jour-là.

— Mademoiselle Fauvel, avez-vous eu une relation avec Cédric Rousseau ?

Alban Demolliens la fixait intensément. Soline s'aperçut alors qu'il se tenait très près d'elle. Le second gendarme n'avait pas bougé, impassible.

— Non. Depuis que je suis employée ici, je n'ai eu aucune relation amoureuse avec qui que ce soit. Un de mes collègues, pisteur-secouriste comme moi, est passé tout à l'heure. Il doit être en train de vérifier l'état des pistes dans un autre secteur. Léo Gambier. Il m'a souvent reproché de ne pas sortir, d'être trop froide, trop sérieuse. Vous pouvez l'interroger ainsi que le reste du personnel.

— Nous connaissons notre travail, nous ferons le maximum pour obtenir le plus de renseignements possible sur la victime, ses amis, sa famille. Au revoir, mademoiselle Fauvel, répondit Alban en la saluant.

Les deux hommes continuèrent à descendre sur leurs skis, avec une aisance remarquable.

— Tiens, aujourd'hui je n'ai pas eu droit à une poignée de main insistante, constata-t-elle tout bas. C'est fou, il m'a donné l'impression d'être en faute.

Soline serait remplacée dans une heure. Perturbée par la visite des gendarmes, elle chercha du réconfort auprès de Barry. Le tervueren frotta sa tête contre elle, avec affection. La sonnerie du téléphone retentit quelques secondes plus tard.

— Tu le sentais, hein, mon chien ?

Elle courut décrocher. L'instant suivant, elle démarrait la motoneige et attelait une barquette. Un garçon de dix ans s'était égaré, laissant sa luge derrière lui, et son père était affolé.

— Viens, Barry, on a besoin de toi !

Ces courses derrière l'engin motorisé, sur une distance raisonnable, contribuaient à entretenir la forme du chien. Toujours avide d'exercice, Barry paraissait infatigable.

Le ciel, dégagé au lever du jour, se couvrait de gros nuages d'un gris opaque. Soline se remémora l'avertissement de Léo, à propos de la météo.

— Le vent forcit ! Il y a un risque de tempête.

Il fallut un quart d'heure à Soline pour rejoindre le père qui lui avait indiqué avec précision le lieu où il avait trouvé la luge. Quand elle arriva, il neigeait abondamment.

— Kevin devait remonter en télésiège, expliqua celui-ci. Je l'ai attendu longtemps, ensuite je suis descendu en skis, en suivant le même parcours que lui. J'ai appelé, il ne répond pas. Mon fils a dû se perdre, c'est la première fois que je l'amène ici.

— Restez près de la luge, monsieur, au cas où votre fils revienne. Nous allons le chercher, dit gentiment Soline en désignant Barry. Si le temps se gâte, ce qui est annoncé, remontez au poste de secours, je vous envoie les coordonnées GPS sur votre portable.

Soline scruta attentivement la combe où ils se trouvaient, plantée de sapins sur le flanc droit et où la neige était très épaisse.

— Kevin a sûrement laissé des traces de pas, mais elles vont vite être recouvertes ! Monsieur, avez-vous regardé ?

— Oui, non, je ne sais plus, balbutia l'homme, livide.

Elle remonta sur la motoneige qu'elle fit avancer au ralenti, certaine que l'enfant n'avait pas pu aller bien loin. Barry sentit tout de suite sa piste, flairant des empreintes de petite taille, qui disparaîtraient bientôt.

— Cherche, mon chien, cherche, il neige de plus en plus.

Soline avait emporté dans un sac à dos une couverture de survie et une boisson tiède. Elle criait le prénom du garçon, mais le vent qui soufflait en rafales emportait sa voix dans la mauvaise direction. Bientôt elle comprit qu'ils étaient sortis du périmètre balisé par le domaine.

— Kevin ! hurla-t-elle. Kevin !

Le tervueren s'élança soudain, multipliant les bonds. Il se mit à aboyer, des jappements frénétiques.

— Oui, Barry, va, l'exhorta-t-elle, impatiente d'apercevoir une silhouette enfantine.

Elle coupa le moteur et appela à nouveau l'enfant, en regardant dans la direction où son chien se précipitait. Elle surprit un mouvement entre les troncs d'arbre. Une forme grise fuyait, souple et agile, franchissant les congères et les creux.

— Barry, stop ! s'égosilla Soline. Barry !

Son cœur battait très vite. Elle était sûre d'avoir vu un loup. On lui avait beaucoup parlé de cet animal sauvage, depuis son arrivée en Haute-Savoie. Les loups, qui se moquaient bien des frontières tracées par les humains, étaient venus d'Italie trente ans plus tôt, d'abord peu nombreux. Peu à peu, ils avaient investi toute la chaîne des Alpes, et même d'autres régions de France.

— Viens, mon chien, c'est bien, tu as obéi.

Soline fit asseoir Barry à ses pieds. Il haletait, frémissait, comme prêt à courir derrière la bête grise. Tout à coup, il fonça sur la droite. Soline avait perçu, en même temps que lui, un faible bruit de sanglot.

— Kevin ?

Son chien grattait avec précaution un amas de neige au pied d'un arbre. Très vite, un bonnet en laine verte apparut, ainsi qu'un blouson blanc. L'enfant leur tournait le dos et pleurait.

— Là, n'aie pas peur, le rassura Soline. Tu n'es plus en danger. C'est bien toi, Kevin ?

— Oui !

La voix douce et le doigt qui effleurait sa joue le poussèrent à lever la tête. Mais en découvrant Barry tout proche de lui, Kevin se recroquevilla, terrifié.

— Le loup, il est là, gémit-il.

— Mais non, je te présente Barry, mon chien. Il est dressé à retrouver les victimes d'avalanche, et aussi les garçons qui se perdent dans la forêt. C'est un tervueren, tu as raison, on dirait un peu un loup, mais pas vraiment.

Soline l'aida à s'extirper du tas de neige. Elle devina que le garçon s'était caché ainsi, sans doute effrayé.

— Je suis secouriste, alors ne crains rien. On va vite rejoindre ton papa en motoneige, expliqua-t-elle. Je l'appelle tout de suite, pour le rassurer. Zut, je n'ai plus de réseau. Ce n'est pas grave, je préviens quelqu'un de la station.

Elle chercha en vain son talkie-walkie dans le compartiment étanche de la motoneige. L'appareil avait disparu.

— Mais… j'étais sûre qu'il était là !

Vivement contrariée, elle essaya d'envoyer au moins un texto. Kevin, blotti dans ses bras, jetait des coups d'œil inquiets sur Barry. Malgré le déluge de neige et le vent qui s'intensifiait, Soline jugea utile de savoir pourquoi et comment il s'était égaré.

— Qu'est-ce qui s'est passé ? demanda-t-elle en enveloppant le jeune garçon dans la couverture de survie.

— J'avais fini ma descente en luge. J'allais retourner vers les télésièges, et puis j'ai vu un chevreuil sous les branches de sapin. Je me suis approché, mais il s'est sauvé. Je l'ai suivi dans le bois. Je me disais que c'était une aventure, que ma grande sœur serait jalouse si je lui disais que j'avais vu une bête sauvage. Et puis d'un coup, je ne savais plus comment revenir à ma luge.

— Et tu n'as pas entendu ton père ? Il te cherchait !

— Non, il y avait beaucoup de vent, des craquements, j'ai eu peur. J'ai voulu me cacher à cause du loup.

— Donc tu as vu un loup. Moi aussi je l'ai aperçu en arrivant. Il y en a dans les Alpes, mais ils n'attaquent pas les humains. Il devait chasser ce chevreuil. Kevin, c'était plus dangereux de t'enterrer dans la neige. En tous les cas, on ne risque rien, Barry nous défendra. Il porte le nom d'un gros chien qui a sauvé la vie d'une quarantaine de personnes égarées dans la montagne, il y a très longtemps.

Le garçon se remit à pleurer, de grosses larmes roulant sur ses joues constellées de taches de rousseur. Soline le guida vers la motoneige, déjà blanche de flocons.

— Là, sur ce bolide, tu vas vivre une vraie aventure, Kevin, plaisanta-t-elle. Tu me tiendras bien.

Elle l'installa à l'arrière. Le moteur démarra, avant d'émettre des à-coups irréguliers et de s'éteindre.

— Flûte ! s'écria-t-elle. Et maintenant, une panne !

Après plusieurs essais infructueux, Soline dut renoncer. Elle gardait son sang-froid, mais en analysant la situation, elle fut consternée.

« Il fera nuit tôt, le ciel est très bas. Il neige toujours et je ne peux pas téléphoner, se dit-elle. Quand la malchance s'y met ! »

Barry l'observait, sur le qui-vive. Son épaisse fourrure était parsemée de neige.

— On n'a pas le choix. On ne peut pas rester là, sans bouger, il fait trop froid. Il faut remonter à pied, Kevin. Je vais mettre une laisse au harnais de Barry, il te tirera. Et puis je suis sûre qu'une équipe va venir à notre rencontre, ton père a dû s'inquiéter et alerter les secours.

— D'accord, c'est quoi ton nom ?

— Soline.

Ils commencèrent à marcher. Dotée d'un excellent sens de l'orientation, Soline suivit le chemin inverse, distinguant parfois les traces de Barry. Elle discutait avec l'enfant, lui souriait, mais elle était anxieuse. La tempête déferlait, menaçante. Et personne ne venait à leur rencontre.

Les rideaux de neige l'aveuglaient à moitié et il faisait de plus en plus sombre. Elle ne voyait plus rien au-delà de trois mètres. Kevin, qui grimpait la pente les yeux fermés, en se laissant tirer par le chien, tomba sur les genoux.

— Je suis fatigué ! cria-t-il, le visage ravagé par les larmes.

— On se repose un peu, déclara Soline. Tu vas boire du thé tiède, et manger une barre vitaminée.

Elle s'assit sur le côté de la piste, attira le garçon contre sa poitrine. Barry se coucha dans son dos.

— Il ne faut pas rester immobile, alors on va vite repartir, Kevin. Je suis désolée, si la motoneige avait démarré, tu serais déjà en sécurité, avec ton papa. Calme-toi, je suis sûre qu'on nous recherche.

L'enfant répondit d'un « oui » chuchoté. Soline, durant cette pause, fut submergée par un malaise indéfinissable. L'angoisse s'emparait d'elle, une sensation de crainte sourde, qui lui donnait envie de pleurer, comme le faisait Kevin.

« Qu'est-ce que j'ai ? Je me sens perdue, tellement seule. »

Son courage l'abandonnait. Elle tenta de surmonter ce flux étrange de détresse presque puérile. Mais la rumeur grondeuse du vent et le bruissement incessant de la neige amplifiaient la panique viscérale qui s'emparait de tout son être.

— T'as peur toi aussi ? murmura Kevin. Tu trembles.

— Non, je me refroidis, parce que nous nous sommes arrêtés, mentit-elle d'un ton hésitant. On repart.

Ils reprirent leur lente progression. Enfin la lumière de deux phares traversa l'épais tissu de flocons, assortie de bruits de moteur. Soline put respirer à son aise, libérée de l'étau qui broyait son cœur.

— Je te l'avais dit, Kevin ! Les secours arrivent. Tu as été très courageux, dit-elle en l'embrassant sur la joue. Tes parents pourront être fiers de toi.

— Toi aussi, t'es forte, tu m'as retrouvé.

Une heure plus tard, Soline prenait le volant de son 4 × 4 en direction de Combloux. Tout était rentré dans l'ordre, du moins le croyait-elle.

Combloux, le lendemain matin,
jeudi 12 février 2015

Viviane savourait son deuxième bol de café au lait, assise au coin de sa cheminée. Elle contemplait la danse des flammes, le rouge incandescent des braises sous les trois bûches posées sur les chenets. Nostalgique des temps anciens, elle avait refusé d'acheter un poêle ou de faire installer un insert.

— Ils n'y connaissent rien, de nos jours, dit-elle à Neige, couché sur sa couverture. Je préfère sentir la chaleur du feu, me faire rôtir les jambes !

Le chien se leva, penchant de côté sa belle tête blanche. Il aboya, fébrile.

— Qu'est-ce que tu as, Neige ? Mais, c'est la voix de Soline dans la rue !

Un regard sur l'horloge comtoise, au coffre peint en vert pastel, orné de motifs floraux, la renseigna.

— Neuf heures et des poussières, elle devrait être au travail, la gamine, marmonna-t-elle.

On frappa peu après. Kate entra la première, une écharpe rose enrubannée autour de ses boucles noires. Ensuite Soline apparut, avec une expression de profond dépit. Elle détacha la laisse de Barry, qui se coucha tout de suite sous la table.

— Et alors les filles, ça va t'y, ou bien[1] ?

Elle avait usé du patois, dans l'espoir de faire rire Soline, mais ce fut un échec.

— Viviane, je suis au chômage, annonça celle-ci. On m'a renvoyée pour faute professionnelle.

---

1. Termes typiques du patois savoyard.

— Quoi ? Après ce que tu as fait hier, pour ce p'tit gars ? Sans toi, le loup que tu as vu lui aurait peut-être bien croqué les mollets.

— C'est plutôt à cause de ça, madame Vivi, insinua Kate.

Soline alla s'asseoir sur la pierre de l'âtre. Le berger suisse quémanda une caresse. Elle entoura son cou de ses bras, enfouit son visage quelques secondes dans sa fourrure blanche et douce, comme elle l'avait si souvent fait à Lons-le-Saunier, adolescente.

— Explique-moi, Kate, enragea Viviane.

— Soline a regardé ses mails, à 7 heures ce matin. Il y en avait un de la direction générale du domaine où elle bosse. On lui signifiait son renvoi pour faute professionnelle grave.

— Je ne devais même pas me présenter ce matin, précisa Soline. J'ai attendu pour leur téléphoner. On m'a affirmé que le réservoir de la motoneige était vide, d'où la panne. Pourtant je suis sûre d'avoir vérifié le niveau d'essence en sortant le matériel. C'est comme pour le talkie-walkie, je ne l'ai pas retrouvé. Je n'y comprends rien.

— Tu es grillée, ma puce, déplora Kate. Moi qui voulais dégoter un emploi là-bas !

— On va réfléchir, déclara Viviane. D'abord, je refais du café. Vous en avez bien besoin, les gamines.

— La visite des gendarmes n'a rien dû arranger, hasarda Soline. Hier soir, après le départ de Kevin et de son père, Léo, un de mes collègues, m'a dit que le capitaine Demolliens avait posé beaucoup de questions sur moi et sur Cédric Rousseau, le moniteur de ski qui a été tué. Comme si la photo où il se tient à côté de moi était une preuve !

Viviane se rembrunit, les sourcils froncés. Elle surveilla d'un air songeur l'eau qu'elle avait mise à bouillir. En pantalon de jersey et long pull gris, elle présentait aux visiteuses une silhouette mince et encore vigoureuse.

— Tout va de traviole, ronchonna-t-elle. Quand même, c'est louche, ton histoire de réservoir vide. Y a un souci. Quelqu'un te fait des misères. Tu es belle, intelligente et brillante, ça attire la méchanceté de certains.

— Ce serait possible qu'on ait trafiqué l'engin sous ton nez ? s'enquit Kate. Tu dois te défendre ! Arrête de faire les cent pas, essaie de te souvenir du moindre détail de ta journée.

— J'ai dû rester à l'intérieur du poste une vingtaine de minutes, pour préparer mon repas et m'informer des conditions météo.

— C'est suffisant pour te jouer un sale tour, trancha Viviane. Je pense comme Kate, tu dois contester ton renvoi. Ces idiots t'ont virée pour faute, tu ne toucheras pas d'indemnités.

— Tant pis, déplora Soline. Je trouverai un autre travail. Je n'ai pas envie de prouver ma bonne foi.

Viviane et Kate échangèrent un coup d'œil navré. Elles aimaient toutes les deux la jeune femme et ne savaient plus de quelle manière la réconforter.

— Ne vous en faites pas pour moi, dit-elle soudain en leur souriant. Je dépense si peu que j'ai de l'argent de côté. Si on buvait ce café ?

Elles discutèrent encore des événements de la veille. Soline allait se résoudre à avouer le malaise étrange qu'elle avait eu, en pleine tempête, seule avec Kevin et Barry, mais la sonnerie du téléphone l'en empêcha. Viviane passa dans la pièce voisine, l'ancien bureau de son mari. La communication fut assez brève.

— C'était Alban, lâcha-t-elle d'un ton rude. Je ne lui ai pas dit ce que j'avais sur le cœur, à ton sujet, mais ça me démangeait. Il appelait pour nous faire savoir que le jeune homme à qui tu as sauvé la vie a repris connaissance. Il n'est pas près de refaire du snowboard, mais il te doit une fière chandelle.

— Je suppose que le capitaine Demolliens ne vous a pas dit son nom ?

— Tu supposes mal, ma belle ! C'est Fabrice Barthélémy, le fils d'un pharmacien de Saint-Gervais, encore un gosse que j'ai vu au berceau.

Il doit avoir 16 ans maintenant. Ils vont pouvoir l'interroger.

Soline approuva en souriant.

— Puisque j'ai du temps libre, cet après-midi, j'emmènerai Barry chez le vétérinaire, annonça-t-elle. Il doit lui faire un rappel de vaccin avant la fin du mois.

— Tu vas chez le nouveau véto, celui qui a succédé à ce cher Bertrand ? dit Viviane d'un ton mélancolique. C'était un homme formidable, il a soigné nos chiens pendant plus de vingt ans. Mais le cancer l'attendait au tournant. Il a rejoint Léon au cimetière.

Afin de dominer son émotion, la septuagénaire égrena ses souvenirs.

— On a rencontré Bertrand un été, en randonnée, il venait juste de s'établir vétérinaire à Combloux, après avoir exercé à Grenoble. On s'offrait de grandes balades, Léon et moi, avec nos chiens. Ce jour-là, on était près du glacier de Tête-Rousse et on a croisé un couple, Bertrand et son épouse. Ils voulaient voir l'endroit. Tu n'as pas dû en entendre parler, Soline, c'est du passé, mais il s'est produit une terrible catastrophe en 1892, lorsqu'une énorme poche d'eau de ce glacier a brisé un mur de schistes. Une coulée de boue torrentielle a tout détruit sur son passage, le village de Bionnay, et en aval, les thermes de Saint-Gervais. Presque deux cents personnes sont mortes noyées ou écrasées sous les décombres.

— Quelle horreur ! s'écria Kate. Pauvres gens.

— Je suis souvent passée à Saint-Gervais, nota Soline, mais j'ignorais qu'il y avait eu une telle tragédie là-bas. Ce devait être épouvantable.

— Tu peux le dire, gamine, ça a marqué les mémoires.

Soline éprouva le même malaise que la veille, au point de fermer les yeux, toute pâle. Une sensation de peur intense, de solitude, la terrassait.

— Qu'est-ce que tu as, ma puce ? s'inquiéta Kate.

— Rien, rien du tout, je me fais du souci, c'est tout. Je n'ai pas encore bien réalisé que je n'ai plus de travail, improvisa-t-elle, afin de cacher sa détresse.

— Te bile pas, ma belle, je suis là, affirma Viviane en lui tapotant l'épaule.

Combloux, cabinet du docteur vétérinaire
Claude Mercier, même jour

Soline patientait dans la salle d'attente, Barry assis près de sa chaise. Elle feuilletait une revue sur les sports de glisse, en observant par instants les deux autres personnes présentes dans la pièce. Le chat de la dame qui était face à elle n'arrêtait pas de miauler, affolé d'être enfermé dans une cage.

Une porte s'ouvrit sur une assistante en blouse bleue, très souriante.

— Mademoiselle Fauvel, appela-t-elle.

C'était la cinquième fois en quatre mois que Soline venait au cabinet vétérinaire, notamment pour Neige. Claude Mercier la reçut avec un sourire impersonnel, tout en gratifiant Barry d'une caresse au sommet du crâne. Le tervueren gronda.

— Je suis désolée, il n'aime pas qu'on le touche par surprise, se justifia-t-elle. Et je crois qu'il déteste se retrouver ici.

— Comme beaucoup de chiens, fit remarquer l'assistante, qui consultait la fiche de Barry.

— Les animaux sont souvent stressés à peine entrés dans la salle d'attente, renchérit le vétérinaire. Au fait, mademoiselle, comment va Neige ? Vous prendrez rendez-vous pour le début du mois de mars, où nous lui enlèverons son plâtre.

— Que me conseillez-vous par la suite ? s'enquit Soline. Il ne pourra plus aller sur le terrain ? J'avais réussi à le dresser à la recherche des victimes d'avalanche.

— Mademoiselle, votre berger suisse approche des huit ans, il faut songer à sa retraite. Mais il doit faire de l'exercice.

La nouvelle attrista davantage Soline. Elle musela Barry, en vue de la piqûre. Claude Mercier procéda au vaccin, puis il admira le chien sous tous les angles.

— Votre Barry est magnifique, en pleine forme. On sent qu'il vous est très attaché. Veillez tout de même sur ses coussinets, la neige et la glace peuvent causer des lésions.

Soline dévisagea le vétérinaire de son regard bleu, contente des compliments qu'il venait de faire sur Barry. Grand, robuste, les cheveux châtain clair, Mercier devait avoir la trentaine.

— Vous avez une autre question, mademoiselle ? dit-il en lui souriant, conscient d'être étudié.

Elle fut charmée par ce sourire cordial, par l'éclat des yeux sombres.

— Non, pas pour l'instant, répliqua-t-elle. Alors on se revoit au mois de mars.

— Mon assistante va vous fixer un rendez-vous. Au revoir, mademoiselle, au revoir, Barry, tu salueras ton copain Neige de ma part.

Soline sortit un peu exaltée du grand chalet qui abritait le cabinet. Elle se surprit à rire en silence. Contre sa volonté, ses pensées se focalisèrent sur Claude Mercier. Il aimait autant qu'elle les animaux, pour avoir choisi cette profession, et il se montrait attentif, délicat avec eux.

« Il était presque touchant quand il parlait à Barry de son copain Neige, se dit-elle. Et il serait célibataire, d'après Viviane. »

Le soir même, Soline confiait à Kate son léger coup de cœur pour le vétérinaire. Son amie, ravie, éclata de rire.

— Enfin, tu t'intéresses à un homme, ma puce. Je parie que lui, il en pince déjà pour ta peau de pêche et tes yeux couleur du myosotis, une trouvaille de notre madame Vivi, ça, le bleu myosotis. Si j'étais aussi belle que toi, je ferai des ravages chez ces messieurs. Et je serais sans pitié !

— Tu es très jolie, Kate. Pourquoi dis-tu des choses pareilles ? Tu n'as pas eu de chance de tomber sur Luc, mais il y a forcément des hommes tendres, galants, respectueux. J'y pense, tu devrais rencontrer le capitaine Alban Demolliens, je suis sûre qu'il te plairait.

— Je verrai s'il m'inspire, sauf s'il t'envoie en prison ! Non, je n'ai aucun goût pour les gendarmes.

— Ceux qui ont intégré le peloton de haute montagne sont des passionnés, ils risquent leur vie pour les autres.

Barry les écoutait, allongé sur le carrelage rouge que le temps avait patiné. Parfois, il entrouvrait les paupières, leur dédiait un regard qui semblait rêveur. Kate et Soline, assises sur un tapis près du poêle à bois, discutèrent jusqu'à minuit de leurs projets, de leurs doutes et surtout de leur avenir amoureux.

5

Soir de neige

Hôpital de Chamonix, dimanche 15 février 2015

Soline frappa deux petits coups à la porte, avant d'entrer dans la chambre. Fabrice Barthélémy avait demandé à la voir, par l'intermédiaire du capitaine Demolliens.

— Entrez, répondit-on.

Le jeune snowboardeur, une jambe plâtrée jusqu'au talon, se redressa à l'aide de la poignée suspendue au-dessus de son lit. Il parut surpris de voir une ravissante jeune femme blonde, mince et gracieuse, en pull blanc à col roulé et jupe assortie.

— Bonjour, je suis Soline Fauvel !

— Salut, c'est gentil d'être venue, mademoiselle, répliqua-t-il. Je tenais à vous remercier, ma mère aussi. Un des gendarmes m'a dit que je serais mort sans l'intervention d'une secouriste, alors on lui a demandé votre nom.

— Je comprends, dit-elle, un peu gênée. Je suis heureuse de vous voir hors de danger et en meilleure forme. Tenez, c'est pour le moral ! Du magnésium à déguster.

Elle lui tendit un ballotin de chocolats. Fabrice le prit en souriant.

— En plus, vous m'apportez un cadeau, dit-il. C'est sympa, encore merci.

— Est-ce que vous souffrez ? s'inquiéta-t-elle, car il avait le teint cireux et semblait fébrile.

— Non, on me donne ce qu'il faut, mais je ne peux pas me remettre de ce qui m'est arrivé. J'ai cru que c'était la fin quand la neige m'a heurté ! Cette nuit, j'ai fait deux cauchemars. J'étais enterré vivant sous la glace, je ne pouvais plus respirer.

Il s'allongea, la tête en arrière sur l'oreiller. Le jour de l'accident, l'adolescent s'entraînait pour participer à une compétition de snowboard, mais en cachette de ses parents.

— Je peux te tutoyer ? demanda-t-elle.

— Oui, bien sûr.

— Ta réaction est normale, ajouta-t-elle en s'asseyant sur une chaise. Mais ça passera.

— Je sais, mais avec ma cheville fracturée, c'est fichu pour le snowboard.

— Ne te décourage pas si vite, Fabrice, tu es très jeune, la chirurgie actuelle peut faire des miracles, affirma Soline. Je t'en prie, répète-toi que tu es vivant. On meurt asphyxié au bout de deux heures, en règle générale.

— Vous avez raison, mademoiselle. Dites, les gendarmes n'ont pas voulu m'expliquer comment vous m'avez retrouvé ? Et l'autre victime, le moniteur de ski qui a été assassiné ? Maman m'a tout raconté.

Soline hésita. Il lui coûtait de se taire ou de mentir, comme si elle était coupable d'avoir des visions prémonitoires. Elle se releva, sa veste sur le bras, pour répondre à mi-voix.

— On m'avait signalé une coulée de neige dans ce secteur. J'ai pu m'y rendre à temps. Tu es sauvé, c'est le plus important.

— D'accord ! Mais ne partez pas déjà, ma mère est en bas, à l'accueil. Elle veut vous rencontrer.

— Très bien, je vais l'attendre.

Des questions se pressaient sur les lèvres de Soline, qu'elle finit par poser à l'adolescent.

— Excuse-moi, je sais que tu as déjà été interrogé par les gendarmes, mais je voudrais comprendre certaines choses. Ce n'est pas de la curiosité, mais de l'intérêt.

— Allez-y, je préfère en parler avec vous. J'ai eu droit à la visite d'un commandant qui n'était pas patient.

— J'imagine, admit-elle en souriant. Dis-moi, comment es-tu allé là-bas, mardi ? Et pourquoi ? C'est quand même assez loin de Saint-Gervais. Il y a sûrement des endroits plus près de chez toi pour t'entraîner.

Il guetta la porte, craignant sans doute le retour de sa mère.

— Pour le trajet, je m'arrange avec un copain qui a le permis. Je voulais dépasser mes limites. Je suis parti de beaucoup plus haut, en télésiège. Mon pote devait me récupérer plus bas, au bord d'une petite route qui est déneigée, dès qu'il aurait eu mon texto. Je fonçais et j'allais couper la pente en biais, quand il y a eu l'avalanche. J'ai essayé de l'éviter, mais je n'ai pas pu.

— Ton copain a dû s'inquiéter, hasarda Soline.

— Pas vraiment, mais les gendarmes l'ont interrogé lui aussi, et son témoignage les a aidés, parce qu'il a entendu le départ d'avalanche, et il se souvenait bien de l'heure.

Soline approuva, certaine cependant que Fabrice mentait au moins sur un point.

— Et tu n'as pas vu non plus cet homme, Cédric Rousseau ?

— Non, d'après le commandant, on lui a tiré dessus là où le meurtrier a déclenché la coulée de neige. Sur la crête…

Une jolie femme d'une quarantaine d'années fit irruption dans la chambre, en tailleur de tweed et escarpins à talons.

— Vous êtes mademoiselle Fauvel ! s'exclama-t-elle en joignant les mains. Il faut que je vous embrasse ! Vous avez sauvé notre fils, notre fils unique !

La mère de Fabrice avait les larmes aux yeux. Soline se laissa faire, très émue. Elle n'avait jamais eu autant conscience de l'importance des secours en montagne.

— Je me présente, Geneviève Barthélémy. Si vous saviez combien nous avons eu peur, mardi soir, mon mari et moi, en voyant notre fils inanimé. On l'avait placé sous respirateur, il était tellement pâle. Je l'ai veillé toute la nuit.

— C'est bon, maman, protesta Fabrice, gêné.

— Tu verras ce qu'on ressent dans ces cas-là, quand tu auras des enfants, mon chéri, se rebiffa sa mère. Mademoiselle, je voudrais vous inviter à déjeuner, Viviane et vous. Dimanche prochain, ça vous irait ? Si vous ne connaissez pas bien Saint-Gervais, vous pourrez visiter, c'est si plaisant. L'été, grâce aux thermes, il y a beaucoup d'animation.

— Ce sera avec plaisir, madame, si Viviane est d'accord, répondit Soline.

— Formidable ! Il faudra emmener votre chien. Mon mari adore les bêtes, alors pensez donc, le vôtre, qui a retrouvé notre Fabrice…

Geneviève Barthélémy se répandit encore cinq minutes en remerciements. Soline put enfin sortir dans le couloir. Elle se hâta vers l'ascenseur et appuya sur le bouton d'appel. Les portes coulissantes s'ouvrirent un instant plus tard sur le capitaine Demolliens, habillé en civil.

— Bonjour, mademoiselle Fauvel. Je vous cherchais, Viviane m'a dit que vous seriez à l'hôpital vers 11 heures.

— Que se passe-t-il, capitaine ? Vous devez encore m'interroger ?

Comme il restait dans la cabine, surpris par son ton froid, presque hostile, Soline y entra.

— Nous pouvons descendre, indiqua-t-il. Je ne suis pas en service. Je vous invite à boire quelque chose à la cafétéria, si vous acceptez.

En l'observant dans le miroir, elle le trouva différent, dans son blouson de cuir à col de fourrure, une écharpe beige autour du cou.

— Je veux bien, souffla-t-elle.

Soline eut le temps d'étudier son propre reflet. Elle avait une expression sévère, qui durcissait ses traits harmonieux. Vite, elle s'adressa un sourire. Alban le remarqua et s'en amusa.

— Je suis intrigué par votre personnalité, vos visions, avoua-t-il. Je ne les mets pas en doute, mais j'aimerais comprendre.

La jeune femme avait souffert, adolescente, de l'attitude de ses parents, qui évitaient scrupuleusement d'aborder le sujet. La démarche du capitaine la toucha.

— Je suis désolée, je ne sais pas quoi vous répondre, dit-elle lorsqu'ils furent assis à une petite table ronde, le long d'une baie vitrée. Il n'y a rien à comprendre, il faut juste l'admettre. Ce phénomène est inexplicable, mystérieux. Je suis la première à le déplorer. Ce serait un soulagement de fournir une théorie rationnelle aux gens qui refusent d'y croire. Je ne suis pas un cas unique, si on se renseigne. Que ce soit de nos jours ou par le passé, d'autres que moi ont eu des prémonitions, des visions d'événements, le plus souvent tragiques.

— Ce doit être étrange pour vous, insista Alban.

— La première fois, j'étais sidérée, bouleversée. Ensuite, j'ai pensé que j'avais de la chance, puisque je pouvais sauver des vies. C'est merveilleux, non ?

— Tout à fait. Je dirais même que c'est admirable. Hélas, peu de gens adhèrent à ce genre de choses.

— Parfois, malgré une preuve évidente, certains doutent encore, comme mes parents, nota Soline. Mais Viviane et Kate, une amie, me croient et me soutiennent.

Alban avait obéi à une impulsion irraisonnée, en tentant de la rencontrer à tout prix ce dimanche matin, hors du cadre de l'enquête en cours.

— En parlant de Viviane, elle m'a appris que vous avez perdu votre emploi, dit-il afin de changer de sujet. J'en suis navré.

— Je suis optimiste, je retrouverai du travail. Je ne conteste pas la décision de la direction. Pour eux, j'ai commis une faute grave. Partir rechercher un enfant de dix ans, et puis tomber en panne d'essence en motoneige, c'est impardonnable. Ce genre d'erreur peut coûter la vie à une personne en difficulté. Si je suis vraiment responsable, je dois l'assumer.

— Toujours selon Viviane, vous aviez vérifié les niveaux !

— En effet, le matin, le réservoir était plein.

Demolliens devint pensif. D'instinct, il envisagea un acte de malveillance, sans comprendre les motivations du coupable. Soline fixait sa tasse de café, tout aussi pensive.

— Avez-vous une piste, pour le meurtre de Cédric Rousseau ? demanda-t-elle soudain.

— Même si c'était le cas, je ne pourrais rien vous dire.

— Donc vous n'en avez pas, répliqua-t-elle. Vous vous êtes trahi, capitaine.

Elle lui lança un regard un peu moqueur, qui acheva de le séduire. Depuis que sa fiancée l'avait quitté une semaine avant leur mariage, aucune femme ne l'avait autant attiré.

— Touché, plaisanta-t-il. C'est votre faute, au fond, je perds mes moyens devant vous.

Soline eut la finesse de ne pas relever cet aveu ambigu, ce qui soulagea Alban.

— Mademoiselle, est-ce que vous voulez aller grimper, cet après-midi ? proposa-t-il. Viviane est intarissable, quand elle parle de vous. Je sais que vous aimez l'escalade et que vous êtes très douée. Je vous ferai découvrir le site du Passet, quatre voies sécurisées, sur une grande falaise, dans le massif des Aiguilles Rouges.

— En cette saison ? Ce doit être enneigé, s'étonna-t-elle, sans penser à refuser.

— Je m'entraîne souvent là-bas, hiver comme été. C'est à mille huit cents mètres. Un jeu d'enfant pour les grimpeurs confirmés. La météo est favorable.

— Je vous remercie, dites-moi où vous rejoindre, j'y serai à 14 heures.

Plus détendue, Soline lui raconta brièvement comment elle avait retrouvé Kevin, le garçon de dix ans. À la fin de son récit, elle précisa d'un ton rêveur.

— Il avait vu un loup, et je l'ai vu aussi. Un animal solitaire, sans doute, il m'a paru maigre, craintif, loin de l'imagerie du fauve cruel, mangeur d'enfants.

— Notre peloton surveille aussi la faune et la flore sauvages, expliqua-t-il. Les loups sont de plus en plus nombreux dans les Alpes. Mais les éleveurs subissent régulièrement des pertes et cela entraîne de vives polémiques. Même si en France, l'animal est protégé depuis une trentaine d'années[1], les chasseurs ont le droit d'en abattre un certain nombre chaque année. J'espère que je ne vous ennuie pas ?

Soline, qui commençait à apprécier Alban, fit non de la tête. Il se perdit dans le bleu fascinant de son regard radouci.

— Capitaine, vous êtes plein de contradictions, dit-elle enfin. Vendredi, vous me soupçonniez presque d'être mêlée à la mort de Cédric Rousseau. Aujourd'hui, vous me traitez en amie.

— Je ne vous ai pas suspectée une seule seconde, affirma-t-il. Je faisais mon métier. Alors, à plus tard… J'ai votre numéro de téléphone, je

1. En Europe, le loup est protégé par la convention de Berne de 1979 et dans le droit français depuis 1989.

vous envoie les coordonnées. Il faut vous garer au hameau de Barberine.

— Je suis partante, répondit Soline en lui souriant encore.

Combloux, lundi 23 février 2015

La nuit tombait derrière les carreaux. Depuis le milieu de l'après-midi, il neigeait sur la petite ville. Assise à la table où Kate et elle prenaient leurs repas, Soline regardait des photographies sur son ordinateur portable. Elle se sentait bien, vêtue d'une longue robe en lainage, des chaussons fourrés aux pieds.

— Je ne sais pas lesquelles imprimer pour les parents, se dit-elle. Pourtant maman me réclame sa lettre mensuelle !

Au son de sa voix, qui avait troublé le silence de la petite maison, Barry se leva et vint poser sa tête sur les genoux de sa maîtresse.

— Tu t'ennuies, toi, déplora-t-elle. Nos journées de travail te manquent, tu ne fais pas assez d'exercice. Promis, demain, on fera une grande balade.

Elle se concentra de nouveau sur les images affichées sur l'écran. Le dimanche précédent, le capitaine Demolliens l'avait photographiée, avec son téléphone, tandis qu'elle escaladait une des voies de la falaise du Passet.

— Il a prétendu que j'étais si aérienne, en grimpant, que je lui faisais penser à un oiseau. Et flûte, il me lançait des regards un peu trop révélateurs.

Soline continua sa sélection : Viviane accoudée à la rambarde de son perron, Neige assis à ses pieds, puis Kate et elle dans la rue, toutes les deux appuyées au capot du 4 × 4. Elle termina par un plan de Barry équipé de son harnais, devant le poste de secours. Elle n'avait pas encore eu le courage d'annoncer son renvoi à ses parents, elle préférait ne rien dire pour ne pas les inquiéter. Elle avait postulé à la station de ski de Combloux et attendait une réponse.

Le tervueren retourna se coucher à sa place favorite, près de la porte d'entrée. Soline ouvrit un autre dossier, pour revoir les images de Saint-Gervais qu'elle avait prises la veille.

Le déjeuner chez les Barthélémy s'était déroulé dans une ambiance conviviale, surtout grâce à Viviane, qui savait animer un repas par ses anecdotes savoureuses. Seul Barry n'avait pas eu l'air de se plaire chez eux, refusant même de se laisser caresser.

Soline eut envie de rire en se souvenant de son empressement à aller promener son chien, juste après le dessert.

— J'étouffais un peu, n'est-ce pas, Barry ! Grâce à toi, j'ai pu prendre l'air. Tiens, cette photo plaira à maman, la chapelle du hameau de Bionnay.

Elle contempla le modeste sanctuaire, bâti à flanc de montagne, sous sa toilette de neige. Elle avait éprouvé un vague malaise en s'approchant.

« En fait, je ne me sentais pas bien à Saint-Gervais, pensa-t-elle. Peut-être à cause des horreurs qu'a racontées le père de Fabrice, à table, sur la catastrophe de 1892. Tous ces morts, ces malheureux noyés, les maisons détruites, les corps retrouvés des jours plus tard, en aval. »

La bonne odeur du potage qui mijotait sur la gazinière la réconforta. Elle alla soulever le couvercle de la marmite pour en profiter davantage.

— Il est tard, Kate devrait être rentrée, murmura-t-elle. En plus, je ne peux pas la joindre, elle a oublié son téléphone.

Depuis trois jours, Kate était caissière dans une supérette voisine. Par souci de ne pas être à la charge de son amie, elle avait accepté cet emploi provisoire.

Afin de s'occuper, Soline imprima les photographies, relut les quelques lignes destinées à Monique et Jacques Fauvel.

Mes chers parents,

Rien de spécial à vous dire. Je suis en pleine santé, j'ai des amies adorables. Dans deux semaines, on enlève le plâtre de Neige. J'espère qu'il pourra nous suivre en randonnée, au mois de mai, quand vous viendrez.

Les gendarmes recherchent toujours le meurtrier de l'homme que j'ai retrouvé, après une avalanche, mais la presse en fait déjà moins état.

Son père lui avait téléphoné dès qu'il avait vu l'information. Elle s'était résignée à lui confier le rôle qu'elle avait joué.

L'oiseau du coucou jaillit de sa fenêtre. Il était 21 heures et Kate n'était toujours pas là. Sans être vraiment inquiète, Soline décida d'appeler Viviane.

— C'est toi, gamine, se réjouit celle-ci en reconnaissant sa voix. Attends, je parie que vous êtes en panne de sel ou de beurre, Kate et toi ?

— Non, je croyais que Kate était chez vous, Viviane.

Soline eut froid, soudain. Un frisson parcourut son dos.

— Ah, c'est bizarre, ça, le magasin ferme à 19 h 30. Tu te fais du mauvais sang, ma belle ?

— Oui, Kate a pu tomber et se faire mal. Viviane, je vais aller jusqu'à la supérette avec

Barry. Entre-temps, si vous la voyez dans la rue, vous lui dites où je suis partie.

— Bien sûr ! Soline, tu crois que ce sale type l'a retrouvée, son ex ?

— Je n'en sais rien, mais si c'est le cas, je dois faire vite, c'est une vraie brute. Je raccroche, Viviane.

Le cœur serré, Soline enfila ses bottes de neige et sa parka à capuche. Barry s'agitait déjà, ayant senti qu'ils allaient sortir. Elle lui mit son harnais, y attacha une laisse courte. Son dernier geste fut de prendre un foulard de Kate, posé sur le dossier d'un fauteuil. Le léger tissu était imprégné du parfum bon marché de son amie.

— Viens vite, mon chien. Il faut que tu m'aides.

Une heure plus tard, Soline frappait chez Viviane, qu'elle avait tenue informée de ses recherches par téléphone.

Elles se regardèrent, toutes les deux très anxieuses.

— Où est-elle passée, cette gosse ? bougonna la septuagénaire.

— Le gérant de la supérette affirme qu'elle est partie un quart d'heure après la fermeture, le temps de mettre de l'ordre. Il neige tellement qu'il n'y a plus d'empreintes sur les trottoirs.

— Calme-toi, ma belle. Veux-tu un café, ou du thé ?

— Du café, merci, Viviane. J'ai appelé les docteurs, l'hôpital de Chamonix.

— Et Barry ? Il y avait forcément la piste de Kate, au départ du magasin où elle travaille. Si ce chien-là n'a rien senti, c'est qu'on l'a soulevée du sol, cette gosse !

Le tervueren s'était assis près de Neige, dont le regard brun s'attachait à Soline, car il percevait son angoisse.

— Barry a flairé la neige sur trois cents mètres environ, mais il s'est arrêté net. Kate a dû monter dans une voiture.

Penchée sous le manteau de la cheminée, Viviane tisonna le feu avec nervosité. Elle soupira à plusieurs reprises.

— Tu sais quoi, gamine, appelle donc Alban, lâcha-t-elle.

— Mais une disparition en pleine ville n'est pas du ressort des gendarmes de haute montagne. Et j'attends un peu. Qui sait, Kate a pu croiser quelqu'un et aller boire un verre à Chamonix. Avec sa manie d'oublier son téléphone, on ne peut rien faire, sauf attendre.

— Qu'est-ce que ça te coûte de demander conseil à Alban ? rétorqua Viviane. Si tu veux, je l'appelle, moi…

— Non, pas encore, sinon j'aurai l'impression que Kate est en danger.

— Avale ton café, et réfléchissons. Si Kate est en bonne compagnie, la connaissant, elle te préviendrait pour te rassurer. Elle peut emprunter un portable et t'envoyer un texto ! C'est une brave gosse, elle ne nous ferait pas mariner des heures.

Soline but une gorgée de café, puis elle reposa sa tasse, les yeux agrandis, sous le coup de la panique.

— J'ai horreur de ça, Viviane ! s'écria-t-elle. J'ai horreur des disparitions, vraiment. Quand une fillette avait disparu, que je voyais son visage à la télévision, j'avais envie de vomir, de hurler. Mes parents me disaient que j'étais trop sensible, mais moi je me mettais à la place de ces enfants.

Viviane fut stupéfaite quand la jeune femme éclata en gros sanglots puérils, vite suffoquée.

— Eh bé alors, marmonna-t-elle en lui caressant la joue.

— J'avais l'impression de vivre leur frayeur, leur douleur, tout, le chagrin et l'épouvante d'être emporté loin de sa maison, de sa famille, hoqueta Soline. Je voudrais que Kate entre, là, tout de suite…

— Toi, tu en as gros sur le cœur, et depuis bien longtemps, soupira Viviane en la prenant dans ses bras.

Viviane contacta la gendarmerie de Combloux à 1 heure du matin, pendant que Soline dormait au creux d'un fauteuil, près du feu. L'agent de permanence lui affirma qu'il ne s'était produit aucun fait alarmant. Elle raccrocha, furibonde.

— Fi de loup, il faut plus de vingt-quatre heures pour parler d'une disparition inquiétante, ronchonna-t-elle. Tout ça parce que Kate est majeure, donc libre de s'en aller où elle veut. Les gens ont le temps de crever de froid, ou d'être expédié *ad patres* !

Elle n'osait pas appeler Alban Demolliens aussi tard, même s'il pouvait être d'astreinte. Accoudée à sa table de cuisine, devant un bol de chocolat chaud, la septuagénaire considérait Soline d'un œil maternel.

— Qu'est-ce que tu as vécu, toute petite ? chuchota-t-elle d'un air affligé. Si seulement tu t'en souvenais, hein… Quand tes parents adoptifs viendront, au printemps, je leur causerai, moi.

Sa chère maison lui parut oppressée par le silence. Viviane tendit l'oreille, en quête de la respiration des deux chiens, du chuintement des flammes.

— Et il neige toujours, vindiou ! maugréa-t-elle.

Enveloppée d'un châle en laine, elle était allée dix minutes plus tôt sur son perron, dans l'espoir de voir arriver Kate. Mais la rue était déserte, nappée de blanc.

Soline s'éveilla brusquement, affolée. Elle regarda le feu, le décor familier, avant d'apercevoir Viviane, paupières mi-closes, dans une attitude pensive.

— Mon Dieu, je suis là, dit-elle en respirant très vite.

— Où veux-tu être, gamine ? Tu as piqué un petit roupillon.

— J'ai fait un cauchemar, c'était affreux. Et Kate ?

— Rien du côté de la gendarmerie, ma belle ! J'étais en train de me creuser la cervelle pour savoir ce qui a pu se passer.

— Allez vite vous coucher, Viviane, je suis désolée de vous obliger à veiller. Je vais rentrer chez moi.

— Tu vas te tracasser jusqu'à demain matin. Reste donc là. Quand je tiendrai plus sur ma chaise, j'irai m'allonger. Alors, ce cauchemar ? Toujours le même ?

— Oui, avec des variantes, disons d'infimes détails, mais je suis toujours dans le noir. J'ai très froid, et très peur, parce que j'entends des enfants pleurer, moi je pleure aussi. Quelqu'un me dit à l'oreille que des loups vont nous manger… Oh, c'est absurde, au fond.

— Tu devrais peut-être consulter un psychologue, Soline. Juste pour essayer de voir clair en toi. Tu n'es pas une personne ordinaire, et forcément ça te perturbe.

Soline fit réchauffer du lait. Elle n'avait pas dîné et la faim lui serrait l'estomac.

— J'en ai assez vu, fillette et adolescente. Pour l'instant, je suis surtout troublée par la conduite de Kate. Elle a été très amoureuse de Luc, s'il s'est manifesté en lui demandant pardon, elle a pu le suivre. Qui sait… L'amour demeure une énigme pour moi.

— Dire ça à ton âge ! Tu n'avais pas un peu le béguin pour ton vétérinaire, aux dernières nouvelles ?

L'étau qui broyait la poitrine de Soline se relâcha un peu. Elle se pencha sur Viviane et riant tout bas, elle l'embrassa sur la joue.

— Le béguin ! J'avais oublié ce mot, je ne l'ai entendu qu'une fois, dans la bouche de ma grand-tante, à Lons, quand je sortais avec Enzo. Je vous adore… chère madame Vivi !

En reprenant ces mots, qu'elle devait à Kate, Soline luttait pour ne pas céder à ses idées noires.

— Non, je n'ai pas le béguin, ni pour Alban Demolliens, ni pour Claude Mercier.

— Bah, quand ce sera le bon, tu le sauras, gamine.

Combloux, vendredi 27 février 2015

Midi venait de sonner au coucou suisse. Soline, de retour d'une promenade avec Barry, s'était assise près du poêle. Elle tenait le foulard de Kate entre ses doigts.

— Je n'arrive toujours pas à y croire, soupira-t-elle.

Le décor qui l'entourait lui paraissait triste, dérisoire. En quelques jours, Kate avait pris beaucoup de place, égayant les lieux de ses rires, de ses refrains chantonnés, de sa vivacité.

— Où es-tu partie, Kate ? demanda Soline à mi-voix. Pourquoi elle nous a fait ça, Barry ? Tu parles d'une amie !

Le tervueren aboya, comme s'il voulait lui répondre. Elle avisa le portable de son amie, au coin du buffet et s'en empara d'un geste las. Il n'avait plus de batterie et son chargeur était introuvable.

— Je ne dois pas me laisser abattre. Lundi, je travaille avec toi, Barry. Jusqu'à la fin du mois d'avril.

Soline avait été engagée par la station de ski de Combloux, grâce à Viviane, qui connaissait le directeur. C'était un domaine skiable plus modeste que celui d'Échappées-Mont-Blanc.

— La vie continue, se dit-elle en se relevant.

Pourtant elle voulut lire une dernière fois le texto que lui avait envoyé Kate le lendemain de sa disparition. Quelques lignes explicites, en provenance d'un numéro que Soline n'avait pas jugé bon de rappeler, sous le coup de la déception et d'une légitime colère.

> *Soline, désolée de te lâcher, ma puce. Luc m'invite pour un long voyage dans un pays ensoleillé. J'ai craqué, il a tellement changé. Je récupérerai mes affaires un de ces jours, je n'y tenais pas trop. Ne m'en veux pas, je l'aime. Je vous embrasse, madame Viviane et toi.*

— J'avais raison, c'était bien Luc ! Quand je pense qu'on n'a pas dormi cette nuit-là, alors qu'elle filait le parfait amour, comme dirait ma mère.

L'amertume et le chagrin submergèrent de nouveau Soline. Furieuse, elle décida d'effacer le message, en le relisant de façon machinale.

— Mais, c'est bizarre… Je n'avais pas fait attention. Pourquoi je ne m'en suis pas aperçue avant ?

Son cœur se mit à battre plus vite. Kate se contredisait, et Soline eut la soudaine intuition que c'était fait exprès.

— Déjà, elle ne disait jamais « madame Viviane », elle préférait « madame Vivi », car ça sonnait mieux à son avis, c'était plus gentil. Et ses affaires ? Une fois, elle m'a montré une peluche de chat toute râpée que son père lui avait offerte quand elle était petite.

Barry s'était approché, la gueule entrouverte, et planté sur ses quatre solides pattes, il l'écoutait.

— Kate l'a serrée contre elle, je m'en souviens, en me disant qu'elle ne s'en séparerait jamais, donc elle y tenait beaucoup.

Survoltée, Soline relut le texto. Peu à peu, elle eut la certitude que son amie avait tenté de communiquer avec elle.

— Moi qui l'ai presque insultée ! Luc a dû l'emmener de force et l'obliger à écrire ça. Je suis stupide, égoïste, je n'ai fait que me plaindre à Viviane, en critiquant Kate. Et elle n'aimait plus Luc, elle me l'a assez répété.

Soline éprouva un besoin frénétique d'agir. Vite, elle remit ses bottes de neige et sa parka. Avant de sortir, talonnée par son chien qui pressentait une autre balade, elle reprit le foulard de Kate, pour y enfouir son visage quelques secondes.

— Pardon, chuchota-t-elle, en fermant les yeux.

La vision fut brève, d'une implacable netteté. Soline poussa un cri d'angoisse, avant de téléphoner à Alban Demolliens.

— Bonjour, mademoiselle Fauvel.

Depuis qu'il l'avait emmenée faire de l'escalade, il l'appelait par son prénom. Elle en déduisit qu'il n'était pas seul, ou bien parti en intervention.

— Je suis désolée si je vous dérange, capitaine, dit-elle d'une voix tendue. C'est une urgence.

Il y eut un silence, puis des bruits de voix masculines. Alban l'interrogea en baissant le ton.

— Une urgence ? Nous décollons dans moins d'une heure, un vol de surveillance pour les avalanches.

— J'ai eu une vision, Alban, à l'instant. Viviane vous a parlé de mon amie Kate. Je croyais qu'elle était partie de son plein gré mardi soir, mais non, elle est en danger.

— Ah, je comprends. Et je suppose que vous ne pouvez pas contacter la gendarmerie de Combloux ?

— Non, vous le savez bien, si je dois expliquer comment je l'ai su, ils refuseront.

Soline se tut, le temps de respirer à fond. Elle tremblait, fébrile, impatiente.

— Avez-vous localisé votre amie ?

— Oui, le massif des Aravis, elle se trouve dans la combe de Tardevent. J'ai reconnu les Rochers de la Salla, le refuge près du chemin. Kate va mourir de froid. Il faudrait aller là-bas en hélicoptère pour gagner du temps.

— Bien, venez immédiatement à l'héliport de la gendarmerie. Je vous fais confiance. Je prends la responsabilité de vous emmener. Je dis à mes hommes d'emporter le matériel nécessaire.

— Merci !

Massif des Aravis, une heure et demie plus tard

Soline scrutait le paysage enneigé que survolait l'hélicoptère du PGHM.

— Tout va bien, mademoiselle Fauvel ? lui demanda l'adjudant Rivet, le mécanicien.

— Oui, je vous remercie.

— Il est sage, votre chien, ajouta le gendarme.

Barry, assis à ses pieds, témoignait de son calme habituel. Elle le caressa avant de répondre :

— Il a dû sentir qu'il était de trop.

Demolliens, assis à côté du pilote, se retourna. Il considéra leur passagère et le tervueren d'un regard perplexe.

— J'aurais dû vous dire de laisser votre chien chez Viviane, plaida-t-il.

— Je n'ai pas réfléchi, capitaine, et Barry se rendra utile une fois sur place.

— Nous approchons de la zone indiquée, annonça le pilote.

Tout de suite, Soline retrouva son sang-froid. Elle devait sauver Kate et rien d'autre ne comptait.

— Vous tenez à descendre la première, c'est ça ? lui demanda l'adjudant Rivet.

— J'ai déjà été hélitreuillée, ne vous en faites pas. Je travaille comme pisteur-secouriste depuis plus d'un an, répliqua-t-elle.

— Le capitaine nous en a informés, mademoiselle. Alors, équipez-vous…

Une immense gratitude envers les quatre gendarmes qui l'accompagnaient submergea Soline. Ils l'avaient tous accueillie avec gentillesse et elle les devinait prêts à courir n'importe quel risque, dès qu'il était question de sauver une vie.

— J'aperçois quelque chose, déclara Alban, qui observait la combe de Tardevent avec des jumelles.

L'appareil ralentissait, si bien que le bruit des pâles devenait plus assourdissant.

Les gendarmes échangèrent des coups d'œil soucieux, ce que Soline remarqua. Ils devaient penser au meurtre commis dix-sept jours auparavant, en haute montagne.

— Je suis sûre que Kate est vivante, affirma-t-elle.

— OK, on est en vue de la cible, mais il faudra marcher au moins quatre cents mètres, cria Alban. On peut descendre au plus près, mais à cause du vent, on doit se tenir à l'écart des rochers. Vous êtes prête, mademoiselle Fauvel ?

— Tout à fait. Barry aussi, je l'ai harnaché.

Soline avait l'impression d'être un oiseau livré au vent âpre des glaciers, suspendue dans le vide. Lorsqu'elle toucha le sol, en s'enfonçant dans la neige jusqu'aux genoux, le mécanicien faisait déjà descendre le tervueren.

— Je ne vois pas Kate, gémit-elle tout bas. Kate, je t'en prie, tiens bon.

Elle s'empressa de détacher Barry, qui grognait et s'agitait. Vite, elle lui fit sentir le foulard de son amie.

— Va, Barry, va vite !

Le sous-officier Mathis Derain l'avait rejointe. Il réceptionna la civière qu'on larguait. Ensuite, sans un mot, ils s'élancèrent à l'assaut de la pente. La marche aurait pu être exténuante s'ils n'étaient pas des athlètes confirmés et endurants. Soline suivait des yeux la progression de son chien.

— Elle est là ! cria-t-elle soudain. Barry l'a trouvée, il se couche contre elle, vous voyez ?

Le gendarme aperçut une forme sombre recroquevillée, qui ne réagissait pas au contact du chien.

— Mademoiselle Fauvel, préparez-vous au pire. Votre amie n'avait aucune raison de venir ici seule.

— Non, c'est évident, on l'a amenée. Excusez-moi.

Elle le devança, son énergie décuplée par l'adrénaline. De toute son âme, Soline refusait d'envisager le pire, justement. On ne pouvait pas lui avoir accordé la vision de Kate couchée dans la neige, à cet endroit qu'elle avait pu identifier aussitôt, pour la découvrir morte.

— Kate, appela-t-elle. Si je t'ai vue, c'est pour te sauver.

Le tervueren demeurait couché près du corps inerte, ce qui lui donnait un fragile espoir. Elle avait la conviction que Barry se comportait ainsi car la jeune femme vivait encore.

Les derniers mètres lui parurent interminables. Forçant lui aussi l'allure, Mathis Derain suivait Soline de près. Il la vit tomber à genoux près de son amie. Le chien se redressa et s'écarta.

— Kate ? Pitié, Kate…

C'était un crève-cœur de voir ce visage, normalement si rieur, figé, blafard, les lèvres craquelées, pourtant sous ce masque glacé, le sang courait encore.

— Elle respire, elle est vivante ! cria Soline. En hypothermie !

Mathis Derain se précipita. Ils enveloppèrent Kate dans une couverture de survie et lui firent ingurgiter un peu d'eau tiède, avant de l'installer sur la civière.

— On va la transporter à l'hôpital. Votre amie ne devait pas être là depuis très longtemps, mais elle n'aurait pas survécu deux heures de plus.

— Je sais, répondit Soline dont la joie douloureuse faisait peine à voir. C'est un miracle, n'est-ce pas ?

— Vous parlez de la vision qui nous a fait venir ici ? insinua Derain. En vous attendant à l'héliport, Alban m'a tout raconté.

— Et vous l'avez cru ?

— Que ce soit vrai ou faux, on devait vérifier. Et comme pour l'avalanche, votre vision s'est avérée juste. Alors oui, je vous crois, mademoiselle.

6

Les mensonges de Kate

Hôpital de Chamonix, le lendemain,
samedi 28 février 2015

Viviane et Soline patientaient dans le couloir, un gobelet de café à la main. Une infirmière passa près d'elles, sans entrer dans la chambre de Kate.

— Pourquoi c'est si long ? J'ai pu passer la nuit à son chevet et maintenant on nous interdit de la voir, se plaignit Soline. Elle s'est peut-être réveillée ?

— Ne ronchonne pas, gamine, avec les docteurs on ne sait jamais à quel saint se vouer, rétorqua la septuagénaire. Autant s'asseoir là-bas, près de la machine à boissons. En tout cas, leur café, c'est de la lavasse.

Soline eut un faible sourire. La verve de Viviane avait le don de la détendre. Elles s'installèrent côte à côte, près d'une baie derrière laquelle on voyait le massif du Mont-Blanc, dans sa splendeur hivernale.

— Quand même, on se demande ce qu'elle faisait là-haut, ton amie ? Tu as eu de la chance de pouvoir joindre Alban, sans son aide, Kate était fichue.

— Oui, je ne le remercierai jamais assez.

— Sais-tu qu'il peut avoir des ennuis, à cause de tout ça ?

— Pourquoi ?

— Hé, il vous a emmenés, toi et Barry, sans le feu vert de son commandant. Tu es une civile. Quant au chien, il n'avait rien à faire avec vous tous. La gendarmerie de haute montagne utilise ses propres chiens, en principe.

— Viviane, aucun chien n'aurait fait mieux que Barry, protesta Soline. Il connaît Kate, il l'a retrouvée et réchauffée.

— Ne te fâche pas, ma belle. Mais je me tracasse pour Alban. S'il écope d'un blâme, ça pourrait nuire à son avancement.

— Son commandant comprendra ! Une vie était en jeu. Et je ne vois pas où est le problème. Le PGHM accueille parfois des intervenants non militaires, et l'été, des civils peuvent suivre une opération. En plus, j'ai mon diplôme de pisteur-secouriste, ma présence n'était pas vraiment incongrue. Tiens, en parlant du capitaine, le voilà…

Alban Demolliens venait vers elles d'un pas rapide. Il était en uniforme, et son expression austère n'annonçait rien de bon. Il les salua d'un signe de tête.

— Vous devez trouver le temps long, admit-il. Les médecins ont procédé à des examens. Soline, votre amie Kate, de son vrai nom Catherine Girard, a été droguée. On lui a administré de fortes doses de sédatifs.

— Qui aurait fait ça ? questionna Viviane. Est-ce que tu vas t'occuper de l'enquête ?

— Ce n'est pas à moi d'en décider. Notre peloton est habilité à suivre une enquête judiciaire, mais il y a déjà le meurtre de Cédric Rousseau à élucider. Le procureur va sans doute confier une des deux affaires à la gendarmerie nationale.

Soline demeurait silencieuse. Après l'infini soulagement d'avoir retrouvé Kate vivante, elle se perdait en suppositions. Ce qui s'était passé lui semblait un mauvais rêve, où elle aurait joué un tout aussi mauvais rôle.

— Nous en saurons plus quand elle se réveillera, hasarda-t-elle enfin, car le capitaine la dévisageait attentivement.

— Je l'espère, répondit-il.

— Alban, raconte-nous un peu ce que tu sais pour le meurtre, bougonna Viviane. Vous n'avez trouvé aucun indice ? Et ne me sors pas ton refrain, « je ne peux rien dire, etc. » !

— Vous seriez aussi renseignée en lisant les journaux, ma chère Viviane. Il a beaucoup neigé ce mois-ci, ce qui ne facilite pas les choses, expliqua-t-il à mi-voix. On a décelé des traces des explosifs qui ont servi à déclencher l'avalanche, mais rien d'exploitable sur les vêtements et le corps de Rousseau. Selon un témoignage, il vendait des drogues dures à certains membres du personnel des stations de ski.

— La drogue ! Le fléau de notre époque, déplora Viviane. Un an avant son décès, mon mari a pu arrêter des types qui se livraient à un gros trafic d'héroïne avec l'Italie.

— Je m'en souviens, concéda Alban.

Il les salua de nouveau avant de s'éloigner. Soline n'avait pas eu l'occasion de le remercier. Elle se leva et le rattrapa. Il lui fit face, le regard radouci.

— Hier, en arrivant ici, j'étais bouleversée, précisa-t-elle. Je ne voulais pas quitter Kate, et vous êtes parti très vite. Merci, capitaine, pour m'avoir fait confiance sans hésiter. Viviane pense que vous aurez peut-être des ennuis, à cause de moi, j'en suis désolée.

— L'orage est passé, j'ai pu donner les bons arguments au commandant Jarny, mais il souhaiterait vous rencontrer, dit-il en souriant enfin.

— Quand, aujourd'hui ?

— Rien ne presse, je me doute que vous n'allez pas quitter le chevet de votre amie. Au revoir, Soline.

Hôpital de Chamonix, lundi 2 mars 2015

Il était 16 heures. Soline se précipita dans l'ascenseur le plus proche. Elle avait reçu un message d'une infirmière, lui annonçant que Kate avait repris connaissance.

— Pourvu que j'arrive la première, l'infirmière a dû aussi prévenir les gendarmes, se dit-elle, fébrile.

En longeant le couloir, elle ôta son bonnet en laine blanche et son écharpe. Au moment d'entrer dans la chambre, elle lissa ses cheveux défaits et enleva sa parka.

— Bonsoir, murmura-t-elle, par la porte entrebâillée.

Kate, très pâle, était allongée sur le dos, les yeux fermés. Elle était encore sous perfusion. Soline, qui l'avait veillée toute la journée précédente, l'observa avec inquiétude.

— Kate, c'est moi, Soline, chuchota-t-elle.

Son amie cligna des paupières, en tournant un peu la tête vers elle. Son regard d'un brun intense paraissait voilé, lointain.

— Comment te sens-tu ? Ne parle pas si tu es trop fatiguée, lui conseilla Soline qui prit place au bord du lit.

— Je suis encore dans le cirage, ma puce. Je voudrais dormir.

— Tu auras sûrement la visite des gendarmes, alors je reste avec toi. Si tu dors, je leur dirai de revenir plus tard.

— Pas la peine que tu restes, marmonna Kate. J'ai très mal à la tête, l'infirmière doit m'apporter un cachet.

Un peu déçue, Soline s'empara de la main de son amie, une main à la peau gercée, rougie, dont l'aspect l'avait attendrie.

— Où étais-tu, Kate ? Tu dois dénoncer Luc à la police, si c'est lui qui t'a emmenée de force et maltraitée.

— Pourquoi tu parles de lui, Soline ? Laisse-moi me reposer.

— Bon, je ne dis plus un mot, mais je veille sur toi, comme samedi soir, comme hier. Viviane garde Barry et Neige. Je suis passée à la maison te prendre un pyjama, et j'ai prévu de coucher ici. On m'a engagée à mi-temps à la station de ski de Combloux, j'irai travailler directement demain matin.

Kate ne répondit pas. Soline vit des larmes sur ses joues.

— Pardonne-moi, je n'ai pas compris tout de suite que tu m'envoyais un appel au secours, dans ton texto. Tu m'en veux ?

— Mais non, j'ai une affreuse migraine.

— Je t'ai apporté ça, aussi, pour te réconforter.

Soline sortit de son sac la peluche de chat tout élimée, et la posa sur la poitrine de son amie.

— Tu es gentille.

D'un geste puéril, Kate serra le jouet sur son cœur, sans un sourire. Elle pleurait sans bruit.

— Qu'est-ce que tu as ? On t'a fait du mal ?

Trois personnes entrèrent au même instant, le capitaine Demolliens et le sous-officier Derain, suivis par une infirmière.

— Ne lui en demandez pas trop, messieurs, recommanda celle-ci. Avez-vous toujours mal à la tête, mademoiselle ? Je vous ai apporté un analgésique.

— J'ai très mal, ça empire, avoua Kate.

— Pouvez-vous répondre à nos questions ? s'enquit Alban. Ce ne sera pas long.

— Je vais essayer…

Soline fut rassurée de voir Kate avaler le cachet avec une gorgée d'eau. Néanmoins elle avait l'intuition que son amie exagérait son état et elle aurait bien aimé comprendre pourquoi.

— Est-ce que je peux assister à l'interrogatoire, capitaine ? dit-elle alors d'un ton net.

— Oui, si Mlle Girard est d'accord.

— Je veux bien, soupira Kate. Mais je ne me souviens de rien après mardi soir.

L'infirmière sortit à reculons, puis elle referma la porte. Soline s'assit de nouveau au bord du lit.

— Vous avez disparu mardi dernier, après avoir quitté la supérette, rappela Mathis Derain, qui consultait un dossier. Le gérant a confirmé l'heure de votre départ, soit 19 h 45. Selon Mlle Fauvel, son chien a perdu votre piste environ trois cents mètres plus loin.

— Il neigeait, j'avançais doucement, j'ai entendu une voiture freiner et s'arrêter, sans couper le moteur, relata Kate en regardant le plafond. Je ne me suis pas retournée. Quelqu'un m'a frappée derrière le crâne, un coup violent. Ensuite, je me suis réveillée ici, à l'hôpital.

— On a dû te faire prendre des somnifères, supposa Soline. Tu es sûre que ce n'était pas Luc ?

— Luc, votre ancien compagnon ? insinua Alban, renseigné sur ce point par Viviane.

— Il ne se serait pas donné autant de mal, répliqua Kate, qui se ranimait. L'infirmière m'a dit qu'on m'avait abandonnée en pleine montagne.

— Et c'est Soline Fauvel qui vous a localisée et sauvée, précisa Mathis Derain.

— D'après le rapport des médecins, vous n'avez subi aucun abus sexuel, renchérit Demolliens. Et on a dû vous faire boire, puisqu'il n'y avait pas de signe de déshydratation. L'examen confirme aussi la présence d'un hématome à l'arrière de la tête.

— Je n'en sais pas plus que ça, marmonna Kate.

— Dans ce cas, comment peux-tu affirmer qu'il ne s'agissait pas de Luc ? intervint Soline, exaspérée.

— N'influencez pas votre amie, protesta Alban. Nous allons contacter cet homme et vérifier où il était ce soir-là.

Kate donna le nom de famille de Luc, puis elle poussa une plainte, en effleurant son front.

— Je voudrais dormir, gémit-elle. Soline, éteins les lumières, ma tête me lance, c'est affreux.

— Nous reviendrons quand vous irez mieux, déclara Mathis Derain.

Soline accompagna les gendarmes dans le couloir. Elle était très nerveuse, ce qui accentuait l'éclat bleu de ses yeux.

— Capitaine, je peux vous confier mon portable, proposa-t-elle. Vous pourrez peut-être savoir de quel téléphone Kate m'a envoyé un texto mardi matin, un message censé me rassurer. J'allais l'effacer, mais en le relisant, j'ai compris qu'elle essayait de me faire comprendre quelque chose. Lisez-le, c'est la preuve que Kate nous ment, elle n'était pas inconsciente quand elle l'a écrit, ou dicté.

Alban lut le message, puis il le montra à son collègue, qui parut sceptique. Soline précisa les détails qui l'avaient alarmée.

— Quelqu'un connaissant un peu votre amie a pu l'écrire sans son aide, d'où ces erreurs, envisagea Derain. Vous pensez qu'elle ment ?

— Je ne sais pas, peut-être qu'on l'a menacée, qu'elle a peur. Ceci dit, en y réfléchissant, si je n'avais pas eu de vision, Kate serait morte à l'heure qu'il est, seule là-haut, dans la combe de Tardevent.

— Exact, trancha Alban. Donc, a priori son agresseur ne craint pas d'être dénoncé, sauf s'il apprend qu'elle a survécu. L'opération a eu lieu dans la plus grande discrétion, aucun journaliste n'est au courant. Il faut continuer ainsi.

— Et si vous la placiez sous protection ? suggéra Soline.

— Ce serait prématuré. Mademoiselle Fauvel, depuis quand la connaissez-vous ? Est-ce une amie d'enfance ?

— Non. On s'est connues il y a presque cinq ans, à la gare de Chamonix. Pourquoi ?

— Il y aurait une autre hypothèse, décréta Alban. Si vous ignorez le passé de Catherine Girard, elle peut vous avoir caché des zones d'ombre. La drogue qu'on lui a fait prendre peut être consommée volontairement, tout dépend de la dose, vous me comprenez ?

— Bien sûr, mais ça ne lui ressemble pas, s'indigna Soline. Je m'en serais aperçue, j'ai habité avec elle plusieurs mois quand je travaillais à Megève.

— Excusez-moi, ça ne prouve rien. Je vous ramène votre téléphone le plus vite possible.

Les lumières de l'extérieur dispensaient une vague clarté dans la chambre. Soline dormait dans le fauteuil inclinable qui occupait l'espace entre la table de nuit et la baie vitrée. Elle avait eu du mal à trouver le sommeil, obsédée par les paroles d'Alban et le comportement déroutant de Kate.

Au cours de la soirée, elle n'avait fait que somnoler, en apparence souffrante, au point de refuser son plateau-repas.

— Hé, réveille-toi !

L'appel fit sursauter Soline. Elle ouvrit les yeux et découvrit son amie assise au bord du lit. La tunique blanche qu'on lui avait mise, son visage livide lui donnaient une allure presque fantomatique.

— Tu m'as fait peur, Kate ! Est-ce que ça va ?

— Fais-moi sortir d'ici, Soline. J'ai horreur des hôpitaux.

— On verra demain, si tu te sens mieux. Kate, si tu me disais ce qui se passe. Personne ne nous dérangera, il est 3 heures du matin. Tu as des ennuis ? C'était Luc et tu as peur de lui !

Kate secoua ses boucles noires, en faisant non de la tête. Soline se demanda si elle ne souffrait pas d'un traumatisme lié à son enlèvement.

— Les flics vont fouiller dans mon passé, dit-elle tout bas. Je t'en prie, ma puce, aide-moi à partir. On va aller à la gare. Tu m'achèteras un billet dans le premier train pour Bordeaux, j'irai me planquer chez ma mère.

Stupéfaite, Soline ralluma la veilleuse. Elle scruta le regard affolé de Kate.

— Tu es sérieuse, là ? Tu veux disparaître encore ? Je t'aiderai si tu m'expliques pourquoi tu dois t'enfuir. Mais je ne te promets rien. Est-ce que tu sais combien j'étais angoissée mardi soir ? Viviane aussi ! Et vendredi, on t'a sauvée in extremis. Depuis ton réveil, tu ne t'es pas posé de questions ?

— Je m'en fiche de tout ça, je veux m'en aller d'ici.

— Kate, ta vie ne tenait qu'à un fil. Sans la vision que j'ai eue, tu ne serais plus là. Et tu t'en fiches ?

— Non, bien sûr. Mais justement, puisque j'ai survécu grâce à toi, je tiens à vivre encore longtemps.

Kate se leva. D'un geste brusque, elle arracha sa perfusion. Soline poussa un cri effaré, en la retenant par les épaules.

— Je ne te laisserai pas partir, je t'en prie, parle-moi !

— Si tu tiens à le savoir, j'ai eu la plus grande frousse de ma vie, ce soir-là. On m'a assommée, mais j'ai repris connaissance sur la banquette arrière d'une voiture. Avec tous les trucs qu'on voit dans les séries, une sorte de cagoule noire sur la tête, les poignets attachés. On croit que ça n'arrive jamais en vrai ! Pourtant c'est bien réel, et c'est terrifiant.

Pleine de compassion, Soline aida Kate à s'allonger de nouveau.

— Raconte, ça te soulagera, insista-t-elle.

— Je ne voyais rien, j'écoutais le bruit du moteur. Ensuite le type s'est garé. Il m'a fait sortir et il m'a emmenée dans une maison. J'étais tétanisée, je me disais qu'il allait me violer, me tuer. Il m'a poussée sur un canapé, et il m'a ordonné de lui dicter un message pour toi. J'ai eu l'idée de fausser le texte, en parlant de Luc, car tu savais que je le fuyais.

— Tu as entendu sa voix, alors ?

— Très peu, et elle était étouffée. Il disait qu'il en avait assez, qu'il devait se débarrasser de moi. Après, il m'a donné à boire et j'ai sombré. Ensuite, c'est le trou noir.

Kate se tut pour pleurer enfin, à petits sanglots saccadés. Soline était partagée entre le soulagement et l'incompréhension.

— Pourquoi tu n'as pas voulu parler aux gendarmes ? C'est très important qu'ils prennent ta déposition pour identifier le coupable. Tu crois que c'était Luc ?

— Non, Luc est plutôt direct, du style je frappe d'abord, on discute après, face à face.

— D'accord, on va se calmer toutes les deux et à la première heure, j'appellerai le capitaine Demolliens. Je lui dirai que tu étais trop choquée, hier, pour en parler.

— Je préférerais m'en aller, Soline.

— Quel est le problème, Kate ?

— J'ai un casier, tes copains flics vont vite le savoir. Une affaire de drogue.

— Ce ne sont pas mes copains, ni des flics ordinaires, rectifia Soline. Les gendarmes qui travaillent en haute montagne sont avant tout des secouristes. Ils m'ont aidée à te sauver. Je suis sûre qu'ils ne te jugeront pas, même si tu t'es déjà droguée.

— Je n'y touche plus, ma puce, promis, je suis *clean*. C'était avant de te rencontrer, il y a sept ans. J'avais la vingtaine. Je suis tombée amoureuse de Luc, au début tout allait bien, mais il se droguait et il m'a entraînée dans ses sales combines. Je t'ai menti. Quand il m'a retrouvée à l'Alpe d'Huez, il voulait récupérer l'argent que je leur devais, à lui et à un autre type. Une vieille dette, datant de l'époque où j'étais devenue une junkie. Ton capitaine ne me croira pas, il se dira que j'ai inventé cette histoire pour ne pas dénoncer Luc et le mec qui le menace. Pourtant, c'est quelqu'un d'autre, morte, je ne les intéresse pas.

Désemparée, Soline regarda par la baie vitrée. Le paysage lui fit songer à une carte postale, avec les massifs enneigés, où des milliers de points lumineux évoquaient des paillettes.

— Aie confiance, Kate, fuir n'arrangera rien. On en saura plus très bientôt, au sujet de Luc notamment. Je vais sonner l'infirmière de garde, qu'elle rebranche ta perfusion.

— Fais comme tu veux, Soline. Merci…

— Ne pleure plus, et n'aie pas peur, je te protégerai.

Combloux, chez Viviane Gonod,
mercredi 4 mars 2015

Viviane considérait Soline et Kate d'un air suspicieux. Vêtue d'un pantalon sans âge et d'un grand pull gris, son casque de cheveux roux brillant sous la lampe, elle pointa vers elles un plumeau archaïque.

— Quelle histoire, mes pauvres gamines ! Vous me faites une belle paire d'embournies[1] ?

— Je vous en prie, madame Vivi, dites oui, implora Kate. Je ne serai pas en sécurité chez Soline. En plus, elle s'absente une partie de la journée. Si vous me cachez, le soir, quand tout sera bien fermé, je vous ferai la cuisine, la vaisselle, le ménage…

— Et le repassage, tant que tu y es, ajouta la septuagénaire en ébauchant un sourire. Je vous faisais marcher, toutes les deux. Tu peux t'installer, Kate.

— Pour le moment, personne ne doit savoir qu'elle est là, bien vivante, recommanda Soline. C'est la consigne du capitaine Demolliens. Il veut que Kate reste à la disposition de la police. Le téléphone qui a servi à m'envoyer un texto devait être un appareil prépayé, ils n'ont pas pu savoir d'où venait l'appel, et c'est encore plus inquiétant.

— D'accord, gamine, j'ai compris.

— Merci, Viviane, sinon je n'aurais pas pu continuer à travailler. Déjà, je dois rattraper les heures de lundi. Je pars dans vingt minutes.

---

1. En patois savoyard, embourni équivaut à têtu, ou idiot.

Le parfum du café chaud flottait à travers la pièce, le feu craquait dans l'âtre. La maîtresse des lieux jeta un coup d'œil satisfait autour d'elle.

— Parfait, tu peux partir bosser, gamine. Ah, Soline, n'oublie pas le rendez-vous chez le vétérinaire, lundi prochain, pour Neige. Il commence à ronger son plâtre, ça le démange de gambader.

Kate serra fort la main de Soline sous la table. Délivrée de sa principale angoisse, elle cédait à la joie d'être bien à l'abri et en bonne compagnie.

Soline se prépara, le cœur en paix. Elle mit sa laisse à Barry, donna une caresse au berger suisse, couché à même le carrelage. Avant de sortir, elle revint sur ses pas.

— Encore une chose, Viviane, Alban téléphonera ici s'il a besoin de communiquer sur l'enquête. Il pourrait même vous rendre visite, en civil.

— Et souvent, insinua Kate. Le beau capitaine ne raterait pas une occasion de te revoir. Tu n'as pas remarqué comment il te regarde, Soline ?

— Toi, tu vas beaucoup mieux. Viviane, vous lui tirerez les oreilles de ma part, si elle redit des idioties pareilles.

— J'y compte bien. Ne te mets pas en retard, les routes sont mauvaises, en ce moment.

Une heure s'était écoulée, depuis le départ de Soline. Kate avait rangé ses effets personnels à l'étage, dans une grande penderie inoccupée. Viviane avait emmené Neige dans le jardin, en ayant soin d'afficher un air dolent, une écharpe sur le nez. De retour, elle désigna les sièges disposés de chaque côté de la cheminée.

— Maintenant, Kate, tu vas me donner des détails. On se chauffe au coin du feu, et tu me causes. Je sais qu'un individu a voulu te tuer, et ça me tracasse. Si ce bandit a pu t'enlever et te droguer, il finira par apprendre que tu as été sauvée. C'est de ça dont tu as peur ?

— Madame Vivi, j'ai peur, oui, parce que je me demande ce que cet homme a contre moi. Je suis sûre d'une chose, mon ex, Luc, avait un solide alibi pour ce soir-là. Les gendarmes ont vérifié.

— Mais tu lui dois toujours de l'argent, pourquoi ?

— Je l'ai dit à Soline.

— Oui, mais pas à moi, qui vais t'héberger j'ignore combien de jours, ou de semaines.

— Quand j'ai quitté Luc, car il commençait à me frapper, j'ai pris une grosse somme, du fric sale, obtenu en vendant de la drogue à des étudiants. En fait, je revenais d'une cure de désintoxication, je ne voulais pas replonger. J'ai profité d'une heure où j'étais seule chez Luc et j'ai ramassé mes affaires. En lui volant l'argent. Il a dû avoir de graves ennuis, à cause de moi. C'est pour ça qu'il essaie de me retrouver.

— Et cet argent, tu l'as dépensé ?

— Oui, j'ai acheté un camping-car pour pouvoir me déplacer facilement. Je devais remonter la pente, dit Kate.

Viviane hocha la tête, les mains nouées sur ses genoux. Elle fixa les flammes, envahie par la nostalgie d'une époque révolue.

— On n'avait pas besoin d'avaler des cochonneries, jadis, soupira-t-elle. Enfin, il y avait l'alcool, qui faisait des dégâts aussi. En résumé, tu es en galère, comme vous dites souvent, vous les jeunes. Heureusement que Soline t'a persuadée de tout raconter aux gendarmes. Il en pense quoi, Alban ? Le type qui t'a enlevée, ce ne serait pas celui à qui ton Luc devait remettre l'argent ?

— Je l'ai cru. Mais les gendarmes se sont renseignés. Impossible que ce soit lui, il est en prison. Bref, je me demande pourquoi on a essayé « de se débarrasser de moi », comme a dit cet homme.

Kate frissonna avec une moue inquiète. Elle se revoyait confiant ces moments épouvantables au capitaine Demolliens. Il l'avait regardée d'une manière particulière, à la fois intrigué et dubitatif.

— J'en perds le latin que je n'ai pas, déclara Viviane. Ou alors il y a eu erreur sur la personne.

Ton agresseur t'a confondue avec quelqu'un d'autre.

— Non, j'étais visée, murmura Kate. Il ne s'est pas trompé. Madame Vivi, est-ce que vous pouvez garder un secret ?

— Attention, petite, ça dépend quel secret.

— Un secret qui me rend malade. Vous promettez ?

— Je n'ai qu'une parole. Je t'écoute.

Combloux, lundi 9 mars 2015

Soline quitta le cabinet vétérinaire complètement rassurée sur la santé de Neige. Le grand chien blanc tirait sur sa laisse, pour aller fureter sur les plates-bandes du parking.

— Sois sage, on ira se promener demain, avec Barry. À te voir trotter, on dirait que tu n'as jamais eu de fracture.

Elle était venue en 4 × 4, car il faisait très froid. Le ciel bas laissait présager de la pluie ou de la neige.

— On rentre à la maison, dit-elle en installant l'animal à l'arrière du véhicule. Et cette fois pour de bon. Viviane t'a gardé assez longtemps, mon chien.

— Vous êtes touchante, de discuter avec lui ainsi, fit une voix haut perchée, dans son dos.

Tenez, vous l'avez oublié sur le bureau, Claude m'a demandé de vous l'apporter.

La jeune femme blonde, qui la dépassait d'une demi-tête et qui lui tendait le carnet de vaccination de Neige, était Valérie, la compagne de Claude Mercier. Le vétérinaire lui avait présenté dix minutes auparavant.

Si Kate n'avait pas failli mourir récemment, Soline aurait peut-être éprouvé une infime désillusion, mais elle était loin de rêver d'une quelconque relation amoureuse.

— Claude voudrait m'offrir un chiot de cette race, ajouta ladite compagne, ses lèvres fardées de rose esquissant un rire silencieux.

— Il y a des adresses d'éleveurs sur Internet, répliqua Soline. Ce sont des chiens dotés d'un excellent mental, doux avec les enfants.

— C'est bon à savoir, mademoiselle Fauvel. Je retourne vite au chaud, le vent est glacial.

Soline démarra le 4 × 4, en jetant un coup d'œil à Neige, dans le rétroviseur. Il poussa un aboiement joyeux.

— Tu es content ! Tout va redevenir comme avant, Neige, les balades avec Barry, vous deux couchés à mes pieds, le soir.

Égayée, elle effectua une manœuvre au ralenti, afin de s'engager dans la rue. Une silhouette en uniforme bleu marine lui fit signe d'attendre.

— Oh non, souffla-t-elle. Après le véto, le capitaine.

Alban se posta de son côté, et elle fit descendre sa vitre pour savoir ce qu'il voulait.

— Bonjour, Soline, vous avez l'air de bonne humeur, dit-il, penché vers elle. J'ai téléphoné à Viviane, qui m'a indiqué où vous trouver. Il y a du nouveau, dans l'affaire de votre amie.

— Il ne fallait pas vous déplacer, vous avez mon numéro.

— J'étais dans le secteur, avec l'adjudant Rivet. On nous a signalé une motoneige brûlée, sous le hangar d'une scierie à l'abandon, près du massif des Aravis. Comme nous avons pu établir que son agresseur a dû transporter Kate avec ce genre d'engin, grâce à des traces de chenilles à proximité de la combe de Tardevent, il y a une chance que ce soit en rapport. Tout le hangar va être passé au peigne fin, pour les empreintes.

Soline approuva, sans parvenir à se réjouir. Elle dissimulait à tous l'obscur pressentiment qui la tourmentait, indéfinissable, et l'empêchant d'apprécier son quotidien.

— Je serai vraiment rassurée quand cet homme sera arrêté, capitaine, avoua-t-elle. Kate ne peut pas se cacher indéfiniment.

— Je vous l'accorde. De plus, votre amie a pu être enlevée par hasard, car elle était seule le soir dans une rue déserte. Sans preuve, on ne peut pas affirmer qu'elle était visée, une autre jeune femme aurait pu subir le même sort si le coupable souffre de déviances. Alors soyez prudente. Je ne vous retiens pas davantage, au revoir, Soline.

Elle remonta la vitre en le saluant d'un sourire. Alban Demolliens avait prononcé son prénom d'une façon appuyée. Soline songea qu'il ne lui plaisait vraiment pas, malgré ses traits virils et sa gentillesse.

« Ni lui, ni le vétérinaire, se dit-elle. Au programme, travailler, m'occuper au mieux de mes chiens, et surtout de mes amies. »

Cette pensée, anodine en soi, lui rappela combien Viviane et Kate manquaient de spontanéité, ces derniers jours. D'une intuition surdéveloppée, Soline était sensible aux nuances d'un regard, des intonations de voix. Même les gestes, pour elle, trahissaient l'humeur d'une personne.

— Je me demande ce qui trouble Viviane et Kate ! Tu es de mon avis, Neige ? Ces deux-là font des mystères.

Le berger suisse se lança dans un concert d'aboiements sonores, comme s'il lui répondait. Mais il avait reconnu la rue où habitait sa maîtresse et manifestait son impatience de rentrer au bercail.

— Du calme, Neige ! On passe prendre Barry, montrer ta patte toute pelée à Viviane, ensuite on se calfeutre à la maison.

Kate accueillit Soline à bras ouverts, en la serrant contre elle d'une étreinte affectueuse. Viviane, un tablier noué à la taille, se consacra à Neige, qu'elle caressa et gratta entre les oreilles.

— Tu as été patient, mon beau, marmonnait-elle. La gamine va t'emmener courir dans la montagne, au printemps. Hé, Soline, tu manges là ce soir.

— Non, je vous remercie, mais j'ai prévu de rentrer tout de suite chez moi, avec Barry et Neige. Voici vos courses, Viviane.

Elle posa un cabas sur la table, d'où émergeaient des feuilles de céleri et des poireaux.

— Mais j'ai préparé un gratin savoyard à l'ancienne, pour faire plaisir à madame Vivi, déplora Kate. Soline, c'est notre dernière soirée toutes les trois.

— Pourquoi ? s'étonna celle-ci. Expliquez-moi.

Viviane prit les mains de Soline et les nicha entre les siennes, avec une expression déterminée.

— J'ai décidé d'envoyer Kate loin d'ici, précisa-t-elle. On en a beaucoup discuté, aujourd'hui. Elle a peur de voir débarquer Luc tôt ou tard, et qu'il nous cherche des ennuis. Et zut, elle a peur de tout, ici, la pauvrette. Demain matin, en partant à la station de ski, tu la déposeras à l'arrêt du bus. Elle prend un train à la gare de Sallanches. J'ai une vieille cousine du côté de Dijon, je lui ai téléphoné, elle vit seule, alors elle est ravie de loger et de nourrir ton amie en échange de ses services.

— Oui, je ferai le ménage, les courses, la cuisine, et je lui tiendrai compagnie, renchérit Kate. Au moins, là-bas, je ne serai pas obligée de rester enfermée, tu sais que j'aime bien le mouvement, l'espace.

Soline, désorientée, les considéra d'un air perplexe. Cette brusque décision correspondait au malaise qu'elle avait éprouvé depuis le jeudi précédent.

— Il faudrait avoir l'autorisation de la gendarmerie, tu devais te tenir à sa disposition, Kate.

— Madame Vivi va appeler le capitaine, il comprendra.

— Mais oui, Alban sera d'accord, et puis Dijon, ce n'est pas le bout du monde, affirma la septuagénaire. Ne fais pas ta moue, Soline, je dormirai mieux sans ce poids sur le cœur. Cette histoire me ronge les sangs. Dès qu'on y verra plus clair, Kate reviendra.

— J'y compte bien.

— J'étais sûre que vous me dissimuliez quelque chose, déclara Soline. Vous auriez pu me demander mon avis. Déjà Luc ne risque pas de venir à Combloux. Il a été localisé et interrogé par des gendarmes de Grenoble, je pense qu'il va faire profil bas un certain temps. En plus, l'enquête peut progresser très vite, j'ai vu Alban sur le parking du cabinet vétérinaire.

Elle leur rapporta les propos de Demolliens, en concluant :

— Si tu n'étais pas visée, Kate, mais juste victime d'un hasard dramatique, je suis en danger aussi, comme n'importe quelle femme de la région. Pourtant je n'ai pas l'intention d'aller me cacher chez mes parents, ni de vivre dans la peur.

Sur ces mots, elle ressortit, suivie par Barry et par Neige.

— Je vais les promener sur le chemin au bout de la rue. Je reviens pour le dîner.

Le lendemain, mardi 10 mars 2015

Toute la journée, Soline avait revu l'image du train régional qui s'éloignait et disparaissait, en emmenant Kate. Sur le quai, avant de monter dans un des wagons, son amie l'avait regardée avec une sincère tendresse.

— Ne m'en veux pas, ma puce, je t'assure que c'est mieux comme ça.

La phrase prononcée à voix basse, ponctuée d'un baiser sur sa joue, hantait Soline. Elle avait travaillé à la station dans un état second. Son corps lui obéissait, mais son esprit se perdait en questionnements.

— Neige, Barry, à vos places ! ordonna-t-elle en franchissant le seuil de sa maison.

Les deux chiens firent le tour de la pièce, la truffe au ras du sol. Le berger suisse grogna le premier, le dos hérissé, bientôt imité par le tervueren.

— Qu'est-ce que vous sentez ?

Soline s'étonna. Elle vérifia si les deux fenêtres étaient bien restées fermées pendant son absence, au cas où un chat du quartier aurait visité les lieux.

— J'espère qu'il n'y a pas de rats, dit-elle à mi-voix.

Le doute lui fit inspecter le cellier voisin, qui datait de plus d'un siècle. Elle appela Barry et Neige qui ne montrèrent aucun signe d'intérêt pour l'endroit où étaient stockés du bois et de la ferraille.

— Couchés, vilaines bêtes, vous me faites des émotions pour rien, plaisanta-t-elle sans entrain, en allumant ses guirlandes et le plafonnier.

Soudain, elle discerna des empreintes de chaussure sur le carrelage rouge, en partie brouillées par les siennes et celles des chiens. Le motif des semelles était encore visible, comme dessiné avec de la boue.

— De la boue qui a eu le temps de sécher, constata-t-elle en passant l'index sur une des traces. Il s'agit d'un homme, ça ne correspond pas à mes bottes ni à celles de Kate. Je ne peux pas le croire, mais quelqu'un est entré chez moi. Les chiens l'ont senti. Un peu plus, et je ne voyais rien.

Soline s'efforça de garder son sang-froid. Elle but un verre d'eau, avant d'étudier minutieusement le problème.

— Le verrou était fermé à double tour, quand je suis arrivée, les fenêtres sont intactes, pas de carreaux cassés. La porte du cellier donnant sur l'impasse est fermée à clef également, et puis les chiens n'ont rien senti. Ils ont grogné en flairant ces empreintes.

Les battements de son cœur s'accélérèrent. Elle jeta un regard méfiant vers l'escalier qui menait à l'étage.

— Non, personne ne peut se cacher là-haut, Neige et Barry seraient montés en aboyant. J'ai confiance en eux.

Elle aurait été beaucoup plus apeurée sans la présence des deux chiens, capables de la défendre.

— Viviane a le double des clefs, c'est sûrement ça, elle aura envoyé quelqu'un réparer je ne sais quoi, si elle est venue remettre du bois dans le poêle et qu'il y avait un souci. Elle a dû me laisser un message.

Vite, pleine d'espoir, Soline chercha sur son portable.

— Rien ! Et si je lui dis, pour ces traces de pas, elle va encore s'inquiéter. C'est rageant ! Barry… Neige !

Soline appliqua les principes de dressage qu'elle leur avait inculqués, en leur ordonnant de chercher une piste. Ils furent vite à la porte principale, qu'elle ouvrit.

Barry s'élança vers le haut de la rue, où il s'arrêta net, avant de s'asseoir. L'intrus avait dû monter dans sa voiture à l'endroit où se tenait le tervueren.

— Hé, gamine, tu es rentrée, qu'est-ce que tu fabriques ? Il tombe des cordes !

Campée sur le trottoir enneigé, Viviane lui faisait signe, à l'abri d'un large parapluie noir. Elle courut la rejoindre, escortée par ses chiens.

— Je viens vous faire la bise, retournez au chaud, Viviane.

— Dis donc, gamine, j'ai vu passer ton 4 × 4, je croyais que tu viendrais boire un café ou un verre de blanc. Kate est arrivée à bon port. Elle m'a téléphoné de chez ma cousine. Cette chère Eudoxie, elle nous rend un fier service.

— Eudoxie ? Ce n'est pas courant, comme prénom.

— Non, je me moquais d'elle, quand on était gosses. Allez, je vais me coucher tôt. Fais pareil, tu as mauvaise mine, ma belle.

— Bonsoir, reposez-vous bien, je dois nourrir mes fauves.

Soline remonta la rue. Elle s'était interdit de parler des traces de pas, afin de ménager la tranquillité d'esprit de Viviane. Mais à peine de retour chez elle, l'angoisse la terrassa. L'idée qu'on s'était introduit dans son précieux refuge la révulsait.

— Tant pis, je préviens le capitaine, murmura-t-elle. Et même, je l'invite à dîner, s'il est libre. Je n'ai pas envie d'être seule.

Alban Demolliens lui répondit qu'il pouvait venir, d'un ton neutre, dominant son enthousiasme avec le self-control nécessaire dans son métier. Tout de suite, Soline se sentit mieux. Après avoir crocheté les volets, elle distribua des croquettes aux chiens et monta prendre une douche.

— Kate, tu me manques, dit-elle tout bas en observant le lit où dormait son amie. On était si bien, toutes les deux. Tu me forces à passer la soirée avec le beau capitaine Demolliens…

Elle s'attarda sous le jet d'eau très chaude qui ruisselait sur son corps nu, d'abord luisant de savon à la lavande, puis rincé inlassablement. Des ondes de sensualité finirent par alanguir la jeune femme, qui se souvint, troublée, du plaisir que lui donnait Enzo. Ils faisaient rarement l'amour, Soline étant surveillée de près par ses parents.

« Je devais leur mentir, tricher, pour gagner une heure de liberté, se remémora-t-elle. Et maman, lorsqu'elle m'appelle, m'interroge toujours sur ma vie privée. Elle peut se réjouir, c'est le vide absolu. »

Des aboiements véhéments alertèrent Soline au moment où elle sortait de la cabine de douche. On frappait à la porte du rez-de-chaussée.

— Il est déjà là… Je vais lui ouvrir et je remonterai m'habiller.

Affolée, elle enfila un peignoir blanc en éponge et dévala l'escalier pieds nus.

Alban fut saisi de la voir les cheveux défaits et assombris par l'humidité. Elle se cachait un peu derrière le battant.

— Je suis désolée, je n'ai pas fait attention à l'heure, capitaine. Entrez, je reviens. Barry, Neige, soyez sages, c'est mon invité.

— Votre tervueren me connaît, mais le berger blanc semble se méfier.

Soline appela Neige, et conseilla au visiteur de lui faire sentir ses doigts et le dos de la main.

— Il n'oubliera plus qui vous êtes, maintenant, affirma-t-elle.

Alban évitait de la regarder, de penser à sa nudité, sous le tissu-éponge trempé qui se plaquait à ses formes.

— À ta place, Neige, exigea Soline. Capitaine, je vous montre les empreintes de chaussure, à mon avis, du 44, comme mon père. Je les ai photographiées, avec mon portable. Vous les voyez ? Là et là, les chiens ont grogné.

— Très bien, je vais les mesurer, elles sont presque effacées. Soline, vous pouvez m'appeler Alban.

Il était en civil, une écharpe bleue autour du cou, ses courtes mèches brunes lissées en arrière. Elle fut touchée de sa discrétion, car il s'appliquait à ne pas la regarder.

« Je devrais monter, songea-t-elle. Il est mal à l'aise, à cause de ma tenue. »

Mais elle le trouva séduisant, et même attendrissant. Elle lui effleura l'épaule.

— Je ferai du riz avec une fondue de légumes, ça vous ira, Alban ? Je ne suis pas une fée de la cuisine. C'est si gentil d'être là, j'étais effrayée, après ce qui s'est passé pour Kate.

— Je vous comprends, vous avez bien fait de me joindre, si je peux vous rassurer.

— Me protéger, aussi !

Soline avait parlé à mi-voix, d'un ton inhabituel. Alban se tourna vers elle, intrigué. Il fut fasciné par le message qu'il lut dans ses yeux couleur du myosotis, cette petite fleur fragile dont le langage signifiait « ne m'oubliez pas ». Mais à cet instant précis, le regard bleu de la jeune femme exprimait le désir et le besoin d'être aimée. Il l'attira contre lui, pris au piège de ce regard.

— Je ne devrais pas, articula-t-il péniblement. Soline…

— Rien qu'un baiser, supplia-t-elle, éblouie d'être prisonnière du cercle tendre de ses bras.

Alban l'étreignit avec passion, en s'emparant de ses lèvres tièdes, d'une douceur de satin. Le baiser s'éternisa, jusqu'à les laisser haletants, enflammés.

— Là-haut, souffla-t-elle à son oreille.

Il la souleva pour grimper les marches. Elle s'accrochait à son cou, la tête nichée au creux de son épaule, malade de désir.

Lorsqu'il la déposa délicatement sur le lit, Soline dénoua la ceinture de son peignoir. Lui, de ses grandes mains habiles, caressa ses seins, son dos, ses fesses, ses hanches.

Les mots étaient inutiles, seuls comptaient les gestes rituels de l'acte sexuel, auquel ils s'adonnèrent aussitôt, du même élan frénétique. Alban, éperdu d'une joie farouche, ne se lassait pas de l'admirer, de guetter son abandon et la montée du plaisir dans sa chair de femme.

— Tu es tellement belle, s'extasia-t-il, en cessant ses coups de reins énergiques. Je rêvais de ton corps.

Elle se redressa pour avoir encore un baiser. Il l'embrassa quelques secondes, avant de mordiller ses mamelons durcis. Soline en profita et prit un préservatif dans le tiroir de la table de nuit.

— Kate était prévoyante, murmura-t-elle, gênée.

Il approuva, hébété, puis il multiplia ses assauts virils, jusqu'au moment où une plainte rauque lui échappa, tandis qu'il se raidissait tout entier, suffoqué par la jouissance.

Quand Alban s'allongea à ses côtés, en la serrant contre lui d'un geste câlin, Soline eut envie de pleurer. Elle était déçue, presque frustrée. Pourtant c'était bon d'être blottie près de cet homme qui semblait l'adorer. Elle nicha sa joue au creux de son cou.

— Nous devrons être discrets, déplora-t-il en la caressant. Je pensais qu'il ne se passerait rien entre nous. Mais je suis tombé amoureux de toi la première fois que je t'ai vue.

— Alban, ne te méprends pas, répliqua-t-elle en s'écartant de lui. J'étais stressée, j'ai eu envie de faire l'amour, mais je suis incapable de savoir si j'éprouve des sentiments pour toi. Je ne me suis jamais comportée ainsi, je veux que tu le saches.

— Ne t'excuse pas, Soline. Je serai patient, tu m'as déjà offert un immense bonheur, ce soir.

Elle se leva, souriante, pressée de s'habiller, de descendre pour se donner une contenance en cuisinant.

« Mais qu'est-ce qui m'a pris, pourquoi j'ai fait une erreur pareille, se répétait-elle. Je suis folle, voilà, complètement folle… »

7
Le danger d'aimer

Cent dix-neuf ans plus tôt,
village de Combloux, jeudi 17 septembre 1896

Antoine observait chaque geste de sa grande sœur, qui pétrissait de la pâte. Une suave odeur de levain et de lait tiède ravissait le petit garçon de six ans, en chemise et pantalon de linon. Il faisait encore chaud, malgré l'approche de l'automne.

— Maintenant, donne-moi encore deux œufs, Toinet, lui dit Louise en riant. Ce soir, tu auras une jolie brioche toute dorée, pour ton anniversaire.

— Et papa ne se fâchera pas, Louisette ?

La jeune fille secoua la tête, sans répondre. Ses cheveux châtain clair sagement rangés sous une coiffe en lin gris, elle essuya ses mains au tablier qui protégeait son unique robe d'été.

— Laisse-moi terminer, va m'attendre au soleil. Commence à cueillir des fleurs, je me dépêche.

— Oui, Louisette.

L'enfant sortit de la pièce à cloche-pied. Menu pour son âge, brun comme son père et son frère aîné, il faisait preuve d'une vive intelligence. Louise le chérissait d'un amour maternel, car il était son joyeux compagnon de chaque jour et il lui vouait une affection passionnée.

— Ma petite maman, si tu nous vois, du Ciel, j'espère que tu es contente de moi et d'Antoine, dit-elle tout bas.

Louise plaça la pâte à brioche dans un moule en fer, graissé au saindoux, qu'elle posa au coin de l'âtre, couvert d'un torchon. Leur père ne rentrerait pas avant la nuit, elle aurait le temps de faire chauffer à blanc le four à pain.

Le clocher de l'église sonna neuf coups solennels, auxquels firent écho les sonnailles des brebis, dans le pré voisin.

— Allons-y, se dit Louise en ôtant son tablier qu'elle plia avec soin, car il lui venait de sa mère. Chaque fois qu'elle le portait, l'image de Clémence fleurissait dans son esprit, lumineuse, apaisante. Antoine réapparut sur le seuil de la maison. Il brandissait deux roses rouges.

— Regarde comme elles sont belles, claironna-t-il. J'ai coupé les tiges avec mon canif.

— Tu ne t'es pas blessé, au moins ?

— Non, et je l'ai vite remis dans ma poche.

Louise le félicita d'un sourire. Elle lui avait acheté le couteau deux jours plus tôt à un colporteur. Le marchand appelait sa clientèle en jouant de la trompette, ce qui ravissait Antoine. Mais Jean Favre ignorait la dépense que sa fille avait faite.

Ce n'était plus le même homme depuis le décès de son épouse et la perte de ses terres cultivables. La tragédie de Saint-Gervais, comme la nommaient les journaux de la région, avait brisé son existence laborieuse.

Contraint de compter le moindre sou du maigre salaire qu'il touchait, il était aigri, ombrageux.

— Allons-y, Toinet ! s'écria Louise en rejoignant son frère. Où est Finaud ?

— Je n'l'ai pas vu.

— Il doit courir dans les bois. Tant pis, les chiens n'ont pas le droit d'entrer dans le cimetière. Il nous faut d'autres fleurs, des asters, des dahlias, j'en ai planté dans le potager. Mais tu n'as pas pris la peine d'aller voir, petit embourni ! Dépêchons-nous, j'ai du raccommodage à faire.

Un quart d'heure plus tard, Louise et son frère déposaient leur bouquet sur la tombe de Clémence Favre, née Marty. Ils se recueillirent, tous deux les mains jointes, la mine grave.

— Maman, c'est jeudi, alors nous t'offrons ces fleurs, déclara Louise. Tu nous as quittés un jeudi, et j'ai fait la promesse de venir te parler ce jour-là.

Antoine commençait à s'impatienter, son regard gris errant de-ci de-là. Il n'avait aucun souvenir de sa mère, ce qui peinait sa sœur.

— Maman, sois en paix au paradis. Nicolas ne peut pas venir souvent, il travaille à la carrière de granit. Si tu le voyais, c'est un homme maintenant, plus grand que papa, et costaud, beau garçon. Pour Toinet, je te le promets, je l'ai vu, oui, j'ai eu une deuxième vision de lui. Il avait un costume de ville, un chapeau, une cravate. Il sera ingénieur, mais je ne sais pas où. Je lui ai déjà appris ses lettres, du calcul. L'instituteur accepte de le prendre à l'école le mois prochain.

— Dis, tu crois qu'elle t'entend, maman ? demanda le petit garçon.

— Bien sûr, toi aussi dis-lui ce que tu as au fond de ton cœur.

— Maman, j'aime Louisette très fort. Elle m'a fait un cadeau, pour mes six ans, un canif… Et on va manger de la brioche. Quand je serai grand, j'aurai beaucoup de sous. J'achèterai une belle maison pour elle.

Les mots énoncés clairement, d'une voix flûtée, émurent la jeune fille. Elle caressa la joue de l'enfant.

— Nous reviendrons jeudi prochain, ma chère maman. Ah, j'ai oublié de te donner des nouvelles de papa. Il s'occupe de ses vaches, et… il est en bonne santé.

Louise récita le « Je vous salue Marie », puis elle se signa. Antoine l'entraîna en tirant sur sa jupe.

— Pourquoi tu mens ? lui reprocha-t-il. Papa, il a vendu ses vaches. Et puis si elle nous voit du Ciel, maman, elle sait que c'n'est pas vrai.

— Tais-toi, ou je me fâche !

— Pardon, Louisette…

Ils quittèrent l'humble cimetière, que dominait le clocher à bulbe de l'église. Comme elle le faisait si souvent depuis quatre ans, Louise admira le dessin arrogant que traçaient les cimes du massif des Aravis, sous un ciel d'un bleu pur.

— Oh, regarde, Toinet, un aigle ! Il vole très haut, mais on le voit quand même. Je voudrais avoir des ailes, moi aussi.

L'enfant lui étreignit la main. En dépit de ses six ans, il avait conscience de tous les chagrins qui pesaient sur le cœur de sa sœur.

— Ohé, les amis ! fit une voix jeune.

Un garçon blond, grand et maigre, venait vers eux, suivi par cinq chèvres et un chien aux longs poils gris.

— Bonjour, Angel, répondit Louise en lui faisant face, du rose aux joues. Tu emmènes brouter tes biques !

— Oui, derrière chez vous, dans le pré à côté de la pâture des brebis.

— Vous avez de jolies bêtes, commenta-t-elle.

— Eh, elles donnent du bon lait ! Si tu en veux, je peux t'en apporter une bouteille, ce soir, après la traite.

— Oh non, penses-tu, on ne manque de rien, mentit Louise, de plus en plus rouge.

Angel détourna les yeux, attristé par l'embarras de la jeune fille, dont il était amoureux. Ses sentiments dataient de leur enfance, Il espérait l'épouser un jour, ce qu'il avait avoué à Nicolas Favre, son grand ami.

— Je vous accompagne, proposa-t-il. Et Nicolas ? Le travail doit être dur, à la carrière de granit ?

— Tu peux le dire, il rentre les mains égratignées, épuisé. Il débute, on l'a mis à la taille des gros blocs.

— Je le plains, admit Angel.

Louise lui adressa un doux sourire, l'inoubliable sourire de sa mère. Ce fut au tour du garçon de dix-sept ans de rougir. Jusqu'à la maison des Favre, il ne prononça plus un mot, déjà très heureux de marcher près de celle qu'il aimait.

Le crépuscule bleuissait la vallée lorsque Jean et Nicolas Favre tapèrent leurs grosses chaussures ferrées contre la pierre du seuil. On aurait pu les croire du même moule, car ils se ressemblaient étonnamment. Le jeune homme était un peu plus grand, mais il avait la carrure et les traits de son père.

— Donnez-moi vos vestes ! s'écria Louise. Je vais les secouer.

Elle s'affligeait de les voir ainsi, les cheveux, le visage, les vêtements, maculés d'une fine poussière grise, due au pénible labeur de graniteur[1].

— Ne fais pas cette petite mine, lui dit son frère aîné. On s'accommode de tout, tant qu'on est payé.

Une carrière d'exploitation du granit s'était ouverte à Combloux ces dernières années. Elle nécessitait une telle main-d'œuvre que des Italiens s'étaient installés dans le village pour y travailler[2].

— Vindiou, ne fais donc pas le fier, Nicolas, les trancheurs comme nous ne gagnent pas beaucoup.

— J'apprendrai le métier, père.

— Ton métier, c'était celui que je faisais avant cette maudite catastrophe, maugréa Jean

1. On nommait ainsi les ouvriers qui taillaient le granit, à l'époque.

2. Fait véridique.

Favre. On aurait dû tous crever cette nuit-là. Je n'ai plus de vaches, et j'ai loué le chalet d'alpage à votre oncle. *Mon'chu*[1] André joue les guides de montagne, pour ces étrangers qui viennent flâner sur les alpages, ou grimper sur le mont Blanc.

Louise avisa l'expression inquiète d'Antoine, assis sous le manteau de la cheminée. Elle tenta une diversion.

— À moi aussi ça me plairait de me promener en altitude, papa. Il paraît que l'été, on peut voir des marmottes, des chamois, et cueillir des edelweiss…

— En voilà des sottises, rétorqua-t-il. Mais… Qu'est-ce que ça sent ?

Soupçonneux, il rôda dans la pièce, puis il entrouvrit la porte en fer du four à pain. Du plat de la main, il toucha les pierres.

— Tu as fait du feu là-dedans, Louise ?

Luttant contre la crainte que lui inspirait son père, la jeune fille sortit la brioche du placard. Nicolas poussa un joyeux sifflement, prêt à soutenir sa sœur.

— Papa, Antoine a eu six ans aujourd'hui, dit-elle d'un ton ferme. Il méritait bien une brioche aux grains d'anis.

---

1. En savoyard, « mon'chu » signifie monsieur, mais de façon ironique.

L'orage éclata en une seconde. Jean Favre foudroya sa fille d'un regard furibond, avant de cogner du poing sur la table.

— Est-on devenus des bourgeois ? Combien tu as gaspillé d'œufs, hé ? L'épouse de monsieur le maire attend sa douzaine, demain. Et le lait, tu l'as pris où ?

— Les poules pondront à l'aube, et la voisine m'a offert un demi-litre de lait pour l'anniversaire d'Antoine.

Le bruit d'un sanglot ponctua l'explication de Louise. Elle vit Antoine en train de pleurer, la bouche tordue, le regard perdu.

— Tu pourrais avoir pitié du petit, père ! s'indigna Nicolas. Si maman était vivante, elle aurait honte de toi.

La gifle partit à la volée, brusque et rude, faisant vaciller le jeune homme de dix-huit ans.

— N'me parle plus jamais sur ce ton, Nicolas ! hurla Jean, le teint cramoisi. La honte, elle est pour moi ! J'ai tout perdu.

Le cœur serré, Louise comprit. Leur père avait bu, ce qui était de plus en plus fréquent. Il la pointa d'un index tremblant.

— Toi aussi, tu vas devoir travailler ! gronda-t-il. Bientôt, ma fille, tu iras cirer les parquets de la mairie.

Un hoquet le fit taire. Il balaya l'air de ses bras, les toisa une dernière fois, puis il monta pesamment l'escalier, en se tenant à la rampe. Ses enfants entendirent craquer le sommier du lit, dans l'unique chambre de l'étage.

— Ne pleure plus, Toinet, c'est fini, murmura Louise en le câlinant. Papa était fatigué.

Antoine reniflait, blotti contre elle. Nicolas s'approcha d'eux et il s'accroupit, un large sourire sur les lèvres.

— J'ai pensé à toi, galopin, regarde ! Je l'ai acheté dans la nouvelle boutique de souvenirs, à côté de l'épicerie.

Il lui tendait une boîte en carton rouge. Le petit essuya ses larmes du dos de la main, un peu consolé. Quand il découvrit un harmonica, sa bouche s'arrondit de surprise.

— C'est pour moi ?

— Bien sûr. Viens, on va faire un tour tous les trois, que tu puisses en jouer. Au retour, on mangera la soupe et la brioche.

Louise se souviendrait jusqu'à la fin de sa vie de ce soir de septembre. Escortés par leur chien, ils s'étaient promenés sous la clarté de la pleine lune, sur un des chemins de Combloux, au son de l'harmonica sur lequel Antoine s'essayait à la musique, un art qui deviendrait sa passion.

Lorsqu'ils étaient rentrés dans la maison, un profond silence régnait. Ils avaient dîné, sans faire trop de bruit, pour ménager le sommeil de leur père. Louise avait couché Antoine, puis, dès que le petit s'était endormi, elle s'était approchée de Nicolas.

— Tu devrais monter dans le grenier, avait-elle murmuré, la voix secouée de sanglots. Un grand malheur est arrivé… On vient de me montrer papa. Il est mort, Nicolas.

Son frère s'était rué sous les combles. Jean Favre, le visage violacé, pendait au bout d'une corde.

*

Cent dix-neuf ans plus tard,
Combloux, mercredi 11 mars 2015,
1 heure du matin

Soline débarrassait la table où ils avaient dîné. Tout était en ordre dans la pièce, qui semblait de nouveau chaleureuse. Le poêle garni de bois offrait le rougeoiement de sa lucarne, les deux chiens dormaient l'un près de l'autre.

— Il est temps que je te laisse dormir, nota Alban qui mettait son blouson en cuir. Tu suivras mon conseil ?

— Oui, je dois faire changer la serrure, répliqua-t-elle.

— Je suis inquiet, Soline. D'abord l'enlèvement de ton amie, ensuite cette intrusion chez toi. Sois prudente. On a dû prendre tes clefs, peut-être sur ton lieu de travail, et faire un double.

— Nous en avons déjà parlé, Alban. Mais la question la plus préoccupante, c'est pourquoi ! Pourquoi entrer ici ? On ne m'a rien volé.

Ils en avaient discuté toute la soirée, en échangeant parfois quelques souvenirs d'adolescence. Vers minuit, comme ils étaient assis sur le canapé, Alban avait enlacé Soline, en lui chuchotant des mots tendres à l'oreille. Ses mains s'étaient égarées sous le pull de la jeune femme, pour caresser ses seins. Il tremblait de désir, ce qu'il avait signifié dans un baiser un peu rude.

— Non, je t'en prie, arrête !

L'exclamation révoltée de Soline lui avait fait l'effet d'une douche froide. Il y songeait toujours, en nouant son écharpe.

— N'hésite pas à m'appeler, si tu as un problème, dit-il à mi-voix. Je ne supporterais pas qu'il t'arrive quelque chose.

— C'est ce que j'ai fait, Alban, et tu es venu… Excuse-moi pour tout à l'heure, quand je t'ai repoussé. Je…

— Ne dis rien, ce serait à moi de présenter des excuses.

— Pas du tout, mais on se connaît depuis à peine un mois, et ma dernière relation remonte à plus de trois ans. Au fond, je t'ai provoqué parce que j'allais mal.

— Tout va bien, Soline. Même si ça ne se reproduit plus, je comprendrai. Bonne nuit.

Elle le raccompagna sur le pas de la porte. La neige avait succédé à la pluie. La rue, les voitures, les buissons du jardinet étaient nappés de blanc.

— Les routes vont glisser, Alban, roule doucement.

— Je suis équipé, ne t'inquiète pas.

Au moment de s'éloigner, il la contempla. Il voulait retenir cette image d'elle, debout sous l'auvent, les bras croisés, les cheveux sur les épaules. Elle était adorable, enveloppée d'un poncho en laine bariolée. Il revint sur ses pas et l'embrassa sur la bouche, un baiser tendre, qui la fit sourire.

De l'angle de la dernière maison de la rue, un homme serra son poing gauche à en faire pâlir les jointures. Dans sa main droite, il tenait un téléphone qui lui avait servi à photographier le couple.

Soline tourna le verrou, l'esprit en pleine confusion. Barry s'était redressé et il la fixait.

— Si quelqu'un a fait un double des clefs, ça ne sert à rien de fermer, dit-elle au chien. Tu as l'air de me le faire remarquer.

Elle chercha comment bloquer la porte, mais rien dans la pièce ne convenait.

— Je ne vais pas pouvoir m'endormir, déplora-t-elle tout bas.

Une fois couchée sur le canapé, elle prit son portable. La tête calée par un coussin, une couette sur les jambes, Soline se remémora la scène qui avait eu lieu à l'étage.

— Je suis vraiment stupide… Si Kate le savait ! Je lui envoie un texto, si elle ne dort pas, elle répondra.

Kate fit mieux, elle appela aussitôt, en parlant d'une voix étouffée.

— Ma puce, tu fais une insomnie ? Moi je bouquine, c'est nouveau, n'est-ce pas ? Si tu voyais la maison de la cousine Eudoxie, un vrai petit palais. J'ai une grande chambre, ma salle de bains. C'est une charmante vieille dame, en plus. Je vais me plaire, promis.

— Kate, j'avais besoin de t'entendre, et que tu m'écoutes. Je ne tourne pas rond, sans toi. Ce soir, j'ai couché avec Alban.

Il y eut un silence, et Soline imagina l'expression sidérée de son amie.

— Tu blagues ?

— Hélas, non ! Je lui ai ouvert en peignoir de bain, et quand il m'a embrassée, je n'ai pas résisté.

— Attends deux secondes, pourquoi il est venu chez toi ? Et quelle idée de l'accueillir à moitié nue, ça ne te ressemble pas !

— Je sais, alors je voulais t'en parler.

Soline confia à Kate tout le déroulement de la soirée, en éludant ce qui aurait le plus intéressé son amie.

— Mais c'était bien ? insista celle-ci. Le beau capitaine a-t-il été à la hauteur, au lit ?

— Je manque d'expérience pour en juger, Kate. Le gros souci, ce sont les suites de mon coup de folie. Il m'a dit qu'il était amoureux de moi, ça ne va rien arranger.

— Je confirme, ma puce, tu auras du mal à t'en débarrasser. Dans six mois, il te demande en mariage, et tu auras plein de petits gendarmes.

Kate avait réussi à faire rire Soline, qui se plaignit de son départ précipité.

— Tu m'as laissée tomber, si tu étais restée, je n'aurais pas agi comme une idiote. Bon, je dois raccrocher, je me lève tôt. Il me faut un serrurier, qui va me ruiner. Kate ? Tu dors ?

Là-bas, à Dijon, Kate réfléchissait, en triturant le drap. Elle répondit enfin, du ton le plus le neutre possible.

— Soline, fais attention à toi. Cette histoire d'empreintes de chaussures boueuses, les chiens qui ont grogné, ça me stresse. Tu devrais peut-être quitter Combloux, et même changer de région. Il y a un fêlé qui traîne dans la montagne.

— Je suis de ton avis, Kate, mais les fous sont partout. Il suffit de les éviter. S'il le faut, j'irai coucher chez Viviane. Je t'embrasse.

Soline coupa la communication. Elle se tourna sur le côté pour tenter de s'endormir. Neige et Barry s'étaient allongés le long du canapé, en fidèles gardiens.

— Ils me protègent, chuchota-t-elle en fermant les yeux.

Combloux, samedi 21 mars 2015

Viviane s'adonnait à un de ses loisirs favoris, les grilles de mots croisés, quand on frappa à sa porte. Elle entendit des plaintes qui lui étaient familières, poussées assurément par un chien.

— Entrez ! cria-t-elle.

Neige fit irruption le premier et se rua sur elle. Il posa les pattes avant sur ses genoux, en lui léchant le menton.

— Je t'ai manqué, hein, mon tout beau !

Soline, un petit sac à dos en bout de bras, précéda Barry, qui, d'une nature plus placide, se contentait de remuer la queue, pour manifester sa satisfaction.

— Qu'est-ce qui t'amène, gamine ? On s'est déjà vues ce matin.

— J'ai un imprévu, Viviane, si vous pouviez garder mes fauves ce soir, ils seront mieux avec vous que seuls chez moi.

— Avec plaisir, tu sais combien j'aime les chiens. Neige me fait penser à mon premier berger allemand, qui était affectueux et d'une intelligence… Il fallait le voir sur une avalanche, infatigable, à l'écoute. Plus de dix personnes lui doivent la vie sauve. Tu n'as pas d'ennuis, au moins ?

— Non, le capitaine Demolliens m'invite à dîner dans un des meilleurs restaurants de Chamonix.

— Tu pourrais l'appeler Alban, quand même ! Tu crois que je suis aveugle ? Il t'a rendu visite dimanche dernier.

— C'était dans le cadre de l'enquête sur l'enlèvement de Kate, et il ne s'est pas attardé.

— Bah, je parie qu'il y a anguille sous roche ! Tu m'en causeras si tu as envie. Profite de ta soirée. Mais tu vas à un rendez-vous attifée comme ça ?

Soline désigna le sac qu'elle portait d'un signe de tête. Elle se dirigea vers le bureau voisin.

— Justement, j'ai choisi une robe, je vais me changer dans la pièce d'à côté. Vous me donnerez votre avis.

Enchantée, Viviane approuva avec un sourire malicieux. Elle espérait en secret qu'une relation durable se nouerait entre sa jolie protégée et Alban, qu'elle aimait comme un fils.

— Vindiou, que tu es chic ! s'exclama-t-elle dix minutes plus tard, quand Soline réapparut. Je ne t'avais jamais vue aussi bien coiffée, et maquillée. Que tu es belle !

La septuagénaire était sincère. Ses cheveux blonds relevés en chignon, Soline portait une robe en lainage bleu, décolleté en V, qui moulait son corps mince. Une ceinture marquait sa taille, en soulignant ses hanches. Exceptionnellement, elle avait mis un collier en métal doré, des escarpins et des collants.

— Est-ce que je suis correcte, Viviane ? s'inquiéta-t-elle. J'ai pris une veste noire, tant pis si j'ai froid. Je ne m'habille jamais ainsi.

— Avec ton métier, tu ne peux pas. J'ai connu ça, je mettais une robe le soir de Noël et le jour de Pâques, et encore… Parfois, même les jours de fête, on partait secourir des gens en haute montagne. Je te retarde, gamine, va vite rejoindre Alban. Tu me raconteras tout, hein ?

— Bien sûr ! Si je rentre très tard, je ne vous dérangerai pas. Les chiens ont mangé et je les ai promenés. Je dois partir travailler à 10 heures, demain matin, on boira le café ensemble.

Elles s'embrassèrent, rieuses. En marchant jusqu'à son 4 × 4, Soline eut la vague impression d'être une autre femme, élégante et mondaine, qui s'apprêtait à dîner avec son amant.

« Mais je suis rarement élégante et pas mondaine pour un sou, et surtout Alban n'est pas mon amant, songea-t-elle en se moquant d'elle-même. C'est un repas entre amis. »

Durant le trajet, Soline récapitula à mi-voix ce qu'elle savait des deux affaires en cours.

— Pour le meurtre de Cédric Rousseau, la police s'en charge. Un inspecteur est venu, il m'a interrogée en tant que témoin. Mais je n'ai pas l'impression que l'affaire avance beaucoup… Pour Kate, l'énigme est totale. Il n'y avait aucune empreinte dans le hangar et le feu a détruit tous les indices qui auraient pu permettre de remonter jusqu'au propriétaire de la motoneige. Il reste le mystère des traces de pas chez moi. Alban pense qu'il s'agissait d'un cambrioleur amateur, mais dans ce cas, pourquoi ne rien voler, même pas mon ordinateur, ou mon appareil photo ? D'après lui, il a entendu du bruit dans la rue et il a décampé. Peut-être…

Bientôt, les lumières de Chamonix apparurent sous un ciel mauve, semé de nuages empourprés par les lueurs du couchant qui se reflétaient sur les massifs enneigés.

— Une soirée de rêve, murmura-t-elle une fois en ville.

Elle se gara à une centaine de mètres du centre des congrès, Le Majestic, un ancien palace édifié à la Belle Époque. Alban devait guetter son arrivée, car il accourut et ouvrit sa portière.

— Je suis ébloui, dit-il en la dévisageant. Tu es radieuse.

— Et moi, un peu intimidée, répliqua Soline. Le restaurant où tu m'emmènes n'est pas trop chic ?

— Moins chic que toi. C'est à deux pas. Est-ce que je peux te prendre le bras, en amis ?

— Oui, je crois.

Alban admira son profil délicat, le maquillage léger qui rehaussait le bleu de ses yeux et le rose vif de sa bouche. Il apprécia également la souplesse de sa démarche, qui évoquait celle d'un gracieux félin.

« Je suis fou d'elle, se dit-il, en cherchant comment vaincre les réticences de Soline. Elle reste déterminée, il n'y aura pas d'autre fois, ce sont ses mots. »

Tout le long du repas, le capitaine Demolliens se montra galant, attentif. Pourtant, il se souvenait par instants du beau corps dénudé de la jeune femme, de sa peau mate, de ses seins. Il s'empressait alors de baisser la tête, afin de ne pas trahir le désir qui le torturait.

— Je te conseille la tarte au citron meringuée, lui dit-il au moment du dessert. Soline, je n'avais pas envie de parler travail ce soir, pourtant j'y suis obligé. J'espère que tu ne seras pas trop contrariée.

— Ah, c'est au sujet de Kate ?

— Exactement. La brigade des stupéfiants de Grenoble nous a envoyé un dossier sur Luc Mesnard, son ancien compagnon. Un de ses acolytes est en prison, mais un autre type, au lourd casier judiciaire, serait en cavale. Lui aussi a été lésé d'une part de son argent. Le commandant de notre peloton, en accord avec la gendarmerie de Combloux, a décidé de confier l'affaire à la police judiciaire. Je ne pourrai plus enquêter. Kate a été victime de ses mauvaises fréquentations. C'est un milieu dur, où on ne plaisante pas avec les dettes ou les vols de ce genre. Il se pourrait même que Cédric Rousseau ait payé également pour ses trafics de cocaïne.

Soline soupira, irritée par le calme d'Alban, qui avait parlé d'un ton de professeur.

— J'aurais tort d'être contrariée. Tu as fait tout ton possible, répondit-elle. Kate est en sécurité, c'est le plus important.

Ils commandèrent le dessert et deux cafés. Alban ajouta d'une voix moins conventionnelle :

— Mais je continuerai à veiller sur toi, Soline. Je pense encore à ton licenciement. La panne d'essence de la motoneige est inexplicable. On a voulu te nuire et ça m'exaspère.

— Il y a des jours où tout se passe mal, il faut l'accepter.

Il s'enhardit à lui prendre la main sur la table, mais elle la retira aussitôt.

— Je t'en prie, murmura-t-elle. Respecte ma décision.

— Ma parole, je dois faire fuir les femmes que j'aime, se plaignit-il tout bas. Ma fiancée m'a quitté alors que les bans étaient publiés, et toi, tu ne me laisses aucune chance. Soline, c'était un geste de tendresse. Tu as raison sur un point, on se connaît peu, mais je ne demande qu'à en savoir davantage sur toi. Si tu me racontais les visions que tu as eues, plus jeune.

— Non, pas maintenant.

— Tu m'as confié que tu avais été adoptée, as-tu recherché tes véritables parents ?

— Kate me poussait à le faire, je n'y tiens pas. Si je n'ai aucun souvenir d'avant mes six ans, c'est sûrement une défense de mon esprit. J'ai dû vivre un événement épouvantable, cet accident dont parlait ma mère. Pourquoi fouiller le passé ? Alban, je suis tournée vers l'avenir. J'aime mon métier, mais je compte me perfectionner. J'ai travaillé dur pendant plus de deux ans pour payer des stages, des formations, acheter Barry. Sans Viviane, qui me prête cette petite maison, mes fins de mois seraient difficiles. Je concentre toute mon énergie sur ma réussite professionnelle. Il n'y a pas de place pour une relation dans mes projets.

Le bref discours de Soline était explicite. Alban approuva, résigné.

— Nous pouvons être amis, je suis toujours partant pour t'emmener grimper, même sur une cascade de glace. C'est un peu tard dans la saison, mais l'hiver prochain.

— Tu es déjà un ami, affirma-t-elle. Pardonne-moi si je t'ai fait de la peine.

— Je ne suis pas aussi sentimental, répliqua-t-il. Je suis très pris par mon métier, comme toi. Une vie de famille serait même compliquée, certains de mes collègues en témoignent. Mener une vie de couple n'est pas évident.

— Pourtant Viviane et son mari, Léon, ont su conjuguer leur amour et leur engagement de secouristes, nota Soline.

Un pli amer sur les lèvres, Alban se leva afin d'aller régler la note. Quand il fut de retour, elle l'attendait près de la porte. Il l'aida à remettre sa veste noire, dont il éprouva la légèreté.

— Tu vas geler, les nuits sont encore fraîches, déplora-t-il.

— Ne t'en fais pas pour moi. Au revoir, et merci pour ce délicieux repas. Nous pourrions t'inviter à dîner, Viviane et moi, la semaine prochaine, si tu es libre.

Il eut un petit rire ironique, en la regardant dans les yeux.

— En terrain neutre, sans danger de me recevoir dans un peignoir de bain, souffla-t-il. Je viendrai quand même.

Soline regagna son 4 × 4, en lui adressant un dernier signe de la main. Alban répondit d'un furtif mouvement de tête. Il assista à son départ, le cœur lourd, puis il traversa la rue sur le passage piéton. Une voiture arrivait.

Un peu ébloui par les phares, certain cependant qu'elle allait ralentir, il continua à avancer. Le conducteur accéléra. Le choc fut très violent, et le bruit du heurt, carrosserie contre corps humain, alerta un des serveurs du restaurant. Il découvrit le capitaine Demolliens allongé sur la chaussée, le crâne en sang.

Combloux, chez Viviane Gonod,
dimanche 22 mars 2015

Soline avait passé la nuit chez Viviane, qui ne dormait pas encore à son retour de Chamonix. Elles s'étaient lancées dans de longues discussions, d'abord sur l'enfance et la famille d'Alban, puis sur les qualités de différentes races de chiens, pour évoquer ensuite la situation de Kate, tout ceci autour d'une tasse de tisane.

« Je travaille à 11 heures aujourd'hui, il est 8 heures, je dois me lever, se répétait la jeune femme, étendue sur le divan qui avait déjà servi de lit à Kate. Les chiens doivent sortir, aussi. »

Elle reprenait ses vêtements chauds et pratiques lorsque le téléphone sonna dans l'ancien bureau de Léon Gonod, où couchait Viviane depuis le décès de son mari. Soline l'entendit qui ronchonnait et décrochait en lançant un « allô » furibond. Soudain, sans raison précise, une sensation d'oppression la terrassa jusqu'au malaise.

« Qui peut appeler un dimanche matin ? » se dit-elle.

Au même instant, un cri retentit dans la pièce voisine, suivi d'un juron étouffé. Viviane apparut, en robe de chambre, échevelée, les traits défaits. Soline vit briller des larmes sur ses joues.

— Une mauvaise nouvelle ? lui demanda-t-elle, et le son de sa propre voix lui parut assourdi.

— C'était la mère d'Alban. Il a été renversé par une voiture hier soir, devant le restaurant. Un chauffard qui s'est enfui.

— Est-ce qu'il est…

— Non, il n'est pas mort, petite. On l'a placé pendant la nuit en coma artificiel et là, il est transféré à Lyon, pour une opération de la dernière chance. Seigneur, j'en ai les jambes qui flageolent.

— Asseyez-vous, Viviane, vous êtes blanche à faire peur. Je ne comprends pas, comment est-ce possible, dans la rue la plus fréquentée de la ville ?

— S'il te plaît, Soline, sers-moi un verre d'eau, j'ai la bouche sèche.

— Oui, de l'eau fraîche, je vais en boire aussi. C'est affreux, l'accident a dû arriver juste après mon départ.

Horrifiée, Soline revit avec précision la haute silhouette du capitaine, qui la saluait d'un infime signe de tête. Une pensée la troubla.

« S'il meurt, il aura vécu ses derniers moments sur terre en étant triste, malheureux. »

— Le type qui l'a heurté était sûrement fin saoul, soupira Viviane. Alban empruntait le passage piéton. Mon pauvre petit gars ! Pourvu qu'il s'en sorte…

— Il faut y croire, nous allons penser à lui de toutes nos forces, pour qu'il survive à l'opération, déclara Soline, la gorge nouée. C'est tellement injuste.

Elle pesait chacun de ses mots, cherchant comment apaiser le chagrin de Viviane. Pleine de confusion, elle se sentait responsable et cédait à l'inutile litanie des regrets.

« Si j'avais refusé ce dîner, ou si j'étais restée dix minutes de plus avec lui, il n'aurait pas traversé, rien ne serait arrivé… »

— Saleté de destin, bougonna Viviane, des sanglots dans la voix. On ne peut rien prévoir, hé, gamine ? On est vivant, on est content, et hop, d'un coup on se retrouve à l'hôpital, ou au cimetière.

— Je vais faire du café, ça nous fera du bien, proposa Soline dont le cœur battait beaucoup trop vite. Si vous voulez, je peux téléphoner à la station, leur dire que je ne peux pas venir.

Viviane protesta d'un non catégorique, d'une voix raffermie. Comme la jeune femme se penchait pour la prendre dans ses bras, elle la repoussa gentiment.

— Ne change pas ton programme, les parents d'Alban sont en route pour Lyon, je ne peux même pas aller les réconforter. Va travailler, Soline, tu dois garder ta place à la station. Mais tu peux me laisser Neige. J'irai le balader, ça me fera du bien de marcher.

Station de ski de Combloux, même jour,
15 heures

Un vent froid soufflait en rafales. Soline venait de descendre en ski une piste réservée aux débutants. On lui avait signalé par radio une branche de sapin qui pouvait provoquer une chute. Si la station avait connu une forte fréquentation pendant les vacances scolaires, ce dimanche, les amateurs de glisse étaient rares.

— C'est là, Barry !

Elle avait emmené son chien, toujours dans le souci de l'entraîner. Vigoureux et leste, le tervueren la précédait sur la pente. Il s'arrêta à côté de la branche, d'une taille conséquente.

— On devrait être deux, pour la déplacer, déplora-t-elle, en plantant ses bâtons dans la neige.

Obsédée par l'état d'Alban, Soline n'avait pas le cœur au travail. Viviane s'était engagée à lui téléphoner dès qu'elle aurait des nouvelles, bonnes ou mauvaises, mais elle n'appelait pas.

— On ferme bientôt, personne ne va venir par ici, enragea-t-elle. C'est ce vent aussi, d'autres branches vont se casser dans la nuit.

Au prix d'un pénible effort, Soline réussit à tirer l'obstacle sur le côté de la piste. Haletante, elle s'assit, les joues en feu.

— Je souffle deux minutes, Barry, ensuite on remonte en télésiège.

Son esprit lui renvoyait sans cesse des images d'Alban, de son sourire ébloui, la veille, quand il l'avait félicitée pour son élégance.

Une frêle musique la fit sursauter. Son portable sonnait enfin. Elle prit la communication, fébrile.

— Viviane ? Alors ?

— L'opération s'est bien passée, mais il pourrait avoir des séquelles neurologiques. J'ai eu sa mère, qui semblait confiante. Et là, je viens d'appeler le commandant Jarny, ce ne serait pas un accident. Les collègues d'Alban, qui sont très secoués, ont enquêté tôt ce matin. Et selon un témoin qui habite presque en face du passage piéton, la voiture a foncé sur Alban, te rends-tu compte ? Je ne sais plus quoi penser… Petite, tu soupes chez moi, ce soir. Le moral est en berne.

— Bien sûr, Viviane, je serai là vers 20 heures. Vous verrez, votre petit gars va se rétablir, il est solide.

— Je croise les doigts, mais tant qu'on n'aura pas trouvé le saligaud qui a fait ça, je ne serai pas tranquille.

Barry se mit à aboyer et à grogner, sur un mode menaçant. Soline se releva et le prit par son harnais.

— Qu'est-ce que tu as vu ?

Elle scruta les zones neigeuses, sous le bois de sapins, en quête d'une présence humaine ou animale.

— Sage, Barry, tu n'iras pas !

Le tervueren se comportait de façon inhabituelle, en se débattant. Elle lui ordonna de s'asseoir.

Le vent sifflait et brusquement une pluie drue s'abattit sur le sol glacé. Soline reçut un appel radio lui indiquant que les pistes devaient être évacuées.

— À mon avis, il n'y a déjà plus personne, dit-elle d'un ton amer après avoir coupé la liaison. Barry, vite, on doit prendre le télésiège.

Le chien lança une plainte, en fixant toujours le couvert des arbres, quand une forme grise apparut entre les troncs. L'animal semblait danser sur place. Barry se débattit encore pour échapper à la prise de sa maîtresse.

— Encore un loup, s'étonna Soline. D'abord sur le domaine des Échappées-Mont-Blanc, et maintenant ici, à Combloux. Ou bien c'est une louve.

L'attitude du tervueren s'expliquait. Il oubliait le dressage acquis pour répondre à l'appel de la nature. Soline le gronda en haussant la voix, ce qui provoqua la fuite du loup.

— Je suis désolée, Barry, je ne pouvais pas te lâcher. C'est précisément pour cette raison qu'on ne dresse pas les chiennes à faire ton travail. Pour ne pas vous distraire et éviter les combats entre mâles. Parfois, les humains se conduisent de la même façon.

Soline haussa les épaules, avec un sourire sans joie. La louve avait bel et bien disparu. Barry, calmé, la suivit docilement dès qu'elle reprit ses skis et dévala la piste, sous une averse diluvienne.

8

Une rencontre

Combloux, chez Viviane Gonod,
dimanche 29 mars 2015

Soline veillait sur le sommeil de Viviane, encore fiévreuse. Assise à son chevet, elle s'efforçait de lire un roman déniché sur les étagères du bureau, *Premier de cordée*, de Roger Frison-Roche. L'histoire relatait le destin d'un jeune homme qui vivait à Chamonix dans les années 1920-1930.

— Il voudrait être guide de haute montagne, comme je l'ai souhaité, se dit-elle tout bas, en refermant le livre. J'espère qu'il va réaliser son rêve. Moi, c'est mon second métier à présent et j'ai hâte que l'été revienne, pour commencer à travailler. Cette année, je n'accepterai que des excursions sans trop de difficultés.

Un rayon de soleil illuminait les rideaux en voile de la pièce. La maison sentait bon le feu de bois, les légumes en train de cuire. Viviane semblait absente, le teint cireux, le front moite. Une grippe s'était déclarée, en début de semaine.

« Le docteur voit un rapport avec le choc qu'elle a eu, en apprenant l'accident d'Alban, songea Soline. C'est possible, je l'ai trouvée très affectée, dimanche dernier, à mon retour de la station. »

Elle se revit dévalant la pente sous des trombes d'eau, après avoir aperçu une louve. Même cette anecdote n'avait pas arraché un sourire à Viviane, quand elle lui avait raconté l'attitude très intéressée de Barry.

— Et le lendemain, vous étiez couchée, avec une mauvaise toux, plus de 40° de température, des courbatures, dit-elle à mi-voix.

— Qu'est-ce que tu marmonnes ? Tu prépares ton discours pour mes obsèques ?

La malade avait entrouvert les yeux et fixait Soline entre ses paupières mi-closes.

— Viviane, vous allez mieux !

— On dirait, oui. J'ai les idées plus claires.

— C'est l'heure de prendre un cachet pour la fièvre, je vous apporte de l'eau.

— Fais-moi plutôt un bon café, gamine. Je veux me lever. Quel jour sommes-nous ? Et as-tu des nouvelles d'Alban ?

— Son état reste stationnaire, il est encore très faible. J'ai eu sa mère au téléphone hier, je lui ai expliqué que vous n'étiez pas encore remise.

— Pauvre Janine, je l'appellerai ce soir. Et ce café ?

Bien que rassurée par l'apparente vivacité de Viviane, Soline percevait un changement chez la septuagénaire. Quelque chose sonnait faux dans son intonation, dans son sourire.

— Je m'en occupe, mais restez couchée, le docteur revient demain matin, il vous dira si vous pouvez vous lever.

— Vindiou, je n'ai pas besoin d'un carabin pour savoir comment je me sens !

Sur ces mots, à la consternation de Soline, elle repoussa les draps et se redressa. Lorsqu'elle se mit debout pour enfiler sa robe de chambre, elle vacilla un instant sur ses jambes.

— Je vous en prie, Viviane, c'est imprudent.

— Sors donc la boîte de biscuits, j'ai envie de sucré.

Les deux chiens lui firent la fête quand elle apparut dans la grande pièce.

— Mais oui, je suis encore là, Neige ! Et toi, Barry, la gamine t'a brossé, tu es beau comme un astre !

— Asseyez-vous près du feu, Viviane, avec un plaid sur les genoux. Je vous prépare un goûter.

Soline servit le café et les biscuits, en prenant une chaise comme desserte. Elle passa dans la remise et rapporta des bûches. Satisfaite, elle s'installa enfin sur le rebord en brique de la cheminée.

— Toi, tu n'es pas allée travailler, ces jours-ci, avança Viviane d'un air de reproche. J'ai beaucoup dormi, à cause de la fièvre, mais dès que je me réveillais, je te voyais à côté de moi, et tu me donnais des médicaments.

— Il pleuvait beaucoup, la station de ski a dû fermer. C'est le printemps, la neige fond en moyenne altitude. Mon contrat s'arrêtait au premier avril. Je toucherai un peu de chômage.

Pensive, Viviane lissa ses mèches rousses du bout des doigts. Elle paraissait hésiter à répondre.

— Je vais me requinquer, gamine, sois tranquille. Maintenant je dois te parler, ça ne peut pas attendre.

— Rien de grave ?

— Tu vas faire ta moue, je te connais, mais je voudrais que tu suives mon conseil. Soline, pars un mois ou deux, retourne à Lons, tes parents seront contents de t'avoir un peu avec eux. Je t'aime beaucoup, ma petite, seulement Kate et toi, vous m'avez causé du souci. J'avais mes habitudes, ma routine, et là je suis fatiguée. Je n'ai plus l'âge de m'occuper d'un chien, non plus.

— Mais, il fallait me le dire, Viviane…

— Laisse-moi finir. Demain, je ferai venir une de mes vieilles amies, elle sera ravie de jouer la garde-malade. Et toi, tu prendras la route du Jura. Je ne te chasse pas, ma belle, tu n'es pas obligée d'emporter toutes tes affaires. Reviens à la fin du mois de mai, quand tu pourras travailler comme guide.

— Si, vous me chassez, répliqua Soline, le cœur serré.

— Ne complique pas les choses, et ne te mets pas à pleurer, ça me ferait de la peine. Tu seras mieux à Lons, dans ta famille. Tu feras de l'escalade, tu entraîneras Barry pour cet été. Rien ne t'empêchera de rendre visite à Kate.

Soline hocha la tête. Elle retenait ses larmes, perturbée par ce qu'elle pressentait. Le regard brun de Viviane exprimait tout le contraire de ses propos. Il trahissait une sincère détresse, de l'anxiété et du chagrin.

— Pourquoi ? interrogea-t-elle. Vous n'avez pas envie que je parte, mais si vous y tenez vraiment, je m'en irai.

— Dis-toi que ce sont des vacances ! Et tu devrais en profiter pour poser les bonnes questions à tes parents, sur ta petite enfance. Il y a quelque chose qui cloche, dans ton histoire.

Soudain transie, Soline tendit ses mains vers le feu. Elle se vit entre Monique et Jacques Fauvel, dans la maison où ils l'avaient élevée, et une chape de plomb pesa sur ses épaules.

— Viviane, est-ce que vous m'en voulez pour Alban ? Je vous ai avoué dimanche dernier qu'il était amoureux de moi, et que j'ai dû le décourager. Je me suis répété, toute cette semaine, qu'il avait peut-être eu cet accident par ma faute. S'il était triste, il a été moins vigilant en traversant la rue…

Le silence qui suivit acheva de désespérer Soline. Elle se leva et fit les cent pas dans la pièce.

— Ne te ronge pas les sangs, prôna Viviane. Qui aurait voulu du mal à Alban ? C'était un chauffard, sûrement alcoolisé, d'où sa fuite sur les chapeaux de roues.

— Non, j'en ai discuté avec le sous-officier Derain, par téléphone. On a renversé Alban volontairement. Vous le savez aussi bien que moi. Quelqu'un a essayé de le tuer.

Viviane tremblait de nervosité. Elle battit l'air de ses mains en gémissant.

— Ah… je me sens mal, aide-moi à me recoucher, ma belle. Et fais ce que je t'ai dit.

Quand la malade s'allongea en soupirant d'aise, Soline jeta un regard navré sur les cloisons en sapin doré, sur les cadres où figuraient les photographies prises par Léon Gonod, lors de ses randonnées en montagne.

— Je me plais à Combloux, chez vous, dans ma petite maison, confessa-t-elle. Je peux trouver un emploi en ville, je vous dérangerai moins souvent, sauf si vous m'invitez. En plus, j'avais prévu de rendre visite à Alban, à l'hôpital, dès que ce serait possible.

— Il préférera te revoir quand il sera guéri. Les hommes ont leur orgueil, surtout lui. Tire les doubles rideaux, j'ai besoin de me reposer.

— Viviane, qu'est-ce qui se passe ? Je suis très intuitive, il y a un problème et vous refusez de m'en parler. Et ne faites pas semblant de vous endormir, je vous en prie !

— Va plutôt faire ton sac, on dînera ensemble.

— D'accord, je vous obéirai, mais j'ai encore une fois l'impression d'être coupable de je ne sais quoi. Je préviens mes parents que je serai chez eux demain soir.

Soline quitta la pièce et enfila sa parka. Viviane l'entendit sortir avec les deux chiens.

— C'est mieux comme ça, gamine, chuchota-t-elle, affligée. Je fais un gros sacrifice en t'expédiant à Lons, mais je ne veux pas qu'on te fasse du mal. Déjà qu'on s'en est pris à Alban, mon brave petit gars.

Lons-le-Saunier, dimanche 19 avril 2015

Monique Fauvel guettait le retour de Soline, partie de bon matin s'exercer à l'escalade dans la carrière de Lavigny. Elle regarda l'heure à la pendule en trépignant d'impatience. Enfin, elle vit sa fille garer le 4 × 4 devant le portail de la cour.

— La voilà, Jacques ! Elle arrive avec les chiens. Bien sûr, ils ont les pattes boueuses !

— Désolée d'être aussi en retard, maman, s'empressa de dire Soline. Je m'exerce à grimper sans aucun matériel. Presque plus personne ne va là-bas, le site ne doit pas être assez intéressant. J'étais seule. Neige et Barry en ont profité pour se balader.

— Regarde donc l'état du carrelage, maintenant ! Tu aurais dû les enfermer dans le garage, le temps qu'ils sèchent. Mais tu n'en fais qu'à ta tête, comme avant. Viens vite à table, ton père est affamé.

— Il ne fallait pas m'attendre, plaida Soline. La prochaine fois, j'emporterai de quoi manger.

Au bout de vingt-sept jours chez ses parents, elle rêvait de rentrer à Combloux. Elle se sentait terriblement oppressée, dormait mal. Il lui fallait sortir tous les jours, presque du matin au soir, afin de pouvoir respirer à son aise.

— Ta mère a préparé du saumon poché, parce que tu aimes ça, le plat est froid, lui reprocha son père.

— Je vais le faire réchauffer, papa ! On mangera la salade en entrée.

— C'est dimanche, tu aurais pu rester là, renchérit sa mère.

— Je suis désolée, je ne peux pas me permettre de perdre la forme, ni abandonner l'entraînement de Barry. Demain j'irai nager à la piscine, et jeudi, je compte faire l'ascension du Crêt de la Neige[1]. Une de mes camarades de lycée, que j'ai contactée sur Internet, est d'accord pour venir avec son frère.

Le couple afficha la même mine indignée. Jacques Fauvel insinua d'un ton lugubre :

— Tu ne penses qu'à te distraire, sous prétexte de faire du sport, mais tu étais censée travailler dès ton arrivée.

— Et vous, vous deviez me fournir les documents de mon adoption. J'ignore ma vraie date de naissance, si mes parents biologiques étaient français ou étrangers.

— On fête ton anniversaire à la date où l'adoption a été officielle, Soline, précisa Monique. Et je n'ai pas trouvé le dossier… Nous avons eu un

1. Le Crêt de la Neige, haut de 1 720 mètres, est le plus haut sommet du massif du Jura.

grave dégât des eaux l'année de tes neuf ans, il a sûrement été jeté à cette époque.

— Bien sûr, maman, c'est pratique, rétorqua-t-elle. Mais c'est bizarre, je n'en ai aucun souvenir.

Elle repoussa sa chaise et se dirigea vers la cuisine, pour faire réchauffer le poisson en sauce dans le four à micro-ondes. Pendant que le plat tournait, elle appuya son front contre le mur tout proche.

« Qu'est-ce que je fais ici ? s'interrogea-t-elle. Viviane, vous me manquez, vous étiez devenue ma grand-mère de cœur. »

Soline ferma les yeux, pour revoir le clocher de Combloux, le mont Blanc, l'Aiguille du Midi et le massif des Aravis, avec ses glaciers et ses pentes enneigées.

— C'est là-bas, mon pays, ma seule patrie…

La gorge nouée, nostalgique, elle ne prêtait plus attention à ce qui l'entourait. Une image lui apparut soudain, nimbée de lumière, celle d'une jeune fille en robe longue grise, un châle noir croisé sur sa poitrine. Elle marchait dans un champ, son chapeau de paille à la main. Un chien aux longs poils bruns, de taille moyenne, la suivait.

— Qu'est-ce que tu fabriques, ma chérie ? Le four a sonné, ça doit être chaud, s'égosilla sa mère.

Tirée brusquement de son rêve éveillé, Soline fut saisie d'un frisson. Elle refusait de rouvrir les yeux, dans l'espoir de voir de plus près l'inconnue, habillée comme sur les gravures de la fin du XIXe siècle.

— Elle avait les cheveux longs, nattés, et blonds. Je n'ai pas bien vu son regard, mais on aurait dit moi, enfin je crois.

— Soline ! Qu'est-ce que tu marmonnes encore ? clama son père. Bon sang, tu es incapable de te conduire normalement !

Furibonde, Soline s'empara du plat et alla le poser au milieu de la table. Elle resta debout.

— Je ne suis pas normale, alors oui, je ne fais rien comme les autres. J'ai peut-être été conçue par des extraterrestres ! cria-t-elle en guise de défi.

Monique Fauvel poussa une plainte outrée, tandis que son mari tapait du poing.

— Comment oses-tu plaisanter, Soline ? Tes vrais parents sont sans doute morts, tu n'as pas honte ? vociféra-t-il.

Révoltée, Soline jeta sa serviette sur son assiette et se rua dans le vestibule. Elle monta l'escalier quatre à quatre, escortée par Neige et Barry. Ils entrèrent dans sa chambre, dont elle claqua la porte, avant de la fermer à clef.

— Je n'en peux plus, gémit-elle, en considérant les deux chiens assis à ses pieds. Je ne tiendrai pas jusqu'au mois de mai. Et je n'ai presque plus d'argent sur mon compte. J'appelle Kate.

Ses conversations téléphoniques avec son amie l'aidaient à tenir bon. Elle savait toujours la faire rire.

— Soline ? Salut ma puce, je pensais à toi, justement.

— Bonjour, Kate. Pourquoi ?

— Madame Vivi a débarqué hier à Dijon, pour passer une semaine avec sa cousine. Évidemment on a parlé de notre Soline. Eudoxie était aux anges, elle m'a envoyée dans une épicerie fine pour acheter des trucs super bons. On va même boire du champagne ce soir. Et toi, le moral ne va pas mieux ?

Muette de stupeur, Soline différa sa réponse, afin de ne pas trahir son amertume.

— Je suis contente pour vous, dit-elle enfin. Tu embrasseras très fort Viviane de ma part. Je ne l'imagine pas ailleurs que dans sa maison de Combloux, mais apparemment, il lui arrive de voyager. Mon moral, pas d'évolution, Kate. Je deviendrais folle si je ne pouvais pas évacuer mon stress par le sport et le plein air.

— Et tes parents n'ont rien lâché, au sujet de ta naissance ?

— Rien. Parfois je les trouve sincères, parfois je suis certaine qu'ils me mentent, peut-être dans mon intérêt. Viviane a dû te donner des nouvelles du capitaine Demolliens, je n'ai pas osé le contacter.

— Alban ? Il a récupéré toutes ses facultés, en ce moment, il séjourne dans un établissement de convalescence. Ma puce, je t'abandonne, j'étais juste montée dans ma chambre choisir une tenue. On va se promener, toutes les trois.

Soline émit un murmure d'approbation, puis elle coupa la communication.

— Zut, j'ai oublié de lui raconter ma vision, si c'était bien une vision… La jeune fille ne paraissait pas en danger, mais elle était triste, tellement triste. J'en pleurerais. Au fond, c'est mieux de n'avoir rien dit, ça n'appartient qu'à moi, j'en suis sûre.

Une heure plus tard, Monique Fauvel vint tambouriner à sa porte. Barry grogna sourdement.

— Ouvre, ma chérie, et viens au salon, papa veut te proposer du travail, le garagiste chez qui il va depuis dix ans cherche une secrétaire.

— C'est trop tard, je m'en vais, répliqua Soline. Le printemps est précoce, je trouverai un emploi dans les Alpes. S'il avait été question de mon enfance, je serais descendue.

De l'autre côté du battant, Monique esquissa un rictus de pur désarroi, qui lui tordit la bouche.

— Fais à ton idée, Soline. On était contents de t'avoir avec nous, ma chérie. Tu es notre fille, on t'aime fort. Je n'ai pas encore eu l'occasion de te le dire, tu es de plus en plus jolie.

Piégée par sa colère et son chagrin, Soline faillit rétorquer qu'elle devait ressembler à sa véritable mère. Mais elle se mordit les lèvres, consciente que ce serait cruel pour la femme qui l'avait élevée et choyée, à sa manière.

— Merci, maman, lança-t-elle. Je serai bientôt prête, préviens papa de mon départ.

Soline avait décidé de rentrer à Combloux le jour même, dans la petite maison qui lui manquait tant. Elle avait hâte de rouler vers les Alpes, comme si on l'appelait là-bas.

Quelques kilomètres avant Combloux, même jour

Le soleil se couchait lorsque Soline, toute joyeuse, revit les paysages qui s'étaient inscrits dans son âme et son cœur. Elle avait conduit prudemment, en faisant une pause à mi-parcours, pour promener ses chiens dans un chemin. À présent, elle suivait une départementale, qui serpentait au milieu d'une forêt de sapins.

— Je suis de retour chez moi, fredonna-t-elle.

En l'honneur de ce retour imprévu, elle s'était coiffée d'un chignon haut, et elle avait même mis ses petites boucles d'oreilles serties d'une fausse perle. En jean et pull à col roulé blanc, son reflet lui avait plu.

— Je devais être belle pour revoir mes montagnes, dit-elle en regardant Neige et Barry dans le rétroviseur.

Deux coups de klaxon rapprochés l'alertèrent. Elle avait légèrement dévié sur la gauche, alors qu'une voiture la croisait.

Son rétroviseur extérieur fut presque arraché et les carrosseries frottèrent dans un crissement désagréable.

— Oh non, pas ça ! dit-elle entre ses dents, consternée par son inattention de quelques secondes.

Elle freina pour se garer sur le bas-côté. L'autre conducteur l'imita. Il descendit de son véhicule, un pick-up gris. Soline sortit également, soucieuse de présenter des excuses.

— Je suis désolée, monsieur, c'est ma faute ! s'écria-t-elle, car il lui tournait le dos, occupé à examiner sa portière.

— Je n'ai rien, c'est vous qui avez endommagé votre 4 × 4, répondit-il en lui faisant face.

Soline ressentit aussitôt un choc étrange, indescriptible. Elle était confrontée à un jeune homme, vêtu d'un treillis et d'un pull vert. Il la dévisageait, une ombre de sourire sur ses lèvres très rouges au dessin particulier. Son regard noir avait une intensité fascinante.

— Vous êtes assurée ? demanda-t-il.

Sa voix, un peu grave, chaude, acheva de troubler Soline. Elle passa une main sur son front.

— Oui, bien sûr, j'ai une assurance, mais j'essaierai de réparer moi-même le rétroviseur, affirma-t-elle sans pouvoir le quitter des yeux. Vraiment, votre voiture n'est pas rayée ?

— Venez vérifier, mademoiselle… ?

— Soline Fauvel.

Barry commença à aboyer, vite imité par Neige. Le jeune homme virevolta pour aller observer les deux chiens par la vitre arrière.

— Un berger blanc suisse et un tervueren, vous ne craignez rien, avec des gardes du corps comme eux. Hé, ça va les amis ?

Soline fut étonnée de voir Barry se calmer, ainsi que Neige. L'inconnu revint sur ses pas, d'une démarche désinvolte qui s'accordait à sa minceur.

— Moi, c'est Benjamin. Je suis mandaté par un organisme officiel pour recenser les loups de la région, et pour d'autres tâches moins plaisantes. Les éleveurs qui subissent des attaques sur les troupeaux sont dédommagés, mais il faut encore prouver qu'il s'agissait bien d'un loup, et non pas de chiens errants. C'est aussi une partie de mon travail.

— Vous venez d'arriver dans le pays ?

— Pas du tout, je suis là depuis un an.

Soline s'appliquait à scruter la carrosserie du pick-up. Elle jeta un coup d'œil à l'arrière, qui était constitué d'un espace fermé mais non couvert. Intriguée par une odeur insolite, elle fixa la bâche qui semblait recouvrir une bête.

— Voyez, ça ne fait que commencer, les tensions montent, dit tout bas le dénommé Benjamin en soulevant la bâche. On l'a abattu, pourtant il était en train de boire dans un ruisseau. Un loup âgé d'un an, pas davantage. Esseulé, car on a dû disperser sa meute.

Elle regarda avec compassion le jeune animal, dont le flanc ensanglanté révélait l'impact de plusieurs balles.

— Je n'en avais jamais vu de si près, soupira-t-elle. Pourquoi les tuer…

— Ce serait difficile à expliquer ici, chacun garé au bord de la route. Un jour, peut-être, nous en discuterons.

— Oui, je vis à Combloux. Pisteur-secouriste et maître-chien d'avalanche l'hiver, et à dater de cette année, guide de haute montagne durant l'été. S'il y a un souci avec votre voiture, vous vous souviendrez, Soline Fauvel.

— Soline, c'est un prénom qu'on ne peut pas oublier, murmura-t-il.

Il souriait toujours gentiment, en l'observant. Soline le salua et regagna son 4 × 4. Son cœur n'avait jamais battu ainsi, d'une façon douce et exaltante.

Combloux, le lendemain, lundi 20 avril 2015

Le soleil de midi entrait par la fenêtre ouverte. En quelques semaines, le printemps avait fait son œuvre. Si les montagnes étaient toujours blanches de neige, la petite ville avait perdu son décor hivernal.

Soline, en partant promener ses chiens, avait découvert des crocus violets qui avaient éclos le long du mur de sa maison. Elle les avait admirés encore une fois, au retour.

— Bientôt, les prairies seront constellées de fleurs sauvages, se dit-elle en préparant du thé. Les troupeaux monteront sur les alpages.

Neige se coucha près du poêle éteint, mais Barry suivait de près sa maîtresse.

— Aujourd'hui je fais un grand ménage, annonça Soline. Un peu de patience, je vais vous donner des croquettes.

Elle débordait d'entrain et d'une joie singulière, dont elle refusait d'admettre l'origine.

Pourtant, elle savait très bien que la rencontre faite la veille, par le plus grand des hasards, y jouait un rôle essentiel.

— Je ne saurais même pas qu'il existe, si je n'avais pas décidé de partir de Lons hier après-midi et si je n'avais pas pris cette route départementale, pensait-elle à voix haute.

Dix fois au moins, Soline avait revécu le moment où le conducteur du pick-up s'était tourné vers elle, en la regardant.

— Benjamin… J'ignore son nom de famille. Il ne me l'a pas dit, pourquoi ? Mais qu'est-ce que j'ai, à la fin !

Souvent, au cours de la journée, elle résista à la tentation de faire une recherche sur son ordinateur portable.

« Pourtant, c'est facile à présent, de trouver une personne sur Internet, songeait-elle. Il n'y a sûrement pas beaucoup de Benjamin qui s'occupent des loups, dans la région. »

Il faisait nuit lorsque Soline se décida. Elle avait rallumé le poêle, les soirées étant fraîches, et ses guirlandes égayaient la pièce. Au bout d'un quart d'heure, elle revit enfin les traits de Benjamin Martin, sur une photographie de petite taille, sur un site de l'Office des eaux et forêts. Il souriait, un bonnet sur ses cheveux noirs, devant un paysage enneigé.

— Effectivement, il surveille les loups et il les étudie. Dommage, il n'y a qu'une image de lui. Il n'est pas vraiment beau, mais il a du charme, et ça le rend séduisant.

Elle appuya d'une main à hauteur de son cœur, qui battait un peu trop vite. Désemparée, elle ferma son ordinateur et monta se doucher, avant de se mettre en pyjama, avec le projet de lire une énième revue animalière, où un article dépeignait le dressage idéal d'un chien.

Des aboiements furieux lui firent dévaler l'escalier. Barry et Neige menaient un beau tapage, en grattant à coups de griffes la porte sur la rue.

— Qui est là ? demanda-t-elle, inquiète.

On ne lui répondit pas, mais les chiens grognaient toujours. Soline posa encore la question, incapable d'ouvrir. Un court instant, néanmoins, elle effleura la poignée et le verrou.

Elle réalisa tout à coup que les contrevents n'étaient pas coffrés. Elle lança un regard alarmé vers la pénombre, derrière les vitres, et crut apercevoir une silhouette, grâce à la lumière d'un lampadaire qui dissipait l'obscurité.

— Mais qui est-ce ?

L'instant suivant, il n'y avait plus rien. Mais Soline attendit plus d'un quart d'heure, assise dans le coin de la pièce. Son cœur lui faisait mal.

— Il se passe des choses anormales, s'avoua-t-elle tout bas. On enlève Kate, on rentre chez moi sans effraction et sans rien voler. Oui, tout va de traviole, comme dirait Viviane. Barry, Neige, venez là.

Les deux chiens étaient calmés. Elle les caressa, soulagée de les avoir près d'elle.

— Qu'est-ce que vous avez senti ?

Soline s'apaisa. Peu à peu elle imagina quelqu'un de passage dans la rue, qui avait été attiré par la clarté de sa fenêtre.

— Du courage ! s'exhorta-t-elle en bondissant sur ses pieds. Je tire les volets.

Pendant le laps de temps que demandait la manipulation, elle fit appel à son sang-froid, comme si un être dangereux allait surgir pour l'empêcher de se claquemurer.

— Je suis ridicule, se reprocha-t-elle quand elle crocheta les solides contrevents en sapin.

La soirée s'écoula sans autre incident. Soline s'endormit sur son canapé, sans avoir éteint sa lampe ni ses guirlandes. Le lendemain matin, alors qu'elle se moquait de ses frayeurs de la veille, elle découvrit une rose rouge devant sa porte, une de ces fleurs à longue tige, sans parfum, que vendaient les fleuristes.

Barry et Neige, qu'elle partait promener, la reniflèrent puis la piétinèrent.

— Je n'y touche pas, décida-t-elle. Qui est venu la déposer ?

Soline songea à Alban, mais il était en maison de convalescence.

— Kate dirait que j'ai un admirateur secret, ironisa-t-elle. Ce serait plutôt quelqu'un qui s'est trompé d'adresse.

Du bout de sa botte, elle repoussa la mystérieuse offrande, avant de la ramasser, de ses doigts gantés de laine, pour la mettre sur le rebord de sa fenêtre.

— Après tout, cette pauvre fleur n'y est pour rien, en plus vous l'avez abîmée, dit-elle aux chiens qui l'attendaient, debout côte à côte, équipés de leur harnais. Allez, en voiture, on part dans la montagne.

Le ciel clair et le soleil d'avril avaient donné à Soline l'envie d'une première randonnée. Elle avait pris de quoi déjeuner et s'était habillée en conséquence. Un appel vibrait toujours dans son âme et son cœur, dont elle n'avait pas vraiment conscience, mais auquel elle obéissait.

Chalets de Varan, 21 avril 2015, 13 heures

Soline était montée jusqu'aux chalets de Varan, situés à mille six cents mètres d'altitude. La randonnée, en cette saison, ne présentait aucune difficulté. Il subsistait des plaques de neige, mais de frêles fleurs jaunes poussaient déjà entre les pans de rochers.

Assise sur l'herbe rase, entourée de ses chiens, elle ne se lassait pas de contempler le mont Blanc, dont le massif étendait ses créneaux sur un ciel bleu lavande. Le plus haut sommet de France se dressait en face d'elle.

— Un jour, je ferai l'ascension, se promit-elle.

Assoiffée, elle ouvrit son sac à dos pour en sortir sa gourde d'eau. Une fois désaltérée, elle respira avidement l'air vif, qui lui semblait l'haleine même des glaciers.

Son corps échauffé par la marche lui paraissait d'une rare vitalité. Elle dénoua ses cheveux et les secoua, la tête renversée en arrière, en fermant les yeux quelques secondes.

— Bonjour, mademoiselle, fit une voix dans son dos, et cette voix lui vrilla le cœur.

Elle se retourna, étonnée. Benjamin Martin se tenait à trois mètres de Soline. Il portait un sac à dos volumineux et souriait. Ses courtes boucles noires brillaient au soleil.

— Bonjour, répliqua Soline, presque incrédule.

— Je ne m'attendais pas à vous revoir si vite, avoua-t-il.

Barry et Neige s'étaient levés et se laissaient caresser, ce qui acheva de la troubler.

— Ils n'ont même pas aboyé, ni grogné, remarqua-t-elle. Ils sont beaucoup plus méfiants, d'habitude.

— Les chiens perçoivent nos intentions, j'avais cru vous reconnaître, en passant, et je venais vous saluer. J'allais faire une pause au refuge, c'est largement l'heure du déjeuner.

— Oui, je me suis arrêtée ici pour pique-niquer.

Elle était confuse de sentir son cœur battre aussi vite. Pour se donner une contenance, elle rappela Barry et Neige.

— Est-ce qu'il y a des loups dans les environs ? s'enquit-elle. Dites-moi, je ferais mieux de les attacher. Le site était tellement désert, je les ai laissés en liberté.

— J'ai relevé des empreintes dans les bois, là où la neige ne fond pas encore. Venez avec moi jusqu'au refuge, la vue est aussi belle, mais il y a une table et des bancs à l'extérieur.

— Pourquoi pas ?

Une idée saugrenue traversa Soline. Elle se demanda si ce n'était pas lui qui avait posé une rose devant sa porte.

« Je délire, il ignore où j'habite. Et il ne m'a vue qu'une fois, durant cinq minutes ».

C'était admettre combien Benjamin lui avait plu, dès qu'elle l'avait vu.

« Ce qui n'implique en aucun cas la réciproque, se dit-elle. Je deviens totalement idiote. »

Elle le suivit, sans plus réfléchir. Il la regardait de temps en temps, d'un air amusé. Il émanait de lui la même désinvolture que la veille.

— L'endroit idéal, commenta-t-il en se débarrassant de son sac, près de la table du refuge.

— Oui, c'est agréable.

Il répondit d'un nouveau sourire, puis il déballa du pain, du fromage et des noix.

— Vous vous plaisez dans les Alpes ? demanda Soline, gênée par son silence.

— J'espère m'y établir définitivement, même si on décime tous les loups. Je suis parfois pessimiste, excusez-moi. Vous ne mangez pas ?

— Si, bien sûr, dit-elle sans toucher à la salade qu'elle s'était préparée. Mais je pensais à ce qui m'est arrivé en février et au mois de mars.

Soline sauta sur l'occasion, puisqu'un sujet de discussion était tout trouvé. Elle lui raconta comment elle avait aperçu deux loups, dont une femelle.

— J'ai conclu que c'était une louve, à cause de l'attitude de Barry, mon tervueren.

— C'est fort probable, cependant les croisements entre des chiens et des loups sont à proscrire. Ils donnent naissance à des animaux souvent dangereux, qui ont des instincts sauvages et ne craignent pas l'homme.

— Même si un humain les élève quand ils sont petits ? hasarda-t-elle, passionnée par le sujet.

Benjamin eut un rire léger, en la fixant dans les yeux. Elle soutint son regard, au point d'oublier le reste du monde.

— Je vous déconseille l'expérience, affirma-t-il. Pour ma part, je raconte ce que j'ai lu et appris.

— Ah, oui, je comprends, souffla-t-elle, grisée.

— Pour en revenir à vos deux rencontres, elles ne me surprennent pas, ajouta-t-il sans montrer qu'il avait deviné son émotion. Les loups sont autour de nous, mais vous avez eu de la chance de pouvoir les observer. Je vous en prie, mangez un peu, Soline.

Il avait mis des notes insistantes en prononçant son prénom. Elle baissa la tête et s'appliqua à avaler une tranche de tomate et un morceau d'œuf dur.

— Qu'avez-vous fait du jeune animal, qui était à l'arrière de votre pick-up ?

— J'ai procédé à des prélèvements que j'enverrai dans un labo, et ce soir, je l'enterrerai.

Il la dévisagea, avec une expression étrange qui le rendait encore plus séduisant.

— Vous vous intéressez aux loups ? insinua-t-il.

— Quand on adore les chiens, ça me paraît évident. Je crois que je devrais y aller, maintenant.

J'ai une grande boucle à faire avant de retourner jusqu'à mon 4 × 4.

Benjamin rangea ce qu'il avait mis sur la table et se leva. Soline l'imita, après avoir consulté son téléphone.

— Vous êtes pressée ?

— Non, je voulais votre numéro, au cas où je croise un loup sur mon chemin, je vous avertirai.

— Bonne idée, mais si vous le permettez, je vous accompagne pour votre randonnée. Je n'ai jamais eu de chien, et les vôtres me sont sympathiques.

Soline accepta. Elle refusait de penser qu'il avait envie de rester avec elle, et surtout de se réjouir.

— En route ! s'écria-t-il.

Combloux, chez Soline, le soir

Soline avait fermé ses volets avant la nuit. Elle voulait vite s'allonger, un coussin serré entre ses bras, pour se souvenir de chaque instant passé avec Benjamin.

— Faut-il croire au destin ? se demanda-t-elle. C'est quand même incroyable que je décide ce matin d'une randonnée pour m'entraîner, et qu'il soit là-haut, aux chalets de Varan.

Elle se remémora les sourires échangés, leurs éclats de rire en traversant un ruisseau, leur longue conversation sur les voies d'escalade. Il ne pratiquait pas ce sport, mais Soline lui avait raconté certains de ses exploits.

— Tout était simple. Après deux heures de marche, j'étais à l'aise avec lui, détendue.

Un détail l'intriguait. Barry et Neige auraient dû signaler la présence de Benjamin, quand il s'était approché d'elle.

— Ils ont confiance en lui, comme s'ils le connaissaient depuis longtemps, dit-elle à mi-voix. Mais je ressens la même chose.

Bercée par les craquements du feu dans le poêle, elle prit son téléphone pour relire le numéro du jeune homme, et l'adresse qu'il lui avait communiquée.

— Avec le GPS, vous me trouverez assez facilement, lui avait-il précisé au moment de la quitter. Appelez-moi avant, je suis fréquemment dans la forêt. Au revoir, Soline.

Elle ferma les yeux, exaltée, en souriant aux anges. Pas une seconde, elle ne songea à parler de Benjamin à Kate. Comme la vision de la jeune fille aux nattes blondes, en tenue de deuil, elle tenait à garder secret ce qui la transportait de joie.

— Je suis peut-être amoureuse…

Soline n'avait encore jamais éprouvé ce délicieux chaos de sensations, cette merveilleuse obsession. Tout ce qu'elle avait vécu par le passé, avec Enzo, ou plus récemment avec Alban, lui semblait superficiel, dérisoire.

— J'irai le voir après-demain, se promit-elle, juste avant de s'endormir.

9

Benjamin Martin

Saint-Jean-d'Aulps, centre de rééducation, mercredi 22 avril 2015

Soline s'apprêtait à entrer dans la chambre où le capitaine Alban Demolliens poursuivait sa convalescence. Elle lui avait téléphoné à 9 heures, pour savoir si elle pouvait lui rendre visite.

— J'en serais enchanté, avait-il répondu.

Son élocution était hésitante, mais Soline avait senti qu'il était heureux de la revoir. En début d'après-midi, elle avait pris la route pour Saint-Jean-d'Aulps, à une vingtaine de kilomètres de Chamonix. Elle avait trouvé aisément l'établissement renommé où séjournait Alban.

À présent, un petit paquet enrubanné à la main, elle se composait un sourire amical, le cœur serré par l'appréhension. Elle frappa deux coups discrets.

— Entrez, fit une voix féminine, d'un ton sec.

La chambre était claire, ensoleillée, ce qui contrastait avec la mine rébarbative de la femme qui se dressait devant elle et la toisait d'un air hostile.

Surprise, Soline osa à peine regarder du côté du malade, qu'elle avait aperçu, assis près de la baie vitrée.

— Je suppose que vous êtes Mlle Fauvel ?

— Oui, madame. Bonjour !

— Je suis la mère d'Alban. Il vous attendait, mais ne le fatiguez pas. Il m'a demandé de sortir, quand vous serez là, alors je m'exécute.

— Soyez tranquille, je ne resterai pas longtemps.

Janine Demolliens lui jeta un regard courroucé. Elle prit son sac sur un fauteuil avant de quitter la pièce d'un pas militaire. Soline se tourna vers Alban.

— Ne te formalise pas, maman est très éprouvée.

— Je comprends.

Alban avait le teint blafard, les yeux cernés. Ses cheveux bruns coupés ras changeaient un peu sa physionomie, mais il souriait, le regard brillant de joie.

— C'est gentil d'être venue, dit-il en scandant un peu chaque mot. Je ne parle pas bien, excuse-moi.

Il désigna l'arrière de son crâne d'un doigt, ce qui émut beaucoup Soline.

— Comment allez-vous ? hasarda-t-elle.

— Tu me vouvoies, maintenant ? s'étonna-t-il.

— Pardon, je suis bouleversée. Est-ce que tu vas mieux ? Je me suis beaucoup inquiétée pour toi.

Très gênée, elle prit place au bord du lit. Il la dévisagea avec une expression rêveuse.

— Je suis vivant, Soline, c'est déjà bien. Les médecins ont fait le maximum. Je devrais récupérer toutes mes capacités d'ici quelques semaines.

Il reprit son souffle, car il avait fait un gros effort pour s'exprimer.

— Je t'en prie, si c'est difficile, je vais te poser des questions et tu me répondras par oui ou non.

— Mon amour-propre me le défend. Et l'orthophoniste m'a conseillé de parler le plus souvent possible, précisa Alban. Mais je croyais que tu étais chez tes parents.

— Ah, Viviane te l'a dit.

— Elle m'appelle tous les deux jours.

— Je suis revenue plus tôt que prévu, Viviane est à Dijon, chez la cousine qui héberge Kate, elles ne sont pas au courant de mon retour. C'est insupportable pour moi, de vivre à Lons. Je tenais aussi à te rendre visite, je n'ai pas eu le temps avant mon départ.

— Je t'aurais fait peur, j'étais en mauvais état… Des côtes fêlées, un poumon atteint, et la tête, c'était pire. J'ai eu de la chance de ne pas finir… handicapé.

Pleine de compassion, Soline lui tendit le paquet qu'elle n'avait pas lâché.

— Tiens, ce sont des confiseries au nougat, dit-elle. Je ne savais pas si tu aimais le chocolat.

Alban, après avoir pris la boîte, lui saisit le poignet. Il la fixa avec une passion contenue.

— Le plus beau cadeau, c'est que tu sois là, Soline. Dis-moi, tu n'as pas eu d'autres ennuis ?

— Mais non, affirma-t-elle. Je t'assure. Toi, par contre, il paraît qu'on a voulu te tuer. J'ai appelé Mathis Derain pour avoir de tes nouvelles, peu après l'accident. Tes collègues pensent qu'il s'agit d'une tentative d'homicide.

— Peut-être. Tu sais, il y a des types qui m'en veulent, des braconniers que j'ai arrêtés. Ils purgent leur peine, et un soir de beuverie, ils décident de me faire payer.

Alban se rejeta en arrière, paupières mi-closes, en lâchant le poignet de Soline. Soulagée, elle sortit un livre de son sac.

— Je t'ai aussi apporté de la lecture, j'ai adoré ce roman de Roger Frison-Roche. L'alpinisme et la haute montagne sont très bien évoqués.

— Pose-le sur la table de chevet, je le lirai, balbutia-t-il.

Il y eut un temps de silence. Soline pensait s'en aller quand Alban l'interrogea, d'une voix faible.

— Où sont tes chiens ?

— Je les ai laissés à la maison.

— Au moins, tu es bien gardée. Le peloton possède plusieurs chiens, mais j'ai un lien spécial avec un berger allemand. J'ai hâte de reprendre le travail. Je m'ennuie… Les collègues, les entraînements, l'action, tout ça me manque.

— Pourtant, tu ne dois pas souvent être seul, ta mère te tient compagnie. Alban, je préfère te le dire, j'ai eu l'impression qu'elle m'en voulait.

— Maman en veut à toutes les femmes que j'apprécie. C'est à cause de ma fiancée. Mes parents avaient fait de gros frais pour le mariage, alors me quitter une semaine avant…

Il se redressa, comme mystérieusement revigoré, un peu de couleur sur le visage.

— Ce matin, j'ai parlé de toi à ma mère. D'abord elle était contente. Elle voudrait me voir casé. Mais je lui ai raconté, pour tes visions. Et là, ça a été le drame.

— Tu n'aurais pas dû, Alban, déplora Soline. Pour la majeure partie des gens, ce genre de choses est impossible. Mes parents avaient raison, en me déconseillant d'en parler. Ta mère doit me prendre pour une menteuse, ou une illuminée. C'est normal qu'elle me regarde comme si j'étais le diable en jupons.

Le capitaine eut un petit rire. Il détailla la tenue de Soline, qui portait un jean et un gilet bleu.

— Tu n'as jamais de jupons, murmura-t-il. Mais tu es belle, habillée n'importe comment, et encore plus sans aucun habit.

Soline se leva, embarrassée, car Alban avait un regard égaré et les mains tremblantes. Elle fut soulagée de voir la porte s'ouvrir sur la mère du capitaine.

— Mon fils voit l'orthophoniste dans dix minutes, annonça-t-elle. Je crois qu'il est temps de partir, mademoiselle.

— Oui, j'en avais l'intention, madame.

Alban se mit debout, en s'appuyant sur les accoudoirs du fauteuil roulant. Il se rapprocha de Soline, comme indifférent à la présence de sa mère, qui avait poussé un cri agacé.

— Sois prudente, dit-il. Si tu as un problème, préviens Mathis, nous sommes très amis. Il t'aidera.

— Je le ferai, mais tu devrais te rasseoir, Alban, tu es très pâle. Je reviendrai la semaine prochaine.

— On s'embrasse ? proposa-t-il.

Soline lui accorda les deux bises traditionnelles en Savoie, puis elle recula en souriant, au moment où Alban vacillait sur ses jambes.

— Allonge-toi ! cria sa mère. Tu as des vertiges si tu lèves, tu le sais, pourtant !

— C'est bon, maman, calme-toi, marmonna-t-il.

Sa mère l'aida à se coucher sur le lit. Alban exhala un soupir de bien-être. Au bout de deux minutes, il somnolait. Soline sortit immédiatement. Elle longeait le couloir quand on la rattrapa. Une poigne de fer l'obligea à s'arrêter.

— Mademoiselle Fauvel, si la santé de mon fils vous importe un peu, ne revenez pas, ordonna Janine Demolliens. Il prend beaucoup de médicaments contre la douleur et contre l'angoisse. Il s'est entiché de vous, il me l'a confié ce matin, mais il doit se concentrer sur sa guérison. Vous n'avez pas le droit de le harceler. Je ne l'avais jamais vu si nerveux, et c'est votre faute.

— Je suis désolée, madame, cependant vous vous trompez complètement, Alban et moi sommes de simples amis. Et je ne l'ai pas harcelé. Au revoir…

Mais la femme continuait à lui broyer l'avant-bras. Elle ajouta à voix basse :

— Mon fils est fragile, très sensible et bien trop romantique pour notre époque. Quand sa fiancée l'a abandonné, il a été profondément blessé. Alors laissez-le en paix.

— Je ferai à mon idée, madame, rétorqua Soline, irritée. Maintenant lâchez-moi, je ne tiens pas à m'attarder ici.

Sans proférer un mot d'excuse, la mère d'Alban la libéra et lui tourna le dos pour se précipiter dans la chambre.

Avant de se remettre au volant, Soline se promena dans le jardin de l'établissement. Elle se sentait triste et en colère. Le visage ulcéré de Mme Demolliens s'imposait à son esprit, avec sa charge de méfiance, de mépris.

— Nous aurions vécu quelques siècles plus tôt, elle m'aurait dénoncée pour sorcellerie, se dit-elle. Est-ce ma faute si j'ai des visions…

Elle s'assit sur un banc et consulta son téléphone. Kate lui avait envoyé un texto.

— Et zut, je n'y crois pas, elle a appelé mes parents parce que je ne répondais pas à ses messages, hier soir. Résultat, je suis démasquée. Viviane sait que je suis rentrée à Combloux. Pourvu qu'elle n'écourte pas son séjour à Dijon.

Soline s'empressa de justifier son retour prématuré dans les Alpes, en prétextant la nécessité de repérer de nouveaux circuits de randonnée pour travailler dès la fin du mois de mai. Elle pria son amie de faire en sorte que « madame Vivi » reste chez sa cousine.

— Bonjour ! lui cria un homme en uniforme du PGHM, depuis l'allée voisine.

Le sous-officier Derain la rejoignit. Elle l'avait reconnu tout de suite, à ses cheveux blonds coupés en brosse, à son nez aquilin et ses yeux verts.

— Vous avez rendu visite à Alban, c'est sympa de votre part, il désespérait de votre silence.

— Mon silence ? Je lui ai envoyé plusieurs textos et une carte de Lons-le-Saunier, où j'étais ces dernières semaines.

— Excusez-moi ! Mme Demolliens a dû faire barrage. Elle est très mère poule.

— J'ai remarqué. Un peu plus et elle appelait la sécurité pour que je vide les lieux, ironisa Soline. Alban a fait l'erreur de lui parler de mes visions, du coup, je suis une créature dangereuse. Et vous, est-ce que vous venez souvent ?

— Dès que j'en ai l'occasion, même si je reste juste un quart d'heure. Avec le redoux, nous sommes sur le qui-vive. En altitude, le risque d'avalanche est maximal. Notre commandant a dû confier l'enquête sur l'accident d'Alban à la brigade de gendarmerie.

— Quelqu'un se serait vengé, un braconnier ?

— Ah, vous faites allusion à la théorie des Demolliens, père et fils ! Rien n'est sûr, même si en effet, on peut toujours être victimes de ceux qu'on a expédiés en prison. M. Demolliens était militaire de carrière. À présent il est retraité, mais il enquête de son côté. Personne n'a pu l'en empêcher. Je vous dis au revoir, mademoiselle.

Soline le salua, puis se dirigea vers le parking, envahie de pensées diverses, dont la plus agréable, celle de Benjamin.

« Demain, je le reverrai. Demain, je saurai peut-être s'il a ressenti la même chose que moi, hier, au refuge de Varan, quand on ne pouvait pas se quitter des yeux. »

Combloux, chez Soline, le soir

Désormais, Soline fermait soigneusement sa maison, dès la nuit tombée. Une fois encore, après être allée promener ses chiens, elle s'assura qu'aucune intrusion n'était à craindre. Mais en vérifiant la remise à bois, elle fit la moue. Les planches de la porte qui ouvraient sur l'impasse devaient avoir cent ans. Il était facile d'entrer par là.

Elle examina ensuite la porte de la remise qui donnait dans la pièce à vivre. La serrure était plus solide, mais elle avait pris la mauvaise habitude de laisser la clef chez elle quand elle s'absentait. La personne qui était entrée chez elle avait très bien pu en faire un double.

Ce climat d'insécurité lui causait un malaise latent, contre lequel elle luttait de son mieux. Elle sursautait dès que Barry ou Neige s'agitait.

Elle mit de la musique sur son ordinateur, en poussant le son à fond pour se changer les idées. Tout en cuisinant, elle esquissait des pas de danse.

— Qui a voulu m'offrir une rose ? interrogea-t-elle soudain à haute voix. Mathis Derain me regardait bizarrement… Alban a pu lui demander ce service. Sa mère a prétendu qu'il était trop romantique. Quand même, une rose rouge, symbole d'amour ardent !

Elle se remémora l'état de faiblesse du capitaine, sa main tiède et moite autour de son poignet.

— Il n'est plus lui-même, et toujours amoureux, on dirait.

Pendant un long moment, Soline se questionna sur l'amour, qui jusque-là demeurait une énigme pour elle.

— Est-ce que mes parents adoptifs ont connu la passion ? Et mes véritables parents ? Ils m'ont conçue, mais j'ignorerai peut-être toujours dans quelles circonstances. Si j'étais née d'un viol, ou d'une aventure d'un soir. J'ai bien couché avec Alban par défi, pour me réconforter…

Son téléphone vibra. C'était un message de Kate : « Ne t'inquiète pas, ma puce, madame Vivi se plaît avec nous. Elle rentrera à la date prévue, soit lundi prochain. On te fait des bécots. »

Soulagée, Soline répondait, lorsqu'un autre texto arriva. Son cœur fit un bond dans sa poitrine. C'était Benjamin. Il lui précisait qu'il pouvait la recevoir à partir de 14 heures.

— Très bien, murmura-t-elle en envoyant simplement deux mots : « à demain ».

Elle dansa encore, transportée de joie. Barry aboya, mais c'était d'excitation, car désorienté par les petits sautillements anarchiques de sa maîtresse, il se préparait à un jeu.

— Chut, Barry, attention, tu vas me faire tomber !

Neige, étendu près du poêle, garda son calme. Enfin, Soline, étourdie et rieuse, s'allongea sur le canapé. Elle ne se reconnaissait plus.

Haletante, elle cacha son visage entre ses mains. Aussitôt elle revit la jeune fille aux nattes blondes. Vêtue de noir, elle priait devant une tombe, en sanglotant. Un petit garçon lui tapotait le dos, lui aussi en deuil. Cette image lui donna envie de pleurer.

— Qui sont-ils ? Pourquoi je les vois ?

Sa gaîté envolée, Soline s'attacha au moindre détail de la vision, certaine qu'on lui montrait des personnes vivant plus de cent ans auparavant.

— J'ai aperçu le mur d'une église, j'en suis sûre. Mais ils sont morts, ils ne peuvent pas être en danger, donc c'est vraiment différent.

Survoltée, elle chercha dans une malle le carnet qui lui avait servi de journal intime, adolescente. Elle se promit de relire toutes ses notes. Et vite, de peur d'oublier quelque chose, elle consigna par écrit les deux visions de la jeune fille aux nattes blondes.

Barry avait posé sa belle tête brune sur ses genoux. Soline le caressa.

— Tu es gentil, toi, un des meilleurs chiens du monde, avec Neige, bien sûr. Il ne vous manque que la parole. À votre avis, comment réagirait

Benjamin, s'il apprenait que je ne suis pas tout à fait normale ? Il y a trois hypothèses. Soit ce flegmatique personnage se contenterait de sourire, car ça lui serait égal, soit il se moquerait, mais une fois seul. Soit il s'intéresserait à mon cas, voudrait tout savoir, et il comprendrait à quel point c'est parfois éprouvant pour moi.

Elle se tut, songeuse, pleine d'espoir.

Haute vallée de l'Arve, le lendemain,
jeudi 23 avril 2015

Soline s'était accordé une pause près de l'église de Servoz. Benjamin lui avait dépeint le village comme un lieu préservé des afflux de touristes, et empreint d'un caractère montagnard authentique.

— Il a raison, admit-elle en contemplant l'écrin des sommets et des pentes boisées.

Elle avait lu la veille sur Internet que la commune avait créé un musée de la faune alpine.

— En plus, l'église est dédiée à saint Loup, ce n'est pas surprenant s'il se plaît ici.

En fait, Soline retardait inconsciemment le moment de se retrouver en face de Benjamin Martin.

« Le revoir me paraît capital, comme si ma vie en dépendait, pensa-t-elle. Je deviens stupide…

On a sympathisé, il m'a invitée, rien d'extraordinaire. »

Il lui parut utile de consulter une carte topographique, avant de se repérer sur son GPS. Elle devait monter une petite route en lacet avant de tourner à gauche et de suivre une piste forestière.

Neige et Barry, à l'arrière, aboyèrent de concert à la vue d'un chat, perché sur un mur. Soline redémarra, en se répétant qu'elle ne pouvait plus reculer. Coiffée d'une natte dans le dos, en pull blanc, la couleur qui lui allait le mieux, elle portait un pantalon de randonnée. Durant les derniers kilomètres, elle fit le vide dans son esprit.

— Nous sommes arrivés, je vous attache…

Un chalet de construction récente se dressait au milieu d'une clairière, en partie ceinturée de sapins gigantesques. Sur la droite, s'étendait une prairie, où subsistaient de grandes plaques de neige. Soline remarqua un camion gris métallisé, qui semblait neuf, garé à proximité.

— Soyez sages, recommanda-t-elle à ses chiens, équipés de leur harnais et d'une laisse.

La cheminée du chalet fumait. Un peu gênée, car Benjamin ne sortait pas, elle marcha vers les trois marches menant à une avancée couverte d'un auvent.

— Il y a quelqu'un ? cria-t-elle, malade de timidité.

La porte s'entrebâilla sur une jeune femme, en jupe courte sur des collants noirs, dont la chevelure sombre était retenue par un turban rouge. Désemparée, Soline s'arrêta net. Pendant une poignée de secondes, elle espéra qu'il s'agissait de la sœur du jeune homme.

— Salut, moi c'est Nadia, déclara l'inconnue. Je bosse avec Benji et un peu plus… Le camion, c'est notre labo. Il m'a dit que vous alliez venir. On vous a fait un gâteau.

— Merci, j'en avais acheté un à Combloux, articula Soline, dont la déconvenue prenait des proportions douloureuses.

— Entrez, pardon, entre, Benji est au téléphone.

— Et les chiens ? Si vous préférez, je les laisse dans mon 4 × 4.

— Non, détachez-les, ils peuvent se balader, ou entrer, ça nous est égal.

Soline avait envie de s'enfuir, en inventant un prétexte. Les « on » et les « nous » susurrés par la plantureuse Nadia venaient de détruire ses folles rêveries.

— J'arrive, mais je vais d'abord faire courir mes chiens. Ils seront dépités s'ils ne gambadent pas un peu.

Nadia acquiesça d'un sourire et disparut à l'intérieur. Soline détacha d'abord Neige, puis

Barry. Elle leur indiqua d'un geste la prairie et les suivit d'un pas rapide.

« Évidemment, il avait une copine, se dit-elle. Il est en couple, et moi je suis ridicule, comme toujours. »

Elle s'interdisait de pleurer, une réaction disproportionnée par rapport à une situation prévisible, banale.

Peu à peu, Soline s'apaisa. Elle observa le berger suisse et le tervueren qui couraient ventre à terre, se bousculaient, ivres d'espace et de senteurs printanières.

— Tant pis, c'est comme ça, soupira-t-elle.

— Soline !

Benjamin était à ses côtés, apparu comme par enchantement. Elle se souvint de son arrivée silencieuse, aux chalets de Varan.

— Comment faites-vous ? C'est agaçant, je ne vous entends jamais approcher, lui dit-elle d'un ton dur, où perçait sa colère.

— Déformation professionnelle, pour pister un animal. Qu'est-ce qui vous rend morose, Soline ? Le trajet vous a paru pénible…

— Je crains de déranger, j'ignorais que vous étiez deux, enfin j'ai été surprise, je croyais m'être trompée d'endroit.

— Nadia est ravie d'avoir de la visite, mais bien moins que moi, répondit Benjamin. J'ai fait une tarte aux myrtilles en votre honneur, des myrtilles au sirop, car ce n'est pas la saison.

Soline eut le courage de sourire, malgré son cœur dévasté.

Nadia prenait toute la place dans la pièce qui servait de cuisine et de salon. La jeune femme, très à l'aise, parlait sans cesse, déambulait d'un meuble à l'autre, en jouant les parfaites maîtresses de maison, selon Soline.

— L'aménagement n'est pas fameux, disait-elle en fixant la visiteuse. Benji se moque de la décoration. Tu es de mon avis, Aline ? Pardon, Soline. Je n'ai jamais rencontré une nana qui s'appelle comme ça. Tes vieux voulaient faire dans l'original.

Muette de contrariété jusque-là, Soline se rebiffa. Nadia lui déplaisait, notamment à cause de sa vulgarité.

— Excuse-moi, je déteste ce terme de « vieux » que tu viens d'employer et quant à mon prénom, c'est celui d'une sainte du Poitou, qui se fête le 17 octobre.

— Pardon, je ne voulais pas te vexer !

Benjamin semblait indifférent aux manières et au langage de sa compagne. Il n'avait presque pas dit un mot.

— On devrait manger la tarte, proposa-t-il. Désirez-vous du café ou du thé, Soline ?

— Tu lui dis « vous » ? s'esclaffa Nadia. Je ne savais pas qu'on recevait une sorte de princesse !

Curieusement, la boutade fit plaisir à Soline. Elle eut soin de forcer sa bonne éducation.

— Je prendrai volontiers du thé, Benjamin.

— Je vous prépare de l'*earl grey,* mon préféré, répliqua-t-il en se levant.

Les hostilités étaient lancées entre les deux jeunes femmes. Nadia alluma une cigarette, la mine ulcérée. Elle la fuma assise au coin de l'âtre, où vivotait un lit de braises.

— Une de mes amies se chauffe ainsi, à l'ancienne, nota Soline, tout sourire.

— Oui, l'idéal pour se geler. J'ai prévu de faire installer un insert, aux frais de nos employeurs, lui décocha Nadia. Je suis arrivée au mois de février, c'était un cauchemar. Benji n'est pas frileux, et en égoïste, il a refusé que je branche un convecteur.

— Je ne suis pas égoïste, mais écologiste, rectifia-t-il depuis le coin cuisine.

Soline le quittait rarement des yeux, surtout dans l'espoir de le déprécier, de ne plus être attirée par lui. Elle tenta de juger déplaisants ses traits mobiles, irréguliers, pourtant dès qu'il esquissait un sourire, ou qu'il la regardait, elle rêvait le toucher, d'être tout près de lui.

« Je n'ai jamais ressenti ça, se désolait-elle. Je suis comme aimantée. Je dois me raisonner, il vit avec cette fille… »

L'atmosphère finit par se détendre autour de la pâtisserie et du thé. Benjamin aborda le sujet sur lequel il pouvait vite être intarissable.

— Le jeune loup que j'ai enterré hier n'avait pas mangé de mouton, ni de chèvre, mais du chevreuil, expliqua-t-il d'un air passionné. Le gouvernement a autorisé l'abattage d'un quota de loups, mais les chasseurs tirent sur n'importe quel animal. S'ils tuent le mâle dominant, ou une femelle qui élève ses petits, l'équilibre est rompu.

— Et en dispersant un groupe, on condamne à l'errance un loup qui s'attaquera d'autant plus au bétail, insinua Soline.

— Exactement, vous connaissez bien les mœurs des canidés sauvages, dit-il avec un grand sourire.

Nadia décocha une œillade noire à Barry et à Neige, qui étaient sagement couchés aux pieds de leur maîtresse.

— J'ai un chat, il a dix ans, et je ne m'en sépare pas, déclara-t-elle d'un ton acerbe. Ici, je le laisse se balader. S'il rentre, tes chiens n'ont pas intérêt à l'attaquer.

— Dans ce cas, je vais les enfermer dans mon 4 × 4, Barry ne ferait pas de mal à un chat, mais il peut les effrayer, car il les poursuit, répondit Soline. Je ne vais pas m'attarder, de toute façon.

— Oui, ça nous arrangerait, on a du travail avec Benji.

Pour bien démontrer la nature de leur relation, Nadia s'assit à côté du jeune homme, qu'elle prit par la taille, en nichant sa tête brune au creux de son épaule. Ensuite, elle chercha à l'embrasser sur les lèvres, mais il se détourna.

— Tu t'occuperas seule des analyses en cours, lui dit-il. J'ai envie de descendre à Servoz.

— Pour quoi faire ? se récria-t-elle.

— Discuter d'un projet avec le maire, et indiquer à Soline où elle pourrait faire du ski-joering. Je suis sûr que ce sport lui conviendrait.

— Oui, je connais ! s'exclama celle-ci. Skier sur le plat, tirée par un cheval ! J'avais prévu d'essayer.

Cette simple phrase de Benjamin venait de consoler Soline. Il adressa un sourire radieux à la jeune femme. Ils n'étaient plus que deux, en dépit de la présence de Nadia.

Village de Servoz, une heure plus tard

Benjamin venait de garer son pick-up derrière le 4 × 4 de Soline, qui marchait vers l'église Saint-Loup quand il descendit de son véhicule.

— Hé, vous roulez vite ! lui cria-t-il. J'avais du mal à vous suivre.

Elle s'arrêta pour l'attendre. Le soleil avait disparu derrière les montagnes, le froid tombait sur le village en apparence désert. Benjamin portait un bonnet et une écharpe, sur sa grosse veste en laine. Là encore, il lui parut irrésistible.

— Du coup, je ne m'étonne plus qu'un froissement de tôle soit à l'origine de notre rencontre, ajouta-t-il. Sur la piste du chalet, soyez prudente la prochaine fois, un cerf, une biche, ou même un loup peut surgir des buissons.

— Je crois qu'il n'y aura pas de prochaine fois, Benjamin, dit-elle tout bas. Votre compagne le prendrait mal.

— Ma compagne ? Quel grand mot. Soline, j'avais besoin d'un assistant, Nadia a sauté sur l'occasion pour s'installer chez moi, avec un chat hargneux, en plus. Ne faites pas attention à ses humeurs. Suivez-moi, je veux vous montrer quelque chose.

Elle ne bougea pas, soucieuse de continuer la discussion.

— Benjamin, comment osez-vous dire ça, de ne pas faire attention à ses humeurs ? Est-ce que vous traitez à la légère vos relations avec les femmes ? Je n'ai jamais croisé quelqu'un d'aussi désinvolte que vous.

Il la considéra d'un air amusé, avant de murmurer :

— Si vous comptez me sermonner, on se dit « tu », ce sera plus facile pour toi. Quel caractère ! Pour clore le chapitre sur Nadia, j'aimerais la voir plier bagage.

Soline lui tourna le dos. Un sourire involontaire plissait ses joues, dont il n'avait pas à deviner la signification.

— Viens, je suis certain que ça te fera plaisir, insista-t-il.

Benjamin la prit par la main, un geste simple qui la troubla infiniment. Elle eut la sensation d'être protégée, mais aussi hors du temps.

— La ruelle où je t'emmène est verglacée, je ne voudrais pas que tu glisses, se justifia-t-il.

Ils avancèrent ainsi, entre des maisons aux fondations en pierre grise, surmontées de murs en bois, du sapin délavé ou d'une teinte dorée.

— C'est là, le propriétaire est déjà passé les nourrir, dit-il en ouvrant une porte double, aux planches sombres.

Tout de suite, une senteur d'écurie et de paille, mêlée à l'odeur des chevaux, charma Soline. Ils étaient deux, chacun dans un box, dotés d'une abondante crinière rousse et d'une robe brune.

— Je te présente les champions locaux du ski-joering. Je leur rends souvent visite. De vrais copains, précisa Benjamin.

— Je peux les caresser ? C'est la première fois que je peux toucher un cheval.

— Ils seront ravis.

Exaltée, Soline flatta l'encolure des chevaux, d'un geste spontané. L'un d'eux appuya sa lourde tête contre elle.

— Tu es gentil, toi, souffla-t-elle, les larmes aux yeux.

— Mais tu pleures, s'inquiéta le jeune homme, désemparé. Ce n'était pas le but. Soline…

Elle sanglotait sans bruit, le visage enfoui dans la crinière du cheval. Une émotion incompréhensible la fragilisait, liée à la main de Benjamin dans la sienne, et au contact de ces animaux qu'elle avait rarement approchés.

— Je ne sais pas ce que j'ai, plaida-t-elle en reniflant.

Il lui tendit un paquet de mouchoirs en papier. Elle recula un peu, les joues roses, le regard brillant, pareille à une enfant perdue.

— Désolée, ne fais pas attention.

Mais Benjamin l'enlaça et la berça tendrement contre lui. Il ne posa aucune question, et quand il l'embrassa, ce fut sur le front, avec une infinie douceur.

Combloux, chez Soline, jeudi 23 avril 2015, le soir

Après quelques jours printaniers, il neigeait à nouveau, des averses drues, qui avaient repeint la ville et le paysage en blanc. Soline avait été contactée par la station de ski de Combloux, pour travailler le week-end.

Elle avait accepté, mais ses pensées ne cessaient de se fixer sur Benjamin.

— Je voudrais qu'il me tienne encore la main, c'était une sensation tellement agréable, énonça-t-elle à voix haute.

Songeuse, elle regarda ses chiens, dont la fidèle présence la réconfortait. Il faisait nuit, et la maison avait repris son petit air de refuge bien clos.

— Dans mes souvenirs, Enzo ne m'a jamais pris la main, il estimait ça démodé, fleur bleue. Qu'est-ce qui se passerait, si Nadia partait ? Il n'a peut-être pas de sentiments pour elle.

Un frisson lui parcourut le dos. Le poêle ne chauffait pas assez, faute de bois. Pourtant Soline n'eut pas l'idée de se lever et de remettre une bûche. Elle s'entêtait à revivre ces moments passés à Servoz.

— Il n'y a pas eu de baiser sur la bouche. Non, c'était inutile, ou susceptible de tout gâcher. Il m'a consolée, ensuite nous sommes sortis de l'écurie. J'aimerais bien le revoir.

À la faveur de leur escapade, Benjamin lui apparaissait sous un autre jour. Elle avait la certitude qu'il cachait sa véritable personnalité sous cette fameuse désinvolture dont elle s'était agacée.

— Il est sensible, attentionné, et il aime les animaux, comme moi. Pourquoi a-t-il tenu à me montrer les chevaux… et pourquoi j'ai pleuré ?

Un grognement de Barry ramena Soline sur terre. Le chien avait bondi vers la porte communiquant avec la remise. Il aboyait sur un mode menaçant, les poils du dos hérissés. Neige se mit à japper lui aussi.

— Qu'est-ce qu'il y a ? Viens, on rapportera du bois.

Luttant contre ses craintes, elle tourna la clef pour ouvrir, en actionnant aussitôt l'interrupteur sur sa droite. Un courant d'air froid la surprit. Un des battants de la porte donnant sur l'impasse était entrebâillé.

Le tervueren en profita pour s'élancer à l'extérieur. Soline, certaine d'avoir mis le verrou en fin d'après-midi, hésita, figée sur place par un regain d'angoisse.

— Barry ! Ici, tout de suite ! appela-t-elle.

La remise avait son aspect ordinaire : les bûches empilées, d'antiques outils de jardinage, un vestige de brouette et un tas de cageots. Neige l'avait suivie, mais il resta à ses côtés, moins impétueux et toujours prêt à défendre Soline.

— C'est bien, mon chien, souffla-t-elle en faisant trois pas.

Un miaulement strident, assorti de feulements, résonna, tout proche, puis Soline entendit des grognements rageurs. Elle voulut s'aventurer dehors mais elle était en chaussons, et elle recula sur la terre battue au moment précis où

Barry revenait, le poil encore hérissé. Il rentra, se secoua et s'assit près de Neige.

— Ne te sauve plus, et ne course pas les chats, Barry ! hurla-t-elle, tremblante de nervosité.

Mais incapable de lui en vouloir longtemps, elle alla vite s'accroupir devant lui pour le caresser.

— Mais, tu saignes, dit-elle à mi-voix. Fais voir !

Elle inspecta soigneusement ses gencives, ses dents, ses babines, sans trouver de plaie. Le chien avait aussi un peu de sang sur la truffe.

— Tu as attaqué le chat ? Tu n'aurais pas mordu quelqu'un quand même ? Barry, si tu deviens agressif, je ne pourrai plus travailler avec toi.

Effarée, Soline décida de sortir, malgré l'heure tardive, et en prenant seulement le berger suisse avec elle. Elle enfila ses chaussures, longea l'impasse, et déboucha dans la rue. La neige était piétinée à plusieurs endroits, mais Neige marqua l'arrêt à un endroit précis, près d'un lampadaire.

— Il y a du sang là aussi…

Soline s'empressa de rentrer, en vérifiant à nouveau portes et fenêtres. Barry la regardait souvent, de ses yeux bruns, ambrés à la lumière.

— Tu te demandes pourquoi je t'ai grondé, c'est ça, lui dit-elle. Si seulement tu pouvais parler.

Un souvenir jaillit alors de sa mémoire. Elle revit ses parents adoptifs, leur air moqueur quand ils la surprenaient à tenir de grands discours à Neige.

— Voyons, Soline, ton chien est sensible à tes intonations, mais il ne comprend rien de ce que tu lui racontes, déplorait Jacques Fauvel.

— Tu n'es plus une gamine, renchérissait Monique, un chien est un chien.

Elle secoua la tête, certaine du contraire. Cette nuit-là, il lui fut difficile de dormir, obsédée par d'autres souvenirs amers.

Le lendemain matin, elle trouva une nouvelle rose rouge devant sa porte. La fleur était empaquetée d'un papier doré et il y avait un message imprimé sur une carte : « *Le romantisme n'est pas mort*. »

— Cette fois, c'est signé, murmura-t-elle. Seul Alban peut écrire une chose pareille. Sa mère serait d'accord.

Soline brûla le tout avec un peu de compassion pour le capitaine Demolliens. Elle fit le projet de lui écrire une lettre très aimable, mais suffisamment ferme pour le décourager définitivement.

— Je lui dirai que j'ai rencontré quelqu'un, et qu'il se fait de faux espoirs, dit-elle tout bas, en regardant le poêle où se consumaient la rose et la petite carte.

Combloux, samedi 25 avril 2015,
deux jours plus tard

Il faisait presque nuit quand Soline se gara près de chez elle, après une longue journée de travail à la station de ski de Combloux. Elle avait pu emmener Barry et Neige, qui étaient restés attachés devant le poste de secours, à la grande joie des enfants qui venaient faire de la luge.

Un détail attira soudain son attention.

— J'ai cru voir de la lumière chez Viviane, c'est bizarre. Je croyais qu'elle ne rentrait que lundi.

Par acquit de conscience, Soline sortit de sa voiture, en laissant ses chiens à l'intérieur. Elle descendit la rue sur une dizaine de mètres, pour apercevoir une des fenêtres tout éclairée.

Elle traversa le jardinet et monta sur le perron. La porte s'ouvrit aussitôt sur le visage souriant de la septuagénaire.

— Tiens, je me doutais que tu allais venir ! s'écria celle-ci. Je suis revenue plus tôt. Eudoxie et moi, on s'est fâchées ! Une sacrée tête de mule, ma cousine. Comment vas-tu, gamine ?

La jeune femme réprima l'envie de serrer Viviane dans ses bras. Elle retrouvait sa grand-mère de cœur, dont la jovialité et l'affection lui avaient manqué.

— Je suis si contente, Viviane. J'ai travaillé à la station, et j'y retourne demain, un extra, comme on dit, mais ils ont promis de me reprendre l'hiver prochain.

— Tant mieux ! Où sont tes fauves, ma belle ?

— Dans le 4 × 4, j'avais vu de la lumière et…

— Et alors, va les chercher, on mange toutes les deux, ce soir. Kate avait fait de la soupe, j'en ai emporté un bocal. Ah, ta Kate, elle devrait tenir un restaurant. Je me suis régalée, et je t'assure, Eudoxie a déjà pris du poids. Son chat siamois aussi, elles le nourrissent trop, ces deux-là !

— À propos de chat, Viviane, j'aurais besoin d'un conseil. Barry en a chassé un, jeudi soir, il ne m'a pas obéi quand je l'ai rappelé. Et je crois même qu'il l'a blessé.

Viviane fronça les sourcils, comme pour mieux réfléchir. Pendant des années, son mari et elle avaient dressé des chiens, si bien qu'elle s'efforçait de trouver une réponse convenable.

— Premier point, gamine, tu devrais continuer le dressage, multiplier les exercices. C'est un labeur de longue haleine, mais ça m'étonne, ce que tu me dis. Es-tu sûre qu'il a couru après un chat ? Et si c'était ton cambrioleur qui rôdait dans le coin ? Les tervueren sont des chiens de garde, mais aussi de défense.

Soline en convint d'un air soucieux, éveillant la suspicion de Viviane.

— As-tu eu d'autres ennuis ? Je t'avais pourtant conseillé de rester à Lons encore un mois.

— Qu'est-ce que ça aurait changé ? J'ai bien fait de rentrer, sinon je… Enfin, c'est mieux, puisque je travaille ce week-end.

Elle gardait encore secrète sa rencontre avec Benjamin, de peur d'en altérer le charme fragile, en l'évoquant.

— Tout va bien, Viviane, assura-t-elle. Je vous amène Neige et Barry, préparez-vous, ils vont vous faire la fête.

Les chiens se montrèrent néanmoins assez calmes, après leur journée au grand air. Soline mit le couvert et savoura le velouté de légumes concocté par Kate. Pour le dessert, la maîtresse des lieux présenta fièrement des pâtisseries achetées dans un commerce de Dijon.

— Des tartelettes au citron, et meringuées, gamine, je sais que tu aimes ça.

— Merci, Viviane, vous me gâtez. Au fait, lundi, j'ai rendu visite à Alban, avoua Soline.

— Je suis au courant, penses-tu !

— Il a des difficultés à s'exprimer, mais c'est un moindre mal, il aurait pu être handicapé ou mourir. J'ai croisé son collègue, le sous-officier Derain, l'enquête n'avance pas.

— Vindiou, si c'n'est pas malheureux, marmonna Viviane. Janine m'a parlé, elle souffre de voir son fils dans cet état. Un homme si vigoureux, hein ?

Le qualificatif fit rosir les joues de Soline, qui se remémora les assauts virils de son amant d'un soir. Elle s'apprêtait à répondre lorsque son téléphone sonna, distillant une petite musique cristalline.

— Excusez-moi, c'est mon père !

La voix de Jacques Fauvel était sourde et d'une gravité insolite. Tout de suite, la jeune femme s'alarma.

— Papa, qu'est-ce qu'il y a ?

— Ta mère… Je suis à l'hôpital. Une moto l'a heurtée de plein fouet, quand elle sortait de la boucherie, vers 19 heures. Ce salaud ne s'est même pas arrêté.

— Comment va-t-elle ?

— On doit l'opérer dans quelques minutes. Il faut que tu viennes, on ne sait jamais. Pars tôt demain matin, je te rappelle plus tard. Je te laisse.

Elle perçut un sanglot étouffé. Viviane lui prit la main et l'étreignit. La pâleur de Soline l'avait renseignée autant que ses questions affolées.

— Une mauvaise nouvelle, gamine ?

— Maman, elle a été victime d'un accident, comme Alban ! Une moto l'a renversée. Papa me demande de venir. Ils vont l'opérer. Je dois m'organiser… Je ne peux pas y croire. Viviane, si je partais tout de suite ?

— Fais à ton idée, ma petite. Je garde tes chiens. Et ne roule pas trop vite.

— Je vous le promets, répondit Soline, au bord des larmes.

10

Une ombre au tableau

Hôpital de Lons-le-Saunier,
dimanche 26 avril 2015

Soline et son père étaient descendus à la cafétéria pour boire un café. Ils se sentaient inutiles autour du lit où Monique Fauvel gisait, plongée dans un coma artificiel.

— C'est terrible de voir maman ainsi, avec tous ces tubes, la perfusion, se plaignit la jeune femme. Dis, papa, elle va s'en sortir ?

— Tu as entendu le chirurgien qui l'a opérée hier soir, on est dans l'expectative. Je te remercie d'être venue si vite, Soline. Dans ces moments-là, on a besoin de sa famille. Ton oncle sera là en milieu d'après-midi.

— Le frère de maman ou le tien ? demanda-t-elle.

— Paul, bien sûr, c'est sa sœur, il a déjà dû quitter Paris.

La précision soulagea Soline. Elle ne tenait pas à voir Roger Fauvel, le frère de son père, qui lui était antipathique.

— Tu devrais rentrer à la maison pour dormir quelques heures, conseilla son père. La route de nuit a dû être fatigante.

— Je préfère rester avec toi, papa. Qu'ont dit les gendarmes, pour l'accident ? Il faut retrouver le motard.

Jacques Fauvel hocha la tête, un rictus de colère tordant ses lèvres minces. Le teint blême, les paupières meurtries par les larmes versées et rudement essuyées, il semblait perdu.

— C'était dans notre quartier, il n'y avait presque personne dans la rue. Le boucher a vu ta mère s'engager sur la chaussée et la moto est passée à toute vitesse. Dieu merci, il a pu appeler le Samu aussitôt.

Songeuse, Soline cacha un court instant son visage entre ses mains. Intuitivement, elle établissait une relation avec l'accident d'Alban, et son cœur s'emballait.

— Quand même, c'est étrange, murmura-t-elle.

— Qu'est-ce que tu dis ?

— Je pensais au capitaine Demolliens, l'ami de la dame qui me prête une maison, Viviane

Gonod. Lui aussi a été renversé par un chauffard. Les gendarmes de Chamonix n'ont pas pu arrêter le responsable.

Son père ne daigna pas répondre. Il termina sa tasse de café et se releva.

— Rentre à la maison, je remonte au chevet de Monique.

— Mais papa…

— Obéis, pour une fois, tu pourras veiller ce soir, ajouta-t-il d'un ton autoritaire.

De guerre lasse, Soline obtempéra, comme elle l'avait si souvent fait depuis son enfance. Une fois sur le parking de l'hôpital, elle téléphona à Kate. Son amie ne la laissa pas placer un mot.

— Madame Vivi m'a prévenue, ma puce. Je suis désolée pour ta mère. Si tu veux, je te rejoins à Lons, la cousine Eudoxie est d'accord, elle insiste même pour me payer le trajet.

— Tu es adorable, Kate, peut-être demain ou après-demain, je verrai avec papa. Il est très secoué, ça me brise le cœur. Et il s'enferme dans sa froideur habituelle. Crois-tu qu'il m'aurait prise dans ses bras, à mon arrivée ? Non, même pas. Alors je ne sais pas s'il acceptera que tu viennes.

Elles discutèrent encore un moment, puis Soline coupa la communication. L'image du visage tuméfié de sa mère l'obsédait.

« Maman, reste avec nous, je t'en prie, implora-t-elle. Je ne me rendais pas compte à quel point tu m'es chère. »

La maison lui parut sinistre, lorsqu'elle y pénétra, épuisée. Les contrevents étaient fermés, il faisait sombre.

— Moi qui croyais pouvoir sauver des vies grâce à mes visions, se dit-elle à mi-voix. C'est vraiment étrange, au fond je subis ce phénomène, et je n'ai rien pu empêcher pour maman et Alban. Peut-être parce qu'ils ne vont pas mourir ?

Soline s'allongea sur le canapé du salon, pour sangloter à son aise. Au bout de cinq minutes à peine, elle sombra dans un profond sommeil.

Des coups de sonnette insistants l'éveillèrent trois heures plus tard. Elle se leva, hébétée, pour se trouver nez à nez avec Kate, auréolée de ses boucles brunes coupées court.

— Ordre de madame Vivi, je viens te soutenir et m'occuper de l'intendance, pour ton père et toi, ma puce. Profite de mon nouveau job, dame de compagnie !

— Mais, il ne fallait pas. C'est si gentil, je me sentais tellement seule. Et j'ai peur pour maman.

Kate la serra dans ses bras, en lui tapotant le dos.

— Je suis là, maintenant, Soline. Courage…

Lons-le-Saunier, mercredi 29 avril 2015,
trois jours plus tard

Soline et son père se relayaient au chevet de Monique Fauvel, dont l'état demeurait stationnaire. Quant à Kate, elle tenait la maison et cuisinait, tout en apportant un soutien moral à l'un et à l'autre. Cet après-midi-là, un tablier autour de la taille, elle préparait de la pâte à crêpes.

— Finalement, papa tolère bien ta présence, lui fit remarquer Soline. Comment est-il avec toi, lorsque je suis à l'hôpital ?

— Poli et très discret, il m'adresse la parole juste pour les questions pratiques. Tu viens d'appeler madame Vivi, est-ce qu'elle ne se fatigue pas trop à cause des deux chiens ?

— Non, je crois que ça lui fait plaisir de s'occuper d'eux. Elle a l'impression de rajeunir, de retrouver le « bon vieux temps », pour la citer. Kate, j'ai un peu honte, mais Barry et Neige me manquent, je me sens privée d'une partie de moi. Je ne devrais pas éprouver ça, alors que maman est à l'hôpital.

— Ne te bile pas, ma puce, si tu es obligée de rester à Lons encore plusieurs jours, je t'emprunterai ton 4 × 4 et j'irai chercher tes chiens.

Kate eut un sourire rassurant. Elle couvrit le saladier de pâte d'un torchon propre et se lava les mains. Soline l'observait et s'étonnait de la métamorphose de son amie.

— Tu as changé, Kate. Je te trouve sereine, moins exubérante. J'ai vu que tu avais enlevé ton piercing, aussi. La cousine de Viviane t'a influencée, on dirait… Non ?

— J'en avais assez de ce truc ! Pour être franche, Soline, ici ou à Dijon, je suis en sécurité, alors je vois la vie sous un autre angle. J'ai des rêves de confort, de vie de famille. Je voudrais des enfants, mais avec un homme stable.

Touchée par cet aveu, Soline ne répondit pas tout de suite. Elle alla se poster près d'une fenêtre pour guetter l'arrivée de son père.

— Des enfants, répéta-t-elle. Je suis sûre que tu serais une maman formidable, Kate. Je ne t'en ai pas parlé, mais je me pose de plus en plus de questions sur mes vrais parents. Ai-je été abandonnée sous X ? Est-ce qu'ils sont morts ou vivants ?

— J'aurais un conseil pas reluisant à te donner, dit tout bas son amie. Tu pourrais fouiller un peu dans les papiers de la famille, tant que tu es là. Qui sait ?

— Non, je n'oserais jamais, Kate. Voilà papa…

Jacques Fauvel avait une mine affreuse. Il entra dans la cuisine le dos voûté, comme s'il portait le poids du monde sur ses épaules.

— J'ai une pénible nouvelle, dit-il immédiatement. Ils ont fait passer d'autres examens à Monique, ce matin. Un médecin m'a montré les résultats. La moelle épinière est touchée. Il y a peu de chance que ta mère remarche, Soline.

— Mais elle va vivre ?

— Oui, en fauteuil, après de la rééducation, et tout un tas de soins. Ils vont bientôt la réveiller. C'est une catastrophe. Telle que je connais ma femme, elle souffrira d'être dépendante.

— Papa, vous serez quand même tous les deux, insista Soline. C'est le plus important, pense à ce qui aurait pu arriver…

— Monique te dira qu'elle aurait préféré être tuée sur le coup, rétorqua-t-il. Je suis désolé, je monte me reposer.

Kate prit Soline par la taille et l'embrassa sur la joue.

— Pourquoi ? Dis-moi pourquoi, Kate ? Mes parents menaient leur petite vie tranquille, papa devait être à la retraite l'an prochain, maman se consacrait à sa maison, elle tricotait et jardinait. Bon, ça ne sert à rien de se lamenter. Je pars pour l'hôpital. Je vais essayer de voir un des médecins.

Soline enfila une veste en lin sur la robe à fleurs qu'elle avait dénichée dans un carton de vêtements.

— Elle n'est pas trop démodée, Kate ? Je la portais quand j'avais dix-huit ans.

— Tu es ravissante habillée en fille. Et même dans tes habits de randonnée. Tu es belle, ma puce, c'est peut-être là le souci !

— Pourquoi dis-tu ça ? s'enquit Soline. Qu'est-ce que tu as ?

Elle avait noté le regard anxieux de son amie, sa façon de respirer, un peu plus rapide.

— Pardonne-moi, je dis des sottises, plaida Kate.

— Je suis sûre que non, explique-toi !

— Arrête, ce sont des mots en l'air, parce que j'ai de la peine pour ta famille ! Et puis je pensais à ton gendarme, Alban. Tu m'as raconté ta visite au centre de soins, j'imagine qu'il est tombé amoureux dès qu'il t'a vue, en février.

— Dans ce cas, il s'est attaché seulement à mon physique, comme bien des hommes. J'y vais vite, j'espère que tu ne me caches rien.

— Rien du tout. Ne t'inquiète pas, ton père aura de bonnes crêpes pour son goûter.

Malgré tout, Soline se tourmenta jusqu'à l'hôpital. Kate ne savait pas mentir.

Servoz, chalet de Benjamin,
même jour, même heure

Nadia, alanguie sur le canapé, caressait son énorme chat blanc, un persan aux yeux bleus, qui était couché en boule contre elle. L'animal ronronnait, en extase.

— Tu te plais ici, mon Sacha, minauda-t-elle. Aujourd'hui, il pleut, mais demain tu pourras retourner te promener. Il faudra faire attention aux renards, aux loups et aux vilains chiens. Cet été, tu pourras te chauffer au soleil.

Benjamin, penché sur son bureau où il avait étalé une carte topographique, se redressa brusquement.

— Nadia, demain tu repars, annonça-t-il. Premier point, tu ne m'es d'aucune aide dans mon travail, second point, tu passes des heures à te prélasser et à fumer, ce qui m'exaspère.

— Troisième point, précisa-t-elle d'une voix stridente, tu as flashé sur cette sainte nitouche, et je te dérange. Ta petite Soline aura affaire à moi, si elle revient.

Elle se leva d'un bond, en bousculant le chat qui sauta sur le sol en feulant.

— Vous faites la paire, vous deux, lança Benjamin, le regard noir. Je suis sérieux, Nadia, demain je t'emmène à la gare. Tu ne fais que te plaindre, du froid, de la neige, de la pluie, de l'isolement, de la nourriture que je prépare. Ne mêle pas Soline à ma décision.

— Tu t'es entendu dire son prénom ? Mon pauvre Benji, tu es incapable de dissimuler quoi que ce soit. Tu en pinces pour cette cruche, j'ai compris, ce n'est pas une raison ! Je reste ici. Tu es mon mec, et personne ne…

— Tais-toi ! hurla-t-il. Je ne t'appartiens pas. Si tu estimes avoir des droits sur moi, parce qu'on couche parfois ensemble, tu te trompes. Maintenant, va faire ta valise, on part à 7 heures demain matin. Et ne t'avise plus d'insulter Soline !

Après l'indignation et la colère, Nadia essaya la détresse et les larmes, sans avoir à jouer la comédie.

— Je t'aime, Benji ! Tu ne peux pas me jeter comme ça !

Imperturbable, le jeune homme replia la carte qu'il étudiait, rangea dans un tiroir une loupe et un crayon.

— C'est une ex que tu as retrouvée par hasard, et tu ne m'as rien dit ? Vous avez joué la comédie tous les deux ?

— Je l'ai rencontrée lundi dernier et nous avons sympathisé, c'est tout. Si tu avais été plus aimable avec elle, nous n'en serions pas là.

Benjamin sortit en claquant la porte. Nadia, de la petite terrasse du chalet, le vit s'éloigner dans la forêt. Elle inspecta la pièce, afin de savoir s'il avait emporté son téléphone.

— Il va l'appeler, j'en suis sûre, enragea-t-elle. Il peut crier et me menacer, je ne partirai pas.

Hôpital de Lons-le-Saunier,
même jour, même heure

Soline rassembla tout son courage avant d'entrer dans le hall de l'hôpital. Elle aurait voulu offrir des fleurs à sa mère, mais elle renonça.

— Je lui achèterai un bouquet quand elle sera consciente, des tulipes ou des freesias, qui sentent si bon.

Son téléphone vibra dans sa poche. Elle fit demi-tour pour répondre. Quand elle reconnut la voix de Benjamin, son cœur s'affola. Il prit d'abord de ses nouvelles.

— On pourrait se revoir après-demain, proposa-t-il ensuite.

— Non, je suis désolée, ce sera impossible.

— Toujours à cause de Nadia ? Le problème est réglé.

La précision énoncée d'un ton flegmatique déplut à Soline. Nerveuse, angoissée, elle s'obligea à le considérer comme un séducteur qui enchaînait les relations épisodiques.

— Je suis à Lons, dans ma famille, ma mère est hospitalisée. Mais même si j'étais à Combloux, je préférerais ne pas te revoir. Ne me rappelle pas, je t'en prie.

— Et tes chiens, tu les as emmenés ?

Désorientée par sa question, elle en oublia de raccrocher, ce qui était son intention.

— Une amie les garde. Écoute, Benjamin, je suis pressée.

— Vraiment, tu refuses de me revoir, tu ne reviendras pas caresser les chevaux, à Servoz ? Nous pouvons être amis, Soline. Je n'exige rien d'autre. J'y pense, tu aurais pu me confier Barry et Neige.

— Viviane s'en occupe très bien. Ils sont habitués à elle.

— Mme Viviane Gonod ?

De plus en plus désemparée, Soline finit par s'asseoir sur un banc, sous le feuillage d'un saule pleureur.

— Tu la connais ?

— Oui, dès que je suis arrivé dans la région, on m'a parlé d'elle, une légende vivante du secours en haute montagne, et qui a dressé plusieurs chiens d'avalanche, dit Benjamin d'un ton enthousiaste.

— C'est exact, maintenant je dois te laisser, excuse-moi, rétorqua Soline. Maman est dans le coma, je ne peux pas perdre mon temps à bavarder.

Elle coupa la communication, bouleversée au point d'avoir la gorge nouée et d'en trembler.

« Je voudrais être près de lui, qu'il me tienne dans ses bras, encore une fois, songea-t-elle. Je n'aurais pas dû le rejeter, lui mentir... Je lui enverrai un message, plus tard, ce soir. »

Les heures s'écoulaient lentement, ponctuées par le passage des infirmières et des aides-soignantes. Assise sur une chaise, près du lit de sa mère, Soline lui tenait la main. Jamais elle n'avait autant étudié le visage de Monique Fauvel, pâle et dénué d'expression. Le bilan médical était lourd.

« Le bassin fracturé, la colonne vertébrale atteinte, des côtes cassées, récita la jeune femme en son for intérieur. Il ne peut pas y avoir de lien entre l'accident de maman et celui d'Alban. Pourtant ils ont tous les deux été renversés par des chauffards, à un mois d'écart environ… Non, c'est une déplorable coïncidence. »

Les doigts de sa mère adoptive étaient tièdes au creux de sa paume. Soline se représenta l'avenir et en fut effarée.

— Pauvre maman, tu seras désespérée quand tu sauras la vérité, murmura-t-elle. Il faudra aménager la maison. Papa n'aura jamais assez d'argent et je ne pourrai pas vous aider. C'est au coupable de payer des indemnités, les gendarmes vont sûrement le retrouver.

En fin d'après-midi, un médecin et deux infirmiers entrèrent dans la chambre. Soline eut droit au même diagnostic, nuancé d'une éventuelle chance de récupérer un peu de motricité grâce à de nombreuses séances de rééducation.

— Je veux y croire, docteur, dit-elle en souriant.

Il prit congé d'un signe de tête, la laissant affligée, derrière son air confiant. Jacques Fauvel arriva peu après.

— Tu peux y aller, Soline. Je passe la nuit ici. Autre chose, j'ai bien réfléchi, dès le réveil de ta mère, tu pourras retourner chez toi.

— Mais non, papa, tu as besoin de moi, plaida-t-elle.

— Je me débrouillerai très bien, affirma-t-il. Vous héberger, ton amie et toi, induit des frais supplémentaires. Je dois être économe.

— Et comment feras-tu quand tu reprendras le travail ? Là, tu as demandé un congé exceptionnel, mais ensuite, maman ne peut pas rester seule, s'inquiéta Soline.

— Tu as noué peu de liens avec notre famille, à notre grande déception, trancha son père. Ma belle-sœur est d'accord pour m'aider, je l'ai contactée tout à l'heure.

— Papa, tu exagères ! C'est le contraire et tu le sais. Ce sont tous vos frères et sœurs, vos cousins et cousines, qui ne m'ont pas acceptée. J'étais une enfant adoptée et on me le faisait sentir à la moindre occasion. Maintenant, j'ai l'impression que toi aussi tu me considères comme une étrangère. Dans ce cas, il ne fallait pas me demander de venir.

Une intense souffrance ravageait Soline. Elle regarda vers le lit où gisait la femme qui l'avait élevée, qui lui disait « ma chérie » et souvent, essayait de la gâter, en cachette de son mari.

— Je m'en vais, puisque tu n'as pas besoin de moi, déclara-t-elle en prenant son sac et sa veste d'un geste brusque.

Combloux, même jour, le soir

Il subsistait des plaques de neige le long des murs de la rue exposés au nord. Mais le temps devait se mettre à la pluie, selon les bulletins météo. Dans son jardinet, Viviane scrutait le ciel gris et sombre, Neige et Barry assis à ses pieds.

— Allez, on va quand même se balader, leur dit-elle. Un petit tour sur le chemin, là-haut.

Les deux chiens lui obéissaient parfaitement. Ils ne tiraient pas sur leur laisse et marchaient de chaque côté d'elle, à l'écoute de ses ordres.

— Je vous détacherai quand on sera dans le pré de ce brave Jeannot, leur expliqua-t-elle. Mon voisin est enfin rentré chez lui, demain, on ira lui rendre une visite, il vous aime bien.

Comme Soline, elle avait toujours fait la conversation à ses chiens, ce qui attendrissait son mari.

— J'espère que votre maîtresse pourra revenir bientôt, je parie que vous lui manquez !

Viviane ignorait encore le dramatique diagnostic du corps médical, en ce qui concernait Monique Fauvel.

Chaussée de bottes en caoutchouc, en ciré couleur kaki et coiffée d'un bonnet, la septuagénaire s'engagea sur le chemin qui longeait le pré de son voisin. Elle n'avait prêté aucune attention à un break noir, stationné devant un garage.

L'homme qui était assis à l'intérieur de la voiture la suivait des yeux, sous la visière baissée de sa casquette en cuir. Dès qu'elle s'éloigna, il observa à nouveau la maison de Soline. Les volets fermés, l'absence de fumée sortant de la cheminée, tout le confortait dans son plan.

— Elle n'est toujours pas là, rien de plus normal. Très bien, ce sera pour demain, marmonna-t-il en fixant le pansement qui entourait sa main gauche.

Lons-le-Saunier, même jour, une heure plus tard

Kate était dans la cour lorsque Soline gara son 4 × 4 devant le portail, d'une brusque embardée. Elle vit son amie descendre du véhicule, les traits défaits, le regard dur.

— Il y a un nouveau souci, ma puce ? lui demanda-t-elle, prête à la réconforter de son mieux. Mais tu as pleuré ?

— Oui, je suis restée une demi-heure dans ma voiture, sur le parking de l'hôpital, j'étais incapable de conduire, sinon je serais rentrée plus tôt.

— L'état de ta mère s'est aggravé ?

Soline se rua à l'intérieur de la maison. Là, elle ôta sa veste, dénoua ses cheveux qu'elle avait coiffés en chignon. Kate la rattrapa et la prit par l'épaule.

— Tu me fais peur, ma puce ! Dis-moi ce qui se passe !

— Je viens d'avoir la preuve que mon père adoptif ne m'aime pas ou bien juste assez pour tolérer ma présence de temps en temps ! Il veut que je rentre à Combloux, dès que les médecins réveilleront maman. Il a été très clair, je ne sers à rien. Il me l'a dit en face, il n'a pas besoin de moi.

— Calme-toi. Ton père est perturbé par l'état de ta mère. Il te demandera pardon demain, j'en suis sûre. Mets-toi à sa place, tes parents menaient une petite vie paisible, et d'un coup, tout est brisé. Veux-tu un café avec une crêpe ?

— Non, je n'ai pas faim. Je vais boire de l'eau, j'ai la bouche sèche. Kate, pourquoi ils m'ont adoptée ? Je sais qu'ils ne pouvaient pas avoir d'enfants. Maman me l'a expliqué, quand j'avais dix ans, le jour où elle m'a annoncé que je n'étais pas leur véritable fille. Elle était devenue « famille d'accueil » pour combler ce manque. Mais lui, il se serait bien passé de moi, je l'ai toujours ressenti, au fond.

— Tu as dû être très choquée en apprenant ça, supposa son amie, stupéfaite. Si on m'avait appris une chose pareille, à cet âge-là, j'aurais été bouleversée.

— Moi, j'ai remercié maman, je l'ai embrassée, en lui disant que je ne voulais pas d'autre maman qu'elle. Je m'en souviens très bien. J'étais surtout contente d'avoir quand même une famille.

Elles allèrent dans la cuisine. Soline attrapa un verre d'un geste vif. Une rage désespérée la torturait.

— Kate, quand j'aurai pu parler à maman, je m'en irai. Peut-être qu'elle aura besoin de moi, mais je ne pourrai pas rester.

— Ton père doit déjà regretter ce qu'il t'a dit. Attends avant de prendre une décision.

Soline la dévisagea d'un air égaré. Kate fut frappée par sa beauté, à cet instant. Ses yeux bleus paraissaient immenses, ses traits étaient sublimés par sa détresse mêlée de colère. Ses lèvres au dessin sensuel tremblaient un peu.

— Papa était catégorique, dit-elle soudain. Je t'en prie, reviens à Combloux toi aussi, Kate. Tout sera comme avant, on ira dîner chez Viviane, le soir on bavardera autour du poêle.

— Je suis désolée, ma puce, je ne peux pas.

Kate se détourna et commença à ranger une pile d'assiettes propres dans un placard. Elle avait répondu très vite, ce qui étonna Soline.

— Pourquoi ?

— Je serais en danger. Tu as oublié mon enlèvement, ce fou qui m'a droguée, pour aller m'abandonner ensuite en haute montagne. Je sais que tu m'as sauvé la vie, mais…

— Mais ? Vas-y, qu'est-ce qu'il y a ?

— Rien. De toute façon, j'ai promis à la cousine Eudoxie de revenir dès que possible. Si tu la connaissais, c'est une dame adorable. Elle ne peut plus se passer de mes services. En plus, elle me verse un petit salaire, ça m'arrange. Soline, j'ai rarement vécu dans le confort, la sécurité, avec une jolie chambre. Je ne risque rien à Dijon. Tant que la police n'aura pas arrêté le type qui a voulu me tuer, je préfère vivre là-bas.

— Je comprends. Excuse-moi, c'était égoïste de ma part. Jamais je ne voudrais te mettre en danger, concéda Soline.

— Promis, je reviendrai. Tu sais, j'ai bien réfléchi, c'est peut-être Luc qui s'est introduit chez toi. Ou un de ses acolytes. Ils pourraient te chercher des ennuis, pour savoir où je suis. Tu devrais déménager.

— Non, cette petite maison, c'est le seul endroit où j'ai envie d'être, même si j'ai peur, parfois. Kate, je vous ai caché quelque chose, à Viviane et à toi. On a déposé deux roses rouges devant ma porte. La deuxième était empaquetée avec un message sur le romantisme. Je suis presque sûre que c'est une idée d'Alban. Son collègue, le sous-officier Derain, doit jouer les livreurs.

Stupéfaite, Kate fronça les sourcils. Enfin elle esquissa un léger sourire qui sonnait faux.

— Tu as un amoureux transi ! C'est plutôt agréable, non ? Tu aurais au moins pu en parler à madame Vivi, puisqu'elle connaît bien les Demolliens.

Soline, adossée au mur, les bras croisés sur sa poitrine, secoua la tête.

— J'espère seulement qu'il s'agit bien d'Alban, répondit-elle. Et si tu voyais l'air que tu as eu, quand je t'ai raconté ça ! Kate, j'ai l'intuition que tu mens, comme quand tu étais à l'hôpital, et je pense que Viviane aussi me cache quelque chose.

— Pour l'instant, tu es la seule à garder des secrets, trancha Kate. La preuve, ton histoire de roses rouges. Je monte prendre une douche. On va en discuter.

— D'accord.

Restée seule, Soline passa dans le salon. La pluie frappait les carreaux. Il faisait sombre, et le décor lui parut d'une tristesse sans nom. Elle alluma le lampadaire qui égaya un angle de la pièce, avec son grand abat-jour jaune.

« Kate semble vexée et gênée, songea-t-elle. Je ne devrais pas l'interroger ainsi, après tout, elle a raison, moi je ne lui ai rien dit pour Benjamin. »

Assise sur le canapé, elle consulta son téléphone. Viviane lui avait laissé un message vocal. En entendant sa voix énergique, teintée d'un accent particulier, Soline ne put s'empêcher de sourire. « Rien à signaler, Neige et Barry sont sages et m'obéissent bien, disait-elle d'un trait. Je n'ai pas vu rôder de chat dans la rue ni dans l'impasse. Donne-moi des nouvelles de ta mère, gamine. »

La jeune femme pensa qu'il n'y avait pas eu d'autres roses déposées devant sa porte. La septuagénaire s'en serait aperçue.

Trois coups de sonnette retentirent alors. Soline se leva, agacée. Une fois dans le vestibule, elle devina une haute silhouette masculine derrière la vitre dépolie, que protégeaient des barres en fer forgé.

— Qui est-ce ? demanda-t-elle, par prudence.

— Ton oncle Roger, ouvre donc !

Elle hésita un moment, n'ayant aucune envie de revoir le frère aîné de Jacques Fauvel, dont elle avait subi les remarques acerbes durant toute son adolescence, ainsi que les gestes déplacés. Elle n'avait jamais osé s'en plaindre.

Déjà malade de chagrin à cause des propos de son père, elle ne se sentait guère le courage de l'affronter. Pourtant, comme il tambourinait contre la porte, elle le fit entrer.

— Eh bien, il ne faut pas être pressé, avec toi, bougonna-t-il. Tu as embelli, Soline. On se fait la bise ?

— Non, hors de question ! lui assena-t-elle. Ne m'approche pas. Qu'est-ce que tu veux ?

— Quel accueil, ma nièce ! Jacques m'a envoyé récupérer des documents qu'on lui réclame à l'hosto.

Il fumait un cigarillo et ne prit pas la peine d'essuyer ses pieds sur le paillasson.

— Paraît que tu as amené une copine, une fouineuse, d'après mon frère, lâcha-t-il d'un ton méfiant.

— Kate a la gentillesse de s'occuper du ménage et de la cuisine pour nous aider. Elle n'a pas fouiné, comme tu dis !

Roger Fauvel émit un rire moqueur. Sans rien ajouter, il monta l'escalier pesamment. Soline le suivit, afin d'éviter à son amie d'être surprise en peignoir sur le palier. Mais Kate était toujours enfermée dans la salle de bains.

— Papa pouvait me téléphoner, je me serais déplacée, si c'était urgent, protesta-t-elle en le voyant entrer dans la chambre de ses parents.

— Jacques n'a pas vraiment confiance en toi, ma biche. Et décampe de là.

Un frisson de répulsion secoua Soline qui renonça à le suivre. Elle l'entendit déplacer un meuble, pousser des jurons. Il réapparut, hautain, une mallette sous le bras.

— Mon pauvre frère est dans le pétrin, lui jeta-t-il. Mais on va se serrer les coudes.

— Qu'est-ce que tu emportes ? demanda-t-elle en désignant la valisette noire, équipée d'une fermeture en métal.

— Ce n'sont pas tes affaires, gronda-t-il.

Elle recula d'un bond lorsqu'il tenta de la frôler, avant de redescendre. Roger Fauvel haussa les épaules. Il fut vite au rez-de-chaussée et sortit en claquant la porte.

Soline reprit sa respiration, les mains crispées sur la rampe. Kate, une serviette-éponge enroulée autour de la tête, en soutien-gorge et slip, la découvrit ainsi.

— C'était qui ? Tu es toute pâle, ma puce !

— Un salaud ! Roger Fauvel, un prétendu oncle, aux mains baladeuses. Il a pris une mallette que je n'avais jamais vue, dans la chambre de mes parents. Kate, mon père t'aurait traitée de fouineuse !

— Deux secondes, je vais m'habiller.

La réponse et le regard fuyant de son amie étaient un aveu. Une querelle éclata cinq minutes plus tard, sur le palier d'où Soline n'avait pas bougé.

— Bon, ton père m'a surprise en train de fouiller dans le buffet du salon, déclara Kate, qui avait enfilé un pantalon de jogging et un tee-shirt.

— Quoi ? Tu es folle ! Tu me déçois, Kate ! Papa était furieux, je comprends mieux pourquoi, et du coup, c'est moi qui en ai payé le prix !

Au bord des larmes, la jeune femme trépignait, effarée par la froideur soudaine de Soline, qui avait crié et la toisait avec mépris.

— Je l'ai fait pour toi, se rebiffa Kate. Aujourd'hui, en fin d'après-midi, dès que ton père est parti pour l'hôpital, j'ai commencé à fouiller les tiroirs du buffet, puis les étagères. Mais il est revenu sans aucun bruit, il avait dû garer sa voiture plus loin dans la rue. J'ai cru que mon cœur allait s'arrêter quand il est apparu sur le seuil du salon. C'était affreux. J'ai prétendu que j'avais besoin d'enveloppes.

— Mais qu'est-ce que tu cherchais ?

— Des documents sur ta petite enfance, sur tes vrais parents !

— Je t'ai suffisamment dit et redit que ça ne m'intéressait pas, rétorqua Soline, furieuse.

— J'étais sûre que tu n'osais pas interroger les Fauvel, ni faire de véritables démarches. J'espérais trouver quelque chose, pour t'aider.

— C'est raté, tu as obtenu le résultat inverse !

Soline dévala les marches. Elle résistait à l'envie forcenée de chasser Kate de la maison et peut-être même de son existence. Une tempête intérieure lui donnait le vertige. Elle s'effondra sur le canapé du salon, incapable de tenir debout. Soudain, derrière ses paupières closes, une vision se dessina, furtive, mais qui la fit hurler d'horreur. Kate la rejoignit, affolée.

— Ma puce, pardonne-moi, j'ai été stupide ! Ne te mets pas dans un état pareil, je suis désolée.

— J'ai vu un homme, il pendait au bout d'une corde, dans un grenier, débita Soline d'un ton saccadé. C'était atroce, il était défiguré…

— Et flûte, il ne manquait plus que ça, marmonna Kate. Il te faut un verre. De l'eau-de-vie de mirabelle, j'en prendrai aussi. Je t'en prie, ma petite puce, tu me fais peur !

Haletante, Soline semblait hypnotisée par un point invisible de la pièce. Elle se mit à gémir.

— Je n'en peux plus, cette fois, c'est trop… J'en ai assez, je voudrais être normale, plus de visions, une famille qui m'aime. Et toi, va-t'en, disparais !

Kate essaya de lui faire avaler une gorgée d'alcool, mais elle repoussa le verre d'un geste brutal.

— Tu veux vraiment que je m'en aille, Soline ? C'était mal de ma part d'essayer de savoir d'où tu viens, qui tu es ? Imagine un peu, si tes vrais parents sont vivants, s'ils s'interrogent sur toi ? Même madame Vivi t'encourageait à chercher la vérité.

Soline se redressa et appuya sa tête sur le dossier du canapé. Elle esquissa un sourire plein d'amertume.

— Tu sais comment m'appelait le frère de papa, l'oncle Roger qui vient de me faire une visite éclair ? La pièce rapportée, il me disait ça en douce, quand personne ne pouvait entendre. Il y avait des variantes, soit j'étais la mignonne pièce rapportée, ou la jolie, l'adorable ! Et une fois, il me pinçait le bout d'un sein, une autre fois, il effleurait mes fesses d'une main. Par chance, il n'a pas dépassé ce stade.

— Il fallait le dénoncer, avertir ta mère, au moins, s'indigna son amie, navrée.

— Je me suis confiée à maman. Elle devait m'aimer un peu, car ensuite l'ignoble oncle Roger s'est tenu tranquille. Au fond, personne ne m'a acceptée. Je le devinais dans les regards de mes cousines, de mes cousins. La seule qui a été gentille, c'était la mère de papa. Je l'appelais mémé Lodie, elle me caressait les cheveux et me donnait des sucreries. J'avais onze ans quand elle est morte.

Soline considéra Kate avec une expression étrange, comme si elle ne l'avait jamais bien vue auparavant.

— Tu veux vraiment que je parte, murmura celle-ci. Si tu es fâchée à ce point, je prendrai le premier train demain matin. Tu pourrais aussi me pardonner…

— C'est mieux que tu retournes à Dijon, mon père l'exige, en plus. Tel que je le connais, il ne plaisante pas. Mais il y a un détail qui m'intrigue. Qu'y a-t-il de si important dans cette mallette ? Pourquoi envoyer son frère… Kate, je vais devenir folle à force de me poser autant de questions. Sans oublier ma vision, il y a quelques instants… Cet homme, il était habillé à l'ancienne, il faisait sombre dans le grenier, pourtant la scène était comme éclairée.

— Même si je m'en vais, même si on ne se revoit que dans plusieurs mois, ma puce, est-ce que je peux te faire un câlin ? Je crois que tu en as besoin.

Kate s'enhardit à attirer son amie dans ses bras, prête à une rebuffade. Mais Soline nicha son visage au creux de son épaule, sans même pleurer.

— Je te pardonne, lui dit-elle tout bas.

Hôpital de Lons-le-Saunier, jeudi 30 avril 2015, le lendemain

Monique Fauvel ne quittait pas Soline des yeux. Il était 18 heures et on l'avait réveillée en fin de matinée.

— Maman, tu n'as encore rien dit, déplora la jeune femme.

— Les infirmières conseillent de ne pas la fatiguer, déclara son père. La phase de récupération est longue. Bon, je te laisse seule avec elle, mais je reviens vite.

Sur ces mots, Jacques Fauvel quitta la chambre. Soulagée, Soline prit la main de sa mère et ajouta d'une voix douce :

— Ma petite maman, est-ce que tu comprends bien quand je te parle ?

La malade cligna des paupières et Soline crut lire un vague sourire au coin de ses lèvres.

— Tu as eu un grave accident, maman, j'aurais voulu rester plus longtemps à Lons, mais je dois m'absenter. Je te promets de revenir bientôt, sans doute la semaine prochaine. Tu vas te rétablir, j'en suis sûre.

Soline, la gorge nouée, souleva délicatement la main de sa mère et y déposa un baiser. Les médecins préconisaient de patienter quelques jours avant de lui annoncer qu'elle finirait handicapée.

« Le choc va être terrible pour toi, maman, quand tu sauras, je ferai en sorte de te consoler, de te soutenir, songea-t-elle. On dirait que le sort s'acharne sur nous, en ce moment. »

Elle luttait contre une forte envie de pleurer, afin de ne pas alarmer Monique. Soudain, celle-ci lui étreignit les doigts.

— Maman ?

— Ne sois pas triste, chérie…

Ce n'était qu'un souffle ténu, comme venu de très loin, et d'abord Soline crut avoir rêvé.

— Maman, tu m'as parlé !

Sa mère répondit d'un nouveau clignement de paupières, tandis que son regard reprenait de l'éclat. Éperdue d'émotion, la jeune femme lui caressa le front, les joues.

— Repose-toi, je serai vite de retour.

Une infirmière entra, suivie par Jacques Fauvel. Il étudia d'un air suspicieux les traits de son épouse, puis le visage de Soline.

— C'est l'heure des soins, précisa l'infirmière. Monsieur, vous pouvez attendre dans le couloir avec votre fille ?

Soline sortit, le cœur lourd. Comme son père l'observait, toujours de manière hostile, elle préféra être franche.

— Sois tranquille, je prends la route. Kate est partie tôt ce matin, plus personne ne pourra te déranger, ni fouiller chez toi. J'aurais voulu rester encore un peu, mais voilà, j'ai reçu un appel de Combloux à midi. Mon chien Barry a disparu.

— Toi et tes chiens, maugréa-t-il.

— Je sais ce que tu en penses, mais je dois retrouver Barry.

11

L'improbable quête

Combloux, jeudi 30 avril 2015

Il faisait nuit noire lorsque Soline se gara devant chez elle, en proie à une forte migraine. Soulagée d'être enfin arrivée, elle envoya un message à son père, puis elle se massa le front et les tempes, en espérant ordonner le flot chaotique de ses pensées.

Au moment de son départ, son père l'avait rattrapée juste avant qu'elle prenne l'ascenseur. Il semblait mal à l'aise et lui avait recommandé d'être prudente sur la route, avant de l'embrasser. Cette soudaine marque d'affection, après son attitude très froide, l'avait laissée perplexe.

Et Barry qui restait introuvable ! Viviane lui avait laissé un message une heure plus tôt, très inquiète.

Le visage enfoui entre ses mains, Soline n'avait pas vu que quelqu'un approchait de la voiture. Elle poussa un cri de frayeur quand on tapait à sa vitre.

— C'est vous, Viviane, se rassura-t-elle, en ouvrant la portière pour sortir.

— J'ai cru que tu t'étais endormie au volant, ma pauvre petite. Je guettais de ma fenêtre, je t'ai vue passer.

— Excusez-moi, j'ai très mal à la tête, j'essayais d'y voir un peu plus clair, expliqua Soline. La situation ne peut pas être pire.

— Il y a toujours pire, gamine. Prends ton sac, tu ferais mieux de coucher chez moi ce soir. Si tu savais combien je m'en veux, pour Barry !

— Ce n'est pas votre faute, j'aurais dû l'emmener à Lons.

Neige accueillit sa maîtresse par des jappements et des gémissements dès qu'elle entra dans la maison.

— Toi tu es là, murmura-t-elle en le caressant. Tu vas m'aider à chercher Barry…

L'affection démonstrative que lui témoignait le grand chien blanc, son contact si familier réconfortèrent Soline. Elle se promit de retrouver Barry et de ne plus s'en séparer.

— Veux-tu du café, gamine ? lui proposa Viviane. Il y a du gratin au four pour le souper.

— Il me faudrait avant tout de l'aspirine, si vous en avez.

— Bien sûr, je t'en donne. Assieds-toi au coin de la cheminée, que je te raconte. Je n'ai rien compris, rien vu venir. Je ne savais pas comment t'annoncer ça au téléphone. Et puis, j'étais gênée de te déranger à l'hôpital.

— Vous avez bien fait de m'avertir tout de suite, Viviane. Quelle sale journée ! De toute façon, je me sentais inutile là-bas. Et toute l'équipe médicale prend soin de maman.

— Quand même, en principe, tu aurais dû passer plus de temps avec elle.

— Je lui ai promis de revenir la semaine prochaine. Elle est hors de danger, et je veux espérer qu'elle récupérera l'usage de ses jambes.

Soline se tut, honteuse d'éprouver une réelle joie d'être là, près du feu, en compagnie de cette petite femme énergique en dépit des années, et qui l'appelait gamine si tendrement.

— Bah, c'est une série noire, ce printemps, déplora Viviane. Alban, ta mère, sans oublier Kate qui a failli mourir, et puis Barry qui s'échappe. Tiens, prends vite un cachet, sinon tu n'as pas fini de souffrir, à m'écouter causer.

— J'en suis arrivée à la même conclusion, admit Soline. Il peut s'agir de malheureuses coïncidences, mais c'est étrange. Bon, dites-moi, pour Barry, et ne vous faites aucun reproche.

— C'était ce matin, aux environs de 10 heures. Il faisait un beau soleil, alors j'ai aéré… Tes chiens étaient couchés tous les deux sous la table, sages comme des images. J'en ai profité pour ouvrir la porte sur le perron et secouer le paillasson. Et d'un coup, Barry se met à aboyer et il sort en trombe. Il était tout hérissé. Je le rappelle, penses-tu, il s'en fichait ! Figure-toi qu'il a sauté le portillon, d'un bond.

— Et Neige ne l'a pas suivi ? s'étonna Soline.

— Non ! Mais j'ai vite refermé derrière moi, pour descendre en chaussons sur le trottoir, et rappeler Barry. Mon voisin était à sa fenêtre, il m'a crié que le chien avait couru jusqu'en haut de la rue et qu'il avait pris le chemin. J'étais dans une colère ! Je suis remontée mettre des bottines, j'ai mis son harnais et sa laisse à Neige, et on est partis refaire la promenade habituelle. J'avais confiance, je me disais que Barry allait revenir. Je n'arrêtais pas de l'appeler, de siffler. Mais non ! On est allés jusqu'à la route, là où je fais demi-tour d'habitude. Neige a reniflé le goudron, il s'est assis.

Viviane reprit son souffle. Elle revivait ces moments pénibles et hocha la tête plusieurs fois, avant de poursuivre son récit.

— Il a marqué l'arrêt, commenta Soline.

— Hé, j'ai bien compris, il ne sentait plus la piste de son copain. J'en ai eu le cœur serré.

— Est-ce qu'il avait plu, la veille ?

— Oui, de grosses averses ! Tu crois que ça a joué ?

— Peut-être, Neige a pu perdre la trace de Barry, si le sol était encore humide.

— Je t'ai téléphoné en rentrant ici. Ensuite j'ai appelé toutes mes connaissances, dans le coin, et ton vétérinaire, aussi. Il m'a promis de se renseigner auprès de ses confrères, et il nous préviendra s'il entend parler d'un chien blessé.

Soline noua ses bras autour du cou de Neige, qui se tenait près d'elle. Le berger suisse lui lécha le bout du nez.

— Dis ce que tu veux, gamine, je me sens en faute, décréta Viviane. Barry n'avait pas son harnais et pas de collier. Tout le monde n'a pas l'honnêteté chevillée à l'âme. On doit tout envisager. Il a pu être volé, ou tué.

— Je préférerais qu'on l'ait volé ! Je refuse de l'imaginer gisant quelque part. Heureusement il a une puce, on peut l'identifier. Demain matin, je referai le même parcours que vous, Viviane. Il y a d'autres hypothèses. Il a pu courir derrière un chat, ou errer avec une chienne en chasse[1]. Vous êtes sûre de ne pas avoir entendu miauler, dans la rue ?

1. Terme signifiant qu'une chienne est féconde, a ses chaleurs.

— La radio marchait, ma pauvre petite !

Très lasse, Soline tendit ses mains vers les flammes. Elle revit la louve, à l'orée du bois de sapins. Barry se débattait pour s'enfuir, malgré ses protestations. Mais une bête sauvage ne rôderait pas aussi près de la ville.

— Viviane, ne vous rendez pas malade. J'ai la certitude que Barry reviendra de lui-même ou que je vais vite le retrouver. Ma migraine est en train de passer. Je dois avoir faim, aussi.

— Je parie que tu n'as rien mangé de la journée, gamine. Je mets le couvert. Il ne faut pas baisser les bras. Déjà, tu es là, ça me console.

Pendant le repas, Soline se confia. Elle relata les propos blessants de son père, sa querelle avec Kate et le départ précipité de celle-ci. Elle évoqua également la brève visite de Roger Fauvel, tout en précisant la conduite perverse de cet homme envers elle par le passé.

— Vindiou, ce type mériterait la prison ! s'indigna sa vieille amie. Va savoir s'il n'a pas fait subir la même chose à d'autres gosses ? J'étais dans le vrai, quand je te disais que tu en avais gros sur le cœur, depuis longtemps.

— Il y a encore une chose, Viviane. Et parfois, je me demande si je ne suis pas à moitié folle.

Soline, à voix basse, parla des visions perturbantes où lui apparaissaient une jeune fille aux nattes blondes et un petit garçon.

— Hier après-midi, j'ai vu une scène atroce. Un pendu, lui aussi habillé à l'ancienne, je dirais comme à la fin du XIXe siècle. Il portait des vêtements de misère, gris de poussière, rapiécés.

Viviane en resta bouche bée. Elle se servit un peu de vin.

— Tu me donnes la chair de poule, ma belle ! En fait, ça ne ressemble pas du tout à tes autres visions. Je te plains, il faut du cran pour endurer ce phénomène.

— Je dois l'accepter, je n'ai pas le choix, répliqua Soline.

— Si on te montre des gens d'avant, tu as peut-être un lien avec eux.

— J'y ai pensé. Le problème est toujours le même. J'ignore d'où je viens, de quelle famille !

— Kate a eu tort de fouiller chez tes parents, je te l'accorde, seulement elle aurait pu trouver des renseignements. Elle voulait vraiment t'aider. Tu devrais lui téléphoner, si vous êtes fâchées !

— On s'est séparées en bons termes, Viviane. C'est mon amie, envers et contre tout. Je lui ai pardonné. Maintenant, j'ai une question. Croyez-vous Alban capable de me faire poser une rose rouge devant ma porte, par un ami, ou un collègue ?

La septuagénaire esquissa une grimace de perplexité. Elle avait servi le dessert, deux parts de flan pâtissier.

— C'est quoi encore, ton histoire de roses ! s'étonna-t-elle. Je vais être franche, Alban est fou amoureux de toi, je le sais par sa mère. Elle veille sur son fils comme une tigresse, et tu lui déplais.

— Quand j'ai rendu visite à Alban, elle m'a fait comprendre que j'étais indésirable, en effet. Mais cette dame a précisé que son fils était très romantique.

Embarrassée, Soline cita le message qui figurait sur une carte, avec la seconde fleur.

— « Le romantisme n'est pas mort », répéta Viviane. Non, ça ne ressemble pas à Alban, une phrase pareille.

— Ça me rassurerait que ce soit lui pourtant. Je n'ai pas osé l'interroger. Il a pu charger le sous-officier Derain de déposer les roses.

Viviane se leva en repoussant sa chaise avec brusquerie. Elle alla tisonner le feu, le temps de se donner une contenance. Un cruel dilemme la tourmentait, depuis deux mois.

— Tu as sans doute un admirateur secret, un jeune gars qui te côtoyait au travail, à la station de ski de Combloux, dit-elle enfin en se retournant. Tu ne te rends pas compte de ta beauté, Soline. Quand on te voit une fois, on s'en souvient. Penses-tu, une jolie fille blonde, avec des yeux à damner un saint. Et discrète, gracieuse.

— Viviane, arrêtez, ça me gêne beaucoup. Kate m'a dit la même chose plusieurs fois. Est-ce que la beauté est si importante ? Je suis née avec un physique déterminé, dont je ne suis pas plus responsable que le reste de l'humanité. Et admirateur ou pas, je ne vois personne capable de m'envoyer des roses. Les hommes que je croise dans mon travail sont surtout obsédés par leurs performances sur des skis ou des snowboards.

Encore une fois, sans raison précise, Soline garda le silence sur Benjamin Martin.

— Eh bien, en effet on peut soupçonner Alban, son accident l'a beaucoup changé, il est à fleur de peau et déprimé, admit Viviane. Maintenant, assez causé, on doit faire en sorte de retrouver Barry.

— Déjà, je vais imprimer des affichettes avec sa photo, que je distribuerai chez les commerçants dans un large rayon, même sur Chamonix et Megève.

— Et vos fameux réseaux sociaux, à vous autres les jeunes, est-ce qu'ils peuvent aider ?

— Bien sûr, Viviane. Je poste tout de suite une annonce sur mon téléphone.

— C'est vrai que tu as Internet dans ce petit engin ! Léon aurait apprécié ces nouveaux appareils, soupira la septuagénaire d'une voix faible. Il était emballé par le progrès, lui. Douze ans demain que la montagne me l'a tué…

— Je sais, je n'ai pas oublié la date, vous m'en parlez si souvent. Je vous accompagnerai au cimetière, si vous voulez, Viviane.

— Tu es gentille. J'achèterai un bouquet de tulipes. Ah, ma belle, il t'aurait aimée, mon mari, comme la fille dont il rêvait.

Cimetière de Combloux, vendredi 1er mai 2015

Viviane s'était recueillie quelques instants sur la tombe de son époux, dont la pierre tombale s'ornait de douze tulipes d'un blanc de neige. Plusieurs objets funéraires en céramique, aux dédicaces éloquentes, attestaient de la popularité de Léon Gonod dans la région. Soline les déchiffrait en silence, après avoir observé le visage du défunt, sur une photographie insérée dans un cadre en cuivre.

— Tu as vu tous ces remerciements ? lui demanda Viviane. Des gens qu'il a sauvés au péril de sa vie lui ont rendu hommage. Le club d'alpinisme aussi. Il était beau, mon Léon.

— Oui, et son sourire est plein de tendresse, on devine combien il était généreux et courageux, commenta Soline.

— Ah ça, des hommes comme lui, il n'y en a plus guère ! Vois-tu, je l'ai fait enterrer près de ses parents, qui étaient de Combloux.

— Et vous, où êtes-vous née, Viviane ?

— À Chamonix, gamine, la famille de ma mère venait des Contamines, pas loin de Saint-Gervais. Du côté de mon père, ils étaient de Sallanches. Fut un temps, j'ai voulu faire un arbre généalogique, c'était fastidieux.

— Pour ma part, j'aurais du mal, ironisa la jeune femme.

Elle contempla l'alignement des stèles, des croix et des dalles en granit. Le clocher à bulbe de l'église Saint-Nicolas se dessinait sur le bleu intense du ciel.

— Allez, on s'en va, trancha soudain Viviane. Il te reste des affichettes à distribuer.

— Oui, et je dois passer chez le vétérinaire, mais je pense à quelque chose. Dans une de mes visions, la jeune fille blonde priait devant une tombe, avec le petit garçon. C'est étrange, j'ai l'impression que c'était ce cimetière.

— Tu es sûre ?

— Pas vraiment. Mais je n'étais jamais entrée ici, et tout me semble familier. Je voudrais faire un tour, au moins regarder les plus anciennes sépultures.

— Alors donne-moi tes clefs de voiture, j'irai m'asseoir et tenir compagnie à Neige. Chaque fois que je viens fleurir Léon, j'ai les jambes qui tremblent.

— Je me dépêche, assura Soline.

Elle s'éloigna le long d'une allée gravillonnée, en direction d'un angle de l'enceinte, sur lequel s'étendait un peu l'ombre de l'église. Mais les noms n'éveillaient aucun écho en elle. En faisant demi-tour, une tombe attira son attention, à cause du mot « catastrophe », gravé dans la pierre grisâtre. Elle lut tout bas :

— « Clémence Favre, 1858-1892, Jean Favre, 1848-1896, à nos chers parents, victimes de la catastrophe de Saint-Gervais. Paix à leur âme. »

Soline recula, très émue, se souvenant de la tragédie dont lui avait parlé Viviane. Un détail l'intrigua. Quelqu'un avait déposé sur la dalle moussue un fragile bouquet de violettes.

— Ces gens ont des descendants, bien sûr, murmura-t-elle. Jean Favre est mort quatre ans après la catastrophe. Peut-être est-il tombé malade…

Elle sortit du cimetière en s'interrogeant de nouveau sur ses ancêtres, mais dès qu'elle vit Neige à l'arrière du 4 × 4, ses pensées se focalisèrent sur Barry.

Le cabinet vétérinaire de Claude Mercier était fermé, en ce 1er mai. Soline glissa dans la boîte aux lettres l'annonce qu'elle avait rédigée et imprimée en plusieurs exemplaires. Il y figurait une photo récente du tervueren, ainsi que son numéro de téléphone et celui de Viviane.

Elle devina de la lumière derrière les vitres de la salle d'examen, sur sa droite et décida de sonner. Une voix de femme répondit aussitôt par l'interphone.

— Je vous ouvre, mademoiselle Fauvel, Claude a dû opérer un chien en urgence.

Soline entra, accueillie par le grand sourire de Valérie.

— Vous avez perdu votre tervueren, n'est-ce pas ? Claude m'en a informée. C'est le chien avec lequel vous travaillez, et vous avez dû l'acheter cher.

— Ce n'est pas le plus important pour moi, madame.

— Bien sûr, il y a l'affection. Je sais ce qu'on éprouve dans ces cas-là, une angoisse permanente !

— Exactement, j'ai à peine pu dormir cette nuit. Excusez-moi, je suis désolée de vous déranger, plaida Soline. J'ai déposé une affiche dans votre boîte. Est-ce que je peux en coller une autre dans la salle d'attente ?

— Mais oui, allez-y ! C'est une chance que nous logions à l'étage. Un monsieur âgé a appelé, tout à l'heure, son caniche est passé sous une voiture. Claude espère le sauver. Dans ce métier, il faut être disponible à chaque instant, on n'a pas de vie privée.

— Je comprends, concéda Soline, qui aurait préféré parler au vétérinaire lui-même. Si on vous amène Barry, blessé ou mort, pourrez-vous me prévenir tout de suite ?

Un bruit de porte et l'écho d'une discussion la firent taire. Claude Mercier apparut, en blouse blanche. Il avait encore des gants en latex.

— Bonjour, mademoiselle Fauvel, dit-il avec ce sourire qui avait su la troubler.

— Bonjour, répliqua-t-elle.

— Vous n'avez pas encore retrouvé votre chien ? insinua-t-il. Ne perdez pas espoir, il ne doit pas être bien loin. Valérie, appelle le propriétaire du caniche, il pourra venir le chercher demain soir. J'ai fait des radios, il n'y avait rien de grave, mais il fallait opérer d'urgence.

Ce fut au tour de la jeune assistante de les rejoindre. Elle salua Soline, qui s'empressa de prendre congé.

— Alors ? questionna Viviane dès qu'elle se remit au volant.

— Rien de neuf. Je vous ramène chez vous. Je continuerai à faire le tour des villages autour de Combloux. C'est le meilleur moyen d'obtenir des renseignements.

Elle n'avait pas démarré que son téléphone sonna. Le timbre grave et chaleureux la fit tressaillir. C'était Benjamin. Soline faillit sortir de la voiture, mais Viviane l'interrogeait d'un regard impatient.

— Tu as perdu Barry, déclara le jeune homme après le rituel bonjour. J'ai vu ton avis sur Internet. Qu'est-ce qui s'est passé ?

— J'étais à Lons-le-Saunier. Barry s'est échappé de chez l'amie qui le gardait. J'ai fait le nécessaire.

— Si tu as besoin d'aide, proposa Benjamin.

— Non, je te remercie, je te rappellerai, au revoir.

Soline lança le moteur et effectua une manœuvre, tandis que sa passagère l'observait.

— C'était qui, gamine ? marmonna-t-elle. En tous les cas, il t'a mis du rose aux joues.

— Un ancien copain du lycée, il a vu mon annonce sur Internet. Même si je suis assez solitaire, j'ai encore quelques amis, à Lons.

Une heure plus tard, garée au bord de l'Arve, la rivière qui traversait Chamonix, Soline rappela Benjamin. Elle voulait lui dire ce qui l'oppressait, certaine qu'il l'écouterait sans a priori.

— Je n'étais pas seule, quand tu m'as téléphoné, expliqua-t-elle. Je suis désolée d'avoir raccroché si vite.

— Il n'y a pas de problème, Soline. Tu pleures encore, je le sens à ta voix.

— Je suis mal, et tout va mal. J'ai laissé ma mère à l'hôpital alors qu'on venait juste de la réveiller. Je me demande sans arrêt si elle souffre, si je lui manque. Qui ferait ça, abandonner sa mère victime d'un terrible accident, pour rechercher un chien ? Je m'en veux beaucoup, même si je compte repartir pour Lons le plus vite possible.

— Où es-tu, là ? s'enquit-il.

— Dans Chamonix, sur les quais de l'Arve. Mais c'est férié, aujourd'hui, les cabinets vétérinaires sont fermés, les commerces aussi. Alors je m'apitoie sur mon sort, dans ma voiture.

— Je te rejoins. Il y a bien un café ouvert à proximité.

Stupéfaite, Soline aperçut une brasserie et des clients assis en terrasse. Elle protesta tout de suite.

— Tu ne vas pas faire autant de route pour venir me voir, c'est ridicule. Reste chez toi. J'avais seulement besoin de parler à une personne neutre, en qui j'ai confiance.

Elle fut surprise par ces derniers mots, énoncés de façon spontanée, comme sortis du plus profond d'elle-même.

— Le hasard fait bien les choses, je suis à Chamonix, moi aussi. Soline, ça me touche que tu me fasses confiance à ce point. Ne bouge pas, j'arrive.

C'était tellement inattendu, voire inespéré, qu'elle respira mieux. L'étau de sa poitrine se desserra. À cet instant, Soline renonça à comprendre les divers sentiments que lui inspirait Benjamin, dont elle ignorait l'existence quelques jours plus tôt.

— Je verrai bien, se dit-elle. Peut-être que je ne l'ai pas rencontré par hasard. Je crois un peu au destin.

Le pick-up du jeune scientifique apparut dans son rétroviseur. Elle le vit se garer et descendre du véhicule, en chemise blanche et pantalon noir. Il portait une veste sur son bras. Lorsqu'il fut à hauteur de sa portière, il lui fit signe de sortir.

— On va boire un verre, proposa-t-il.

Ils s'assirent à l'extrémité de la terrasse couverte. La rivière, grossie par le début de la fonte des neiges, grondait à l'égal d'une cascade. Un vent frais soufflait, empreint de la froideur des sommets.

— Inutile que tu culpabilises, Soline, affirma Benjamin après avoir commandé deux thés au lait. Tu as des scrupules vis-à-vis de l'état de ta mère, c'est normal. Mais sans trop te connaître encore, je sais que ce chien représente beaucoup pour toi. Tu as des liens particuliers avec Barry et avec Neige.

— En fait, j'ai sauté sur l'occasion pour m'enfuir de Lons, avoua-t-elle. La veille, mon père m'avait pratiquement sommée de rentrer à Combloux. Nous avons des rapports difficiles.

Soline eut un sourire mélancolique. Des mèches blondes lui voilaient une partie du front et de la joue. Benjamin arrangea les cheveux vagabonds d'un geste naturel. Elle en fut désorientée, mais elle sentit qu'il agissait sans arrière-pensée.

— En quoi peux-tu m'aider à retrouver Barry ? dit-elle en le regardant droit dans les yeux.

— Déjà, il faut réfléchir. Quand un chien mâle s'échappe, il agit le plus souvent poussé par son instinct de reproduction.

— Viviane et moi, nous avons conclu la même chose.

— Tu peux me raconter comment il s'est enfui ?

Elle lui résuma le récit de Viviane. Songeur, Benjamin prit le temps de répondre.

— C'est autre chose, déclara-t-il. Barry était furieux, il s'est comporté en chien de garde qui a perçu une menace. Il s'est rué vers un ennemi.

— Un chat ? Un soir, il était furieux, il grognait beaucoup. Il s'est précipité dans l'impasse, près de chez moi. J'ai entendu miauler et quand il est revenu, il y avait du sang sur sa gueule, comme s'il avait mordu une bête, ou un passant.

L'air soucieux, Benjamin but un peu de thé. Soline l'imita, infiniment réconfortée d'être avec lui.

— Qu'en penses-tu ? demanda-t-elle.

— Je m'inquiète pour ton chien. S'il a attaqué quelqu'un, on a pu vouloir se venger. Il faudrait chercher pourquoi Barry est devenu agressif.

— Il ne l'a jamais été, je t'assure, Benjamin. Tu me fais peur, avec tes théories, protesta Soline. D'autant plus peur que j'ai imaginé ce scénario, moi aussi.

Elle frissonna, en jetant des coups d'œil effrayés sur les hautes montagnes blanches, dorées par le soleil couchant.

— Ce matin, j'ai suivi le chemin où Viviane les promenait, ajouta-t-elle. Neige reniflait le sol, mais il ne manifestait pas de réactions particulières. Ensuite j'ai pris la route qui coupe le chemin, pour inspecter les fossés. Je crois que je préférerais le découvrir mort. L'incertitude quand un être cher disparaît est un supplice. Je ne supporte pas ça, l'absence inexplicable.

— Je suis d'accord, Soline, c'est une torture.

Benjamin lui prit la main, qu'il serra entre ses doigts chauds, caressants.

— Parcourir la région en voiture reste un bon moyen de savoir si on a vu ton chien, dit-il. On devrait se partager la tâche. En pick-up, je peux prendre des pistes forestières.

— Si tu as le temps, est-ce que tu m'accompagnerais tout de suite à la station de ski de Combloux, à l'endroit où j'ai vu une louve ? Barry a pu aller là-bas.

— J'ai toute la soirée et même la nuit à te consacrer, Soline, répondit Benjamin en lui souriant.

— Et Nadia ?

— Je te le répète, le problème est réglé.

Station de ski de Combloux, le soir

Soline avait téléphoné à Viviane pour la prévenir qu'elle rentrerait après le dîner ou plus tard. À présent, Benjamin et elle marchaient en bas des pistes de la station, fermée depuis une semaine. Ils approchaient du secteur où la louve était apparue, à l'orée d'un bois de sapins.

Avec le froid du soir, la neige qui subsistait au fond de la combe durcissait sous leurs pas.

— L'endroit est à l'écart des descentes les plus fréquentées, nota le jeune homme. C'est possible que des loups s'aventurent jusqu'ici.

— Nous sommes à la limite du domaine skiable. Cette pente, sur ta gauche, sert surtout à faire de la luge, expliqua Soline. Tu n'es pas du tout habillé pour ce genre d'expéditions. Je suis un peu folle de t'avoir entraîné là, il fera bientôt nuit.

— Oui, c'est l'heure entre chien et loup, comme on dit dans les campagnes, murmura-t-il.

— J'aime cette expression. Fillette, elle me faisait rêver, avoua-t-elle.

— Tu aurais dû photographier l'animal que tu as vu, tu devais avoir ton téléphone sur toi ?

— Il faisait sombre et j'avais du mal à maîtriser Barry. Ce soir-là, j'ai eu des doutes sur ses capacités de chien d'avalanche. Le dressage est exigeant, et l'obéissance indispensable.

— Barry a dû garder un peu de son âme sauvage, hasarda-t-il.

Soline s'étonna une fois de plus d'être si bien avec Benjamin dont certains propos éveillaient quelque chose d'indéfinissable en elle, comme un vide enfin comblé, un manque apaisé.

Il l'arrêta brusquement en lui saisissant le bras. Immobile, la tête penchée, il semblait écouter les bruits du crépuscule.

— Regarde, là-bas, à droite, souffla-t-il à son oreille.

Une silhouette grise trottinait entre les arbres, d'une allure souple, presque aérienne.

— C'est une louve, elle ne nous a pas sentis, le vent emporte notre odeur, dit-il très bas.

— On dirait le même animal, chuchota Soline. Qu'elle est belle... Je serais si heureuse de voir Barry à ses côtés.

— Elle aurait pu le tuer, Soline. Pour l'instant, elle doit chasser.

La louve flaira la neige et reprit ses déambulations avant de se glisser vers un buisson de houx. Un lièvre en jaillit et détala en direction de l'espace ouvert, entre deux pans de forêt.

Fascinée, Soline retenait sa respiration. Elle se rendait à peine compte que Benjamin la tenait par la taille.

— C'est une femelle solitaire, affamée, dit-il encore, et ses lèvres effleurèrent la joue de la jeune femme.

Le lièvre bondissait, poursuivi par la louve. Soudain des détonations éclatèrent. Une nuée de corbeaux s'envolèrent avec des cris rauques.

— On a tiré sur la louve, gémit Soline.

Ils avaient assisté tous les deux aux soubresauts convulsifs de l'animal, fauché par une rafale de balles. Maintenant, une forme inerte gisait sur la neige.

— Bande de salauds, jura Benjamin.

Il s'élança vers la bête abattue, tandis que le lièvre continuait à courir. Abasourdie, Soline aperçut au loin un homme armé d'un fusil, caché derrière un rocher, sur la pente. Il prit la fuite dès qu'elle l'interpella, révoltée par la cruauté de son acte.

— Soline, elle n'est pas morte ! Viens m'aider !

Elle se précipita vers Benjamin. Il examinait les blessures de la louve. Son visage avait pris une expression haineuse.

— Le type s'est servi d'un fusil à lunette, dit-il. Sans nous, il l'aurait sûrement enterrée dans le bois. Ni vu ni connu. Les loups sont protégés. L'État autorise d'en chasser un certain nombre, mais les opposants à sa présence dans les Alpes ne se gênent pas pour les tuer de façon illégale. Tu peux prendre des photos de la louve avec ton téléphone ? J'ai laissé le mien dans le pick-up. J'aurai des preuves, pour mes dossiers.

— Oui, bien sûr, approuva-t-elle aussitôt.

Benjamin se releva. Le chagrin se lisait sur ses traits tendus. Il ne quittait pas des yeux l'animal agonisant.

— Voilà, ça y est, j'ai pris aussi l'endroit d'où cet homme a tiré, lui dit Soline. La pauvre, que vas-tu faire ? Est-ce qu'on peut la sauver, l'opérer ?

— Un vétérinaire préconisera de l'euthanasier. Je l'emmène chez moi, je suis capable de la soigner. Il faut extraire les balles, la recoudre, lui donner des antibiotiques. Le temps presse. Nous allons la transporter sur ma veste.

— Elle ne suffira pas, tiens, prends ma parka…

Il accepta immédiatement, uniquement préoccupé par la survie de la louve. La passion qui l'animait acheva de conquérir Soline. Pendant qu'ils traînaient ensemble le vêtement et son chargement insolite, ils discutaient à mi-voix.

— Et si elle se réveille pendant que tu la soignes, Benjamin ?

— Je la mettrai sous sédatifs, je suis équipé. Si nécessaire, je peux la museler.

— Elle perd beaucoup de sang, constata Soline alors qu'ils arrivaient près des voitures. Tu te bats peut-être pour rien !

— Même si elle meurt pendant le trajet, j'aurai une preuve qu'un crétin a voulu la tuer, rétorqua-t-il.

Ils réussirent à coucher l'animal à l'arrière du pick-up. Avec un pâle sourire d'excuse, Benjamin ouvrit la portière pour prendre le volant.

— J'essaierai quand même de t'aider, pour Barry, dit-il. Rentre vite chez toi, Soline, et merci.

Mais elle contourna le véhicule et grimpa sur la banquette avant.

— Je viens, je serai ton assistante, je sais soigner des chiens, pourquoi pas des loups…

— D'accord, allons-y.

Bois d'Hermance, même soir

L'homme, vêtu d'un pantalon et d'un blouson en cuir, enfila ses gants. Il n'avait aucune envie d'être mordu une seconde fois. Les grondements du chien qu'il avait enfermé dans le coffre de sa voiture l'exaspéraient.

— Tais-toi ! ordonna-t-il. Comment fais-tu autant de vacarme avec une muselière ?

Garé loin de toute habitation, il s'était enfoncé le plus en avant possible sur une piste boueuse. Sur les talus demeuraient de vastes plaques de neige. Autour de lui se dressaient de grands sapins à la ramure sombre.

— Finissons-en, déclara-t-il en ouvrant le hayon.

Barry se contorsionna dans les entraves qui l'immobilisaient. Équipé d'un harnais rouge auquel était accrochée une laisse, il dardait son regard brun sur l'étranger.

— On te retrouvera cet été, on pensera que tu es mort de faim, ou attaqué par les loups.

Sur ces mots, l'homme souleva le tervueren et le déposa sur le sol. Il coupa les sangles à l'aide d'un couteau.

— Eh oui, on doit marcher pour s'éloigner de la piste ! Il ne fallait pas t'en prendre à moi. Dis, tu tiens à peine sur tes pattes, tu n'as pas digéré les cachets que je t'ai donnés. Avance.

Barry dut suivre le mouvement, car on le tirait avec rudesse par la laisse. Peu à peu, l'air vif du soir, les odeurs du sous-bois, la terre humide ou enneigée sous ses coussinets lui redonnaient de l'énergie.

— Je ne voulais pas te faire de mal, lui disait-on, mais tu me gênais. Je suis obligé de me débarrasser de ceux qui me gênent.

L'homme alluma une lampe de poche. Il hésitait encore sur la meilleure manière de tuer le chien.

— On doit croire à une mort naturelle, raisonna-t-il à voix basse. Tu t'es échappé et tu t'es égaré. La distance convient. Tu dois être affamé, j'ai de quoi te nourrir dans mon sac à dos. Une dose d'arsenic et le tour est joué. Tu ne penseras qu'à manger, et pas à me mordre… Brave chien.

Ils s'enfoncèrent encore dans la forêt, où la nuit régnait déjà. Une étroite clairière, envahie de ronciers et de troncs couchés par terre parut convenir à l'individu. Posément, il fit glisser le sac à ses pieds, l'ouvrit et vida le contenu d'un sachet en plastique. Le fumet de la viande allécha d'abord Barry.

— Ne fais pas l'imbécile ! Tu as compris, sage !

Le tervueren, tous ses sens en alerte, laissa l'étranger lui ôter la muselière. Mais il ne se jeta pas sur la nourriture. D'un bond, il attaqua celui qui le tourmentait depuis deux jours. Surpris, l'homme trébucha. L'impact des crocs avait déchiré son pantalon en cuir, sans blesser la chair, seulement meurtrie.

— Sale bête, tu l'as bien cherché, dit-il en sortant un revolver de sa poche.

Barry courait sur la pente, entre les sapins. Il était si rapide qu'il fut vite invisible, dans la pénombre. L'homme n'osa pas tirer, sachant qu'un coup de feu s'entendrait de loin. Furieux d'avoir échoué, il piétina la viande avec rage.

— De toute façon, il va crever tôt ou tard, maugréa-t-il. Je reviendrai après-demain, et je le retrouverai.

Servoz, chalet de Benjamin, même soir

Soline observait l'intérieur du grand camion gris métallisé qu'elle avait vu lors de sa première visite. Il abritait en fait un laboratoire parfaitement équipé. Benjamin, en blouse bleu clair, venait de jeter des gants de chirurgie ensanglantés dans la poubelle.

— Maintenant, c'est à elle de lutter, déclara-t-il en désignant la louve, étendue sur un plan en métal, auquel était rivée une cage en aluminium.

L'animal, sous l'éclairage des néons, révélait sa maigreur, un poil terne. Le corps entouré de pansements blancs, elle respirait encore.

— Je suis sûr qu'elle est infestée de vers, déplora Benjamin.

— Elle était malade ? s'enquit Soline.

— Oui, pour être seule et chasser si près des humains. Ceci dit, les loups s'en prennent à du bétail, même à proximité d'une habitation. Mais il y aurait des solutions, pourtant, avec de la bonne volonté. J'ai rencontré un éleveur et son épouse. Ils avaient investi une petite fortune dans des clôtures électriques, autour de leurs pâtures[1]. Ils n'ont subi aucune attaque.

— Je n'avais pas conscience de l'ampleur du problème avant de te connaître, admit-elle.

— Maintenant, comme nous avons une bonne heure devant nous, je te propose de manger quelque chose. Déjà, tu peux enlever ta blouse et tes gants. Soline, encore merci, ton aide m'a été précieuse.

— J'ai apprécié, je t'assure. J'en ai oublié ma mère et Barry, pendant que je t'assistais. Tu as travaillé aussi bien qu'un véto !

— J'avais commencé les études à l'école vétérinaire, mais je me suis découragé. C'était trop long, je voulais être sur le terrain, en pleine

1. Fait véridique.

nature. Viens au chalet, je ferai réchauffer un plat de légumes que j'ai cuisiné ce matin.

Soline retrouva l'air extérieur avec plaisir. Les parfums de la forêt toute proche la grisaient. Elle leva la tête vers le ciel étoilé, d'un bleu profond. Benjamin la précéda, sans tenter de l'enlacer ou de l'embrasser.

« Il me respecte, songea-t-elle. C'est mieux, oui, au fond ça me plaît. »

Nadia était vraiment partie. Il ne restait aucune trace de sa présence, hormis un infime relent de tabac. Soline en éprouva une timide joie, tandis qu'elle regardait Benjamin allumer le feu dans la cheminée et mettre un plat dans le four électrique.

— Un verre de blanc ? suggéra-t-il. Ou une bière ?

— Plutôt du vin, et très peu.

Elle se détendait, assise dans le canapé, un coussin dans le dos. Sans l'angoisse constante que lui causaient l'idée de sa mère hospitalisée et la disparition de Barry, Soline se serait crue dans un petit paradis coupé du monde.

— Je t'apporte le vin et des olives, lui dit le maître du lieu d'un ton chaleureux. J'espère que tu aimeras ma cuisine, je suis végétarien.

— Ce sera sûrement très bon, j'adore les légumes. Benjamin, est-ce que ça t'ennuie si je te parle de Nadia ? Je préfère bavarder de sujets futiles, sinon je déprime.

Il éclata de rire, en la rejoignant. En lui tendant son verre, il s'expliqua :

— Elle serait verte de rage si elle t'entendait la traiter de sujet futile, cependant il y a du vrai. Nadia n'est pas importante pour moi. Sans vouloir te choquer, une présence féminine est toujours agréable. Au début, j'étais content qu'elle soit là. Nous étions en couple depuis six mois quand je me suis installé ici. Mais c'était différent, à Grenoble, on se croisait, on passait peu de temps tous les deux, quelques nuits selon nos horaires. J'aurais dû lui déconseiller de venir dans les Alpes. Au bout de trois semaines, c'était l'enfer.

Soline sirota le vin, son regard bleu perdu parmi les flammes qui dansaient sous le manteau de la cheminée.

— Vous étiez trop différents ?

— C'est ça ! Et puis elle a eu l'indécence de te provoquer, de te traiter de haut. Toi, mon invitée. C'était la fameuse goutte d'eau qui fait déborder le vase. Je l'ai conduite à la gare en fin de matinée.

— Quand même, je ne méritais pas tant d'égards ! se récria Soline. C'était ta compagne depuis presque un an si je compte bien. Je suis franche, je t'ai trouvé froid envers elle, et indélicat.

L'autre jour, à Servoz, avant que tu m'emmènes dans l'écurie, je me disais que tu devais collectionner les aventures.

— Tu le penses encore ?

— Je ne sais plus, par manque d'expérience. Après avoir quitté mes parents, je me suis consacrée à réaliser mes projets, ce qui impliquait de beaucoup travailler, précisa Soline.

— Dans l'hypothèse où je serais vraiment un séducteur sans scrupule, on pourrait considérer que je cherchais une femme à la hauteur de mes rêves… Non ? Et une fois cette femme enfin trouvée, je n'aurais plus à m'intéresser aux autres !

— C'est trop complexe pour moi, surtout ce soir, se plaignit Soline en souriant. Après tout, je m'en moque. Tu m'as l'air gentil, intelligent et tu soignes les louves blessées.

Benjamin se rapprocha d'elle. Il glissa un bras autour de ses épaules, en lui parlant de très près.

— Tu en es peut-être une, Soline.

Troublée par ces mots, elle le dévisagea, dans l'espoir d'un baiser. Il effleura ses lèvres d'un doigt, les redessina, mais il ne l'embrassa pas.

— On ferait mieux de manger, décréta-t-il en s'écartant d'elle. Ensuite, je te ramènerai à Combloux.

Dépitée et soulagée à la fois, Soline alla s'asseoir à la table. Elle était affamée et se concentra sur le repas.

— Je t'ai retardée dans tes recherches, je suis navré, lui dit Benjamin.

— Non, c'est moi qui t'ai demandé de m'accompagner à la station de ski. Et grâce à ça, nous avons peut-être sauvé la vie de la louve. Au fait, ne me compare plus à une bête blessée, c'est vexant. Tous ceux qui me connaissent bien te diraient que je suis forte, volontaire. Les épreuves me font peur, néanmoins je les franchis.

Benjamin évita de lui répondre, mais il la contempla, avec dans ses yeux noirs une mystérieuse compassion.

12

Au-delà du temps

Cent quinze ans plus tôt,
village de Combloux, 14 juillet 1900

Un bal était donné sur la place de la Mairie pour la fête nationale. Une foule animée se pressait autour de la buvette. Des lampions colorés étaient suspendus à des câbles tendus entre les arbres.

Louise Favre, en robe grise à col blanc, ses cheveux blonds coiffés en chignon, écoutait la musique d'un air rêveur. Un modeste orchestre s'était installé sur une estrade, pour faire danser la population. Il se composait de deux violonistes et d'un accordéoniste dont le jeune âge en étonnait beaucoup.

— Dis donc, y joue bien, ton p'tit frère, marmonna-t-on à l'oreille de Louise.

Elle se retourna et reconnut la face couperosée et les yeux étroits de Damienne, la fille des épiciers du village.

— Y en a qui ont de la chance, pas ?

— De qui parles-tu ?

— D'toi et des frangins ! Paraît qu'Antoine, c'est *mon'chu* l'maire qui lui apprend la musique, et son épouse te donne de la couture à faire, le soir. Même que Nicolas, y fait le contremaître à la carrière de granit.

— De la chance ? Nos parents sont morts, on doit manger comme tout le monde, rétorqua Louise, irritée. Alors oui, je travaille dur et Nicolas aussi.

Un jeune homme blond, endimanché, força Damienne à s'écarter. Elle résista un peu, mais il la repoussa d'un geste.

— Va cracher ton venin plus loin, vipère, dit-il à mi-voix.

— Tiens, ton promis s'en mêle, jeta-t-elle en haussant les épaules. Vous faites la paire, les traîne-misère !

— Il faut la plaindre d'être si méchante, soupira Louise qui adressa un sourire à Angel.

Le berger lui désigna l'espace où des couples tournoyaient, au rythme d'une valse.

— Tu m'accordes une danse, Louisette ?

— Non, les gens jaseraient. Invite Marguerite, qui te regarde tendrement. Angel, je suis là pour veiller sur Antoine. Monsieur le maire a voulu qu'il joue de l'accordéon ce soir, pour le bal, mais ça ne me plaît guère. Il doit se lever tôt, demain matin, il va moissonner chez notre oncle André.

— Et toi, tu iras récurer les parquets de Mme Borin.

— Il n'y a pas de honte. C'est une dame douce et généreuse, elle me prête des livres. Je te l'ai déjà dit, Angel, j'ai promis à ma mère, sur son lit de mort, de veiller sur mon petit frère. J'en ferai un monsieur de la ville. L'instituteur est très satisfait de lui, il obtient les meilleures notes.

Louise était intarissable dès qu'elle parlait d'Antoine, cet enfant qu'un destin tragique lui avait confié.

— Nicolas m'a dit que tu voudrais m'épouser, après ton service militaire, ajouta-t-elle. Je ne me marierai jamais.

— Jamais avec moi, marmonna-t-il.

La longue figure anguleuse d'Angel se crispa de chagrin. Il recula de trois pas et il tourna le dos à la jeune fille. On la disait la plus jolie de Combloux, avec ses vingt ans radieux, son corps élancé, sa chevelure couleur de blé mûr. Mais elle était aussi la plus sérieuse.

Malgré la nuit tombée et un peu de brise fraîche, il faisait très chaud. Une troupe bruyante déboula sur la place, une huitaine d'ouvriers italiens, des « graniteurs ». Ils s'agglutinèrent près de la buvette. Ils riaient et parlaient fort, avec l'accent de leur pays. Un retardataire, en pantalon noir et chemise blanche, se dirigea droit vers Louise.

« Mon Dieu, faites qu'il m'évite, qu'il respecte ma volonté, s'affola-t-elle, le cœur cognant à grands coups dans sa poitrine. Je t'en prie, Vittorio, sois prudent. On ne doit pas nous voir ensemble. Si seulement Nicolas était là. »

En présence de son frère aîné, le jeune Piémontais qu'elle aimait en secret aurait pu lui faire un brin de conversation, sans trop éveiller de commérages.

— Bonsoir, mademoiselle Louise, dit-il en la saluant.

Les mots chantaient, caressants comme le large sourire de Vittorio, au regard doré, au teint mat, aux boucles noires.

— Bonsoir, souffla-t-elle, tremblante d'émotion.

— J'ai apporté un cadeau pour le *bambino*, Toinet.

Il fit glisser devant lui le sac en toile qu'il avait sur l'épaule. Louise devina un mouvement sous le tissu.

— Vous étiez triste, quand le vieux Finaud est mort. J'ai trouvé un autre chien.

En riant, il sortit avec précaution un chiot blanc et marron du sac et le présenta à la clarté des lampions, au creux de ses paumes réunies en corbeille. Le petit animal gigota, en poussant un faible cri.

— La mère est une bonne bête, assura Vittorio.

— Antoine va être bien content, merci beaucoup, dit Louise, les joues en feu.

Elle serrait le chiot dans ses bras, infiniment heureuse. Le bel ouvrier salua encore, puis il se perdit parmi la foule. Depuis le mois de mai, ils se rencontraient au bord du torrent, sans oser un baiser, ni la moindre caresse. Pourtant ils s'aimaient.

Les violons jouaient une polka, mais l'accordéon s'était tu. Des vivats s'élevèrent, car deux couples dansaient en frappant des mains.

— Louisette ! s'écria Antoine qui accourait. Donne-le-moi ! J'ai vu Vittorio quand il le tenait en l'air. C'est mon chien, dis ?

— Fais attention, il est tout petit, recommanda-t-elle. Mais je crois qu'il sera de la même taille que notre Finaud, une fois adulte. Si tu as fini de jouer pour le bal, on devrait rentrer à la maison, Toinet !

Le garçon cajolait le chiot. Il fit oui d'un signe de tête, avant de préciser d'un air ennuyé :

— Je suis trop grand pour que tu m'appelles Toinet, mes camarades d'école se moquent de moi.

— Très bien, monsieur, plaisanta-t-elle. Viens vite, il me reste du lait, tu feras boire ton chien. On lui installera un coin près de la cheminée. On doit lui trouver un nom, aussi !

Louise et son frère s'éloignèrent de la place, des lumières colorées, des accords de musique.

— Barry, je vais le baptiser Barry, déclara Antoine. Comme ce grand chien de l'hospice du Saint-Bernard, qui a sauvé quarante personnes, égarées en montagne.

— Que tu es savant, tu as appris ça en classe ?

— Oui, dans un livre que le maître m'a offert. Barry, dis, ça te plaît, Louisette ?

La jeune fille demeura silencieuse. Elle se sentait mal, tout à coup. Le front moite, elle avait chaud, puis froid. D'un pas hésitant, elle alla s'asseoir sur un muret.

— Qu'est-ce que tu as ? s'inquiéta Antoine.

Elle l'entendait à peine, comme si les sons étaient étouffés, ou bien emportés par un vent de tempête. Prise d'un vertige, les yeux fermés, Louise eut une vision.

« Où suis-je ? se demandait-elle. Ce paysage, je le connais, je crois, mais il a changé. Toutes ces maisons, pourquoi ont-elles autant d'étages… ? Et ces engins qui roulent vite, on dirait un peu des automobiles, comme celle de ce touriste, au début de l'été, qui faisait tant de bruit. »

Effrayé, Antoine observait sa sœur, qui semblait prier, un peu penchée en avant, paupières closes, sa bouche articulant des mots inaudibles. Il retenait ses larmes, désemparé.

« Oh, il y a quelqu'un, une jeune femme, s'étonnait Louise. Mais elle porte un pantalon, une chemise d'homme ! Qu'elle est belle, toute blonde, et son regard est si bleu. Barry ! Elle appelle Barry ! Pourquoi ? »

— Louisette ! hurla Antoine. Tu me fais peur !

Le cri de son frère déchira le brouillard lumineux où errait l'esprit de Louise qui se redressa, haletante, hébétée.

— Ce n'est rien, ne pleure plus, Toinet, dit-elle avec un sourire forcé. J'ai eu un étourdissement.

— Bien sûr, tu te prives de manger, à cause de moi, gémit-il. C'est la faute de papa ! Pourquoi il s'est pendu, hein ?

Louise saisit l'enfant par les épaules et l'embrassa sur le front. Elle devait veiller sur lui, le protéger.

— Papa était très malheureux, il ne savait plus ce qu'il faisait, monsieur le curé te l'a expliqué. Antoine, Nicolas et moi nous sommes comme tes parents. Nous avons une maison, un pré, de la volaille et du bois pour l'hiver. Je ne me prive pas, je n'ai pas d'appétit. Rentrons maintenant, ton petit chien tremble.

— Oui, Barry a froid, concéda le garçon.

Encore secouée par l'étrangeté de sa vision, Louise se signa. Elle était certaine d'avoir assisté à une scène qui se produirait un jour, mais dans quel avenir, elle l'ignorait.

*

Cent quinze ans plus tard,
Combloux, samedi 2 mai 2015

Le soleil de midi dispensait une agréable chaleur sur la prairie où Soline marchait, foulant une herbe d'un vert tendre, parsemée des premières fleurs, d'un jaune d'or.

Elle avait détaché Neige, pour le plaisir tout simple de le voir courir et bondir, sa fourrure blanche nacrée par la lumière.

— Il pourrait passer pour un loup, un loup blanc, se dit-elle. Il y en a dans certaines régions polaires.

Benjamin avait surtout parlé des loups, quand il l'avait ramenée à sa voiture, la veille. Soline était rentrée chez Viviane, où elle avait dormi. Dès son réveil, elle s'était interrogée sur la personnalité singulière du jeune scientifique.

— J'en sais un peu plus, soupira-t-elle. Il a vingt-huit ans et il a grandi en région parisienne. Il s'est montré évasif au sujet de ses études, mais j'ai cru comprendre qu'il était brillant.

Neige était revenu vers elle, avant de repartir gambader, en quête d'un trou de rongeur.

— Où est Barry ? se demanda Soline, affligée de ne pas avoir ses deux chiens autour d'elle.

Avisant un bois de chênes au loin, elle pressa le pas. Viviane lui avait prêté une chemise de son mari. En jean moulant, les cheveux au vent, la jeune femme appréciait le doux contact du vêtement en flanelle écossaise, un peu trop grand mais confortable.

— Monsieur Léon, murmura-t-elle, vous qui avez eu de nombreux chiens, qui les avez dressés, et aimés, aidez-moi à retrouver Barry. Je voudrais qu'il apparaisse, là-bas, sous ses arbres…

Soline avança plus vite, avec l'espoir insensé d'apercevoir le tervueren.

— Barry ! Barry ! cria-t-elle de toutes ses forces. Barry !

Neige aboya, comme s'il lui répondait. Un son aigu fit écho aux jappements graves du chien. Soline leva la tête et vit une buse qui volait sur le bleu du ciel, ses ailes déployées.

— Barry, qu'est-ce qui t'a pris de t'échapper ? déplora-t-elle.

Viviane et elle avaient déjà reçu de nombreux appels, mais les témoignages se révélaient souvent fantaisistes. On leur disait avoir vu un chien noir à oreilles tombantes, ou même une chienne rousse au poitrail blanc.

— Tu parles de fichus embournis, enrageait la septuagénaire. Ils n'ont pas les yeux en face des trous !

Le téléphone de Soline émit sa mélodie flûtée. C'était son père. Pleine d'appréhension, elle préféra s'asseoir dans l'herbe pour répondre.

— Oui, papa… Comment va maman ?

— Comme une femme qui vient d'apprendre la gravité de son état. Elle sait qu'elle ne pourra plus marcher. Un médecin lui a dit ce matin, il estimait que ce serait cruel de la laisser ignorer plus longtemps la vérité.

La gorge nouée, au bord des larmes, Soline se représenta sa mère accablée par la mauvaise nouvelle. Jacques Fauvel reprit de sa voix monocorde :

— Monique a été très courageuse. Elle avait envie de pleurer, je l'ai senti, mais elle a dit qu'elle avait beaucoup de chance d'être en vie.

— Pauvre maman, et je n'étais pas là !

— C'était peut-être mieux, elle aurait pu perdre le contrôle en te voyant à son chevet.

— Perdre le contrôle ? répéta Soline. Papa, que ferais-tu, toi, à sa place ?

— J'accepterais mon sort, tout en étant navré de dépendre des autres. As-tu retrouvé ton chien ?

— Non, pas encore. Mais dis à maman que je reviendrai la semaine prochaine.

— Fais à ton idée. Je pense que tu perds ton temps, cette bête a dû mourir quelque part, ou on te l'aura volée. Demain, tu pourras appeler ta mère. Je t'embrasse, Soline. Sache une chose, même si nous ne sommes pas tes vrais parents, nous t'aimons sincèrement.

— Merci, papa…

Soline s'empressa de couper la communication. La façon dont son père avait évoqué le sort de Barry la hérissait.

Neige se coucha à ses pieds. Elle le caressa, réconfortée par sa présence. Il s'allongea sur le dos, la tête rejetée en arrière, un signe de soumission chez la gent canine, sauvage ou domestiquée.

— Je me demande si la louve a survécu. Benjamin devait me tenir au courant.

Une image atroce traversa son esprit. Elle imagina Barry abattu par une salve de balles, agité de soubresauts, ensanglanté lui aussi.

— Non, non, je ne dois pas penser à ça. On repart, Neige.

Une demi-heure plus tard, Soline pénétra dans sa petite maison. Malgré le beau temps, la pièce principale était froide. Elle décida d'allumer le poêle avant de consulter ses mails. Mais en entrant dans la remise à bois, la première chose qu'elle vit, au sommet de la pile de bûches, fut une rose rouge.

— Non, c'est impossible.

Pourtant la porte sur l'impasse, entrouverte, prouvait qu'on s'était de nouveau introduit chez elle. Neige, qui l'avait suivie, flaira la terre battue, puis il s'aventura à l'extérieur.

— Ici, ne sors pas ! J'en ai vraiment assez !

Soline fut sur le point de téléphoner à Alban, mais la logique l'en empêcha.

— Je me trompe totalement. Jamais le sous-officier Derain n'oserait forcer la porte. C'est quelqu'un d'autre.

Son cœur s'emballa. Les mâchoires crispées, les traits durcis, la jeune femme se mit au travail. Elle déplaça un lourd tronçon poussiéreux pour le caler en biais contre les battants. Enfin elle transporta une grosse réserve de bûches qu'elle entassa autour du poêle.

— Maintenant la porte de communication, déclara-t-elle en vérifiant la serrure.

Elle respirait vite, improvisait un plan de défense. Neige l'observait pendant qu'elle poussait le buffet contre l'issue pour la condamner.

— D'accord, si on m'offre des roses, on ne me veut peut-être aucun mal, raisonna-t-elle tout bas. Mais il y a des moyens plus conventionnels.

Essoufflée, réchauffée par ses efforts, Soline ôta la chemise de Léon Gonod. En débardeur, elle attacha ses cheveux sur la nuque.

— Je vais m'installer quelques jours chez Viviane, je ne pourrai pas coucher ici, se dit-elle encore.

Rassurée à cette perspective, elle prit le temps d'allumer son ordinateur portable, pour lire les éventuelles réponses à ses annonces, concernant la disparition de Barry.

— J'ai un mail de Benjamin. C'est vrai, il a noté mon adresse sur un carnet, hier soir.

Soline s'appuya au dossier de sa chaise, son regard bleu fixé sur les poutres du plafond. Elle avait eu très envie d'un baiser, quand il l'avait ramenée jusqu'à son 4 × 4. C'était même plus intense qu'une envie, elle désirait la caresse de ses lèvres sur les siennes, leurs bouches confondues. Mais toujours flegmatique, Benjamin lui avait juste effleuré une joue du dos de la main.

— Je ne vais pas me plaindre, la première fois, Enzo m'avait à peine laissée me détendre avant de passer à l'acte. Il était très expéditif, je n'avais pas vraiment apprécié, murmura-t-elle.

Une onde de joie la parcourut, en affichant le message du jeune homme, auquel il avait joint une photo de la louve, toujours en vie, et dont le regard ambré semblait plonger dans celui de Soline. Elle lut tout bas : « Notre protégée, encore très faible, a repris ses esprits à l'aube. Elle a bu un peu d'eau. Les blessures sont quand même graves, un vétérinaire de Grenoble en qui j'ai entièrement confiance vient ce soir l'examiner. Je lui confierai les balles que j'ai pu extraire, à fin d'examen. Nous œuvrons de concert. Pense très fort à Barry, pour qu'il revienne, une méthode comme une autre. Je t'embrasse, Benjamin. »

Il ne lui proposait même pas de revenir chez lui. Déçue, Soline écrivit quelques mots de circonstance, mais elle termina par une phrase en rapport avec Barry : « Parfois on me montre certaines choses, je voudrais tant, aujourd'hui, voir mon chien et être sûre qu'il est vivant. »

Déterminée, elle envoya le mail. Sur le dossier du canapé, la rose rouge semblait la narguer.

Chez Viviane, le lendemain, dimanche 3 mai 2015

Soline était allée acheter des croissants tout en promenant Neige. Ses économies s'amenuisaient, cependant elle n'en disait rien.

— C'est pour le petit déjeuner, Viviane, dit-elle, le sachet de viennoiseries à la main.

La septuagénaire poussa un petit cri réjoui. Elle devenait gourmande, de son propre aveu, sans se départir de sa minceur nerveuse.

— Je me demandais où tu étais, blagua-t-elle. Même si j'avais mon idée, gamine. Tu me gâtes !

— Vous m'hébergez, Viviane, sans compter les loyers dont vous me faites cadeau.

Elles s'affairèrent pour préparer du café et disposer des bols sur la table. Neige se secoua et se coucha devant la cheminée.

— Sais-tu ce que j'ai fait, ma belle, pendant ton absence ?

— Non !

— J'ai téléphoné à la gendarmerie de Combloux. Qu'on pose une fleur sur le pas de ta porte, c'est une chose, qu'on entre chez toi, là je ne suis pas d'accord.

Viviane désigna d'un index accusateur la rose rouge que Soline avait apportée et mise dans de l'eau.

— Les gendarmes doivent enquêter, ma petite. Le type qui te tourne autour achète forcément les roses dans un magasin du coin. Le brigadier Bonnard a pris mon appel au sérieux.

— Même pour trois fleurs et une citation banale sur le romantisme ? hasarda la jeune femme.

— Va savoir jusqu'où ça ira ! s'enflamma Viviane. Après, ce sera un bouquet dans ta chambre, et une nuit, un individu se glissera dans ton lit. Tu as peur, gamine, je ne suis pas dupe. Et j'ai réfléchi. Si c'était cette crapule qui avait capturé Barry, hein, pour agir à son aise.

Soline, bouleversée, acquiesça. Elle se reprocha de ne pas avoir fait le rapprochement bien avant. Oppressée, elle prit place dans un des fauteuils, au coin du feu.

— C'est tellement évident, dit-elle. Barry a pu mordre un humain, d'où le sang. Benjamin y a pensé tout de suite, lui.

Viviane en oublia le café et les croissants. Elle se campa en face de Soline et la toisa d'un air soupçonneux.

— Qui c'est-y, Benjamin ?

— Un ami. Je l'ai rencontré par hasard, un accrochage sur la départementale, le soir où je revenais de Lons.

En quelques mots, Soline évoqua Benjamin, sans parler du départ de Nadia, ni de son attitude câline dans l'écurie de Servoz. Mais elle fit un récit complet de leur expédition en bas des pistes de la station de ski.

— Bon, bon, ronchonna Viviane. Alors, hier soir, tu étais avec lui. Et la louve ?

— Elle vit encore.

— Je suis contente, si tu te fais des relations dans le pays. Tu sais quoi, on pourrait l'inviter à dîner. Une bonne tartiflette au reblochon.

— Plus tard, peut-être, Viviane. Tant que je ne saurai pas ce qu'est devenu Barry, je n'aurai pas le cœur à organiser un repas.

Soline se leva du fauteuil pour rejoindre la table. L'odeur du café chaud et du lait brûlant l'allécahit, car elle éprouvait un froid anormal. Elle se revit la veille, dans la prairie, en train d'appeler Barry. Aussitôt une phrase du mail de Benjamin résonna dans son esprit : « Pense très fort à Barry, pour qu'il revienne… »

— Hé, gamine, tu ne tiens plus debout, s'alarma Viviane. Tu me fais un malaise, mange vite un croissant.

— Non, non, ce n'est pas ça.

Pourtant elle se cramponnait au dossier d'une chaise, les yeux fermés. Son cœur battait au ralenti, ses jambes tremblaient. Elle voulut crier au secours, mais elle en était incapable et tomba à genoux.

— Vindiou, gamine !

Un parfum de menthe, des petites tapes sur les joues, une voix affolée, ranimèrent Soline. En secouriste expérimentée, Viviane l'avait étendue avec précaution sur le sol, en position latérale de sécurité.

— Tu m'as flanqué une belle frousse, bougonna-t-elle. Reste tranquille, j'appelle le docteur.

— Ce n'est pas la peine, j'irai mieux si je mange du sucré. Il m'est arrivé quelque chose, Viviane.

— Hé, je le vois bien, tu es tombée dans les pommes, ma belle ! Tiens, un coussin sous ta tête. Respire, n'essaie pas de te relever.

— J'ai eu une vision, expliqua Soline. La jeune blonde d'un autre siècle, elle n'avait plus de nattes, mais un chignon. Il y avait l'enfant aussi, il tenait un chiot dans ses bras. Barry, j'ai entendu son nom. Et soudain, je l'ai vu.

— Qui ça ?

— Mais mon chien, Barry ! Dans une forêt de sapins, où il y avait encore de la neige, beaucoup de neige. C'est si bizarre, Viviane. Barry avait un harnais et une laisse rouge, mais il était attaché à une branche… la branche d'un tronc qui gisait par terre. Il semblait dormir, ou bien il était mort.

Soline s'impatientait. Assise près de la cheminée, elle avait retrouvé toute son énergie et brûlait d'agir. Mais Viviane lui avait ordonné de se reposer.

— Tu refuses que je fasse venir le docteur, gamine, alors suis mes conseils, reste tranquille. J'ai eu tellement peur, quand tu t'es effondrée…

— Qu'est-ce que je dirais à un médecin ? se défendit la jeune femme. Je ne peux pas lui expliquer que j'ai eu une vision, que ça m'arrive depuis l'adolescence. Il m'enverrait en psychiatrie.

— Quand même, tu n'avais jamais eu de malaise, avant ! Ou alors tu m'as menti !

— C'est vraiment la première fois, je vous le promets. J'ai eu l'impression d'être emmenée loin d'ici, j'étais dans la brume, et soudain j'ai vu ces personnes. Elles m'ont paru toutes proches, j'aurais pu les toucher, et ensuite j'ai entendu le nom de Barry. Je dois partir, Viviane !

La septuagénaire prit place en face d'elle. Son visage émacié, au regard sagace, plongea dans celui de Soline.

— Attends un peu, les gendarmes doivent passer prendre ta déposition à propos des roses. Et puis tu as vu Barry dans une forêt de sapins, où il y a encore de la neige. Ma pauvre petite, comment veux-tu le localiser ? Tu connais la région, pense à toutes les étendues de forêt, en altitude ou non. La neige ne fond pas vite, sur les versants exposés au nord. Et tu n'as vu aucun détail précis…

— Dans ce cas, soit je dois laisser Barry mourir de faim, ou s'il est déjà mort, l'abandonner aux charognards. Il faudrait une autre vision, de plus loin, que je puisse me repérer. Ma chère Viviane, je m'en vais. Ne vous inquiétez pas.

— Et les gendarmes ?

— Rappelez-les, dites-leur que je passerai à la gendarmerie ce soir ou demain matin.

— Eh bien, vas-y, tête de mule, ronchonna Viviane. Demande à ton Benjamin de t'accompagner, au moins tu ne seras pas seule.

— Ce n'est pas « mon » Benjamin, protesta Soline qui enfilait déjà ses bottillons.

— Ah, excuse-moi, gamine. De la façon dont tu prononçais son prénom, tout à l'heure, et à l'air rêveur que tu avais, j'ai eu des doutes.

Soline se détourna pour dissimuler le sourire involontaire qui plissait ses joues. Elle mit une veste en toile et équipa Neige de son harnais.

— Je vous tiens au courant, Viviane. Pour Benjamin, il ne pourra pas m'aider, il doit sûrement veiller sur la louve blessée. Mais je serai franche, il me plaît beaucoup.

— Vindiou, je ne suis point si sotte, insinua sa vieille amie.

Servoz, chalet de Benjamin Martin,
trois quarts d'heure plus tard

Benjamin relut le texto que Soline lui avait envoyé trente minutes plus tôt :

J'ai besoin de toi, est-ce que je peux passer au chalet ?

Il avait répondu qu'il l'attendait avec impatience.

Maintenant, d'un hublot rectangulaire du camion, il guettait la piste par où arriverait le 4 × 4 de la jeune femme.

— Elle ne devrait pas tarder. J'entendrai le bruit du moteur, se dit-il. Quel idiot je fais, me blesser le jour où Soline revient.

La louve, étendue de tout son long sur une couverture, agita les oreilles. Benjamin l'avait installée au ras du sol, revêtu d'un lino. Par mesure de sécurité, il la tenait enfermée dans la cage amovible en aluminium.

— Tu ne vas pas fort, ma belle, murmura-t-il. Mais tu vivras, c'est déjà bien.

L'animal ouvrit les yeux et le fixa un court instant.

— Sans le calmant que je te donne, tu serais sans doute plus farouche… Ou peut-être pas.

Une voiture approchait. Benjamin sortit en souriant. Soline se gara sur l'esplanade du chalet. Neige, à l'arrière, humait l'air de la forêt par la vitre à moitié baissée.

— Bonjour ! s'écria-t-il. Tu peux laisser gambader ton chien.

Elle descendit, en ouvrant la portière au berger suisse, qui s'élança aussitôt vers le jeune homme.

— Il est vraiment sympa, nota celui-ci en caressant Neige.

— Oui, il t'apprécie, admit-elle. Mais tu saignes !

Soline désigna d'un geste la tache de sang qui maculait la manche de sa chemise, au bras droit.

— Qu'est-ce que tu as fait ?

— Une simple maladresse, je me suis coupé à une tôle en prenant des bûches.

Elle suivit son regard et aperçut un gros tas de bois, protégé par des tôles rouillées.

— L'entaille n'est pas profonde, mais je n'ai pas eu le temps de me soigner, expliqua Benjamin. Surtout que de la main gauche, je ne suis pas très habile. Si tu veux bien jouer les infirmières, Soline, proposa-t-il en souriant.

— Bien sûr, je suppose que tu as une pharmacie.

— J'ai tout ce qu'il faut dans le camion, même des strips pour les plaies.

Ils se dirigèrent vers l'imposant véhicule. Le chien les suivit et quand ils entrèrent dans l'habitacle, il s'assit en bas du marchepied.

— Sois sage, Neige, ne bouge pas, lui dit Soline.

Tout de suite, Benjamin ôta sa chemise qu'il jeta au sol.

— La trousse de pharmacie est dans le placard de droite, en haut, marmonna-t-il.

La louve somnolait, mais la jeune femme différa l'instant de la regarder. Elle préparait déjà le nécessaire.

— Des compresses, de la Bétadine, les strips, énuméra-t-elle tout bas. Assieds-toi, tu es un peu pâle, quand même.

Soline se pencha sur lui. Il était torse nu et elle éprouva une émotion intense à le voir ainsi.

— Je ne suis pas douillet, dit-il. Ne prends pas de précautions. Pourquoi avais-tu besoin de moi ?

— On en parlera après, Benjamin. La coupure est vilaine.

Elle continua à le soigner, tout en résistant à l'envie de le toucher, d'effleurer son dos, les boucles noires de ses cheveux. Enfin elle appliqua des strips et un pansement.

— Je n'ai rien senti, tu es douée, affirma-t-il. Merci.

— Tu devras changer le pansement demain, ou l'enlever, pour mieux cicatriser.

— Ne t'inquiète pas. Maintenant, dis-moi pourquoi tu es là.

— C'est compliqué, Benjamin, insinua-t-elle. Si je te disais que j'ai vu où était Barry, comment tu réagirais ?

— Où est-il ?

— Dans une forêt de sapins, le sol est encore bien enneigé. On lui a mis un harnais et une laisse rouge, mais la poignée de la laisse est coincée par une branche, celle d'un arbre tombé par terre. Il peut dormir, épuisé, ou être mort. En fait, j'ai eu une vision. Ce n'est pas la première fois, je t'en aurais parlé un jour ou l'autre. J'ai toujours peur de le dire, certains pensent que je suis folle ou menteuse.

Benjamin bondit sur ses pieds, le teint moins pâle. Il ouvrit un autre placard métallique et en sortit un sweat en coton qu'il enfila.

— De la neige qui tient en cette saison, en forêt de résineux, ça détermine l'altitude, répliqua-t-il comme s'il ne tenait pas compte de son aveu. Il faudrait étudier une carte et tracer un large périmètre autour de Combloux. Je vais aussi téléphoner aux gardes forestiers que je connais.

— Mais… murmura Soline. Tu me crois, tu ne me poses aucune question ?

— On n'a pas le temps. Même si tu as vu cette scène en rêve, on doit en tenir compte. Inutile de courir partout tant que tu n'as pas la moindre indication. C'est dommage, je vais être bloqué là, à cause de la louve.

Soline s'accroupit près de la cage. Elle s'interrogeait sur la réaction de Benjamin, qui la désorientait profondément.

— Ton ami vétérinaire a pu l'examiner ? demanda-t-elle.

— Oui, selon lui, aucun organe vital n'a été touché, sinon elle serait déjà morte. Il y a un risque d'hémorragie, si jamais elle s'agite trop, alors je mets un calmant dans son eau.

— Je suis soulagée ! Je ne peux pas oublier le moment où les balles l'ont touchée, ses soubresauts, sa chute dans la neige ! Elle cherchait à se nourrir, sans déranger personne, et ce sale type a voulu la tuer.

— N'y pense plus, Soline.

Benjamin l'obligea à se relever, en la prenant par la taille. Dès qu'elle fut debout, il l'enlaça tendrement.

— Tout va bien, nous sommes tous les deux, chuchota-t-il à son oreille.

Soline, bercée par la douceur de sa voix, s'abandonna contre lui, envahie d'une joie exquise. Il l'étreignit soudain avec passion.

— Oui, tu es là, et c'est merveilleux, ajouta Benjamin.

Elle tendit son visage vers lui. Il la regarda, éperdu.

— Tes beaux yeux, souffla-t-il.

Il caressa sa bouche de ses lèvres, et enfin il l'embrassa, longtemps, délicatement. Jamais Soline n'avait reçu un baiser aussi grisant, qui lui faisait enfin découvrir un univers inexploré. Si son corps s'éveillait au désir, son cœur et son âme y participaient, au point de l'emplir d'un bonheur immense, qui la rendait toute légère, traversée par des ondes de pure volupté.

— Excuse-moi, soupira-t-il en s'écartant d'elle. Je te fais perdre un temps précieux.

Soline fit non de la tête, incapable de répondre. Elle aurait voulu rester dans ses bras.

— Allons au chalet pour étudier la carte, proposa-t-il.

— Une minute encore, perdons encore une minute, Benjamin.

Elle se jeta à son cou, l'étreignit à son tour. Il se contenta de caresser ses cheveux.

— Je ne sais pas qui tu es vraiment, mais je voudrais rester toujours ainsi, dans tes bras, avoua Soline.

— Nous ne serons plus séparés, répondit-il, en lui donnant un baiser furtif sur le front.

Bois d'Hermance, même jour, 17 heures

Sophie Gally consulta l'heure sur son téléphone portable, avec une grimace de dépit au coin des lèvres. Elle avait cru battre son meilleur temps.

— Allez, je continue, se dit-elle. Sinon je m'estimerai déshonorée.

Grande sportive, la jeune femme vérifia les fixations de ses raquettes. Satisfaite, elle reprit sa marche rapide dans la forêt. L'entraînement qu'elle s'imposait lui offrait une promenade enchanteresse à ses yeux. Attirée par la montagne depuis des années, elle rêvait surtout des Alpes, avec une prédilection pour le massif du Mont-Blanc.

— Le mois prochain, je fais l'ascension du plus haut sommet de France, murmura-t-elle, déjà exaltée.

Une natte d'un roux éclatant dansait au milieu de son dos. Elle ne perdait pas un détail du paysage environnant, espérant aussi apercevoir un animal sauvage.

D'un caractère solitaire, Sophie avait l'habitude de parler à haute voix, même seule en forêt. Elle était particulièrement joyeuse, ce jour-là, bien qu'un peu angoissée par la prise de fonction qui aurait lieu le lendemain.

— Tout ira bien, se répétait-elle souvent.

Elle s'engagea sur une pente douce, où certains grands sapins semblaient avoir été fauchés par la main furieuse d'une gigantesque créature. Le spectacle l'arrêta.

— Je prends une photo, j'en ferai une peinture !

Au moment de repartir, quelque chose l'empêcha d'avancer.

— On aurait dit une touche de couleur, oui, du rouge, dit-elle. Et j'ai cru entendre une plainte.

La zone sinistrée, soit par une avalanche, soit par une forte tempête, était assez vaste. Sophie en scruta attentivement le pourtour.

— Ah, ça y est, je n'ai pas rêvé ! On dirait un morceau de sangle, attachée à un tronc.

Intriguée, elle parvint rapidement sur place. Un cri navré lui échappa. Un chien gisait là, maigre, le poil terne. Mais vivant.

— Qu'est-ce qui t'es arrivé ? s'étonna-t-elle.

L'animal essaya en vain de se redresser. Méfiante, Sophie chercha comment le délivrer.

— Je vais t'aider ! La poignée de la laisse est coincée, si je la sors de la branche, je risque t'étrangler.

Vite, elle ouvrit la banane en cuir qu'elle portait à la taille. Rien n'y manquait. En randonneuse prudente, la jeune femme rangeait dans le petit sac son téléphone, une boussole, des pastilles au miel et un canif.

— Je coupe ça, même si je crois que tu ne pourras pas tenir debout, marmonna-t-elle en cisaillant la lanière. Bon, ça y est, au moins, tu es libre.

Plus Sophie observait le chien, plus elle se posait de questions. Il respirait faiblement, mais il trouvait l'énergie de lécher la neige, parfois.

— Depuis quand tu es là ? Si ton maître t'a laissé ici, pour que tu agonises, il mériterait la prison. Ou tu t'es perdu… Une seconde, l'affichette à Chamonix. Je l'ai photographiée.

Fébrile, elle ralluma son téléphone et examina son dossier d'images. Enfin elle en agrandit une, du bout des doigts.

— Barry, un tervueren de trois ans, il a une puce, mais il ne portait ni collier ni harnais au moment de sa disparition. Il y a deux numéros à contacter.

Sophie se pencha sur l'animal. Elle résistait à l'envie de le caresser, pourtant il lui avait lancé un regard presque humain, empreint de souffrance, de peur.

— Barry ? C'est toi, Barry ? Tu as bien l'air d'un tervueren.

Le comportement du chien ne laissait aucun doute. En entendant son nom, il émit une plainte, remua un peu la queue.

— Tiens bon, Barry, je vais appeler Soline Fauvel, et je prie pour que ce soit ta maîtresse. Si elle ne répond pas, j'appellerai Viviane Gonod, en faisant la même prière.

13

Une vérité empoisonnée

Combloux, dimanche 3 mai 2015,
même jour, même heure

Soline venait de se garer devant le portillon de Viviane. Elle avait quitté Benjamin à regret, mais en possession d'une de ses cartes topographiques, sur laquelle il avait tracé en rouge des indications.

— Il me manque déjà, se dit-elle tout bas.

Elle se remémora leur unique baiser, cependant inoubliable. Des images l'obsédaient, le torse nu de Benjamin, ses sourires lumineux, ses regards pleins de tendresse.

— Je préviens les gardes forestiers dès que tu es partie, avait-il assuré en la raccompagnant jusqu'à son 4 × 4. Ils feront des recherches, chacun dans leur secteur. Mais comme je te l'ai dit, Barry peut aussi s'être perdu en haute montagne.

— Je sais, j'ai de moins en moins d'espoir, avait-elle avoué.

Comme Viviane ne sortait pas sur son perron, Soline en déduisit qu'elle devait se reposer.

— Je voudrais être encore là-bas, dans le chalet, soupira-t-elle, les doigts crispés sur son volant.

Son téléphone vibra dans sa poche. Elle le prit et déchiffra un numéro inconnu.

— Soline Fauvel ? lui demanda-t-on.

— Oui…

— Voilà, vendredi en fin de journée, j'ai photographié une annonce concernant un chien perdu dans un commerce de Chamonix, un tervueren, Barry. Je crois que je l'ai retrouvé.

— Vraiment ? s'écria Soline. Est-ce qu'il est vivant ?

— En mauvais état, affaibli, mais vivant, oui.

Un infini soulagement, doublé d'une joie extrême, fit trembler Soline. Elle en avait les larmes aux yeux.

— Excusez-moi, je me présente, Sophie Gally. Je ne sais pas quoi faire, votre chien ne pourra pas marcher, à mon avis. C'est bien votre chien ?

— Oui, oui, je vous remercie, je le cherche depuis vendredi matin, j'ai posé des affichettes un peu partout. Dites-moi où vous êtes, je vous rejoins.

— D'accord, je vous donne les coordonnées de mon GPS, mais je suis loin d'une route. Je me promenais en raquettes, dans le bois d'Hermance. Votre Barry était retenu prisonnier, sa laisse était coincée par une branche. Il faudrait quelque chose pour le transporter.

— J'ai le matériel, si vous pouvez rester près de lui, je fais au plus vite. Encore merci.

Survoltée, Soline coupa la communication. En moins d'un quart d'heure, elle courut annoncer la bonne nouvelle à Viviane, envoya un message à Benjamin, chargea sa luge et une couverture dans le coffre de sa voiture.

— Barry, j'arrive, murmura-t-elle en démarrant.

Bois d'Hermance, une heure plus tard

Sophie Gally, assise près de Barry, vit apparaître une jeune femme blonde entre les sapins. Elles se firent un signe de la main. Soline, le visage tendu, avançait rapidement, malgré la neige et les branches gisant sur le sol. La bouche sèche sous l'effet d'une vive émotion, elle fit une courte halte pour boire un peu d'eau à sa gourde.

Les derniers mètres lui semblèrent interminables. Enfin, après avoir serré la main de Sophie, elle put se pencher sur son chien.

— Barry, mon pauvre Barry, murmura-t-elle en lui soulevant la tête.

Le tervueren regarda sa maîtresse avec une expression de joie presque humaine, puis il referma les yeux. Son corps épuisé était parcouru de tressaillements.

— J'ai pu le caresser, mais il doit être affamé, hasarda Sophie Gally. Je n'avais rien à lui donner.

— C'est préférable tant qu'un vétérinaire ne l'a pas examiné. Barry a sans doute mangé de la neige, pour apaiser la soif. Si vous saviez, mademoiselle, combien je vous suis reconnaissante d'être passée par là et de m'avoir appelée aussitôt. J'ai imaginé le pire pendant ces trois jours.

— Je vous comprends, j'adore les chiens, lui confia la jeune femme. Je n'en possède pas un personnellement, mais j'ai grandi parmi eux. Mon père élève des bergers allemands. Vous avez emporté une luge ?

— Oui, une deux-places, et j'ai pris une couverture. Je vais le déplacer ainsi, en lui évitant les à-coups.

— Je peux vous aider ?

— Volontiers, il y a un long chemin à faire, déplora Soline. J'habite Combloux, j'ai prévenu mon vétérinaire, mais il m'a conseillé d'aller chez un confrère de Saint-Gervais, qui est plus près d'ici.

— Alors dépêchons-nous ! Moi, c'est Sophie, au fait.

— Enchantée.

Soline enroula Barry dans la couverture et le souleva pour l'installer dans la luge. Il poussa une plainte de douleur.

— Il a dû se blesser, s'affola-t-elle. J'étais absente quand il s'est échappé de chez la personne qui le gardait, et il n'avait ni harnais ni laisse. Quelqu'un les lui aura mis.

Elles se mirent en route, l'une traînant la luge, la seconde faisant de son mieux pour éviter les cahots.

— Je pourrais être amenée à enquêter sur cet incident, déclara soudain Sophie Gally. J'intègre le peloton de gendarmerie de haute montagne demain matin. Je remplace le capitaine Alban Demolliens.

Un peu gênée, Soline se contenta d'approuver en silence, avant de s'étonner.

— Vous êtes déjà capitaine, à votre âge ?

— J'ai vingt-sept ans, disons que j'ai brûlé les étapes.

La jolie rousse eut un léger rire. Son regard vert brilla entre ses paupières dessinées en amande.

— Je frime, car pour être honnête, j'ai le trac, confessa-t-elle. D'où mon besoin d'aligner des kilomètres en raquettes, depuis hier. Je ne regrette rien, puisque ça vous a permis de retrouver votre chien.

— J'ai passé mon diplôme de maître-chien d'avalanche avec Barry, qui aura trois ans le mois prochain, précisa Soline. L'hiver, je travaille comme pisteur-secouriste dans les stations de ski, l'été je suis guide de haute montagne.

— Formidable, commenta Sophie. Donc, on se croisera. Je rêvais de vivre dans les Alpes, au pied du mont Blanc.

— Dans ce cas, vous vous plairez ici. J'avais le même rêve, et je suis heureuse de l'avoir réalisé.

— Si on se tutoyait, Soline ?

— D'accord.

Elles se sourirent, tandis qu'une cohorte de nuages voilait le soleil déclinant sur l'horizon.

Combloux, chez Soline, même jour, 21 heures

Soline contemplait Barry, étendu sur son matelas, près du poêle où crépitait un feu juste allumé. Le tervueren avait l'arrière-train pris dans un pansement qui enveloppait aussi sa cuisse droite.

Neige s'était couché près de lui, après l'avoir léché sur le museau. Fait exceptionnel, Viviane était venue passer la soirée chez sa protégée.

— Vous vous rendez compte, il a marché du 4 × 4 jusque-là, s'extasia la jeune femme. On dirait qu'il lui a suffi de boire et de manger un peu pour récupérer des forces.

— C'est un brave chien, concéda la septuagénaire. Endurant, courageux. Va savoir ce qu'il a vécu, depuis jeudi dernier…

— Le vétérinaire de Saint-Gervais voulait le garder cette nuit, en observation, mais j'ai refusé. Barry aurait été inquiet, affirma Soline.

— Et vice versa, plaisanta Viviane, enchantée par cet heureux dénouement.

— Oui, c'est vrai, et je suis contente que vous soyez avec moi. Je vous sers un bol de soupe, c'est un pack, mais bio.

— Bio ou pas, ça me fera toujours plaisir, gamine. Alors comme ça, Barry était blessé ? Si je tenais l'embourni qui a tiré sur lui !

— La balle a traversé la cuisse. Je n'ai pas pris le temps de l'examiner tellement j'étais pressée de l'emmener. Il a poussé une plainte, mais je pensais qu'il s'était blessé dans la forêt. Viviane, c'est très bizarre tout ça.

— Tu as raison, c'est louche, ce bazar, admit celle-ci.

— Je retourne le problème dans ma tête sans entrevoir de solution. Quelqu'un s'est occupé de mon chien, lui a acheté un harnais et une laisse, un équipement neuf. Supposons que Barry ait faussé compagnie à cette personne, pourquoi ensuite, a-t-il été blessé par balle ? Il faut être stupide ou cruel pour vouloir tuer un chien censé avoir un maître. Je suis folle de joie de l'avoir retrouvé vivant, mais au fond, j'ai peur…

— Tu as peur du type qui pose des roses devant chez toi ? Tu crois que c'est le même individu qui a fait du mal à Barry ?

— J'en ai l'intuition, et ça m'angoisse.

— Ne te bile pas trop, les gendarmes sont venus, pendant ton absence. Je leur ai mis la pression, je t'assure. Il y avait notre brigadier et un jeune bleu. Ils vont interroger les fleuristes de Combloux et de Saint-Gervais. Et tu peux les appeler à la rescousse si tu remarques quelque chose d'anormal. En plus, ils enquêtent toujours sur la mort de ce moniteur de ski, Cédric Rousseau.

— Je me doute, Viviane.

Soline regardait souvent Barry pour se réconforter. Elle servit le velouté de tomates, agrémenté de croûtons.

— Tu as fait des merveilles, avec ta décoration, remarqua son invitée. Si tu avais vu l'état de cette petite maison quand on l'a achetée. Léon a fait refaire la toiture et quelques travaux à l'intérieur. Personne n'y avait vécu depuis des dizaines d'années, mais un voisin utilisait la remise, où il stockait ses outils de jardinage. On a eu des locataires, à une époque, mais ils ne s'y plaisaient pas.

— Et vous refusez que je vous paie un loyer, soupira Soline.

— On verra plus tard, si jamais tu fais fortune. Dis-moi, tout à l'heure tu m'as parlé de cette fille, Sophie Gally, qui doit remplacer Alban. Une femme capitaine du PGHM, ça va faire jaser dans les chaumières. Seulement, ça me peine pour mon p'tit gars et sa mère. Je me demande s'ils sont au courant.

— Sophie est très sympathique, simple, souriante. Je me suis tout de suite sentie à l'aise, et c'est une très jolie rousse, comme vous, Viviane !

— Pourtant j'en ai souffert, dans mon enfance, d'avoir les cheveux couleur carotte ! J'en pleurais le soir.

Les deux amies bavardèrent longtemps, en dépit de leur différence d'âge, elles étaient très complices et avaient en commun beaucoup d'idées et une passion, les chiens.

Deux heures plus tard, après avoir raccompagné Viviane jusqu'à son perron, Soline appela Benjamin. Il lui avait dit par texto qu'il se couchait tard et qu'il avait envie d'en savoir plus sur le sauvetage de Barry.

Confortablement installée dans son canapé, une couette sur ses jambes, elle entendit sa voix chaleureuse, dont les moindres intonations lui étaient déjà familières. Il eut droit à un récit détaillé, pendant lequel il ne l'interrompit pas une seule fois.

— Sophie Gally ? répéta-t-il lorsqu'elle eut terminé.

— Oui, capitaine du PGHM dès demain matin. Tu la connais ?

— Il me semble. Le nom me dit quelque chose. Une brillante étudiante, à la fac de sciences de Lyon.

— Une rousse aux yeux verts, tu devrais t'en souvenir. Benjamin, tu l'as juste rencontrée ou connue comme tu as connu Nadia ? tenta-t-elle de plaisanter.

— Je t'en prie, oublions Nadia. Et pour cette jeune femme, je peux me tromper, elle ne doit pas être la seule à s'appeler ainsi.

Soline, qui découvrait la jalousie, eut l'impression que Benjamin lui mentait et s'en irrita.

— Sois franc, je t'en prie ! s'exaspéra-t-elle. Sophie est belle, grande, sportive. Si tu l'as rencontrée, tu n'as pas pu oublier son physique.

Il y eut un silence qui la mit au supplice. Son cœur s'emballa.

— Je ne prête guère d'attention aux femmes. Il y a bien plus grave, on a tiré sur Barry. Pourtant il ne ressemble pas vraiment à un loup, surtout s'il était harnaché. Soline, tu es certaine de ne pas avoir d'ennuis ? Si c'est le cas, je suis prêt à t'aider.

— Disons que je vis une situation compliquée, lâcha-t-elle un peu sèchement.

— Tu as vraiment un sacré caractère, répliqua-t-il en riant. Soline, tu peux tout me raconter, je t'écouterai sans jamais te juger ni douter.

— Quand on se reverra, répondit Soline, radoucie. Et j'espère que ce sera très bientôt. Barry doit se rétablir, d'abord.

— Je pourrais aussi te rendre visite, hasarda-t-il.

Troublée, elle évoqua encore une fois leur baiser, consciente aussi d'être follement amoureuse.

— Je préfère qu'on se voie au chalet, Benjamin. Tu as pu constater que je n'ai pas hésité à aller chez toi, dès que j'en ai ressenti le besoin. Tu es très important pour moi, lui confia-t-elle tout bas.

— Si tu savais combien tu l'es, toi aussi. À un point que tu ne peux pas imaginer…

Ces derniers mots résonnèrent étrangement dans l'esprit de Soline, après leur conversation. Benjamin avait raccroché, en lui souhaitant bonne nuit, mais elle fixait toujours l'écran de son téléphone avec insistance.

— Pourquoi m'a-t-il dit ça, d'un ton aussi sérieux, presque solennel ? s'inquiéta-t-elle. Quand même, on s'est vus cinq fois en tout.

Perdue dans ses pensées, elle fut surprise par le grognement de Neige, qui se rapprochait de la porte donnant sur la rue. Puis il aboya, hérissé, menaçant. Barry voulut le rejoindre, mais il retomba sur le côté.

— Oh non, ça ne va pas recommencer, gémit Soline.

Furieuse, elle se leva et se campa près de la porte, sans essayer de calmer le berger suisse, qui continuait à aboyer et à grogner.

— Partez, fichez le camp ! hurla-t-elle. J'en ai assez ! Je ne veux pas de vos roses, de vos messages ! Laissez-moi en paix ! Je ne sais pas qui vous êtes, mais j'ai prévenu la police.

Excédée, trahie par ses nerfs, Soline tambourina sur l'épais battant en chêne, patiné par les années. Un inconnu se tenait de l'autre côté, elle en était certaine, le comportement de Neige le lui prouvait.

— Si c'est vous qui avez pris mon tervueren et qui l'avez blessé, vous le paierez tôt ou tard. Maintenant partez !

Elle se tut, à l'affût du moindre bruit ou d'une réponse. Mais les grondements du berger suisse l'empêchaient de percevoir quoi que ce soit.

Debout sur la pierre du seuil, l'homme l'avait écoutée, un vague sourire attendri sur les lèvres. Il résista à l'envie de lui dire quelques mots et commença à s'éloigner.

Soline, pendant ce laps de temps, avait repris son téléphone et elle montait à l'étage.

— J'aurais dû y penser plus tôt, de la chambre là-haut, je peux le photographier, les gendarmes pourront l'identifier…

Elle entrouvrit la fenêtre, dont les volets étaient mi-clos. Mais il n'y avait plus personne devant sa porte et la portion de rue qu'elle pouvait observer était déserte.

Découragée, Soline considéra le lit où couchait Kate, où elle s'était offerte à Alban.

— Non, Benjamin ne doit pas venir ici, jamais.

C'était une conviction instinctive, dont Soline s'étonna un peu. Cependant, après y avoir réfléchi, elle décida de se fier désormais à ce genre de pressentiment, et d'être plus réceptive aux particularités de son esprit.

— Je suis née différente des autres, autant l'accepter sans crainte et m'en servir.

Quand elle regagna le rez-de-chaussée, le grand chien blanc était allongé contre Barry. Le calme était revenu.

Combloux, chez Viviane,
lundi 4 mai 2015, le lendemain matin

Viviane fut toute surprise de voir entrer Soline, une rose à la main. La jeune femme, en pantalon de randonnée et gilet blanc, avait natté ses longs cheveux blonds.

— Tu es matinale ! s'écria-t-elle. Tu as laissé tes chiens ?

— Oui, j'ai donné son antibiotique à Barry et Neige semble veiller sur lui.

La septuagénaire fronça les sourcils, désorientée. Elle lança une plaisanterie, pour se donner une contenance.

— Aurais-tu mangé de la vache enragée ? Léon me disait ça, si j'étais de mauvaise humeur.

— Viviane, j'ai eu de la visite hier soir, vers minuit. Ce matin, évidemment j'ai trouvé cette fleur.

Soline mit la rose dans le bocal, avec celle de la veille puis croisa les bras, d'un air déterminé.

— Je comprends, ça te ronge, cette affaire, plaida son amie.

— En effet, je me suis endormie à 3 heures, mais au moins j'ai pu faire le point. Aussi je voudrais que vous me disiez toute la vérité.

— Vindiou, qu'est-ce qui te prend, gamine ? Tu joues les flics, à présent !

Viviane alla s'asseoir à la table et repoussa son bol vide d'un geste nerveux. Soudain confuse, Soline marmonna une excuse.

— Je ne veux pas gâcher votre petit déjeuner…

— C'est déjà fait ! Quelle vérité tu exiges, là, d'un coup ?

— Je vous ai revue, avec Kate, la veille de son départ pour Dijon. Toutes les deux, vous paraissiez mal à l'aise envers moi, comme si vous me cachiez quelque chose. Dès son retour de l'hôpital, je l'ai senti. Je suis désolée, ma chère Viviane, et je ne tiens pas à vous manquer de respect, mais durant la nuit, j'ai pris une décision.

— Laquelle ?

— Celle de ne plus brider mon intuition, celle d'obéir à ma nature, pour le moins anormale, admettez-le. J'ai souffert pendant des années d'avoir des visions, adolescente j'en avais presque honte. Maintenant je serai à l'écoute, et j'aurais dû vous questionner il y a deux mois.

Viviane leva les yeux au ciel, tapota le bois de la table. Soline la devina sur la défensive.

— Pourquoi envoyer Kate à Dijon, chez votre cousine Eudoxie, pourquoi m'expédier d'autorité à Lons ?

— J'étais fatiguée, voilà ! riposta la septuagénaire. Et là, tu me fatigues encore plus ! Qu'est-ce que tu as dans le crâne, bon sang ? Et ta mère, hein, tu y penses à ta mère ? Hier soir, je ne t'ai pas entendue lui téléphoner.

— Maman fait de son mieux, j'ai pu lui parler en sortant du cabinet vétérinaire, à Saint-Gervais. Elle m'a même dit de ne pas revenir tout de suite. Alors si vous vouliez changer de sujet, c'est peine perdue, Viviane. Je suis convaincue que vous et Kate, vous me dissimulez quelque chose d'important.

Le teint empourpré, Viviane se resservit du café.

— Tu ne lâcheras pas l'affaire, maugréa-t-elle. Soline, ça te causera plus de soucis encore.

— Tant pis, je préfère savoir.

— Kate t'a menti. Elle n'avait pas le courage de te le dire, quand elle s'est retrouvée à l'hôpital. Tu lui avais sauvé la vie, comprends-tu ?

— Non, toujours pas, Viviane.

— Elle avait peur que tu culpabilises, alors elle t'a caché quelque chose. Laisse-moi t'expliquer. Kate s'est réveillée dans la planque, ça, tu le sais, mais l'homme ne s'en est pas aperçu tout de suite. Il croyait qu'elle était toujours dans le cirage, alors il parlait tout seul. Il marmonnait que personne n'avait le droit de t'aimer, de vivre avec toi, ou près de toi, je ne sais plus, et qu'il se débarrasserait des gêneurs. On a décidé toutes les deux de te cacher ça.

Consternée, Soline dévisagea Viviane longuement, le temps de dominer la panique qui l'avait envahie.

— Excusez-moi, mais c'était irresponsable ! s'écria-t-elle. Il fallait le dire aux gendarmes, pour les aider dans leur enquête.

— Alban le sait, murmura Viviane. J'ai fini par lui avouer.

Soudain Soline eut le souffle coupé. D'abord Kate, livrée au froid mortel de l'altitude en hiver, puis Alban, renversé par une voiture.

— Alors cet homme a voulu les tuer, à cause de moi. De moi, répéta-t-elle, atteinte en plein cœur.

— On dirait bien, et ça me rongeait, ma belle. Tu comprends pourquoi on ne voulait pas te le dire, Kate et moi ?

D'une blancheur de craie, Soline se leva. Elle était choquée et devait lutter pour ne pas exprimer son incrédulité, sa colère.

— Viviane, Alban est un gendarme assermenté ! Il n'a pas pu se taire lui aussi. Surtout s'il a failli mourir par ma faute.

Les traits défaits, la septuagénaire poussa un gros soupir. Elle osait à peine regarder Soline.

— Il m'a promis d'enquêter seul, dès qu'il serait guéri. Sa mère, Janine, était dans tous ses états, car il voudrait quitter le PGHM pour intégrer une autre brigade de police.

— C'est de la folie ! Mais j'y pense, ce type ne s'en est pas pris à vous, pourtant nous sommes très proches.

— Si tu veux mon avis, gamine, je ne suis pas suffisamment jeune ou séduisante pour me poser en rivale. Ce gars est fêlé. Il a pu croire des choses, à propos de Kate et de toi. Pour Alban, il t'avait invitée à dîner.

Soline, révoltée par ce qu'elle avait appris, approuva d'un signe de tête.

— Je vous remercie de m'avoir enfin dit la vérité, Viviane, mais je suis mille fois plus anxieuse. Je vous laisse, je vais à la gendarmerie leur transmettre la précision qui leur manquait.

— Es-tu sûre que c'est nécessaire ? Ce serait à Kate de le faire.

— Je suis d'accord, et pour cette raison, elle doit revenir, même pour un court séjour. À plus tard, Viviane.

— Tu es fâchée, gamine ?

— Non, je ne vous en veux pas, je sais que vous pensiez agir au mieux.

Deux heures plus tard, Viviane, debout sur le trottoir, les mains jointes à hauteur du cœur, assistait aux allées et venues de Soline. Déjà, la jeune femme avait installé ses deux chiens à l'arrière de son 4 × 4. Elle transportait à présent dans un cabas leurs gamelles, le matériel et les produits pour les laver et les brosser, ainsi qu'un gros sac de croquettes.

— Tu pars pour combien de temps, gamine ? soupira-t-elle.

— Au moins trois jours, jusqu'à l'arrivée de Kate. Ne m'en veuillez pas, Viviane.

— J'ai le double des clefs, je viendrai aérer, par ce beau soleil qui nous arrive pour la semaine. Où vas-tu, ma belle ?

Soline referma le hayon de sa voiture. Elle alla chercher un sac à dos assez volumineux pour le placer sur le siège arrière.

— Nous devons être prudentes, dorénavant, Viviane. Je ne vous dis pas où je serai, mais vous pouvez me téléphoner. Mais j'espère que cet homme n'est pas là, à nous épier. Les gendarmes m'ont conseillé de me mettre à l'abri. Le brigadier veut envoyer deux hommes en planque dans la rue.

— C'est bien, ça !

— S'ils pouvaient arrêter l'espèce de malade mental qui tente d'éliminer ceux qui me sont proches, je pourrais enfin respirer.

Tout en discutant, Soline regardait sans cesse autour d'elle. Mais il n'y avait que sa vieille amie dehors, et à sa fenêtre, leur voisin, Jeannot.

— Pardonnez-moi, Viviane, je vous ai brusquée ce matin, dit-elle tout bas.

— Mais tu as bien fait, gamine, je le méritais ! Je traite les autres d'embournis, j'en étais une moi aussi, à garder un secret empoisonné. Tu ne seras pas seule, là où tu vas ? Est-ce que tu retournes à Lons, chez tes parents ?

Avec un sourire un peu mystérieux, Soline prit Viviane dans ses bras et l'étreignit tendrement.

— Quelqu'un m'attend. Près de lui, je me sens en sécurité, chuchota-t-elle à son oreille. Personne ne doit le savoir.

— J'ai deviné qui c'est, vindiou. Allez, ne traîne pas.

Elles se séparèrent, toutes deux très émues. Soline, une fois au volant du 4 × 4, aperçut la petite silhouette de Viviane, sur le trottoir. Son cœur se serra.

« Et s'il lui arrivait quand même malheur, songea-t-elle. À cause de moi… Qui est derrière cette mascarade ? Qui… »

Servoz, chalet de Benjamin, même jour, une heure plus tard

Benjamin éprouva un immense bonheur lorsqu'il vit Soline se garer près du chalet. Elle lui avait demandé par texto s'il pouvait l'héberger trois ou quatre jours et il s'était empressé d'accepter. En l'attendant, il avait préparé une chambre qu'il réservait à ses amis ou à des visiteurs de passage.

— Bienvenue, dit-il, un sourire ébloui sur le visage.

— Je te remercie, j'ignore où je serais allée, si tu avais refusé, répondit-elle en sortant de sa voiture. C'était une urgence.

Il la trouva différente, d'une beauté exaltée. Elle ouvrit le hayon. Neige sauta sur le sol.

— Barry parvient à marcher, mais je préfère qu'il se tienne tranquille, précisa Soline. J'ai apporté son tapis.

— Je sais où l'installer, tu verras !

Ils étaient presque intimidés à la perspective d'être tous les deux, seuls, en pleine forêt. Benjamin se chargea de transporter les affaires de son invitée. Fidèle à son habitude, il ne posait aucune question.

— Tu es vraiment quelqu'un de particulier, fit-elle remarquer. N'importe qui à ta place m'aurait immédiatement demandé pourquoi je venais, toi non.

— Je m'occupe du plus important, répliqua-t-il. Nous aurons le temps de discuter ce soir, près du feu. Soline, j'ai confiance en toi, si tu es là, c'est que tu as une excellente raison. Et pour être sincère, même si tu m'avais demandé de t'héberger par caprice, j'aurais tout de même accepté avec plaisir.

— Tu es gentil, dit-elle, intimement ravie. Je t'assure qu'il ne s'agit pas d'un caprice. Comment va la louve ?

— Nous lui rendrons visite tout à l'heure. Elle est toujours faible, ses blessures étaient graves.

Benjamin conduisit Soline dans sa chambre et la laissa, en lui annonçant qu'il préparait du thé. La jeune femme inspecta la pièce où elle dormirait, charmée par la rusticité du décor.

Les cloisons, constituées de planches en pin doré, s'ornaient d'objets anciens du quotidien, une pelle pour les fours à pain, un chauffe-lit en cuivre, des colliers à grelots destinés jadis au bélier menant le troupeau.

« Je me sens tellement bien ici, j'ai l'impression que rien ni personne ne peut m'atteindre, constata-t-elle. Et ma fenêtre donne sur la clairière. »

Elle contemplait l'étendue nappée d'une herbe drue quand un chevreuil s'aventura hors du sous-bois. Il se mit à brouter. Un détail frappa alors Soline.

« Neige n'a pas cherché à me suivre dans la chambre, il ne gratte même pas à la porte. Barry s'est couché sur son tapis, comme s'il était chez lui, se dit-elle. Ils ont adopté Benjamin, c'est bon signe. »

En déballant ses vêtements, elle fut de nouveau accablée par la révélation que lui avait faite Viviane.

« Je ne comprends pas ! Qui est cet homme ? Et s'il sait que je suis ici, s'il essaie de tuer Benjamin ? »

Un frisson lui parcourut le dos. Elle avait défait ses nattes et pour se détendre, elle se brossa longuement les cheveux.

— Le thé est prêt, lui dit le jeune homme en toquant à sa porte.

Soline quitta si vite la chambre qu'elle se heurta à lui. Il éclata de rire.

— Tu dois être assoiffée, ou affamée !

— Non, j'avais peur, toute seule. En plus, on ne s'est même pas embrassés, quand je suis arrivée.

Il se pencha pour déposer un baiser sur son front. Un peu déçue, elle lui prit la main.

— J'ai vu un chevreuil, dans la clairière, ajouta-t-elle.

— Ce soir, tu auras peut-être la chance d'observer un cerf et sa harde de biches. Ils sortent de la forêt au crépuscule.

La grande pièce embaumait le parfum subtil du thé à la bergamote et l'odeur plus forte du feu de bois. Soline vit ses chiens tranquillement allongés sur le parquet, sous la table où étaient disposées une théière en porcelaine blanche et des tasses, sous une lampe à abat-jour d'opaline rose.

— J'ai allumé, le ciel se couvre, il faisait un peu sombre, lui dit Benjamin.

— Je me croirais au paradis, du moins un paradis à mon idée, avoua-t-elle, radieuse.

Ils s'assirent face à face, d'abord silencieux. Soline se sentit obligée de parler la première.

— Je te dois des explications, Benjamin. En fait, je vis une situation irréaliste et effrayante.

— Si tu le veux bien, j'aimerais avant de t'écouter, aborder pour la dernière fois un sujet pénible, ma relation avec Nadia.

— D'accord, certains points m'intriguent.

— Nous avons passé six mois en couple, à Grenoble, mais je n'étais pas amoureux. Quand j'ai compris qu'elle se droguait, qu'elle me trompait aussi, j'ai rompu. Nadia s'est accrochée, en me faisant plein de belles promesses. En lui proposant de me rejoindre ici, j'espérais qu'elle serait plus stable, mais non, je te l'ai dit, c'était intolérable à vivre. Je tenais à l'aider, c'est mon côté secouriste amateur.

— C'est tout à ton honneur, concéda Soline.

— Finalement, j'ai demandé à son père de la faire soigner. Nous avions rendez-vous à la gare de Chamonix, vendredi. Il dirige une entreprise de transports, il a les moyens d'offrir des soins à sa fille dans un centre adapté.

Benjamin lui resservit du thé, en présentant l'assiette de biscuits.

— Je les ai faits ce matin sans imaginer que tu les goûterais, nota-t-il d'une voix douce. Maintenant, je t'écoute, Soline.

— Par où commencer… L'enlèvement de mon amie, Kate. Non, le matin où j'ai demandé l'intervention du PGHM, car j'avais eu la vision de deux skieurs emportés par une coulée de neige, dans les Aravis. Un gendarme m'a traitée d'illuminée, mais le capitaine Demolliens a estimé indispensable d'aller là-bas pour vérifier ce que je disais.

— Tu as eu du courage, commenta Benjamin.

Soline se lança, en racontant de façon succincte tous les événements qui s'étaient produits ces trois derniers mois. Elle s'animait, au fil du récit, rassurée par le regard bienveillant du jeune homme. Mais lorsqu'elle en fut au soir où Alban était venu photographier les empreintes boueuses dans sa pièce à vivre, elle marqua une nette hésitation.

— J'étais stressée, j'ai commis une erreur, dit-elle dans un souffle. Je ne sais plus pourquoi j'ai fait ça.

— C'est ta vie, Soline, tu es libre.

Elle redressa la tête, soulagée. L'histoire des roses rouges déposées devant sa porte eut le don de faire réagir Benjamin.

— Il faut être dérangé pour se comporter ainsi, décréta-t-il. Attention, ne te méprends pas, j'estime qu'offrir des fleurs est un geste attentionné, plaisant pour la personne qui les reçoit, mais là on dirait une volonté de t'imposer un amour. Et tu as enduré tout ceci sans te plaindre, avec vaillance !

— Viviane me soutenait, même si elle me cachait un détail d'importance. Désormais, j'ai tout dit aux gendarmes. Et je suis à l'abri, chez toi.

— Oui, je suis capable de te protéger. Qui viendrait nous ennuyer ici ? Moi ce sont tes visions du passé qui me fascinent, lui confia Benjamin. Je voudrais bien voir des gens d'avant, leurs habits, les villages de jadis, la montagne sans les télésièges, les stations et leurs kilomètres de piste.

— Mes visions ne sont pas aussi idylliques. J'ai encore des frissons quand je revois l'image de cet homme, pendu sous les combles, protesta Soline. J'ignore pourquoi on me l'a montré.

— En étant logique, ce malheureux doit être apparenté à la jeune fille aux nattes blondes et au petit garçon qui a baptisé son chien Barry, comme le tien. C'est l'heure de soigner la louve, tu m'accompagnes ?

— Bien sûr, si tu savais combien je me sens libérée de t'avoir tout dit.

— Ce soir, nous en débattrons, afin d'analyser la situation.

Ils sortirent du chalet main dans la main, comme deux enfants qui partiraient en promenade.

Combloux, même soir, 21 heures

Viviane, malgré sa vitalité et son cran inné, avait fermé ses contrevents et tiré ses rideaux. Elle bougonnait en déambulant de l'ancien bureau de son mari au coin cuisine, aménagé dans un angle de la pièce principale. Une fois encore, elle vérifia que la porte principale était bien verrouillée.

— La gamine n'avait pas tort, pourquoi ce gugusse ne m'a pas cherché d'ennuis, à moi ?

La maison lui semblait vide et silencieuse. Elle regarda d'un air attristé l'endroit où Neige avait passé sa convalescence, puis sous la table, le refuge favori de Barry.

— Je ferais bien de reprendre un chien, vindiou, décida-t-elle en allumant la télévision. Un brave bâtard, pas trop grand, mais pas trop petit.

Au moment de s'asseoir dans un des fauteuils disposés de chaque côté de la cheminée, elle entendit des pas. On montait les marches du perron. Le souffle suspendu, le cœur cognant plus vite, la septuagénaire approcha du battant et y colla son oreille.

« Un honnête visiteur frappera, songea-t-elle. Si j'appelais les gendarmes… »

Aussitôt on donna deux légers coups, tandis qu'une voix familière s'élevait.

— Madame Viviane, c'est Alban. Je suis en compagnie d'un collègue et ami, Mathis Derain.

— Alban !

Elle ouvrit, toute contente malgré sa surprise. Les deux hommes, en civil, la saluèrent avant d'entrer.

— Mais je te croyais encore au centre de rééducation, mon p'tit gars, s'étonna-t-elle. Moi qui me faisais tout un film noir, comme si un bandit allait me faire passer un sale quart d'heure.

— Je suis désolé si je vous ai effrayée, ma chère Viviane, dit Alban, blême, le visage tendu. C'est vrai qu'il est un peu tard. Mon ami Mathis est venu me chercher à Saint-Jean-d'Aulps, j'en avais assez d'être enfermé là-bas. Vous vous connaissez ?

Viviane étudia la physionomie du sous-officier avec un sourire perplexe.

— Non, jamais vu ce jeune monsieur, mais Soline m'a déjà parlé de lui, affirma-t-elle. Qu'est-ce qui vous amène, tous les deux ? Je vous offre un verre de génépi ?

— Je veux bien goûter, madame, je ne suis pas de la région, et j'ai souvent entendu parler de cette liqueur, répondit Derain.

— Ce serait déconseillé, dans mon cas, Viviane, je prends un traitement assez lourd, précisa Alban. Pour répondre à votre question, je tenais à voir Soline Fauvel. Nous nous sommes arrêtés devant chez elle, mais tout était fermé, il n'y avait pas de lumière. Mathis souhaiterait lui parler.

— Ah, pourquoi donc ?

Une idée insolite germait dans l'esprit agité de Viviane. Elle s'était interrogée durant tout l'après-midi sur la personnalité et l'identité de celui qui menaçait « sa gamine ». Sans soupçonner Alban Demolliens, elle scrutait la figure altière du sous-officier, dont la bouche gourmande lui déplaisait.

— Soline s'est absentée, annonça-t-elle.

— À une heure aussi tardive ? demanda Mathis Derain. Ce n'est pas prudent.

— Vous dérangez pourtant bien une septuagénaire, rétorqua-t-elle. Et puis je ne suis pas sa grand-mère, Soline agit à sa guise.

— Mais où est-elle partie ? s'inquiéta Alban.

— Je n'en sais rien, mon p'tit gars. Toi tu n'as pas l'air bien d'aplomb. Rentre donc chez toi te reposer. Si ton collègue a quelque chose d'urgent à dire à Soline, il faut lui téléphoner, tu as son numéro.

Mathis Derain vida son verre de génépi, en réprimant une grimace, car il trouvait le goût désagréable.

— Dans ce cas, nous ne vous dérangeons pas plus longtemps, dit-il. Allons-y, Alban.

— Oui, oui, excusez-nous encore, Viviane.

Elle céda à son affection pour lui, en l'étreignant avec vigueur un court instant.

— Alors, tu vas quitter le PGHM ? déplora-t-elle.

— Peut-être, ne vous en faites pas pour moi, je réfléchis encore. La capitaine Sophie Gally, qui me remplace, est paraît-il un excellent élément.

Ses visiteurs prirent congé, laissant Viviane contrariée et toujours anxieuse. Le sous-officier Mathis Derain ne lui inspirait pas confiance. Elle décida d'appeler Soline.

Dissimulé dans sa voiture, garée plus haut dans la rue, un homme assista au départ des deux gendarmes. Il serra les poings, exaspéré par l'absence de la femme qu'il adorait en secret. La petite maison aux volets clos était vide, il le sentait dans chaque fibre de son être exalté.

— Où es-tu, Soline ? murmura-t-il. Comment oses-tu me fausser compagnie ?

Il jeta un regard furieux sur la rose rouge, emballée d'un papier doré, qui était posée, dérisoire et inutile, sur le siège du passager.

— Je ne peux même pas interroger cette vieille pie, enragea-t-il, tous ses traits crispés par la déception. Soline souffrirait si je lui faisais du mal…

Dix minutes plus tard, il manœuvrait pour faire demi-tour et s'en aller. La morsure de Barry, sur sa main, n'était toujours pas cicatrisée.

Par le jeu du hasard, il prit la même direction que Mathis Derain, au volant de son break. Dès qu'il reconnut le véhicule, il eut du mal à contrôler ses pulsions meurtrières.

— Du calme, du calme, se répéta-t-il.

Alban Demolliens, lui, lança un coup d'œil désabusé dans le rétroviseur. Il aperçut des phares, une puissante berline noire, sans y prêter plus d'attention.

— Je suis désolé de t'avoir entraîné dans mon délire, Mathis, soupira-t-il. Je suis fini si je ne peux pas travailler, comprends-tu ! J'ai consulté deux médecins, ils sont du même avis, je ne pourrai pas reprendre mon poste au PGHM avant des mois, si ce n'est plus.

— Ne te décourage pas, Alban.

— J'avais besoin de revoir Soline, de l'entendre, de la voir sourire. C'est ce petit espoir qui me maintient, qui me pousse à me rétablir.

Derain hocha la tête, affligé par l'état de son ami. Si son corps robuste avait récupéré ses fonctions, le mental ne suivait pas. Il avait accepté de le conduire jusqu'à Combloux, où le capitaine Demolliens pensait trouver la jeune femme.

— Tu la reverras bientôt, Alban, répondit-il, mais d'ici là, tu devrais expliquer à Viviane Gonod pourquoi nous sommes venus chez elle à une heure indue. J'ai eu l'impression qu'elle me prenait pour un type dangereux.

Alban Demolliens haussa les épaules. Comme l'homme qui roulait sur la même route, à une centaine de mètres derrière eux, la disparition soudaine de Soline le torturait.

14

Un amour menacé

Servoz, chalet de Benjamin, même soir,
lundi 4 mai 2015

Soline avait niché sa tête blonde au creux de l'épaule de Benjamin, qui la tenait tendrement par l'épaule. Elle s'était douchée et portait un pyjama en pilou.

Ils admiraient la danse des flammes dans la cheminée, tous deux silencieux, après une longue conversation, qui les laissait inquiets. Neige et Barry étaient aussi calmes et discrets.

— Je suis si bien, ici, avec toi, dit enfin la jeune femme.

Elle se retint d'ajouter son envie de vivre toujours ainsi, à ses côtés, de ne plus le quitter. C'était tellement surprenant, dès qu'elle y réfléchissait.

— Moi, j'ai rarement été aussi heureux, répondit-il. Mais tu es menacée et ça m'obsède. Je voudrais que tu puisses te sentir en sécurité à Combloux, dans cette petite maison que te prête ton amie Viviane. J'aimerais la rencontrer, beaucoup de gens m'ont parlé d'elle.

— Tu feras sa connaissance un jour, affirma Soline. Pour le moment, je t'en prie, on ne doit pas nous voir ensemble. Tu es plus en danger que moi. Mais les gendarmes vont peut-être arrêter le coupable.

— Et tu n'as vraiment aucune idée ?

— Non, je t'assure. N'en parlons plus.

Le téléphone de Soline sonna au même instant. Elle vit s'afficher le numéro et le nom de Viviane.

— Hé, gamine, dit tout de suite la septuagénaire, j'ai eu de la visite, il y a une heure. Alban et son collègue, Derain. Ce gars-là me déplaît, il était bizarre, froid, pas un mot aimable. Et si c'était lui… Tu vois qui c'est ?

— Oui, Mathis Derain était sur les deux interventions, celle où nous avons sauvé le jeune snowboardeur, et pour Kate. Il était efficace, très professionnel, mais capable de compassion aussi. Je ne le vois pas faire du mal à Barry. Il travaille avec les chiens d'avalanche du PGHM, Viviane.

— Et alors, ça n'empêche rien ! J'ai pris le temps d'y penser. Quand un homme veut une femme, il peut perdre les pédales et faire n'importe quoi.

Soline se leva du canapé pour s'éloigner un peu de Benjamin. Elle insinua à mi-voix :

— J'en doute, il m'a paru honnête. Et si c'était bel et bien le cas, je ne vois pas pourquoi il inventerait une telle mise en scène. Il est tard, Viviane, je vous rappellerai demain matin. Prenez soin de vous. Je vous embrasse.

— On dirait que je te dérange ! À demain, gamine, et sois très prudente.

Benjamin rejoignit Soline, qui semblait désemparée. Il lui prit la main.

— Combien d'hommes sont amoureux de toi ? demanda-t-il en souriant. La beauté présente des risques, n'est-ce pas ?

— Je ne suis pas si belle que ça, s'insurgea-t-elle. Et si on me trouve belle ou séduisante, je n'y suis pour rien. Aimer quelqu'un ne donne pas tous les droits.

— Je m'en souviendrai, mais au fond je le pense depuis des années, répliqua-t-il. Tu es épuisée, Soline, tu devrais aller te coucher. Demain, je t'emmène en randonnée.

— Et Barry ?

— Il se reposera, et il sera tranquille si Neige reste là.

Soline, un peu nerveuse, s'interrogeait sur l'attitude de Benjamin. Il se montrait câlin, sans lui donner de baiser, ni la caresser.

— Je n'ai pas encore sommeil, répliqua-t-elle avec la moue sensuelle qui la rendait irrésistible.

— Très bien. Sinon, que t'a dit Mme Gonod ? C'était en rapport avec le poseur de roses ? Mieux vaut quand même des roses que des bombes.

— Viviane soupçonnait un gendarme, mais je pense qu'elle se trompe. Et toi, comment oses-tu faire de l'humour ?

— Pour te faire sourire.

— Tu es une énigme vivante, déplora Soline. Tes réactions sont imprévisibles, tes prises de position aussi. Hier, tu m'as embrassée et ce soir…

— Ce soir, l'occasion ne s'est pas présentée.

Sur ces mots, Benjamin entoura son visage de ses paumes douces et chaudes, tout en la contemplant. Elle ferma les yeux, certaine qu'il s'emparerait de ses lèvres, de sa bouche.

— Tu m'intrigues également, chuchota-t-il. Soline, je refuse de profiter de ta fragilité, de la situation angoissante où tu te trouves. Tu avais besoin d'un refuge, de ma protection, mais je n'ai pas l'intention de me jeter sur toi, comme le feraient les autres hommes, dans les mêmes circonstances.

La remarque la toucha au plus intime de son cœur de femme, dont le corps adorable ignorait toujours les secrets du plaisir. Elle se revit soumise à la frénésie virile d'Enzo, à la vigueur égoïste d'Alban Demolliens.

— Je te respecte trop pour me comporter ainsi, ajouta-t-il.

Soline acquiesça d'un signe de tête, en le repoussant. La gorge nouée par une terrible envie de pleurer, elle courut dans sa chambre et s'y enferma.

Neige, tiré de sa somnolence par le brusque départ de sa maîtresse, trottina sur ses traces. Il se recoucha devant sa porte.

— J'ai été maladroit, déplora tout bas Benjamin, en regardant le chien, comme s'il sollicitait sa clémence.

Pourtant il mit une veste en laine et sortit. La pleine lune nimbait d'argent l'étendue de la clairière. Un cerf et trois biches marchaient doucement devant le rideau sombre des sapins.

— Soline doit les voir, se dit le jeune scientifique.

Accoutumé à sa présence, les animaux ne prirent pas la fuite lorsqu'il retourna vers le chalet pour aller jusqu'à la fenêtre de son invitée. Il la trouva accoudée au rebord.

— Chut, fit-elle. Ils sont si beaux…

— Je voulais t'avertir, murmura-t-il.

— Qu'est-ce que tu fais dehors ?

— Je comptais rendre une dernière visite à la louve.

— Alors je viens, décida Soline dans un souffle.

Elle sauta vers l'extérieur. Il la saisit par la taille et sans plus hésiter, il posa sa bouche sur la sienne. Leur baiser eut la saveur de la nuit printanière, que parfumaient les arbres en plein renouveau et les fleurs sauvages.

Ils s'embrassèrent longtemps, avec une infinie tendresse. Le désir qui s'éveillait en eux les rendait complices, ivres d'une joie exquise. C'était une découverte pour Soline, mais aussi pour Benjamin.

Un hurlement modulé, en provenance du camion, les obligea à se séparer. Il alerta le cerf et les biches qui disparurent au trot dans la pénombre des sous-bois.

— Notre pensionnaire reprend des forces, indiqua Benjamin. J'ai diminué la dose de calmants, mais si elle s'agite trop, ça compromettra ses chances de se rétablir.

— Est-ce que tu la relâcheras quand elle sera vraiment guérie ? s'intéressa Soline.

— Je n'aurai pas d'autre choix.

Ils découvrirent la louve à moitié dressée sous le dôme de la cage. Ses prunelles d'ambre étincelaient sous la clarté crue des néons. Elle avait renversé sa gamelle d'eau.

— Toi, ma belle, tu voudrais courir sous la lune, être libre, murmura le jeune homme d'une voix enjôleuse.

Accroupi près des barreaux, il observait l'animal. Soline eut la vague impression que ces paroles pouvaient s'adresser aussi à elle, qui se débattait dans ses doutes et ses craintes.

— Il faudrait lui construire une sorte de chenil, derrière le chalet, hasarda-t-elle. Elle manque d'espace et elle est obligée de se soulager dans la cage.

Benjamin se releva, songeur. Il remplit une gamelle d'eau dans laquelle il ajouta un antidouleur et un peu de sédatifs.

— J'y ai pensé, mais si je m'absente et que des opposants au retour du loup viennent rôder, elle sera abattue. Certains de ces types n'ont aucune pitié.

— C'est à ce point ? s'étonna-t-elle.

— Si tu savais ! Il y a de quoi être écœuré. Je dois lui remettre à boire par cette petite trappe. Surtout ne fais aucun geste brusque.

Soline assista à l'échange des gamelles, subjuguée par l'attitude de la louve, qui suivait des yeux le moindre mouvement de Benjamin.

— Tu as dû entrer la main, pourtant elle n'a pas essayé de te mordre, dit-elle ensuite. Crois-tu que tu pourrais l'apprivoiser ? Tu as déjà ensorcelé mes chiens…

— Peut-être, répondit-il. Il paraît que j'ai un don avec les animaux. Et toi tu as des visions. Nous sommes des êtres très particuliers.

Benjamin souriait, toujours désinvolte. Soline s'approcha de lui, irrésistiblement attirée. Elle avait besoin de le toucher, même du bout des doigts.

— Je suis désolée pour tout à l'heure, dit-elle tout bas. Je vais dire une banalité, mais tu as touché une corde sensible.

— C'est ce que j'ai cru comprendre, un peu tard. Excuse-moi.

Ils quittèrent le camion sans poursuivre la discussion. De retour dans le chalet, Benjamin éteignit la lampe et tisonna le feu. Des flammes jaillirent des braises incandescentes. Sans un mot, il repoussa la table basse et actionna le mécanisme du canapé, qui devint un lit d'appoint.

— Si tu veux, on peut dormir là, ensemble, proposa-t-il.

— Oui, comme ça, je ne serai pas seule.

— Je vais refermer la fenêtre de ta chambre et prendre une douche. Installe-toi.

D'abord indécise, Soline arrangea les coussins et la couverture en lainage moelleux. Enfin elle s'allongea, oppressée par un mélange d'impatience et d'appréhension.

« Benjamin est tellement différent des autres, se disait-elle. Je ne sais même pas si je souhaite faire l'amour, mais je veux être près de lui. »

— Tu pouvais t'endormir, murmura-t-il lorsqu'il réapparut, en caleçon et débardeur noir.

— J'ai failli, souffla-t-elle.

Il s'étendit à ses côtés, une expression d'intense apaisement sur le visage. Ses boucles noires, en désordre, se plaquaient sur son front. Soline, blottie contre lui, posa la main au milieu de sa poitrine.

— Ton cœur bat un peu vite, Benjamin.

— Je suis ému parce que tu es là.

Elle renonça à s'étonner, à l'interroger. Quand il se tourna un peu pour l'embrasser de nouveau, Soline l'étreignit, l'esprit vide, le corps lentement électrisé de sensations inconnues.

De baiser en baiser, sans bien savoir quand et comment ils s'étaient dénudés, ils se retrouvèrent serrés l'un contre l'autre, dans un silence solennel à peine troublé par les infimes pétillements du feu.

Les mains de Benjamin sur sa peau éveillaient des étincelles de plaisir chez Soline. Elle perdait toute notion d'identité, de lieu, en pleine confusion, ivre de volupté. Il ne lui imposait aucun geste précis, se contentant de l'effleurer le long du dos, autour des seins. Bientôt d'instinct, elle l'imita, et ce fut encore un apprentissage de le caresser, avec une douce fièvre.

— Je t'aime, dit-il à son oreille.

Charmée par cet aveu, elle rejeta la couverture et s'étira, comme pour l'inviter à admirer chaque parcelle de sa chair dorée. Il se mit à embrasser sa poitrine, son ventre, sa gorge, ses épaules, avant de reprendre sa bouche. Soline l'attira sur elle, tandis qu'un désir impérieux l'enflammait.

— Je t'en prie, viens, gémit-elle.

Malgré cette prière, Benjamin continua à l'embrasser, mais il glissa délicatement une main entre ses cuisses, où ses doigts s'égarèrent. Soline poussa une plainte étonnée. Son besoin de lui s'exaspéra, tandis que des vagues de plaisir l'emportaient, la faisaient haleter et se cambrer.

— Ah, tu es là, enfin.

Elle avait soupiré ces mots, comblée de le sentir investir son sexe de femme. Là encore, il la grisa de mouvements doux et lents, attentif à lire sur ses traits exaltés les ondes de joie qui sublimaient sa beauté. Bientôt Soline eut l'impression de voler, d'être dispersée parmi des nuées lumineuses. Benjamin lui donnait encore des baisers, et quand elle osait le regarder, il souriait, ébloui.

— Reste toujours en moi, supplia-t-elle. Je suis bien, si bien.

Étrangement silencieux, il savourait l'extase particulière que Soline lui offrait, en s'abandonnant au rythme de ses petites plaintes voluptueuses.

— Benjamin, appela-t-elle. Je t'aime, oh, comme je t'aime.

Il s'immobilisa un court instant, puis ses assauts se firent plus audacieux. Émerveillée, elle poussa un cri, nouant ses jambes autour de ses reins, le guidant au plus profond d'elle, sur le seuil d'une jouissance inouïe, dont elle n'aurait jamais imaginé la perfection.

Un quart d'heure plus tard, ils se reposaient, serrés l'un contre l'autre. Le feu n'était plus qu'un lit de braises.

— Je ne savais pas, avoua Soline dans un murmure.

— Tu ignorais ce que signifiait vraiment « faire l'amour », répliqua Benjamin.

— Je pense, oui. Maintenant je ne pourrai plus m'en passer, insinua-t-elle, rieuse.

— Moi non plus. Les hommes l'admettent rarement, s'ils le vivent, mais pour moi aussi, c'était nouveau d'éprouver autant d'émotion.

Soline, en appui sur un coude, le fit taire en posant son index sur ses lèvres.

— Nous avons eu tous les deux des expériences, inutile d'en parler, Benjamin. La seule chose importante, c'est d'être réunis. Grâce à mon étourderie au volant. Ce serait affreux si je ne t'avais pas rencontré, quand je revenais de Lons.

— Le destin veillait, nous nous serions forcément croisés, à Combloux ou à Chamonix, affirma-t-il.

— Tu crois au destin ?

— Un peu, même si parfois il faut le défier ou lui forcer la main. Je rêvais de m'établir dans les Alpes, en Haute-Savoie, c'était une obsession. Sans doute parce que je devais te… trouver, Soline.

Elle nota qu'il avait hésité. Soudain l'image de Sophie Gally traversa son esprit.

— Décidément, les Alpes attirent certaines personnes. Le nouveau capitaine du PGHM, Sophie Gally, m'a dit à peu près la même chose que toi. Elle rêvait de vivre ici. Et moi aussi, je ressentais une sorte d'appel mystérieux. Mes parents protestaient, lorsque je leur demandais de visiter les Alpes, pendant les vacances. Non, il fallait séjourner au bord de la mer, en Vendée.

Benjamin la caressait, tout en l'écoutant. Soline avait un beau corps délié, mince et musclé, des seins pointus, aux mamelons bruns.

— Au fait, as-tu appelé ta mère ? s'inquiéta-t-il.

— Bien sûr, après le thé. C'est bizarre, elle semble accepter son avenir d'handicapée sans états d'âme. Et elle me répète que je peux attendre encore une quinzaine de jours avant de venir lui rendre visite. La présence de mon père lui suffit. Il a pris deux mois de congé. Financièrement, ce sera dur pour eux, si la police n'arrête pas le responsable de l'accident. Est-ce que je t'ai dit que ce ne sont pas mes vrais parents ?

— Non. Tu as été adoptée ?

Soline remit son haut de pyjama, qui avait atterri sur le dossier du canapé-lit. Elle s'assit ensuite en tailleur.

— Vers mes sept ans, officiellement. Avant, ils s'occupaient de moi, ma mère faisait famille d'accueil. J'ai beaucoup souffert quand ils me l'ont appris. Kate, mon amie, qui est à Dijon en ce moment, m'incite à rechercher mes parents biologiques.

— Et tu le feras ?

— Peut-être. Il y a trois solutions, soit ils sont morts, soit ils ne voulaient pas de moi ou ils ne pouvaient pas m'élever. Quel est l'intérêt de les connaître… ?

Benjamin prit place à côté de Soline, qui, tout de suite, posa sa tête sur son épaule. Ils fixaient le foyer rougeoyant, chacun perdu dans ses pensées.

— Tu as pourtant une piste, déclara-t-il après un temps de silence. Ces visions d'une jeune fille aux nattes blondes, de cet homme qui s'est pendu. Et du chiot baptisé Barry par un petit garçon. Tu devrais tout noter.

— C'est déjà fait, répliqua-t-elle. Benjamin, puisque je reste là trois jours, demain on pourrait construire un enclos pour la louve, si tu as du grillage.

— J'ai tout le matériel, tu n'as pas visité le chalet de fond en comble. Il y a un atelier, derrière cette pièce. C'est promis, on travaillera ensemble, dès l'aube. Mais tu devrais enlever ce pyjama…

Soline s'empressa de suivre le conseil. Dès qu'elle fut nue à nouveau, Benjamin l'attira dans ses bras, moins réservé, plus fébrile. Il lui donna des baisers jusqu'à l'étourdir.

Leurs peaux s'accordaient, leurs corps s'embrasaient, et leurs cœurs battaient au même rythme exquis, celui de l'amour partagé. Ils s'endormirent, enlacés, au milieu de la nuit, sous le regard vigilant du grand chien blanc, couché devant l'âtre.

Servoz, chalet de Benjamin, mercredi 6 mai 2015

Soline considérait d'un œil perspicace l'enclos, couvert d'un bardage en planches, que Benjamin et elle avaient presque terminé. Ses cheveux attachés sur la nuque, en chemisette et jean, la jeune femme tenait un marteau à la main.

— Je dois partir demain, déplora-t-elle, en s'adressant à Neige, qui était assis à ses pieds.

Le tervueren marchait prudemment au bord de la clairière, la truffe au ras du sol, comme s'il suivait une piste. Débarrassé de son bandage, il semblait prêt à savourer sa liberté.

— Barry, ne t'éloigne pas ! lui cria-t-elle.

Aussitôt le chien fit demi-tour et revint vers le chalet. Benjamin était descendu au village, afin d'acheter du pain et du lait. Soline comptait en profiter pour téléphoner à sa mère et à Viviane.

— D'abord maman, sinon ce sera l'heure du repas, à l'hôpital.

Jacques Fauvel décrocha le poste de la chambre. Son épouse sommeillait, aussi il parla très bas.

— Monique dort, rappelle plutôt ce soir, dit-il d'un ton sec. Il n'y a rien de neuf. Le motard est introuvable. Pour l'aménagement de la maison, mon frère va me prêter de l'argent.

Son père mit fin à son monologue, sans même l'interroger sur son quotidien, ou sur Barry. Fataliste, Soline apprécia la voix chaleureuse de Viviane. La septuagénaire se réjouissait chaque fois qu'elles pouvaient bavarder un peu.

— Hé, tu as l'air de t'amuser, gamine, nota-t-elle après un bref échange sur la météo et la santé du tervueren. Figure-toi que Kate arrive demain, et pas toute seule. Ma cousine Eudoxie fait le voyage, un événement, vindiou ! Elle repart samedi matin. Tu vas faire sa connaissance.

— Si ça ne vous dérange pas, Viviane, je vous rejoindrai à l'heure du dîner, répondit Soline. Dites à Kate de m'attendre pour aller faire sa déposition à la gendarmerie. Je tiens à l'accompagner… Sinon, vous n'avez rien remarqué d'anormal ?

— Rien du tout, ma belle ! Et toi, tu es à l'abri ?

— Je ne peux pas être plus en sécurité, Viviane. Mais j'ai reçu un appel du brigadier Bonnard, de Combloux, à propos de l'enquête. Aucun fleuriste de la région n'a vendu de roses rouges, ni à l'unité ni en bouquet. Si l'homme qui me harcèle n'était pas entré par effraction dans ma remise à bois, ils classeraient l'affaire.

— Pas question ! protesta Viviane. Kate doit témoigner, qu'on puisse mettre cet individu hors d'état de nuire. Bon, gamine, j'ai un ragoût sur le feu. Salue ton amoureux !

Soline resta muette de stupeur quelques secondes, avant de sourire aux anges.

— Je n'ai pas d'amoureux, essaya-t-elle de mentir.

— On ne me la fait pas, à moi, gamine ! Tu roucoules sans le vouloir, depuis que tu t'es réfugiée je ne sais où, chez je ne sais qui… Je t'embrasse.

Durant cinq minutes, Soline demeura figée, entourée par ses deux chiens, pour évoquer le bonheur qu'elle vivait, auprès de Benjamin. Chaque instant était précieux, nimbé de tendresse et de sérénité. Quant à la deuxième nuit qu'ils avaient passée dans sa chambre, jamais la jeune femme ne pourrait l'oublier.

— C'était le paradis, une communion charnelle et spirituelle, sans pudeur inutile, sans aucune honte, s'avoua-t-elle. L'amour, le véritable amour, qui m'attendait ici, dans ce beau pays dont j'avais tant rêvé.

Rayonnante, Soline reprit son travail, mais dès qu'elle entendit le puissant moteur du pick-up, elle lâcha ses outils pour courir vers Benjamin. Il lui tendit les bras et la souleva un peu, rieur, en l'embrassant.

Combloux, chez Viviane, jeudi 7 mai 2015

Kate guettait l'arrivée de Soline. Accoudée à la rambarde ouvragée du perron, elle fumait une cigarette pour tromper son impatience et son anxiété. Enfin le petit 4 × 4 rouge apparut au coin de la rue.

— La voilà ! cria-t-elle à Viviane et à la cousine Eudoxie par la porte entrebâillée. Je n'ai pas vu les chiens à l'arrière…

— Ma gamine sans ses fauves, tu me fais une blague, répliqua la septuagénaire en riant.

— Non, je suis sérieuse, madame Vivi !

Soline entrait déjà dans le jardinet, où les rosiers blancs s'épanouissaient, à la faveur de trois jours ensoleillés. Vêtue d'une jolie robe d'un bleu pastel, coiffée d'un chignon torsadé, elle était resplendissante.

— Tu es superbe, ma puce ! s'extasia Kate.

— Mais non… Toi aussi, tu es très élégante.

Elles s'étreignirent en s'embrassant deux fois sur les joues, à la mode locale.

— Une gouvernante se doit d'être impeccable, renchérit son amie. Eudoxie m'a offert une garde-robe en rapport avec mon statut, plaisanta Kate. Ne restons pas là, il faut éviter qu'on nous voie ensemble. Tu comprends mieux pourquoi je suis partie, maintenant que madame Vivi t'a dit la vérité ?

— C'était plus prudent, en effet.

Viviane et sa cousine étaient assises à la table du dîner. Le couvert était mis pour quatre. Soline découvrit une vieille dame au teint poudré, aux lèvres fardées d'un rouge vif, mais qui l'étudiait d'un beau regard vert clair. Sa chevelure d'un blanc pur était coupée court, comme celle de Viviane.

— Ah, voici la fameuse gamine dont on me rebat les oreilles ! s'esclaffa-t-elle. Bonsoir, Soline.

— Bonsoir, madame.

— Pas de cérémonie, appelez-moi Eudoxie.

— Et tes chiens, où sont-ils ? interrogea tout de suite Viviane. Je t'ai rarement vue sans l'un ou l'autre sur les talons.

— Mais oui, je voulais faire la connaissance de votre berger suisse, renchérit sa cousine. Une sorte de berger allemand tout blanc, m'a dit Vivi.

— Je vous montrerai des photos, trancha Soline. Je suis désolée, il est plus de 20 heures, je suis en retard, mais très affamée et ça sent très bon.

— Je vais servir les hors-d'œuvre, annonça Kate, qui mit un tablier sur son ensemble en lin beige. En plat de résistance, j'ai fait un gratin de poireaux au saumon.

Sans raison apparente, un malaise plana. Viviane observait Soline d'un œil intrigué, qui, de son côté, était gênée de voir Kate dans son rôle de gouvernante.

— Alors, où sont tes chiens ? insista la septuagénaire.

— En sécurité, chez un ami. De toute évidence, il a un don pour amadouer les animaux. Barry et Neige n'ont même pas cherché à me suivre.

— Et tu n'as pas été vexée ? s'étonna celle-ci. Moi, quand mon Fario préférait la compagnie de Léon, je piquais une crise de jalousie.

— Seigneur, c'est bien de toi, d'avoir une réaction pareille, Vivi, s'amusa Eudoxie.

— Vindiou, jeune, j'avais le sang chaud !

L'anecdote eut le don de détendre l'atmosphère et plus personne ne posa de questions à Soline. Elle sut capter l'intérêt général en racontant les péripéties de son métier de pisteur-secouriste.

Mais au dessert, la discussion s'orienta sur l'enlèvement de Kate, par la faute de Viviane, et au grand regret de l'intéressée.

— Le sujet est pénible, madame Vivi, pourquoi en parler ? Demain je ferai ma déposition à la gendarmerie et samedi, je repars avec votre cousine. Je préfère ne pas y penser ce soir.

— Les gendarmes te reçoivent un jour férié, Catherine, ironisa Eudoxie.

— Oui, le brigadier nous attend en fin de matinée, précisa Soline. Mais pourquoi appeler Kate ainsi ? Elle déteste ce prénom.

— Chère Soline, je suis de la vieille école, et fière d'être française ! Kate sonne trop british à mon goût. Ton amie n'y voit aucun inconvénient.

— Finalement, je me suis habituée, c'est très joli, Catherine, plaida Kate en souriant.

— Si tu es contente, hasarda Soline.

Une heure plus tard, les deux jeunes femmes reprenaient possession de la petite maison du haut de la rue. Soline avait insisté pour héberger Kate, qui s'était montrée réticente, avant d'accepter.

— On aurait pu dormir ensemble sur le divan de madame Vivi, déclara-t-elle en regardant la pièce d'un air inquiet. Je suis au courant, pour les roses. Et tu n'as pas les chiens pour donner l'alarme.

— Nous allons nous enfermer, quitte à bloquer les portes avec des meubles. Peut-être que mon retour est passé inaperçu, répliqua Soline. Kate, j'avais besoin d'être seule avec toi, sans cette vieille dame un peu snob qui te traite en domestique.

— Tu te trompes sur Eudoxie, elle est très généreuse. Si j'étais sa petite-fille, ce serait normal que je l'aide, que je cuisine. Je me serais comportée de la même façon pour madame Vivi si j'avais habité ici. Comprends-moi, je suis très heureuse à Dijon, plus heureuse que je ne l'ai jamais été.

— Dans ce cas, tant mieux. Ne stresse pas, Kate, pose ton sac. Nous allons boire une tisane.

— Toi et tes tisanes. Chez Eudoxie, le soir, on sirote de la liqueur de cassis, une spécialité de la région.

Soline alluma quand même la bouilloire électrique et prépara deux tasses. Elle avait défait son chignon et s'affairait d'un pas aérien, qui faisait danser sa robe.

— Tu es tellement belle, soupira Kate. Au fond, c'est normal que tu déclenches des passions.

— N'exagère pas. Aide-moi plutôt à vérifier les portes et les fenêtres, même si à mon humble avis, cet homme n'oserait pas entrer. J'ai beaucoup réfléchi, il veut rester dans l'ombre et il craint sûrement d'être démasqué. Tu as eu tort de me cacher la vérité, Kate.

— Pardonne-moi. Mais parfois, à l'hôpital surtout, quand tu me veillais, je me demandais si ce n'était pas une hallucination auditive ou un cauchemar, sous l'effet de la drogue qu'il m'avait injectée. Entendre le type qui t'a assommée et enlevée dire des trucs pareils sur ta seule amie, je t'assure, il y a de quoi en perdre les pédales.

— Ah, enfin ! s'exclama Soline en riant. La vraie Kate est là. Tu n'as pas tout à fait changé, malgré les leçons de bienséance de la cousine Eudoxie.

Kate se mit à rire elle aussi. Elles discutèrent jusqu'à 2 heures du matin, avant de monter se coucher à l'étage. Soline se leva la première. En ouvrant les volets du rez-de-chaussée, elle constata qu'il pleuvait. Et il lui suffit d'entrebâiller la porte sur la rue pour découvrir une rose rouge, perlée de pluie.

— Il est revenu, murmura-t-elle, le cœur serré.

Gendarmerie de Combloux,
vendredi 8 mai 2015

Le brigadier Bonnard avait dévisagé tour à tour les jeunes femmes assises en face de lui, de l'autre côté d'un bureau chargé de dossiers. S'il avait déjà aperçu Soline en ville, au volant de son 4 × 4, il était assez satisfait de la voir de plus près.

Quant à Kate, dont le gendarme avait une photographie, grâce à ses collègues du PGHM, elle ne correspondait pas à l'idée qu'il s'en faisait. Elle n'avait plus de piercing au nez, et il la trouvait fort bien habillée.

— Je vais vous enregistrer, mademoiselle Girard, un de mes agents prendra note par la suite de votre témoignage.

— C'est très simple, l'homme qui m'a enlevée et a voulu me faire mourir de froid et de faim dans la combe de Tardevent avait comme but de nous séparer, mon amie et moi.

— Il vous l'a dit précisément ?

— Non, je l'ai entendu en parler tout seul, alors que je faisais semblant d'être encore endormie.

— Vous pouvez me répéter ses paroles exactes ?

— Quelque chose comme « personne n'a le droit de vivre avec elle, d'être près d'elle. Je dois me débarrasser de tous les gêneurs ».

Soline baissa la tête, car elle se sentait de nouveau coupable. Le brigadier durcit le ton, en fixant Kate.

— Mais il n'a pas cité le nom de Mlle Fauvel, ni son prénom, dit-il sèchement. Comment pouvez-vous être sûre qu'il parlait d'elle ?

— J'ai fait le rapprochement quand il m'a ordonné de lui dicter un texto pour Soline, indiqua Kate, de plus en plus nerveuse.

— Ce qui ne prouve rien. Dans l'optique de votre ravisseur, c'était logique de rassurer votre amie, qui allait s'inquiéter de votre absence, trancha le gendarme.

— Excusez-moi, intervint Soline, mais vous semblez oublier l'accident dont a été victime peu après le capitaine Alban Demolliens, ainsi que les intrusions chez moi et les roses. Tenez, j'ai apporté la fleur de ce matin, si par chance il y avait des empreintes.

— Et ton chien, Barry, se récria Kate. On l'a enlevé, lui aussi, il a pris une balle dans la cuisse.

— Je suis au courant, mademoiselle Girard. Néanmoins, pour les besoins de l'enquête, il faut distinguer les suppositions des faits avérés, d'autant plus si je tiens compte de votre casier.

Furieuse, Kate jeta un regard de détresse au brigadier. L'épreuve lui paraissait intolérable.

— J'étais sûre qu'on allait me sortir mon passé de droguée et mettre en doute mes paroles ! s'écria-t-elle. Mais c'est fini, ce temps-là !

— Je partage l'avis de mon amie, protesta Soline. Vous n'êtes pas impartial. Ce que Kate faisait il y a quelques années n'a pas de rapport avec son enlèvement et mes ennuis.

Le gendarme se leva et marcha le long de la baie vitrée de la pièce. Il croisa les mains derrière son dos pour répondre.

— J'ai le dossier du PGHM, déclara-t-il. Si nous prenons chaque chose séparément, le résultat est probant. Il est depuis peu établi que le capitaine Demolliens a été renversé par un chauffard, sans nul doute en état d'ébriété. Un jour prochain, on retrouvera la voiture brûlée au fond d'un ravin.

— C'est impossible ! s'indigna Soline. Vous avez écouté Kate, cet homme prévoyait de nuire à ceux qui m'étaient proches.

— À ma connaissance, mademoiselle Fauvel, il n'y a eu qu'un dîner entre le capitaine et vous ! On ne tue pas pour un simple repas dans un restaurant très fréquenté ce soir-là… Non. Quant à Mlle Girard, je suis navré, mais nous en sommes arrivés à la conclusion que ses anciens dealers ont voulu l'éliminer, en raison d'une dette importante. Et ce qu'elle prétend avoir entendu ne pourra pas être vérifié. Il peut s'agir d'un délire sous l'influence de la drogue dure qu'elle avait dans le sang.

Au bord des larmes, Kate repoussa sa chaise et recula vers la porte.

— Viens, Soline, ce n'est pas la peine. Tu es la prochaine sur la liste de ce monsieur, il va te donner sa version de ton affaire.

— Calme-toi, je t'en prie, Kate, et reste avec moi.

— D'accord, mais je t'attends debout, au cas où je sois obligée de m'enfuir, ironisa celle-ci.

— Mesdemoiselles, je fais mon travail, en étudiant les maigres indices, en consultant des témoignages, se défendit le brigadier. Sans preuves formelles, l'administration judiciaire est souvent impuissante.

— Je le sais, admit Soline.

— En ce qui vous concerne, mademoiselle Fauvel, j'ai soumis votre dossier au préfet, mais il me conseille de le classer d'ici trois semaines, si vous ne subissez aucune agression spécifique.

— Pour résumer, tant que le type ne t'a pas violée, la police ne bougera pas, insinua Kate.

Le brigadier fit celui qui n'avait rien entendu. Il ouvrit une chemise en carton vert et souleva une page dactylographiée.

— Mademoiselle Fauvel, là encore, par souci de cohérence, j'ai relu votre témoignage. Votre chien a pu s'échapper et être recueilli. Les gens qui veulent garder un animal perdu évitent de le conduire chez un vétérinaire, qui pourrait identifier le propriétaire. Par la suite, le chien a pu s'enfuir et s'il était affamé, il a dû rôder près d'un poulailler ou d'un enclos à moutons et on a lui a tiré dessus.

— C'est envisageable, en effet, concéda-t-elle.

— Le harcèlement me paraît évident, ajouta le gendarme. Cela dit, sans vous manquer de respect, vous êtes une jolie femme. De plus vous pratiquez un métier où vous rencontrez beaucoup de monde. Nous sommes confrontés à un amoureux timide, à un homme marié ou à un malade, je vous l'accorde. Soyez vigilante, et alertez-nous au moindre souci.

— Merci brigadier, mais je me demande à présent si c'était vraiment nécessaire de demander à mon amie Kate de faire une déposition. Elle travaille désormais près de Dijon et elle est venue pour témoigner. J'ai l'impression, excusez ma franchise, que vous vous êtes contenté de l'humilier. Au revoir.

Soline se leva à son tour, la tête haute. Elle prit Kate par le bras pour quitter le bureau. Une fois seul, le brigadier cacha son visage entre ses mains. Il était désespéré et incapable de croire à ce qu'il venait de faire.

« J'ai trahi mon serment, je vais démissionner, songea-t-il. Un autre s'occupera de tout ça. »

La veille, on avait glissé une enveloppe à son nom sous la porte de son domicile. Surpris, il avait lu le message imprimé sur un rectangle de papier blanc :

Classez le dossier Soline Fauvel. Pas un mot à quiconque ni à vos collègues. Pensez à votre épouse et à vos deux enfants.

L'honnête fonctionnaire appréciait les séries policières, mais il pensait souvent que les intrigues étaient exagérées, comme les situations alambiquées mises en scène dans certains téléfilms. À présent, il vivait ce genre d'aberration et la peur lui nouait le ventre.

Combloux, même jour, 18 heures

Soline avait fermé sa porte. Elle alla ensuite déposer dans le coffre de sa voiture un vieux sac à dos dans lequel s'entassaient d'autres vêtements d'été et des denrées périssables.

« Au revoir, petite maison, se dit-elle. Je ne sais pas quand je reviendrai… Ce soir, je dors chez Viviane et demain matin, je conduirai la cousine Eudoxie et Kate à la gare de Chamonix, histoire de brouiller les pistes. »

Elle venait de téléphoner longuement à Benjamin. Ils avaient établi un plan pour lui éviter d'être suivie jusqu'à Servoz, si toutefois on l'épiait en permanence.

— J'ai l'intuition que cet homme ne viendra pas cette nuit. Je le soupçonne d'avoir des obligations familiales ou conjugales, énonça-t-elle à mi-voix.

Depuis sa décision d'être plus à l'écoute de ses moindres ressentis, Soline constatait qu'elle possédait des capacités vraiment particulières.

— Je savais presque ce que m'avouerait Kate, à midi, quand elle m'a invitée à la crêperie pour déjeuner. La cousine Eudoxie compte lui léguer une partie de son capital, car elle n'a aucun héritier, hormis Viviane.

Un coup de klaxon la fit sursauter. Elle se retourna et vit un break blanc à sa hauteur. Sophie Gally, en uniforme du PGHM, se tenait au volant, avec un large sourire qui plissait ses joues parsemées de taches de rousseur.

— Salut, Soline, j'ai eu ton adresse par un collègue, le sous-officier Mathis Derain. Je suis d'astreinte dans deux heures, aussi j'avais envie de visiter un peu Combloux, et par la même occasion, de prendre des nouvelles de ton chien.

Un peu surprise, Soline acquiesça en souriant.

— Bonsoir, Sophie, c'est gentil. Barry se rétablit vite, je l'ai confié à un ami qui habite en pleine forêt. Ici, je n'ai pas de jardin.

— Je te dérange, peut-être ?

— Non, pas du tout, j'étais juste en train de préparer quelques affaires, j'ai prévu de passer la soirée et la nuit chez Viviane, une charmante dame qui me prête un logement. C'est le chalet sur la droite, à une trentaine de mètres.

— Viviane Gonod ? s'enquit Sophie d'un air passionné. Oh, si tu pouvais me la présenter, juste cinq minutes. J'ai rencontré le capitaine Demolliens, hier. Il m'a beaucoup parlé de cette dame et de son époux, Léon Gonod. Le couple fait figure de légende dans le pays.

— Tu peux te garer devant l'impasse. J'envoie un texto à Viviane, pour lui demander si elle est disponible. Ce sera oui, j'en suis sûre. Elle aime tant évoquer son passé de secouriste en haute montagne et les exploits de son mari. Mais attention, tu remplaces son « petit gars », Alban Demolliens, elle risque de te regarder d'abord d'un œil furibond.

— Je prends le risque, Soline. Au fait, je sais tout.

Sophie manœuvra habilement et sortit de son véhicule. Elle rejoignit Soline.

— Qu'est-ce que tu sais ? lui demanda-t-elle aussitôt.

— Tout, la coulée de neige du mois de février, le sauvetage d'un gosse de Saint-Gervais, et aussi l'enlèvement de ta seule amie. Tu as sauvé deux personnes grâce à une de tes visions.

— Qui t'a raconté ça ? Alban Demolliens ?

— Non, Mathis Derain, il te voue un culte, ce vaillant sous-officier. Et il n'est pas mal du tout, mais je préfère Alban. Bien, tu m'emmènes chez Mme Gonod ?

Soline demeura figée sur place, au milieu de la rue. Elle était ulcérée d'apprendre que Mathis Derain avait osé parler de ses visions à Sophie.

— Qu'est-ce que tu as ? s'inquiéta celle-ci.

— J'aurais aimé te révéler « tout ça » moi-même, expliqua-t-elle. C'était un peu confidentiel, du moins je le croyais, mais je n'ai pas non plus recommandé de garder le secret.

— Je suis épatée, c'est presque magique d'être comme toi. Je n'ai qu'un don à mon actif, la peinture. Et j'ai un gros défaut, je suis un peu trop directe, confessa Sophie.

Ses cheveux d'un roux orangé flamboyaient malgré la pâle clarté de ce jour nuageux. Soline fut conquise par son naturel et sa franchise.

— Viviane m'a répondu, c'est bon, elle nous attend. Chacun ses défauts, moi je me mets vite en colère, heureusement ça ne dure pas longtemps.

— On sera vite de bonnes amies, alors, insinua la capitaine Gally, dont les yeux verts étincelaient.

— Je l'espère, lui dit Soline. J'ai toujours été assez solitaire.

— Encore un point commun, conclut Sophie.

15

La fureur du ciel

Saint-Gervais, lundi 11 mai 2015

Vincent Duval, le vétérinaire de Saint-Gervais, caressait la tête de Barry, qui était couché sur la table métallique de son cabinet. Le tervueren ne manifestait aucune agressivité, mais ses yeux bruns restaient fixés sur ceux de sa maîtresse.

— À première vue, Barry va beaucoup mieux, mademoiselle Fauvel, déclara le praticien. Il a meilleure allure, un beau poil, l'œil vif. Sa blessure me semble en bonne voie de cicatrisation. Certains chiens grognent ou montrent les crocs, et on doit les museler pour pouvoir les soigner. Notre blessé fait preuve de confiance et d'un caractère paisible, malgré ce qu'il a subi récemment.

Soline était soulagée. Elle gratta le tervueren au sommet du crâne, ce qu'il appréciait toujours.

— Je suis rassurée, affirma-t-elle, toute souriante. Monsieur Duval, j'espère que ce n'est pas gênant si je suis revenue chez vous ? En temps normal, je vais à Combloux, au cabinet de Claude Mercier. Il suit mes deux chiens depuis environ six mois.

— Vous avez un autre chien ? s'intéressa la jeune assistante qui remplissait une fiche.

— Un berger suisse de huit ans, Neige. Il s'est cassé une patte avant, cet hiver.

— Je connais bien Claude Mercier, nota Duval. Nous jouons au golf ensemble. Non, il n'y a pas de souci, nous étions de garde et vous êtes venue ici en urgence. Je transmettrai les informations sur Barry à mon collègue, ne vous inquiétez pas.

— Merci. Je suis maître-chien d'avalanche et à la fin du mois, je dois être évaluée avec Barry. Nous sommes soumis à cinq contrôles par an[1], pour vérifier si notre binôme est toujours efficace… J'espère qu'il fera ses preuves. Juste avant de s'échapper, il a eu des comportements qui m'ont surprise.

Vincent Duval jeta un coup d'œil sur le tervueren, sagement assis à présent sur la table.

— Quels comportements, mademoiselle Fauvel ? Si je peux vous aider…

— Il semblait plus méfiant, souvent sur le qui-vive, et il s'était échappé un soir, sans m'obéir. Je

1. Véridique.

suis sûre qu'il a mordu quelqu'un, ou un chat, déplora-t-elle. Et ce qu'il a vécu durant les quatre jours où il a disparu pourrait nuire à son équilibre.

L'assistante tendit le carnet de santé du chien à Soline. Le vétérinaire souleva Barry et le déposa avec précaution sur le sol carrelé.

— Il vous reste un peu de temps pour reprendre le dressage, ne perdez pas confiance en votre chien, répondit Duval. Un conseil, soyez très vigilante les semaines qui viennent. Les troupeaux vont monter sur les estives, les éleveurs auront la gâchette facile. Ils ne cherchent pas toujours à savoir si ce sont des loups ou des chiens errants qui causent des dégâts. Au fond, on ne peut pas leur en vouloir.

— Je comprends, je le surveillerai bien.

Soline songea à la louve, qui était enfermée dans l'enclos depuis la veille. Benjamin avait dû lui donner une forte dose de calmant pour la transporter. En se réveillant, elle avait grogné sourdement, désorientée, puis elle avait regardé dans la direction de la forêt, prête à s'élancer à travers la clairière.

Soline prit congé de l'assistante et du vétérinaire. Dehors, le vent soufflait en rafales tièdes, sous un ciel couleur de plomb.

— Il va y avoir un bel orage, Barry. Viens vite.

À peine au volant du 4 × 4, une pluie torrentielle s'abattit sur la ville. Pressée de rentrer au chalet, Soline démarra malgré la violence des bourrasques.

— En plus, je devais acheter du pain, soupira-t-elle. Il faut trouver une boulangerie.

La jeune femme ne connaissait pas bien Saint-Gervais. Elle roula au ralenti, car la visibilité était réduite. Les essuie-glaces peinaient à chasser l'eau qui ruisselait sur le pare-brise. Après un virage, elle distingua un panneau indiquant les thermes.

— Je crois qu'ils sont un peu à l'écart du centre-ville. Je dois faire demi-tour.

Mais au même instant, la pluie se changea en grêle. Le bruit des impacts sur le toit de la voiture devint assourdissant. Soline se gara le long du bâtiment le plus proche et coupa le moteur. Des éclairs striaient les nuées grises, suivis par les déflagrations inquiétantes du tonnerre. Le tervueren commença à gémir.

— N'aie pas peur, ça va passer. On est à l'abri, Barry. Il suffit d'être patient.

Une nouvelle averse, aussi drue que la précédente, succéda à la grêle. Soline eut l'impression singulière d'être bloquée sous une cascade, d'autant plus que les vitres se couvraient de buée. Soudain le tervueren sauta sur la banquette avant et s'y coucha, secoué de frissons nerveux.

— Là, Barry, là, calme-toi, dit-elle en le caressant.

Pourtant elle se sentait étrangement oppressée. L'attitude du chien n'arrangeait rien.

— Barry, du calme, je t'en prie, articula-t-elle.

Sa propre voix lui paraissait lointaine, étouffée. Les oreilles bourdonnantes, Soline perçut le sang qui cognait à ses tempes, tandis que son cœur battait très vite.

— De l'air, de l'air, murmura-t-elle.

Un malaise la terrassa. Sa tête heurta en douceur le montant de la portière et sa main gauche, qui était crispée sur le volant, se détendit et lâcha prise. Une spirale brumeuse l'emportait très loin, au-delà du temps.

D'abord il y eut des cris d'effroi et d'intense panique, que dominait un grondement terrifiant. Une muraille d'eau grise s'élevait dans la nuit, un flot monstrueux, chargé de blocs de rocher, de troncs d'arbre, de corps humains blafards, souvent presque nus, et d'animaux.

— Non, non, geignait Soline, épouvantée par ce qu'elle voyait dans sa semi-inconscience.

Un visage de femme sembla la frôler, jeune, ses cheveux longs emportés par le courant. Un homme appelait. Il hurlait « Albertine », tout en se débattant, avant d'être submergé et de disparaître.

— Non, il y a des enfants, balbutia Soline. Les pauvres petits, ils vont mourir.

Sourde aux plaintes du tervueren, qui lui léchait la joue et le menton, elle vit une fillette aux nattes blondes dévaler une pente tapissée d'herbe, un tout petit garçon pendu à son cou, en larmes. Ils s'effacèrent brusquement, comme aspirés par le néant.

— Mademoiselle, oh, mademoiselle !

On tambourinait à la vitre de la portière. Barry aboyait, ses pattes avant plantées sur les cuisses de sa maîtresse.

— Mademoiselle, est-ce que ça va ? criait-on.

Soline se redressa, hébétée. Une femme la regardait, abritée sous un parapluie. Sa figure ronde, aux lèvres fardées de rouge, couronnée de boucles brunes, avait quelque chose de familier.

— Vous me reconnaissez ? dit-elle. Mme Barthélémy, la mère de Fabrice !

Sans hésiter, Geneviève Barthélémy ouvrit la porte du 4 × 4. Elle avait déjà sorti de son sac à main une boîte de pastilles.

— Vous m'avez fait peur, mademoiselle Fauvel !

— Excusez-moi.

— Prenez un bonbon, vous avez dû faire un malaise vagal ou de l'hypoglycémie. J'ai reconnu votre voiture rouge et je vous ai vue à l'intérieur, dans un drôle d'état. Quel orage, dites donc !

Incapable de répondre, Soline approuvait par des signes de tête. Elle avait accepté une pastille mentholée et peu à peu, revenait au temps présent.

— Il pleut encore bien fort, annonça la pharmacienne. Vous êtes avec votre Barry ! Il aboyait mais on dirait qu'il sait qui je suis, il ne grogne pas.

Le tervueren s'était assis sur le siège passager, haletant mais apaisé, car il n'y avait plus de tonnerre ni d'éclairs.

— Qu'est-ce que vous faites à Saint-Gervais ? interrogea Geneviève Barthélémy. Venez boire un café à la maison ! Fabrice serait content de vous revoir…

— Je vous remercie, madame, on m'attend. Je ne sais pas ce que j'ai eu, sûrement un vertige. C'est très gentil de vous être arrêtée, affirma Soline. Comment va votre fils ?

— Le moral est bon. Il se déplace avec des béquilles et il a encore des séances de rééducation, mais le pire a été évité, grâce à vous. Allons, venez donc dix minutes chez nous.

Mme Barthélémy dut s'avouer vaincue, quand Soline, après avoir poliment refusé, démarra le 4 × 4.

— Je suis désolée, madame, transmettez mes amitiés à votre époux et à Fabrice.

— Et vous, donnez le bonjour à cette chère Viviane !

— Bien sûr.

Une demi-heure plus tard, Soline se garait en bas de la piste menant au chalet. Elle ne pouvait pas chasser de son esprit les sinistres images qu'on lui avait montrées.

— Combien de temps suis-je restée « absente » ? se demanda-t-elle tout bas. C'est le mot exact, je n'étais pas évanouie, non, plutôt endormie. Surtout je ne dois pas paniquer, mais analyser ce qui m'est arrivé.

Elle sortit un carnet à spirale de la boîte à gants, ainsi qu'un crayon. C'était un achat récent, où étaient seulement consignées ses deux dernières visions.

— Je note tout, j'en parlerai à Benjamin, ce soir.

Avant de s'engager sur le chemin empierré, Soline eut envie d'appeler sa mère et Viviane. Un sentiment de culpabilité ne lui laissait guère de répit, envers l'une et l'autre.

— Je repousse ma visite à Lons, et j'abandonne celle que je considère comme ma grand-mère de cœur. De toute façon, les liens du sang me sont inconnus, murmura-t-elle. Est-ce que je serais émue ou troublée, si je rencontrais mes vrais parents ?

Ce fut Monique Fauvel qui décrocha le téléphone de sa chambre. Sa voix n'était qu'un souffle saccadé.

— Ah, Soline, dit-elle. Je suis contente de t'entendre. Ton père est à la maison, je regardais la télévision.

— Tu tiens le coup, maman ?

— Il faut bien, ma chérie…

— Je suis tellement désolée, maman. Je vais venir te voir cette semaine, d'accord ?

— Non, non, reste où tu es, c'est plus prudent.

— Mais ne t'inquiète pas, je fais toujours attention sur la route, protesta Soline.

Elle réprimait son envie de pleurer, bouleversée par les intonations affolées de sa mère adoptive.

— Ce n'est pas ça, Soline, on pourrait te faire du mal. Jacques refuse de m'écouter, mais moi, je sais la vérité. Mon accident… ce n'en était pas un, on a voulu me tuer. Je revois sans arrêt la moto qui fonce sur moi, et un regard derrière la visière du casque. Il y avait de la haine dans ce regard.

Un gros sanglot fit taire Monique, qui ajouta, plus bas, d'un ton désespéré :

— Fais bien attention, ma chérie, je t'en prie. Ne reviens pas. Je te laisse, il y a une infirmière qui entre.

— Maman ! Attends, maman !

Mais elle avait raccroché. Soline fixa son téléphone d'un air incrédule. Jusqu'à présent, elle n'avait pas osé établir un lien entre l'accident d'Alban et celui de sa mère.

— C'était du déni, enragea-t-elle. Au fond, je m'en doutais. Un chauffard en voiture, un autre à moto, sûrement le même homme, un fou, un salaud !

Soline avait crié l'insulte de toutes ses forces. Tremblante, elle s'empressa d'appeler Viviane, dont elle prononça le prénom d'une voix altérée par l'émotion.

— Alors, gamine, comment vas-tu depuis samedi ? demanda la septuagénaire avec bonne humeur.

— Je n'ai pas le moral, avoua la jeune femme. J'étais à Saint-Gervais, chez le vétérinaire, pour Barry. Il y a eu un terrible orage, du vent, de la grêle. Viviane… je les ai vus, tous ces pauvres gens, la nuit de la tragédie.

— De quoi tu parles, ma belle ?

— La catastrophe, la coulée de boue torrentielle qui a détruit Bionnay et les thermes de Saint-Gervais ! J'ai eu une sorte de malaise, et cette vision épouvantable. Je n'en peux plus, je me sens maudite.

— Qu'est-ce que tu me chantes ! Toi, maudite, en voilà des sottises !

— Tout est ma faute, je mets en danger ceux que j'aime et qui m'aiment. Je vous aime très fort, Viviane, et s'il vous arrive malheur, je ne me le pardonnerai pas. Je devrais quitter le pays, disparaître.

Il y eut un silence, durant lequel Soline tenta de se calmer, bien en vain.

— Allons, tu as été choquée, si tu as vu des choses affreuses, répondit enfin sa vieille amie. Où es-tu, maintenant ?

— Dans ma voiture, il pleut toujours, on dirait le déluge. J'ai envie de partir immédiatement, de ne plus voir personne.

— Et l'ami qui t'héberge, il ne peut pas te consoler un peu, dis ? Vindiou, ça sert à quoi les amis, sinon ?

— Benjamin doit m'attendre, mais lui aussi je le mets en danger. Viviane, je viens de parler à ma mère. Elle refuse que je revienne à Lons, elle prétend qu'on a voulu la tuer.

Malade de chagrin, hantée par le souvenir des cadavres flottant dans l'eau boueuse, Soline poussa un nouveau cri de panique.

— Respire, gamine, ne perds pas la boule, la gronda Viviane d'un ton chaleureux. Et la capitaine Gally, la jolie rousse que tu m'as présentée vendredi soir ? Elle t'a dit que tu pouvais compter sur son aide, en cas de besoin. C'est une brave fille, je l'ai senti tout de suite. Tu ferais bien de tout lui raconter, elle m'a paru très intelligente et courageuse.

— Oui, c'est vrai, admit Soline qui se calmait. Mais vous aussi, Viviane, n'hésitez pas à la contacter si vous avez des ennuis. Je m'en veux de vous abandonner.

— Tais-toi donc, j'ai l'habitude de vivre seule et ce qui compte, c'est toi, ton bonheur, ma belle. Rentre vite à l'abri. On se tient au courant.

Pour ta mère, la pauvre femme peut se faire des idées après le gros choc qu'elle a subi.

— Peut-être, ou bien elle me cache depuis toujours des choses sur mon passé, ma petite enfance, et on a vraiment tenté de l'éliminer… Je suis perdue, Viviane, il y a trop de questions qui tournent dans ma tête. Pourquoi on m'a montré ces images ? Elles m'obsèdent. Et j'entendais des hurlements, c'était abominable…

— Je n'ose même pas l'imaginer, petite ! Que veux-tu, il y a forcément une raison si tu vois ces horreurs, il faut la trouver. Allez, va retrouver ton amoureux, ma belle. Je t'embrasse, j'ai ma soupe sur le feu.

La septuagénaire avait coupé la communication un peu vite. Soline ne fut pas dupe. Sous son ton chaleureux, Viviane cachait mal son inquiétude. Cependant elle avait pu placer le significatif « ton amoureux ».

— Benjamin, mon amoureux… Oui, c'est mon amoureux, le premier qui mérite ces mots-là.

Elle redémarra, mit les essuie-glaces en marche et alluma ses phares. Il faisait pourtant grand jour, mais le plafond nuageux était si bas, si dense qu'on se serait cru à la tombée de la nuit. La piste s'était changée en torrent et le vent, qui soufflait à nouveau en violentes rafales, secouait les arbres, les buissons.

— C'est une véritable tempête, à présent, gémit Soline.

Il lui sembla rouler au sein d'un monde effrayant. Déjà exaspérée et anxieuse, elle dut se concentrer pour suivre les virages en épingle du trajet.

— Et si Benjamin n'était plus là-haut, s'il ne m'attendait pas ? s'affola-t-elle. Non, c'est impossible. Je vais le retrouver, il me serrera contre lui, nous passerons la soirée près de la cheminée.

Soline était à mi-chemin lorsqu'une douleur sourde la surprit, naissant au creux de ses reins. Son ventre se noua, puis elle éprouva des spasmes pénibles.

« Qu'est-ce que j'ai ? se demanda-t-elle. Je suis trop stressée, sans doute… »

Des larmes jaillirent de ses yeux, ce qui acheva de l'étonner. Vite, elle les essuya, furieuse de perdre tout contrôle sur ses nerfs. Presque aveuglée, elle heurta le talus et redressa le volant au moment où des sangliers apparurent dans le faisceau des phares. Ils traversèrent la piste avec une rapidité sidérante.

— J'aurais pu les percuter, se dit-elle, saisie d'une frayeur rétrospective.

Le tervueren grogna, avant d'aboyer avec véhémence. Soline, à bout de résistance, coupa le moteur et tira le frein à main. Elle n'était plus en état de conduire, ravagée de douleur et d'une peur anormale. Son dernier geste fut de chercher son téléphone pour appeler Benjamin à l'aide, mais l'appareil avait dû tomber, car elle ne le trouva pas sur le siège passager.

— Barry, va au chalet, murmura-t-elle en ouvrant sa portière. Va voir Benjamin… et Neige.

Le chien sauta à l'avant du 4 × 4 et bondit à l'extérieur. Soline ferma les yeux, en proie à un désespoir infini.

*

Cent douze ans plus tôt,
Combloux, vendredi 11 décembre 1903

Louise mordait de toutes ses forces dans le carré de linge qu'elle avait roulé et placé entre ses dents, afin d'étouffer ses plaintes et ses cris. Réfugiée dans l'unique pièce de l'étage, elle endurait des spasmes de plus en plus rapprochés. Ses mains se cramponnaient au montant du lit où jadis dormaient son père et son frère aîné.

« Maman, aide-moi et pardonne-moi, pensa la jeune femme. Maman, toi qui es au Ciel parmi les anges, donne-moi la force de mettre mon enfant au monde. »

La douleur devenait intolérable. Les yeux écarquillés, debout malgré ses jambes tremblantes, Louise se mit à haleter. Un liquide chaud ruissela bientôt le long de ses cuisses. Elle ôta le linge de sa bouche, afin de respirer à son aise.

— Quelle heure est-il ? geignit-elle. Mon Dieu, Antoine ne doit pas voir ça, ayez pitié, Seigneur.

Elle était montée dans la chambre glaciale lorsque le clocher de Combloux sonnait neuf coups de son timbre argentin. Mais depuis elle avait perdu la notion du temps.

— Mon petit, dépêche-toi, marmonna la future mère. J'avais pourtant tout prévu, personne ne devait savoir.

Quand Louise avait constaté son état, au mois de mai, elle s'était promis de protéger l'enfant qui s'était niché bien au chaud dans son ventre de femme amoureuse. Accoutumée aux ragots du village et aux perfidies des bigotes, elle avait dissimulé sa grossesse. Durant les deux derniers mois, elle portait une blouse ample, le bas du corps étroitement serré par des bandes de tissu. Déjà très mince, elle s'était privée de nourriture.

— Tu ne seras pas un objet de mépris, on ne te traitera pas de bâtard, hoqueta-t-elle.

Son corps lui paraissait prêt à se disperser en morceaux sanglants, tellement elle souffrait. Son regard clair se posa sur l'édredon, où s'étalait le nécessaire préparé par ses soins.

— Des langes que j'ai coupés dans de vieux draps, une paire de ciseaux, du désinfectant, de l'eau chaude et une peau de mouton, récita-t-elle, le souffle court. Seigneur, il fait si froid, mais je ne pouvais pas accoucher en bas, non, ça non.

Soudain ses jambes la trahirent. Louise se laissa glisser sur le plancher, terrassée par une contraction d'une intensité inouïe. Elle releva sa jupe et son jupon pour effleurer d'un doigt une boule chaude et visqueuse, qui distendait son sexe.

— Oui, oui, c'est bien, mon petit, viens…

Au même instant, des pas rapides ébranlèrent les marches de l'escalier. Antoine fit irruption dans la pièce.

— Louise ! Seigneur, je m'en doutais !

Son frère, désormais âgé de treize ans, tomba à genoux près d'elle. Il était livide, mais une expression farouche le faisait paraître presque adulte.

— J'ai couru depuis l'école, j'avais un mauvais pressentiment, déclara-t-il en lui caressant le front. Dis-moi ce que je dois faire pour t'aider, Louise ! Je ne veux pas te perdre, je refuse que tu meures à cause de ce fumier de Vittorio !

— Pitié, ne l'insulte pas, Antoine. Je l'aimais si fort. Le bébé arrive, je dois pousser encore.

Rien n'effrayait Antoine Favre, qui avait obtenu son certificat d'études avec d'excellentes notes. Pour gagner quelques sous, il aidait l'instituteur à faire travailler les plus jeunes élèves. Les sciences le passionnaient, tout autant que la musique.

— Il faudra couper le cordon après avoir fait deux ligatures, annonça-t-il à sa sœur. Louise, moi, tu n'as pas pu me tromper. Je savais que tu étais enceinte. Alors je me suis renseigné, mine de rien, dans des livres.

Incapable de répondre, Louise s'accrocha à lui pour se redresser, bouche bée, le visage déformé par une clameur muette. Elle poussa de toutes ses forces, sans plus se soucier de la présence importune de son frère, ni de sa pudeur mise à mal.

— Courage, sœurette, courage, répétait Antoine.

Un vagissement vigoureux fit écho à ses exhortations. Le nouveau-né, ses minuscules bras levés en l'air, semblait protester contre son sort et contre le froid hostile du monde où il entrait.

— Tu as un fils, Louisette, sanglota l'adolescent.

— Vite, nettoie-le avec un peu d'eau chaude, et enveloppe-le dans la peau de mouton. C'était la tienne, je me souviens, maman t'avait vite mis au chaud en l'enroulant sur toi. Un cocon d'amour, je me rappelle, elle avait dit ça.

Brisée de fatigue, Louise aperçut le profil de son enfant. D'un regard embué de larmes, elle admirait les gestes précis de son frère, qui endossait avec brio le rôle d'une sage-femme. Il lui présenta enfin le bébé dans son cocon de laine blanche.

— Pardon, Antoine. Pardon, n'en veux pas à Vittorio. Il m'a donné mon temps de joie sur terre.

— Nous en reparlerons, répliqua-t-il. Soigne-toi, je descends mon neveu près du feu. On le couchera dans ton lit. Tu aurais dû rester en bas.

— Si quelqu'un était entré ou avait frappé…

Antoine secoua la tête, attristé. Il emporta le nouveau-né qui ne pleurait plus mais tétait son poing. Une fois seule, Louise se lava avec l'eau froide d'un des deux brocs qu'elle avait montés. Enfin elle changea de linge, mit une garniture, puis enfila sa robe grise à col blanc, dont le corsage se déboutonnait jusqu'à la taille.

— Vittorio, tu ne sauras jamais que tu es devenu père, ce jour de décembre, dit-elle tout bas. Je t'ai pardonné et j'aimerai ton fils aussi fort que je t'ai aimé.

La jeune femme se recoiffa et posa sur ses cheveux un béguin en lin blanc. Elle descendit, tout endolorie, mais prête à d'autres mensonges, pour préserver Antoine et le bébé.

— Il sera brun, nota son frère, assis au coin de l'âtre, son précieux fardeau blotti contre sa poitrine.

— Comme notre père et Nicolas, répondit Louise. Ne crains rien, Antoine, j'ai prévu de raconter partout qu'on m'a confié ce petit et que j'ai accepté car je manquais d'argent.

— Qui te croira ? Ta fable aura plus de chance si tu ne te montres pas pendant une quinzaine de jours. Je vais faire courir le bruit que tu es très malade, une grosse fièvre. Tu mettras la barre à la porte et si par malheur quelqu'un te dérange, tu lui dis de vite s'en aller, que tu es contagieuse.

— Tu es plus intelligent que moi, le félicita sa sœur. Mais la veille de Noël, je devais servir chez le maire, pour le dîner.

— Je les préviendrai, ils trouveront à te remplacer, trancha Antoine, d'un ton catégorique. Et Nicolas ? Tu comptes lui mentir ?

Leur frère aîné effectuait son service militaire dans le nord de la France. Aux dernières nouvelles, il ne rentrerait pas à Combloux pour fêter Noël.

— J'aviserai quand il m'écrira pour m'avertir de son retour, hasarda Louise. Antoine, je t'en prie, ne me juge pas, j'ai été faible, mais pour être honnête, je n'ai aucun regret.

— Si j'en veux à quelqu'un, c'est à Vittorio. Je savais que tu le fréquentais et que tu étais heureuse. Alors j'ai fait celui qui ne voyait rien. Si encore il avait pu t'épouser ! Mais non, cet homme t'a trahie. Il était déjà marié et il est reparti en Italie, sans te laisser d'adresse et sans même s'inquiéter de ton sort. Tu peux être sûre d'une chose, Louise, quand je serai amoureux d'une jeune fille, je la respecterai.

Louise tenait à peine sur ses jambes. Elle dut s'allonger sur son lit, calé dans un angle de la pièce. Le moment où elle put se glisser entre ses draps, sous deux couvertures, lui causa un bien-être délicieux, en dépit de sa situation. Tout de suite, son frère lui amena l'enfant.

— Garde-le au chaud, recommanda-t-il. Je vais te donner du bouillon et une tranche de pain. J'ai un peu de temps avant de retourner à l'école. Mais je ne peux pas te tenir compagnie, ça paraîtrait suspect.

— Fais entrer Barry, Antoine. Il aboiera si on vient à ma porte pendant ton absence. Est-ce qu'il neige encore ?

— Oui, les toits sont blancs, les rues aussi. Louise, comment feras-tu pour baptiser le bébé ? Je suis logique, si tu l'as pris en nourrice, il est supposé être déjà ondoyé et avoir un nom.

Louise admirait son fils, déposait de légers baisers sur le duvet sombre de son crâne bien rond. Un amour incommensurable, implacable, la submergeait. Cet amour-là avait peu de rapport avec la passion charnelle qui l'avait jetée dans les bras de Vittorio, son bel Italien.

— Je te consacrerai ma vie, mon petit ange, chuchota-t-elle. Tu seras un homme de valeur, comme tes deux oncles.

— Si on l'appelait Clément, en hommage à notre mère ? proposa son frère.

— Quelle bonne idée, Antoine ! approuva Louise. Ne crains rien, j'irai me confesser dès que je pourrai, et monsieur le curé me conseillera. Il consentira peut-être à venir baptiser le bébé ici, chez nous.

L'adolescent esquissa une moue dubitative. Il servit un bol de bouillon à sa sœur, qui le but avec délice.

— Je m'arrangerai pour crocheter la porte avec du fil de fer, en partant, précisa-t-il. Et tu as raison, Barry montera la garde. Le seul cadeau intéressant que nous aura fait Vittorio.

Sur ces mots pleins d'amertume, Antoine alla entrebâiller le battant. Un grand chien aux longs poils fauves, au poitrail couleur ivoire, était assis sur le seuil. Accoutumé à passer une partie de son temps à l'extérieur, il suivit néanmoins son jeune maître dans la maison d'un trot alerte.

— Tu vas rester là, c'est compris, Barry ? ordonna celui-ci.

L'animal, très obéissant, se coucha devant le buffet, en fixant tour à tour la jeune femme et le garçon qui le nourrissait et le câlinait souvent.

— Mange toi aussi, Antoine, dit Louise, somnolente.

— Je n'ai pas faim, mentit-il. Tu dois reprendre des forces. Repose-toi, je serai de retour à 16 heures.

Peu après, le cadet des Favre, une casquette sur ses cheveux châtain clair, une écharpe en laine autour du cou, quitta la pièce où le feu pétillait et chuintait.

— Mon cher Toinet, soupira Louise.

Elle put enfin sangloter sur la traîtrise de son amant, qui lui avait caché l'existence d'une épouse du côté de Turin, dans la plaine du Pô, sur son chagrin lorsqu'il était parti en lui disant adieu. Elle se remémora leurs rendez-vous dans la forêt, ou sur le sable sec d'une grotte.

— Mon temps d'amour, mon temps de bonheur, gémit-elle, son beau visage enfoui dans le creux de l'oreiller.

Vittorio l'avait eue toute neuve, vierge innocente à qui il avait enseigné le plaisir, la frénésie des corps.

— J'étais si sûre de toi, de nous, j'attendais que tu me parles mariage. Tu as même trompé Nicolas, quand il s'est soucié de ma réputation. Mais tu n'avais pas l'intention de me conduire à l'autel, non.

Louise pleura longtemps, une main sur son fils. Le petit dormait, son pouce dans la bouche.

Une nouvelle vie venait d'éclore, en ce mois de décembre 1903.

*

Cent douze ans plus tard,
Servoz, chalet de Benjamin, lundi 11 mai 2015

Benjamin étudiait au microscope des échantillons de poils qu'il avait récupérés dans son camion, sur le tissu où se couchait la louve. Son examen terminé, il les rangea dans un sachet en plastique transparent, afin de les expédier à Lyon, où un laboratoire ferait des recherches génétiques. Les loups qui avaient colonisé les Alpes étaient censés tous venir d'Italie, des montagnes des Apennins et même des Abruzzes, mais certains spécimens pouvaient s'être introduits en France, venant de Pologne ou de l'ancienne Yougoslavie.

Des rideaux de pluie voilaient les fenêtres. Le jeune homme songea à sa protégée, prisonnière d'un solide enclos, derrière le chalet. Au début de l'après-midi, il avait recouvert le grillage d'une bâche, car l'eau s'infiltrait et détrempait la terre. L'état de la louve le préoccupait. Soit elle demeurait prostrée, soit elle hurlait et s'agitait.

— Je vais être obligé de lui donner encore un peu de calmants. Si elle s'enfuyait maintenant, elle ne vivrait pas une semaine.

Le berger suisse l'écoutait parler, couché devant la cheminée. Il se leva brusquement en aboyant. Benjamin sentit son cœur battre plus vite, certain que Soline était de retour, après son expédition à Saint-Gervais. Mais des plaintes et des coups de griffes sur la porte firent écho aux jappements sonores de Neige.

— Qu'est-ce que c'est… ?

Il ouvrit et vit Barry, trempé, l'œil vif. Le grand chien blanc rejoignit le tervueren et ils s'élancèrent tous les deux en direction de la piste. Benjamin prit son téléphone, enfila une veste et sortit à son tour, pour monter dans son pick-up. Avant de démarrer, il appela Soline.

— C'est sa messagerie, ça ne sonne même pas, s'affola-t-il. Avec ce temps, elle a pu s'enliser, ou faire une sortie de route.

Livide, il s'efforça de rouler au ralenti, afin d'inspecter les bois qui l'entouraient.

— Soline, Soline, murmura-t-il.

Il redoutait surtout un accident, provoqué par l'orage, mais en réfléchissant, il conclut que Barry n'avait pas pu parcourir une grande distance. Enfin, ses phares se reflétèrent sur la carrosserie rouge du 4 × 4. Barry et Neige étaient à l'intérieur, dans le coffre. Il semblait n'y avoir personne au volant.

— Où est Soline ? hurla Benjamin en se garant.

Terrorisé, il se gara au milieu du chemin et se rua vers la voiture. En se penchant par la portière restée ouverte, il aperçut des cheveux blonds, un corps recroquevillé sur la banquette arrière.

— Soline, qu'est-ce que tu as ?

— Benjamin ?

— Je suis là, oui ! Tu es malade ?

— Aide-moi à sortir.

Il put bientôt la tenir enlacée et la guider jusqu'au pick-up. Soline était d'une pâleur affreuse, les paupières meurtries, tout le visage marqué par les larmes.

— J'ai froid, balbutia-t-elle. Tellement froid.

— Je t'emmène au chaud, ne te fatigue pas à parler. Tu es glacée. Neige, Barry, en voiture, venez…

Soline reprit vraiment ses esprits une demi-heure plus tard. Elle se souvenait, comme s'il s'était s'agi d'un rêve, des gestes tendres de Benjamin. Il l'avait entièrement déshabillée et l'avait douchée, en la frictionnant avec un gant et du savon parfumé à l'orange. Il s'était aussi empressé de la sécher et de l'envelopper dans un épais peignoir en laine écossaise.

— J'ai un bon infirmier, soupira-t-elle, une tasse de chocolat chaud entre les mains. Excuse-moi, tu as dû avoir très peur.

— La deuxième plus grande peur de ma vie, avoua-t-il. J'espère ne pas en avoir d'autres avant longtemps. Mais c'est fini, tu es là, avec moi. J'apporterai une petite restriction, je serais plus tranquille si tu consultais un médecin les jours qui viennent.

La jeune femme fit la moue, son regard bleu un peu lointain. Assis près d'elle, Benjamin lui lissait les cheveux du bout des doigts.

— Un docteur serait impuissant dans mon cas, répondit-elle en lui souriant. Je dois être plus forte, plus résistante à l'avenir, si la même chose se reproduit, et sincèrement, je pense que ça recommencera tant que je n'aurai pas la clef de l'énigme.

— Est-ce que tu peux m'expliquer ?

— D'abord, après la visite chez le vétérinaire, il y a eu ce gros orage. Je ne pouvais pas rouler, j'ai attendu.

Soline raconta sa vision de la catastrophe de Saint-Gervais. Benjamin remarqua à quel point elle tremblait. Il lui ôta la tasse des mains pour la serrer dans ses bras.

— J'avais hâte de revenir, d'être près de toi, précisa-t-elle. Mais il pleuvait toujours beaucoup, à la sortie de Servoz. Je me suis encore arrêtée, et j'en ai profité pour appeler ma mère et Viviane. Ce que m'a dit maman était très bizarre. Elle croit que je serais en danger, si j'allais à Lons. Pire encore, on aurait voulu la tuer… Et moi, j'ai l'intuition que c'est vrai, je l'ai toujours su mais je refusais de l'admettre.

— Et c'est ce qui t'a provoqué un malaise ? insinua Benjamin.

— Non, ça c'était différent, et difficilement concevable. Si je te le dis, tu vas douter de ma santé mentale.

— Jamais je ne douterai de toi, Soline. Je suis sérieux. Tu fais partie de ma vie, et même de moi, désormais. C'est la moindre des choses d'avoir entièrement confiance l'un envers l'autre.

Les yeux sombres du jeune homme brillaient d'un éclat fascinant. Soline eut envie de l'embrasser et de faire l'amour, là, sur le canapé, pour effacer ce qu'elle avait vécu, seule dans sa voiture. Pourtant elle reprit sa confession.

— J'étais à mi-parcours, sur la piste. Tout à coup, j'ai eu une violente douleur au ventre. Des contractions. Adolescente, j'ai parfois eu mal ainsi, des douleurs menstruelles… Mais je souffre moins maintenant et ce n'était pas la date. J'ai cherché à analyser ces crampes très pénibles, et quand elles sont devenues insoutenables et rapprochées, j'ai compris. Je vivais l'accouchement d'une autre femme… Elle m'est apparue, Benjamin, défigurée par la douleur, mais je l'ai reconnue.

— C'était la jeune fille aux nattes blondes, dit-il.

— Oui, à peine plus âgée. Elle se tenait au montant d'un lit, en mordant un morceau de linge, sans doute pour ne pas hurler. Je l'ai vue qui s'effondrait sur le sol, et moi j'ai été aveuglée… Même si j'entendais un bébé pleurer, je ne voyais plus rien.

— Mais à quel moment es-tu allée te coucher sur la banquette arrière ? demanda Benjamin d'une voix douce.

— La douleur était trop forte, je voulais m'allonger. Barry était déjà parti. Je l'ai envoyé te chercher, parce que je ne trouvais plus mon téléphone.

Ils gardèrent le silence un long moment. Soline essuya les larmes qui perlaient sur ses joues.

— L'inconnue de mes visions était désespérée, je l'ai senti. Tu veux toujours de moi, Benjamin ? D'une extravagante créature, partagée entre le passé et le présent ?

— Je te voudrai toujours, Soline. Franchement, j'aimerais pouvoir vivre la même expérience que toi.

— Oh non, c'est loin d'être agréable, se récria-t-elle. Et je suis frustrée à chaque fois. Si au moins je savais qui est cette jolie femme… N'en parlons plus, je t'en prie.

Benjamin lui donna un baiser, comme pour sceller son accord. Soline, avide de sa bouche, de son corps contre le sien, se blottit davantage près de lui. Il glissa une main câline dans l'entrebâillement du peignoir, en quête de sa peau satinée, de ses seins.

— Allons dans ma chambre, souffla-t-elle à son oreille.

Il la souleva et la porta jusqu'au lit, tandis qu'elle le tenait par le cou, égarée par le désir. La nuit de mai bleuissait la clairière quand ils se reposèrent, nus, épuisés, mais comblés de joie.

Un hurlement s'éleva alors, tout proche. Le cri modulé semblait exprimer une infinie détresse. Neige et Barry se mirent à hurler eux aussi.

— Pauvre louve, murmura Soline. Elle doit rêver de liberté.

Servoz, mercredi 13 mai 2015,
deux jours plus tard

Le soleil était de retour. Soline, en débardeur blanc et jupe de cotonnade, observait la louve captive, qu'elle avait baptisée Farouche. Benjamin s'était montré réticent à lui attribuer un nom.

— Il faudra prendre le risque de la libérer dès que j'aurai eu l'aval de mon ami vétérinaire, s'était-il expliqué. On ne doit pas s'attacher à elle.

Soline s'était sagement rangée à cet avis, mais en continuant à l'appeler ainsi, dès qu'elle lui rendait visite. Elle prenait à chaque fois la précaution d'enfermer Neige et Barry, mais la veille, le tervueren avait réussi à la suivre. L'animal sauvage et le chien s'étaient observés avec circonspection.

— Tu as apprécié la viande crue, Farouche ! Demain, tu auras du poisson.

La jeune femme était remise de ses émotions, après deux jours en compagnie de Benjamin, et des nuits d'amour dont elle se réveillait sur un nuage d'harmonie.

— Tu vas de mieux en mieux, quand même, hein, ma belle Farouche.

Un toussotement qui se voulait menaçant résonna dans le dos de Soline.

— Je t'y prends, à essayer de l'amadouer en cachette, s'écria Benjamin qui la serra néanmoins dans ses bras. Déjà, Barry rôde souvent près de l'enclos. J'ai dû doubler le grillage.

— Désolée, mais elle a besoin d'une présence amicale. Et puis je pars pour Combloux. Je voulais lui dire au revoir.

— Tu es toujours une petite fille, répliqua-t-il. Une adorable gamine qui me rend heureux.

Ils échangèrent un baiser, avant de s'éloigner de l'enclos, main dans la main.

— Soline, es-tu vraiment obligée de rencontrer ce couple ? déplora Benjamin. Je suis inquiet, à cause de cet homme qui rôde autour de toi, dès que tu es là-bas.

— Je t'ai promis de coucher chez Viviane et de prévenir les gendarmes si besoin. Je refuse de vivre à tes crochets. La saison des randonnées débute, je ne peux pas laisser passer cette première opportunité. Ce couple d'Anglais m'offre une somme inespérée. Et ça entraînera Barry, en prévision de notre contrôle, à la fin du mois.

— Je sais, mais on sera séparés plusieurs jours. Le chalet va me paraître vide, sans toi.

— Surtout sans Neige et Barry, plaisanta Soline en riant. Et si tu t'ennuies, tu peux commencer à enquêter.

— J'en avais l'intention, mais je dois travailler, moi aussi. On m'a signalé un groupe de trois loups, dont un jeune, qui ont attaqué un troupeau de moutons, du côté de Seyssel. J'ai promis de m'y rendre aujourd'hui. Mais…

— Mais ça t'ennuie de laisser la louve sans surveillance, et tu préférerais que je reste ici. Pourquoi pas ? Je préviens Viviane. De toute façon, mon rendez-vous avec mes futurs clients est à 14 heures demain.

Soulagé et rassuré, Benjamin s'empara de ses lèvres, tout en l'étreignant avec passion.

— Merci, Soline, ma précieuse petite Soline, mon amour.

— Chut, protesta-t-elle en le faisant taire d'un doigt sur sa bouche. C'est trop, regarde, je suis écarlate.

— Non, tu as un teint de pêche.

Ils se sourirent, simplement heureux d'être aussi complices et encore ensemble pour déjeuner sur une table qu'ils avaient installée sous l'auvent de la terrasse.

— Chaque instant près de toi est une fête, avoua Soline. J'ai l'impression que rien de mauvais ne peut m'arriver, tant que tu es là.

Songeur, Benjamin la contempla. Il aurait souhaité lui dire à quel point il la chérissait et pourquoi il craignait tant de la perdre, mais il se tut. La vérité pouvait attendre.

16

Des aveux tardifs

Lons-le-Saunier, chez Monique et Jacques Fauvel
mardi 16 juin 2015

Soline avait poussé le fauteuil roulant de sa mère sous le tilleul. L'arbre ombrageait un des angles du modeste jardin jouxtant la cour. Monique Fauvel leva la tête vers le feuillage de l'arbre, d'un vert translucide dans les rayons du soleil.

— On est bien, ici, ma chérie. Mais tu n'as pas de siège, toi !

— Je vais chercher un pliant dans le garage, maman. Et la table de camping, pour te servir ton repas de midi.

— Comme tu es gentille ! Après tous ces jours à l'hôpital, ce sera agréable de manger dehors, près du rosier que Jacques a planté, l'année de tes douze ans.

La remarque, somme toute anodine, émut Soline, qui regretta soudain de ne pas être la véritable fille des Fauvel.

« Ce serait plus simple, on accepte ses vrais parents comme ils sont, on n'a pas le choix, se dit-elle. J'ai souvent été froide avec eux, quand j'ai su qu'ils m'avaient adoptée. »

Ces pensées aigres-douces tournaient dans son esprit, tandis qu'elle préparait le déjeuner dans la cuisine. La jeune femme était arrivée la veille, en fin de journée. Elle donna du gras de jambon à Barry et à Neige, tous deux assis à ses pieds.

— Vous êtes contents de m'avoir accompagnée, n'est-ce pas ? Je peux vous parler, mon père s'est absenté, sinon j'aurais droit à ses moqueries habituelles.

En short et chemisette, Soline retourna dans le jardin. Sa mère la regarda approcher.

— Que tu es belle, ma chérie, soupira-t-elle. Et tu as déjà les jambes et les bras dorés par le soleil. J'aime bien quand tu te fais un chignon.

— Il fait si chaud, je préfère relever mes cheveux. Voilà, nous avons une salade, du jambon et des œufs durs.

— Vite, tant que nous sommes tranquilles, raconte-moi ta vie à Combloux, insinua Monique. Au téléphone, je ne vois pas tes mimiques, pourtant elles en disent long, souvent.

Une fois assise à la table de camping, Soline hésita sur la manière de présenter les changements survenus récemment dans son existence. Elle avait cependant une certitude.

« Je ne citerai pas le nom de Benjamin, c'est plus prudent. Nous sommes tellement heureux, je ne prendrai aucun risque. »

— Oh, tu en fais une mine de conspiratrice, nota sa mère. Aurais-tu rencontré quelqu'un ?

— Oui, maman, et je l'aime ! Ne m'en veux pas, je n'en dirai pas davantage sur lui, j'ai mes raisons pour rester discrète. Il y a beaucoup de choses que je ne vous ai pas dites, ces derniers mois, à papa et à toi. J'aurais dû vous en parler plus tôt, mais j'avais peur de vous inquiéter.

— Rien de grave, au moins ?

— Si, et je compte sur toi pour être franche. Dès que je te demandais si je pouvais te rendre visite, tu refusais. Tu m'as répété que ton accident n'en était pas un, que je ne devais pas venir à Lons, car je serais en danger. Je savais que tu étais sincère, j'en avais l'intuition.

Monique Fauvel termina sa bouchée avant de répondre, en souriant d'un air mélancolique.

— Les gendarmes ont retrouvé une moto qu'on avait brûlée, dans les bois. La plaque du moteur était illisible.

Soline songea à la motoneige découverte sous le hangar d'une scierie à l'abandon. Là aussi, aucun indice n'avait résisté aux flammes.

— Maman, je vais te résumer la situation, depuis le mois de février. Ensuite, nous pourrons discuter.

En exposant les faits de façon concise, sans s'encombrer de détails inutiles, la jeune femme eut mal au cœur. Benjamin avait su l'entourer d'un rempart de tendresse, derrière lequel elle s'était sentie en sécurité. Pourtant le danger existait encore.

— J'ignore si Cédric Rousseau, le moniteur de ski, a été tué parce qu'il avait tenté de me séduire, conclut-elle, mais Alban, qui aurait pu mourir, renversé par une voiture, commence à le croire. Et mon amie Kate a été sauvée in extremis.

Consternée, Monique passa une main tremblante dans ses cheveux grisonnants, coupés au carré. Elle désigna Barry d'un mouvement de tête.

— Et cet homme aurait essayé de tuer ton chien ?

— Je n'en suis pas sûre, la disparition de Barry n'a peut-être pas de rapport, répliqua Soline. Maman, tout ce que tu viens d'entendre, je l'ai confié à la capitaine du PGHM, Sophie Gally. Nous avons sympathisé, vers la fin du mois de mai, et j'ai préféré la mettre au courant.

— Et qu'en pense-t-elle ?

— Je voudrais surtout savoir ce que tu en penses, toi. Avoue que c'est troublant, un chauffard heurte de plein fouet Alban Demolliens, et il t'arrive le même genre d'accident quelques semaines plus tard. Si je suis au centre de tous ces drames, si des gens que j'aime meurent par ma faute, je ne me le pardonnerai pas. Déjà, tu es peut-être handicapée pour le restant de ta vie, c'est vraiment injuste.

— On doit m'opérer en juillet. Les médecins ont un peu d'espoir avec cette seconde intervention, ne te tourmente pas.

— Tu ne méritais pas d'être infirme, maman.

Un silence gêné s'instaura. Soline retenait ses larmes, à nouveau malade de culpabilité et d'angoisse. Sa mère lui prit la main et étreignit ses doigts avec douceur.

— Tu n'es pas responsable, ma chérie. Pourquoi tu ne nous as rien dit, quand tu as séjourné ici, ce printemps ? Il faut parler à ton père, il est en droit de savoir, lui aussi. Ma pauvre petite, tu en as du courage !

— On ne me fait rien, à moi, marmonna Soline en haussant les épaules.

— Mais si j'ai tout compris, on dirait qu'il te laisse en paix, à présent, nota sa mère. Ce sale individu ne s'est pas manifesté depuis que tu as retrouvé Barry.

Le tervueren, à l'écoute de son nom, se redressa, les oreilles pointées, l'œil brillant. Soudain il bondit et posa une patte sur les genoux de sa maîtresse.

— Il veut témoigner, plaisanta Soline. En fait, il a sans doute vu ce saligaud qui me harcelait.

— Veux-tu être polie, je ne t'ai pas élevée ainsi, s'indigna faussement Monique, avec un sourire.

— Je sais, mais ça soulage, maman. Sinon, tu as raison, depuis plus d'un mois, cet homme me laisse en paix, assurément parce que je n'habite pas à Combloux. Viviane Gonod est formelle, il n'y a plus de roses déposées devant ma porte et personne n'a tenté d'entrer dans mon logement. Cela dit, je dois être difficile à localiser, car je me suis installée chez mon ami. Nous sommes très amoureux, et il vit en pleine forêt.

D'instinct, Soline avait baissé la voix pour donner ce détail. Elle jeta également des regards méfiants vers la rue, puis sur le mur qui ceinturait la cour et le jardin.

— Je suppose que vous couchez ensemble, chuchota soudain sa mère. Ne va pas tomber enceinte…

Jamais Monique Fauvel n'avait évoqué les possibles relations sexuelles de sa fille adoptive. Soline, désorientée, eut soudain les joues en feu.

— Ce n'est pas le sujet, maman, protesta-t-elle. Tu ne m'as toujours pas répondu. Pourquoi affirmais-tu que je serais menacée, ici, et pourquoi es-tu sûre qu'on a voulu te tuer ?

— Sers-moi de l'eau, ma chérie, je vais te répondre.

La pâleur de Monique, ses yeux affolés, alarmèrent Soline. Elle regretta presque de l'obliger à parler, redoutant d'entendre des aveux qui la feraient souffrir.

— Je me suis souvenue de quelque chose, quand j'ai repris conscience, à l'hôpital, expliqua sa mère. J'étais distraite ce soir-là, en sortant de la boucherie. Je pensais à ton départ précipité, à la scène avec ton père, et j'étais triste. Quand j'ai traversé la rue, il y a eu un bruit de moteur, et en me retournant j'ai aperçu la moto qui fonçait droit sur moi. Le conducteur portait un casque, mais pendant quelques secondes, j'ai vu son regard, et je l'ai reconnu… Oui, je l'ai reconnu, je ne me suis pas trompée. C'était cet homme qui m'avait abordée sur la place de l'église, l'année de tes quinze ans.

Soline retenait son souffle. Sa mère eut un sanglot sec, en lui serrant plus fort la main.

— Qui est-ce, maman ?

— Ne m'interromps pas, je t'en prie. Mon Dieu, si ton père savait que je trahis ma promesse. Jacques refusait de te le dire. Comment t'expliquer ? La première fois, il m'a saluée poliment et il m'a demandé si une adolescente prénommée Soline habitait bien chez nous. Je me suis tout de suite méfiée, son regard me mettait mal à l'aise. Il a insisté, se présentant comme un de tes cousins, issus de ta vraie famille. J'ai voulu m'éloigner, mais il m'a saisie par le coude. J'avais peur, mais pour te protéger, j'ai répondu qu'il faisait erreur, que sur les dossiers de la DDASS, il n'y avait aucun renseignement sur tes parents. Il a perdu patience, en déclarant qu'on avait eu tort de t'adopter, et d'autres fadaises. Par chance, ton père est arrivé et l'homme est parti.

Sidérée, Soline se représenta la scène, tout en étudiant les singuliers propos de l'inconnu.

— Quel âge avait-il environ, maman ? Il était comment ?

— Un peu moins de la trentaine, peut-être, mais le visage très marqué, avec des cicatrices, très brun aussi. Le pire, c'étaient ses yeux d'un gris transparent et la pupille minuscule, qui paraissait encore plus noire.

Ce portrait ne correspondait à aucun des hommes qu'avait rencontrés Soline, à Lons ou en Haute-Savoie.

— Il a sonné ici, deux ans plus tard, un après-midi, poursuivit Monique à mi-voix. Tu étais au lycée, ton père au travail. Il s'est montré plus courtois, en prétendant qu'il voulait juste de tes nouvelles. Je l'ai reçu sur le pas de la porte, sans le faire entrer, tu penses bien… Il s'est même excusé pour sa conduite sur la place de l'église.

Pour m'en débarrasser, je lui ai dit que tu étais une excellente élève, une brillante sportive. Il avait eu l'air satisfait et il m'a remerciée. Ensuite il m'a demandé d'un ton bizarre si tu fréquentais un garçon. Tu sortais déjà avec Enzo, à l'époque, mais j'ai répondu que tu étais sérieuse et que tu ne voyais personne. J'étais gênée de lui mentir, car il paraissait honnête, après tout.

— Et papa, tu lui as dit qu'il était revenu ?

— Bien sûr ! Jacques était furieux quand il a su. Il m'a interdit de lui ouvrir, une prochaine fois, ou de le menacer de porter plainte. Moi, ma chérie, je me disais que s'il était vraiment de ta famille, on aurait pu le recevoir, exiger des preuves.

— C'était la seule chose à faire, déplora Soline, profondément atteinte par ces révélations. Pourquoi tu ne m'en as pas parlé ?

— Attends un peu, tu vas mieux comprendre. L'homme est revenu un an plus tard, toujours lorsque ton père et toi vous étiez absents. J'ai refusé de lui ouvrir, pour suivre les conseils de ton père, mais il a toqué à la fenêtre de la cuisine. Nous avons discuté comme ça, par l'entrebâillement. Je lui ai dit de nous fournir des justificatifs officiels de votre lien de parenté, il a fait celui qui n'entendait pas. En plus, il avait appris que tu fréquentais Enzo, je ne sais pas comment, et il semblait furieux. Qu'est-ce que je n'ai pas entendu, mon Dieu !

— Maman, tu as eu affaire à un fou. Pour moi, ça ne fait aucun doute, il s'agit du même malade mental. Si je pouvais l'envoyer au diable, lui et ses roses rouges, s'exaspéra Soline.

— Pas si fou que ça, ma chérie, je t'assure. La preuve, ce jour-là, il m'a menacée et tu vois où j'en suis. Il a tenu parole.

— Mais menacée pourquoi ? Et de quoi ? s'exaspéra Soline.

— Il scandait les mots, en affirmant qu'il me mettrait hors d'état de lui nuire, quelque chose comme ça, si je te laissais partir avec Enzo, un « jean-foutre » selon lui, et qu'il aurait gain de cause, qu'il te reprendrait tôt ou tard. C'était terrible. Dès le lendemain, ton père a déposé une main courante contre X, en donnant son signalement à la police.

Le cœur de Soline s'emballa, sous l'effet de l'angoisse. Tout se tenait, tout était lié. La bouche sèche, elle but un grand verre d'eau.

— Est-ce que tu l'as revu par la suite, maman ? Je veux dire depuis que je vis dans les Alpes ?

— Oui, je l'ai croisé un soir au coin de notre rue, je revenais de l'épicerie. Il devait épier la maison. C'était le premier hiver sans toi, quand tu travaillais à Megève, et que tu logeais avec ton amie Kate dans un camping-car. Je l'ai averti, les gendarmes avaient son portrait-robot et il ne devait plus me harceler. Et j'ai joué la mère furieuse contre toi, en racontant que tu avais fugué, que j'ignorais où tu étais. Pardonne-nous, ma petite chérie. Ton père et moi, on avait tellement peur de te perdre, et peur que cet homme te fasse du mal.

— Se taire est la pire des méthodes dans certains cas, répliqua la jeune femme, dévastée. Je ne vois plus qu'une solution, pour en finir avec toute cette histoire. Je dois rencontrer ce sinistre personnage, le faire arrêter surtout. Il s'agit du même homme, maman, c'est une évidence.

Elles en discutèrent encore une dizaine de minutes, dans la lumière dorée de juin. Soline observait de temps en temps ses chiens, persuadée qu'ils signaleraient l'approche d'un étranger, de surcroît animé de mauvaises intentions. Elle débarrassa la table, avant de proposer du café.

— Non, je te remercie. Je suis fatiguée, se plaignit sa mère. Peux-tu me ramener à la maison ? Je vais faire la sieste. Grâce à ton oncle André, ma chambre du rez-de-chaussée est prête.

— C'était bien de sa part de vous prêter l'argent nécessaire, si j'en ai les moyens, je vous aiderai à le rembourser.

— Ne te soucie pas de ça, marmonna Monique.

Soline poussa le fauteuil roulant, escortée par Neige et Barry. Une idée la traversa.

— Dis-moi, maman, Neige était près de toi, chaque fois que cet homme t'a importunée… Il a dû grogner, se montrer sur la défensive ?

— Je n'en sais rien, le plus souvent j'enfermais ton chien dans le garage quand tu n'étais pas là. Je le craignais un peu, et puis il perdait ses poils, il en semait partout.

— Encore un secret, soupira Soline. Tu avais tort, Neige ne t'aurait jamais fait de mal.

Monique se mit à pleurer, sa résistance nerveuse ébranlée. Soline aida sa mère à se coucher. D'autres questions lui brûlaient les lèvres, mais elle décida de les poser à son père, dès qu'il rentrerait.

— Repose-toi, maman. Je suis tellement désolée pour tout ce gâchis.

— Nous sommes peut-être responsables, Jacques et moi, ma chérie. Seigneur, que je suis bien, une fois allongée ! Sois très prudente, tu me le promets ?

— Promis, je monte dans ma chambre, avec Neige et Barry, et je verrouille la porte d'entrée.

Seule à l'étage, Soline se percha sur le rebord de sa fenêtre, qu'elle avait ouverte en grand. De là, elle voyait une partie de la rue, la cour et l'angle du jardin où se dressait le tilleul.

— C'est inutile que je raconte à mes parents mes visions du passé, et les expériences étranges que j'ai faites, murmura-t-elle en admirant le ciel d'un bleu intense.

Elle départageait les problèmes de son existence entre le présent, suffisamment complexe, et les scènes qu'on lui montrait, datant à son avis de la fin du XIXe siècle ou du tout début du XXe.

— Je n'ai qu'un prénom comme début de piste, « Albertine », une des victimes de la tragédie de Saint-Gervais. Benjamin voulait faire des recherches, mais il n'a pas eu le temps.

Le jeune scientifique, en cette saison, était appelé d'un bout à l'autre du département. Des conflits, mis en avant par la presse, avaient lieu entre les éleveurs, les opposants au loup et des groupes d'écologistes.

Soline résista à l'envie de téléphoner à Benjamin. De son poste d'observation, elle vit une voiture se garer devant le portail.

— C'est papa, il devait rentrer en fin d'après-midi !

Jacques Fauvel l'avait accueillie gentiment, mais il demeurait réservé, parfois bourru. Elle descendit sans bruit pour aller tourner le verrou, au cas où son père n'aurait pas emporté ses clefs. Il parut surpris lorsque sa fille l'embrassa sur les joues.

— Maman fait la sieste, annonça-t-elle. Tu m'avais dit que tu étais très occupé, aujourd'hui. Je suis capable de veiller sur notre malade.

— Notre infirme, oui, rectifia-t-il. J'ai rencontré le chirurgien qui insiste pour une nouvelle opération. Le résultat est tout à fait aléatoire, alors pourquoi charcuter encore ta mère ?

— N'emploie pas un mot pareil, les médecins savent quand même ce qu'ils font, protesta Soline.

— Je n'ai plus confiance en personne, ni en l'avenir, trancha Jacques Fauvel. Je suis navré d'avoir été dur et vindicatif envers toi, mais pour être honnête, nous nous serions évité beaucoup de soucis si ta mère n'avait pas insisté pour te garder.

Soline encaissa le choc, en se répétant qu'elle partirait dès le lendemain et qu'elle retrouverait Benjamin, le chalet et la louve, qu'ils surnommaient désormais Farou, et non plus Farouche.

— Moi aussi je suis désolée, papa ! Cependant, quitte à être honnête, pourquoi m'avoir caché les visites de cet homme, celui qui menaçait maman ? Pourquoi ce silence, ces mystères ? C'était possible de le faire arrêter, de le démasquer. Maintenant, il rôde autour de moi, de ceux que j'aime.

— Bon sang, Monique t'a parlé ! s'irrita-t-il. Ah, les femmes, elles sont incapables de tenir leur langue !

Les traits austères de son père adoptif étaient tendus par la rage. Soline, qui le dévisageait, éprouva à nouveau le besoin urgent de fuir la maison, afin de ne plus subir ces chauds et froids qu'il lui imposait depuis des années. Elle respira à fond, pour garder son calme.

— Maman a bien fait de me parler. Je vais être en mesure de fournir plus de détails à la gendarmerie de Combloux. Sinon, papa, est-ce que tu me dissimules autre chose ? Ce serait le moment de dire la vérité, sur mon enfance notamment, sur cet accident dont je n'ai aucun souvenir. On pourrait boire un café tous les deux, dans le jardin…

Jacques Fauvel consentit d'un marmonnement embarrassé. Soline prépara tout le nécessaire à une vitesse record, de peur de le voir changer d'avis. Ils s'installèrent à l'ombre, tandis qu'un vent frais agitait le rosier grimpant et ses fleurs roses.

— Papa, crois-tu que cet homme soit réellement de ma famille biologique ? s'enquit la jeune femme.

— Non, si c'était le cas, il se serait comporté de façon plus correcte, sans effrayer ta mère, et en nous donnant des preuves. Tu sais, je ne l'ai vu qu'une fois, sur la place de l'église, mais il m'a fait une mauvaise impression. Il était bien habillé, comme un bourgeois, pourtant ça faisait l'effet d'un déguisement, sur lui. Il avait une tête de truand, voilà mon opinion. Je me suis souvent demandé si tu ressemblais à tes vrais parents, aussi je les imaginais à ton image, de belles personnes, intelligentes, avec de la classe, rien à voir avec cet individu.

— Merci pour les compliments détournés, papa, hasarda Soline, touchée par cette brève évocation.

— Je dis ce que je pense, rétorqua-t-il. Bah, on ne peut pas t'enlever ça, tu es une très jolie fille. Passons, j'en reviens à ce type ! Le portrait-robot ne correspondait à aucun fichier, on ignorait son identité, les gendarmes ne pouvaient rien faire. Mais tu prétends qu'il rôde autour de toi, même à Combloux ?

Soline fut obligée de tout raconter une nouvelle fois, en résumant au maximum.

— D'où me connaît-il, cet homme, et depuis quand ? s'écria-t-elle à la fin de son récit. À qui va-t-il s'en prendre bientôt, à toi, à Viviane ou à mon...

Elle se tut brusquement. Intrigué, son père la fixa d'un air soupçonneux.

— Tu as quelqu'un dans ta vie ? dit-il.

— Oui, maman est au courant. Je n'ajouterai rien, pour le protéger, comprends-tu ? Personne de mon entourage ne sait où il habite, ni son nom. Je me suis réfugiée chez lui depuis un mois.

Jacques hocha la tête. Il but d'un trait sa tasse de café, qui avait refroidi.

— Nous avons affaire à un sordide assassin, déplora-t-il. Tu feras mes excuses à ton amie Kate, je ne savais pas ce qu'elle avait enduré. De là à fouiller la maison...

— Kate est hors jeu, je doute de la revoir avant longtemps. La cousine de Viviane Gonod l'a prise sous son aile. Je préfère qu'elle soit loin, en sécurité.

— Tu as toujours été généreuse et dévouée aux autres, Soline, j'admire tes qualités de cœur, sache-le. Ne t'inquiète pas trop pour nous, et redouble de prudence. J'ai beaucoup réfléchi sur les motivations de cet homme. Il a pu te croiser dans la rue, ou à ton club d'escalade, et développer une fixation sur toi. J'ai lu un cas similaire, dans un magazine. Tu es devenue son idéal féminin, et il veut t'isoler, pour t'accaparer ensuite.

Soline s'étonna en silence de la théorie de son père, qui se livrait rarement. Elle ferma les yeux quelques secondes, afin de tester son intuition. La pensant bouleversée, Jacques la rassura tout bas :

— N'aie pas peur, chérie, je pense qu'il ne te ferait pas de mal.

— Je n'ai pas peur, répondit-elle en lui souriant, son regard myosotis étincelant de volonté. Mais tu approches de la vérité, je le sens. Nous n'avions jamais parlé ainsi, rien que tous les deux, en confiance. Merci, papa.

Jacques lui caressa la joue, très ému. Soline en aurait pleuré.

— Je suis fier que tu sois ma fille, ajouta-t-il.

Servoz, chalet de Benjamin, lundi 22 juin 2015

Benjamin avait emmené Soline jusqu'à un escarpement rocheux, pour admirer ensemble le coucher du soleil. Ils avaient marché longtemps à travers la forêt, avant d'atteindre ce promontoire tapissé d'une herbe rase, entre des larges pierres plates.

— C'est d'une rare beauté, murmura la jeune femme, blottie dans les bras de son compagnon. On dirait un tableau peint par les anges.

Des lueurs d'un rose nacré se reflétaient sur le mont Blanc enneigé, qui se dessinait sur un ciel d'un bleu pâle délicat. Un mince quartier de lune teinté d'or blanc se devinait.

— Je viens souvent ici, la vue est sublime. On peut rêver de tous ces sommets, sans forcément les gravir, lui dit Benjamin. Il y a tellement d'excursions, par des foules de gens irrespectueux. Ces montagnes me paraissent sacrées, c'est un sentiment que j'ai. Et toi ?

— D'un côté, j'adore l'escalade, l'alpinisme, mais tu as raison, à chaque ascension, j'ai pu constater combien certains manquent de civisme. Il y a beaucoup de déchets, de saletés. N'en parlons pas ce soir, ça brise un peu le charme du lieu et de l'heure.

— Pardon, je suis écologiste dans l'âme et souvent donneur de leçons, si je croise des promeneurs du genre pollueur. Au fond, je voudrais changer le monde, une lutte épuisante.

Ils s'embrassèrent, sous le regard impassible des deux chiens, assis à quelques pas.

— Tu pourrais me demander comment s'est déroulée ma randonnée, le taquina Soline.

— Je t'écoute…

— Mes clients étaient enchantés par l'itinéraire. Nous avons dormi dans le refuge des Chalets de Varan. Hier, ils ont grimpé une voie assez difficile, où je les ai assurés, bien sûr. C'était une réussite, et je suis ravie d'avoir enfin gagné de l'argent. Du coup, cet après-midi, j'ai offert un hortensia bleu à Viviane, et je t'ai acheté un petit cadeau.

Soline riait tout bas, son ravissant visage doré par la clarté flamboyante du ciel, ses yeux d'un bleu plus intense. Benjamin songea qu'il ne pourrait plus vivre sans elle.

— Tiens, j'espère que ça te plaira.

— Venant de toi, je ne peux pas être déçu, répondit-il d'un ton solennel, en lui donnant encore un baiser.

Le paquet, enrubanné de bolduc rouge, avait la forme d'un livre. Benjamin découvrit un ouvrage ancien, sur les mythes liés à la montagne, illustré de gravures magnifiques. Un marque-page dépassait.

— Je l'ai fait exprès, tu vas comprendre pourquoi, précisa Soline.

— Il y a un chapitre sur les meneurs de loup, s'étonna-t-il. Le thème m'a toujours passionné.

Merci, je suis très touché. J'ai rarement reçu des cadeaux. Celui-ci est le plus précieux.

Benjamin semblait vraiment bouleversé. Soline, attendrie, l'enlaça avec douceur. Elle percevait chez lui une fragilité secrète, causée par de profondes blessures morales.

— Si nous attendions la nuit noire ici, proposa-t-il d'une voix douce. Nous dînerons au retour, ce sera presque un réveillon, mais en été. La louve semble apprécier son enclos et la nourriture facile. Elle ne risque rien.

— Je veux tout ce que tu veux, affirma-t-elle.

Ils s'étendirent sur l'herbe, dans les bras l'un de l'autre. Barry se rapprocha d'eux, Neige se coucha à côté de Soline. Des senteurs ténues sourdaient de la terre qui se rafraîchissait, après la chaleur du jour.

— Peut-être que nous allons enfin être heureux, murmura soudain Benjamin.

— Je le suis déjà, depuis que je te connais. Malgré tout…

Elle refusait d'évoquer dans un moment aussi parfait les mystérieuses menaces dont ils devaient tenir compte, surtout après les aveux tardifs de Monique et de Jacques Fauvel.

Soline tenait la main de son « amoureux », un terme qui lui plaisait. Ils communiquaient par ce simple contact, sans avoir besoin de se parler, et s'abandonnèrent à la sérénité du lieu. Peu à peu l'obscurité les enveloppa, mais ils ne bougeaient pas, fascinés par les premières étoiles.

— Oh non, non, s'écria subitement Soline, en se redressant. Non, pas Viviane, par pitié.

Alarmé, Benjamin l'aida à se relever. Il avait compris.

— Tu as eu une vision ? Soline, calme-toi.

La jeune femme, effrayée, tremblait de tout son corps. Elle réussit à s'expliquer.

— Viviane, il va lui faire du mal, je l'ai vu ! Il la frappait. Vite, il faut rentrer au chalet, je dois partir. J'ignore si c'est déjà arrivé ou si ça va se produire. Benjamin, je n'arriverai jamais à temps. Nous sommes trop loin des voitures.

Il ramassa leurs affaires, la bouteille Thermos, la couverture, son livre et enfouit le tout dans son sac à dos.

— On y va immédiatement, déclara-t-il. Soline, tu es une sportive confirmée, alors tu es capable de courir presque tout le trajet du retour.

— Oui, et toi ?

— Je suis entraîné et j'ai une lampe. Je passerai devant pour t'éclairer. Mais d'abord, appelle les gendarmes de Combloux, qu'ils aillent chez Viviane. Soit ils la préviendront, soit ils surprendront ce type… Et si ton amie est blessée, ils pourront alerter les secours.

— C'était dans ma maison, gémit Soline. Viviane se tenait près du buffet, il levait le bras, quelque chose à la main.

— Tu as vu son visage ?

— Non, hélas. Il portait une cagoule noire et il faisait très sombre.

Ils s'élancèrent sur la pente, précédés par Neige et Barry, contents de se dégourdir les pattes. Soline, bien qu'au pas de course, composa le numéro du brigadier, sans obtenir de réponse.

— Fais le 17, recommanda Benjamin.

Soline suivit son conseil, mais son interlocuteur l'entendait à peine. Elle dut s'arrêter pour reprendre son souffle.

— Nous allons envoyer des agents à cette adresse quand nous aurons contacté la brigade de Combloux, lui dit-on enfin, ici vous êtes à Chamonix.

— Ce sera trop tard ! hurla-t-elle, secouée de frissons nerveux.

Le gendarme voulut discuter, mais Soline raccrocha pour essayer de joindre la capitaine Gally. Elle lui laissa un message, avec des sanglots dans la voix. Une fureur venue de l'enfance grondait en elle, contre les assassins et contre tous ceux qui osaient user de violence.

Ils déboulèrent enfin, essoufflés, sur l'esplanade du chalet.

— Soline, on prend mon pick-up, tu n'es pas en état de conduire, et je tiens à t'accompagner. Tu n'affronteras pas cette épreuve seule.

— Non, je refuse qu'on nous voie ensemble, qu'il découvre que tu es avec moi et que je t'aime, cria-t-elle.

— On perd du temps, monte dans ton 4 × 4, mais je prends le volant. Les chiens sont plus habitués à ta voiture.

— D'accord, emmène-moi, capitula-t-elle.

Durant le trajet, Soline fit de gros efforts pour ne pas pleurer. Elle fixait la route, la gorge nouée sur sa révolte, sa terreur de ne pas revoir Viviane vivante.

— Je ne peux plus accepter cette situation, dit-elle tout bas, à la sortie d'un virage en lacet. J'aurais dû y penser bien avant, je vais m'en aller à l'étranger. Je me sens coupable, Benjamin, tu ne peux pas imaginer à quel point.

— Calme-toi, tu as peut-être vu une scène qui ne s'est pas encore passée, comme pour la coulée de neige dans le massif des Aravis. Tu m'as expliqué que l'avalanche venait juste de se produire, et tu as sauvé ce gosse, Fabrice.

— Je sais, mais j'aime tant Viviane. Et je l'ai abandonnée, par égoïsme. C'était un peu ma grand-mère de cœur, et une femme admirable, courageuse, la grande dame du secours en haute montagne, comme la surnomme Alban Demolliens. Roule plus vite, j'ai l'impression qu'on n'arrivera jamais à Combloux !

— Si nous avons un accident, ça n'aidera en rien ton amie Viviane, répliqua-t-il. Fais-moi confiance, Soline.

Elle croisait et décroisait ses mains, les traits tendus par l'anxiété. Benjamin, impuissant à la réconforter en la câlinant, chercha à l'apaiser différemment.

— Soyons logiques, déclara-t-il. Tes visions, hormis celles du passé, te permettent de sauver des vies, il n'y a aucune raison que tu aies vu Viviane en danger, si tu ne peux pas la secourir. Toi ou quelqu'un d'autre, Sophie Gally, un voisin… Soline, je me doute de ce que tu endures, mais aie foi en toi, en ce don que tu possèdes.

Elle étouffa un sanglot, obsédée par la scène qui lui était apparue.

— C'est tellement incompréhensible, Benjamin ! Pourquoi on ne m'a pas montré maman, au moment où le motard allait la heurter ? Est-ce que je vais subir ce phénomène toute ma vie ?

— Les manifestations paranormales sont une énigme pour les scientifiques et les esprits étroits, affirma-t-il. Mais on ne peut pas nier leur réalité. Je serai près de toi, Soline, toujours. Ne crains rien, ne pleure pas, je ne supporte pas que tu sois triste et effrayée.

La jeune femme lui adressa un sourire pathétique, en lui effleurant le bras. Ils venaient d'entrer dans Combloux.

— J'ai mal au cœur, murmura-t-elle. On dirait qu'il va éclater ou se briser. Vite, tourne à droite, ensuite à gauche, la rue où habite Viviane est un peu à l'écart du centre. C'est presque une impasse, elle débouche sur un chemin qui monte à travers des champs, vers un bois. C'est là !

Dès que Benjamin s'engagea dans la voie indiquée, tous deux aperçurent la lumière bleue d'un gyrophare sur le toit d'une estafette des pompiers.

— Il y a aussi une ambulance devant chez moi, cria Soline. Et à gauche, c'est le break de Sophie. Elle a eu mon message, elle est venue. Gare-toi, j'y vais !

Elle courut vers les silhouettes qui s'agitaient. Un gendarme barrait le passage d'un geste autoritaire. C'était Mathis Derain.

Lorsqu'il la reconnut, il s'écarta un peu, à l'instant même où la capitaine Sophie Gally se rapprochait, sanglée dans son uniforme bleu marine. Elle posa tout de suite une main amicale sur l'épaule de Soline.

— Mme Gonod va être hospitalisée, mais rassure-toi, elle est juste blessée. Derain et moi, nous sommes arrivés à temps. Nous l'avons trouvée gisant sur le sol, du sang sous la tête.

— J'ai entendu du bruit dans la remise à bois, renchérit Mathis Derain. Le type s'est enfui par là. Je voulais le rattraper, il avait disparu. Il faisait nuit noire dans la ruelle et j'ignorais de quel côté il était parti.

Un merveilleux soulagement submergea Soline. Sa chère Viviane était sauvée.

— Est-ce que je peux lui parler, Sophie ? L'embrasser…

— Vas-y, Mme Gonod doit avoir le crâne solide, elle commence à reprendre connaissance. Mais pas plus que dix secondes, l'ambulance s'apprête à démarrer.

Viviane faisait peine à voir, les yeux mi-clos, couchée sur la banquette, une perfusion dans le bras gauche. Un infirmier veillait sur elle.

— Te voilà, gamine, chuchota la septuagénaire. Il m'a bien arrangée, cette ordure.

— Ne vous fatiguez pas, recommanda Soline. J'ai eu si peur pour vous.

Elle se pencha et déposa un baiser sur le front de Viviane. Un pansement provisoire dissimulait ses cheveux roux.

— Approche, souffla celle-ci. Tu as su ?

— Oui, je vous ai vue et lui aussi, répondit Soline en lui parlant à l'oreille. J'ai appelé la capitaine Gally, j'étais trop loin pour vous aider.

— Mademoiselle, je suis désolé, on ne peut plus attendre, mais vous pouvez accompagner madame, proposa l'infirmier.

— Faites demi-tour, je monterai dans deux minutes, je dois prévenir l'ami qui m'a emmenée à Combloux.

Soline courut avertir Benjamin. Il était resté au volant du 4 × 4. Sophie Gally discutait avec lui, par la vitre baissée. Elle s'éloigna aussitôt, en lançant un au revoir.

— J'avais raison, dit le jeune homme à Soline. L'agression ne s'était pas encore produite, lorsque tu as eu ta vision. Ton amie Viviane est sauvée, grâce à toi.

— À chaque fois, je crois au miracle. Benjamin, je pars dans l'ambulance. Tu peux rentrer au chalet, je dormirai à l'hôpital. De quoi parliez-vous, avec Sophie Gally ?

— Elle avait reconnu ta voiture et elle m'a interrogé. Sans doute une déformation professionnelle, j'ai dû décliner mon nom et les raisons de ma présence sur les lieux. Je lui ai dit que j'étais un simple ami. Ne t'inquiète surtout pas. Tiens-moi au courant, d'accord ?

Il lui tendit son sac et son téléphone. Elle faillit se pencher et lui donner un baiser, cependant elle se retint, afin de ne pas révéler la nature de leur relation.

L'ambulance freina à leur hauteur. Benjamin encouragea Soline d'un grand sourire et d'un clin d'œil.

Hôpital de Chamonix, le lendemain matin,
mardi 23 juin 2015

Viviane, accoutrée de la tunique claire réservée aux patients, regardait Soline, endormie dans le fauteuil, à côté de son lit. Dans son sommeil, sa gamine arborait une moue d'enfant triste.

— Ah, ma belle, je te dois une fière chandelle, marmonna-t-elle. Sans toi, ce bandit m'aurait achevée.

On lui avait servi un café au lait et des biscuits à 8 heures du matin. Maintenant l'alerte septuagénaire avait hâte de retrouver sa maison et ses habitudes. Une aide-soignante entra, pour emporter le plateau.

— Vous n'avez besoin de rien, madame ? s'enquit-elle.

— Si, de m'en aller ! Je suis en pleine forme, à part une bosse sur le crâne.

— Le docteur passera vers 11 heures, il décidera ou non de votre sortie. On a dû vous recoudre, quand même, il n'y a pas qu'une bosse.

— J'en ai vu d'autres, pendant l'ascension de l'Aiguille du Midi, avec mon mari. J'avais le mollet coupé de haut en bas par une arête de roche. Tant que vous êtes là, si vous pouviez apporter du café et un truc à grignoter, pour cette demoiselle.

— Entendu, madame Gonod. Je sais qui vous êtes, on cause de vous dans les couloirs.

Flattée, Viviane se rengorgea. Son rire satisfait réveilla Soline. D'abord elle parut désorientée, puis elle se souvint des événements de la nuit.

— Et alors, gamine, tu as piqué un bon roupillon, et ma parole, tu ronflais, je n'ai pas pu fermer l'œil !

— Vraiment, je suis désolée, Viviane.

— Je blague, c'est moi qui ronfle, un effet de l'âge. Je ne sais pas ce qu'ils m'ont injecté, mais je suis tombée dans les vapes une fois arrivée aux urgences. Pourtant j'aurais voulu te parler, hier soir. Viens plus près !

Soline s'assit au bord du lit. D'un élan affectueux, elle prit la main de sa vieille amie qui murmura d'un air de conspiratrice :

— La capitaine Gally va venir m'interroger. Je veux tout te raconter avant, tant qu'on est toutes les deux.

— J'y comptais bien, concéda Soline. Je tiens à savoir si ma vision était exacte.

— Il faisait tellement beau, au crépuscule ! Je suis allée chez toi pour aérer, sans allumer les lumières. Tout était impeccable et je te revoyais le jour où je t'avais fait visiter. Tu poussais des cris ravis, tu me répétais que tu te plairais dans cette petite maison. Je ne pensais plus à ce type. Je me suis accordé une pause sur ton canapé, à rêvasser. Sais-tu à quoi je pensais ?

— Non.

— Je me demandais si je reprendrais un chien ou non ! Vindiou, j'ai même tiré à pile ou face. Bon, j'abrège. Je referme les volets, je vérifie le gaz. Il faisait déjà nuit. Après, tout s'est passé très vite. Il y avait du bruit dans la remise, j'ai ouvert la porte, et je me suis trouvée nez à nez avec un homme, le visage cagoulé de noir, une matraque à la main. Il m'a poussée de toutes ses forces, mais je me suis raccrochée au buffet.

— Vous deviez être terrifiée !

— Je n'ai pas eu le temps pour ça. Il m'a saisie par les épaules, en me questionnant : « Où est Soline ? Dites-le moi, sinon je vous éclate le crâne ! » Il me secouait, le bougre, et je répondais que tu étais partie sans me laisser d'adresse, que j'allais relouer le logement. Il avait une voix rauque, basse, un regard affreux. Il a insisté, il voulait savoir où tu étais ! Bon sang, ses sales manières m'ont fichue en rogne. Je lui ai décoché un coup de pied dans le genou… Bah, je visais plus haut, tu me comprends, mais j'ai raté le but. Bien sûr, il était fou furieux, il m'a frappée derrière la tête avec sa matraque et ça m'a assommée. Quand je suis revenue à moi, une jolie rousse prenait mon pouls, en me serinant que tout allait bien.

— Vous avez beaucoup saigné, paraît-il, déplora Soline en lui étreignant les doigts. Viviane, je n'aurais jamais dû vous laisser seule à Combloux.

— Tais-toi donc ! Je t'avais bien expédiée chez tes parents, moi, au printemps. Tu n'es pas responsable, gamine, et tu as la mémoire courte, car tu m'avais conseillé de ne pas entrer chez toi. Je n'en fais qu'à mon idée. Et si tu veux mon avis, ce type sait où j'habite. Il se serait débrouillé pour m'agresser tôt ou tard.

On frappa à la porte de la chambre. Viviane jeta un « oui » agacé. Sophie Gally apparut, escortée par Mathis Derain et Alban Demolliens. Ce dernier tenait un beau bouquet de lys et de campanules bleues.

— Voilà la cavalerie, comme dans les westerns, plaisanta la septuagénaire.

Soline était très gênée. Elle n'avait pas revu Alban depuis des semaines. Il était amaigri, le teint pâle, mais il lui dédia un sourire ébloui.

— Je vais chercher un vase, lui dit-elle en contemplant les fleurs. Je voulais me rafraîchir, je n'ai pas eu le temps.

— Tu es toujours ravissante, murmura-t-il avant de marcher d'un pas hésitant vers le siège le plus proche.

— Viviane, j'ai eu soin de ne pas vous offrir de roses, fit-il remarquer.

— Ah, mon p'tit gars, je suis contente de te revoir, soupira celle-ci. Tu te souviens de ça, de ma passion pour les lys ? Léon en avait planté dans le jardin, ils n'ont jamais poussé.

Sophie Gally et Mathis Derain s'étaient postés devant la baie vitrée, hiératiques dans leur uniforme. Soline s'esquiva dans le couloir, en quête d'une aide-soignante. Elle croisa la jeune personne qui s'occupait de Viviane.

— Il faudrait un vase, et je cherche des toilettes pour les visiteurs, il y a du monde dans la chambre de Mme Gonod.

Bientôt, elle put s'asperger le visage d'eau froide, se savonner les mains et se recoiffer un peu. Le miroir lui renvoya une image qu'elle estima passable.

— Je porte un pull de Benjamin, et mon pantalon de rando est taché par la terre et l'herbe, constata-t-elle. Tant pis, je n'ai pas eu le choix.

Pendant son absence, Viviane avait tenu le même récit aux deux gendarmes du PGHM. Soline fut de retour pour écouter les conclusions de Sophie Gally.

— Maintenant, ça ne fait plus de doute, décréta la capitaine. Cet homme est dangereux. On peut lui attribuer la mort de Cédric Rousseau et l'enlèvement de Catherine Girard. Je suis presque certaine qu'il a aussi essayé d'abattre le chien de Soline.

— Nous aurons les rapports de la scientifique ce soir, ajouta Mathis Derain. Ils ont fait le maximum de relevés chez vous, mademoiselle Fauvel.

Alban prit la parole, en articulant soigneusement, ce qui apitoya Viviane.

— Sophie m'a expliqué que tu n'étais pas à Combloux, dit-il à Soline. C'est une chance, mais notre chère amie Viviane aurait pu être tuée.

— Vous êtes au courant, rétorqua la jeune femme, se sentant le point de mire de tous les regards. L'homme me cherchait, il tentait d'obtenir l'endroit où je m'étais réfugiée. Lorsque j'étais à la maison, il se contentait de déposer des roses, un message. Tant qu'il ne sera pas arrêté, je dois revenir et tolérer ses manigances. Il se calmera s'il sait où je suis. Je me fie à mon intuition.

— Votre fameuse intuition, renchérit Derain.

— Eh ! Sans Soline, je ne serais plus de ce monde, trancha Viviane. Bon, si vous voulez bavarder encore, venez dîner ce soir. Que le médecin donne son feu vert ou non, je quitterai l'hôpital en début d'après-midi.

Alban s'empressa de raisonner la septuagénaire, secondé par Mathis Derain. Soline en profita pour s'approcher de Sophie.

— Je t'ai vue discuter avec l'ami qui m'a emmenée jusqu'à Combloux, hasarda-t-elle à mi-voix. Tu l'as reconnu ? Je lui avais parlé de toi, quand tu as retrouvé Barry.

— Benjamin ? Évidemment, je l'ai reconnu. On était à la fac et de bons copains, pas davantage. Il était bizarre, hier soir. Vous êtes en couple ?

— Non, non, se défendit Soline.

Son cœur se serra. Benjamin, son amoureux, lui avait menti.

17

Une fêlure

Combloux, chez Viviane,
mardi 23 juin 2015, même jour

Il était 19 heures. Soline préparait sans entrain le repas, en s'assurant à intervalles réguliers que Viviane dormait paisiblement. La septuagénaire avait signé une décharge de responsabilité pour pouvoir quitter l'hôpital. Alban Demolliens avait protesté, et il était le seul à venir dîner, Sophie Gally et Mathis Derain ayant poliment décliné l'invitation.

— Benjamin ne répond pas à mes messages, enragea Soline à voix basse. Il aurait pu m'appeler, cet après-midi, et s'expliquer sur son mensonge.

Elle coupait des tomates en tranches fines, pour les servir en salade, en maniant le couteau si vite qu'elle avait failli se blesser déjà deux fois.

— Je n'ai même pas envie de cuisiner, maugréa-t-elle encore.

La voix éraillée de Viviane s'éleva, de la pièce voisine, où elle était alitée.

— Qu'est-ce qui te fait autant ronchonner, gamine ?

— Vous êtes réveillée ? J'espère que ce n'est pas à cause de moi. Restez tranquille, je vous apporte de la citronnade et vos cachets d'analgésique.

Soline fut soulagée en retrouvant le regard frondeur et le sourire de la maîtresse des lieux. Adossée à ses oreillers, elle semblait en pleine forme.

— Tu ne te ronges pas les sangs à cause de moi, au moins, ma belle ? insinua-t-elle. Et tes chiens, où sont-ils ? Ils me manquent, tes deux fauves !

— Hier soir, quand j'ai su ce qui vous menaçait, c'est mon ami qui m'a conduite jusqu'à Combloux. J'étais trop affolée pour prendre le volant. Je lui ai dit de rentrer chez lui et de garder Barry et Neige.

— Ton amoureux, rectifia Viviane d'un air malicieux.

— Je croyais que nous étions amoureux, oui, soupira Soline en s'asseyant au bord du lit.

Elle jeta des coups d'œil affligés sur le décor suranné de l'ancien bureau de Léon Gonod.

Tout dans cette pièce aux cloisons en bois évoquait la montagne, les glaciers, l'escalade.

— C'est touchant, Viviane, de voir les affaires de votre mari, son piolet, ses skis, ses diplômes, et les lettres de remerciement des gens que vous avez sauvés tous les deux.

— Ne change pas de sujet, gamine ! Il y a un souci, je ne suis pas aveugle.

— Une première fêlure, avoua Soline. Benjamin m'a menti et j'ignore pourquoi. En plus, il ne répond pas à mes messages.

— Vindiou, téléphone-lui donc, tu sauras ce qui se passe ! Allez, raconte, tu en meurs d'envie.

— La première fois où je lui ai parlé de Sophie Gally, il a tiqué, en prétendant qu'il l'avait peut-être croisée à la fac. Et hier soir, je les ai vus en train de discuter. J'ai d'abord pensé qu'ils s'étaient reconnus et qu'ils échangeaient quelques mots.

— Et alors, continue, gamine, l'encouragea Viviane.

— Sophie s'est éloignée, et quand j'ai demandé à Benjamin de quoi ils parlaient tous les deux, il m'a répondu que la capitaine avait demandé son identité, par déformation professionnelle, or ce matin, elle a été franche, en me précisant qu'elle connaissait Benjamin.

— Petite embournie, va ! s'esclaffa la septuagénaire. Tu es jalouse comme une tigresse, oui. J'étais comme toi.

— La jalousie n'a rien à voir, je déteste le mensonge !

— Tu ne mens jamais, peut-être ?

— Parfois, j'y suis obligée, mais pour une bonne cause. Je n'en peux plus des mensonges ! Viviane, la semaine dernière, je vous ai confié les révélations de mes parents. Pourquoi m'ont-ils caché les visites de cet homme, le même sûrement qui a failli vous tuer ? Pourquoi Benjamin m'a menti, lui aussi ?

Viviane sirota son verre de citronnade et avala ses cachets. Elle paraissait songeuse.

— Ce garçon a sûrement une excellente raison. Quant à cet homme, je crois qu'il voulait m'effrayer, mais il n'avait pas l'intention de me tuer. Si je ne l'avais pas frappé, il ne m'aurait pas assommée.

— Comment le savoir ?

— En effet, ça reste à prouver, concéda Viviane. Dépêche-toi d'appeler Benjamin.

— Non, c'est à lui de le faire, s'entêta la jeune femme.

— Mais il ne peut pas deviner que tu es en colère, gamine ! Et puis s'il ne te répond pas, tu ferais peut-être bien de t'inquiéter. L'homme s'est enfui, hier soir, quand les gendarmes sont arrivés. S'il avait un véhicule garé pas loin, il a pu suivre celui qui conduisait ton 4 × 4. Ne fais pas de caprice, tu t'en mordras les doigts si par malheur ce sale type s'en est pris à ton amoureux.

Effarée, Soline réalisa qu'elle n'avait pas envisagé un instant ce cas de figure. Une minute plus tard, elle écoutait la sonnerie du téléphone de Benjamin, puis sa messagerie.

— Il ne répond pas, gémit-elle. Et je suis bloquée ici, sans voiture.

Viviane la rejoignit, pour lui tapoter doucement l'épaule. Elles échangèrent un regard soucieux.

— Quand Alban sera là, emprunte-lui son break. Tu seras fixée comme ça.

— Je n'ai aucun pressentiment, avoua Soline. J'aime tant Benjamin, j'aurais sans doute une vision, s'il était en danger.

On toqua à la porte. Viviane, habillée d'un jogging gris élimé, s'empressa de retourner dans le bureau.

— C'est mon p'tit gars, fais-lui la conversation pendant que je me change, gamine.

Mais Alban n'était pas seul. Soline eut la mauvaise surprise de se trouver nez à nez avec Janine, sa mère. Le plan de Viviane tombait à l'eau. Il était hors de question d'emprunter la voiture de Mme Demolliens. Soline en aurait pleuré de contrariété.

— Bonsoir, mademoiselle, lança Mme Demolliens d'un ton sec. Quelle idée a eu Viviane d'inviter mon fils ! Il ne peut pas encore conduire, c'est trop risqué. Son médecin m'a mise en garde, il peut faire des malaises.

— Maman, tu exagères, ce diagnostic date de quinze jours. Je vais bien et j'aurais pu venir sans ton aide, protesta celui-ci.

Soline les fit entrer, avec un sourire forcé.

— Bonsoir, madame, dit-elle. Tu es sûr que tu vas bien, Alban ? Comment as-tu fait ce matin, pour aller à l'hôpital.

— Sophie et Mathis m'ont emmené. J'ai obtenu un poste dans le service administratif du PGHM. Je me rends au travail à pied, ou en bus.

— Travailler dans son état, c'est idiot, bougonna sa mère.

— Asseyez-vous, proposa Soline. Je vais ajouter un couvert. C'est un repas léger, des tomates qui viennent du potager de monsieur Jeannot, le voisin, des œufs durs et du rôti froid.

— Ce sera parfait, affirma Alban qui la fixait avec un sourire mélancolique.

— J'ai eu la bienséance d'apporter un dessert, annonça sa mère. Un moka, du meilleur pâtissier de Chamonix. Mon fils a insisté pour acheter un gâteau.

Viviane fit son apparition, en pantalon noir et chemisier blanc, un bandeau retenant ses cheveux.

— Vas-tu cesser de jouer les mégères, Janine ! attaqua-t-elle aussitôt. Pour une fois que tu me fais l'honneur de mettre les pieds chez moi, sois un peu plus aimable !

L'autorité naturelle de Viviane Gonod en imposait.

— N'oublie pas que j'ai été agressée, ajouta-t-elle en pointant un index en direction de Janine. Veux-tu voir les points, à l'arrière de mon crâne ?

— Non, sans façon.

Alban esquissa une mimique amusée, car sa mère affichait une expression gênée. Tous entendirent alors la sonnerie d'un téléphone portable.

— C'est le mien, dit Soline en se ruant sur le perron.

Elle avait vu sur l'écran le mot « chalet » attribué au numéro de Benjamin, afin de brouiller les pistes. Vite, elle descendit dans le jardinet.

— Où étais-tu ? demanda-t-elle tout de suite. Tu ne m'as pas donné de nouvelles de la journée. Ton dernier texto datait de cette nuit, vers 1 heure.

— J'ai eu quelques ennuis, répondit-il d'une voix tendue. Je suis navré, Soline.

— Navré de m'avoir menti, à propos de Sophie Gally ? Elle est venue ce matin à l'hôpital, voir Viviane. De toute évidence, elle se souvenait très bien de toi et elle au moins, ne s'en est pas cachée. Je ne comprends pas, comment as-tu osé me mentir, en me regardant droit dans les yeux ?

— Soline, je t'expliquerai quand nous serons tous les deux.

— Non, maintenant. J'étais très inquiète, et je ne pouvais pas aller à Servoz sans ma voiture. Je doute de toi, de nous, de tout, lui assena-t-elle.

Benjamin ne répondit pas immédiatement. Soline perçut le bruit de sa respiration, qu'elle jugea rapide, comme s'il était affolé. Sa colère en fut ébranlée.

— Quels ennuis as-tu eus, c'était grave ? s'enquit-elle.

— Suffisamment sérieux pour que je parcoure des kilomètres à pied. Mon téléphone n'avait plus de batterie. Là, je suis rentré au chalet, je l'ai mis à charger. D'ici une heure, je te rejoins à Combloux. Je préfère te parler en face, de vive voix. À plus tard, ne rappelle pas, je prends une douche.

— Benjamin… Dis-moi ce qui se passe. Tu me fais peur !

Il avait coupé la communication. Exaspérée, Soline faillit jeter son portable par terre, mais elle aperçut Alban sur la petite terrasse couverte du perron.

— Un problème ? insinua-t-il.

— Je n'en sais rien, répliqua-t-elle en montant les marches.

— Au fait, où sont tes chiens ? C'est rare qu'ils ne soient pas sur tes talons !

— Un ami les garde. Je me suis décidée dans l'urgence, pour ne pas quitter Viviane cette nuit.

— Ce doit être un excellent ami, pour que tu lui confies Barry et Neige.

— Quelqu'un de confiance, rétorqua Soline, agacée par cet interrogatoire. Rentrons, je dois servir les apéritifs.

— Pas d'alcool pour moi, avec tous les médicaments que je prends, c'est fortement déconseillé.

La jeune femme approuva d'un signe de tête. Elle endossa le rôle de maîtresse de maison, vive et gracieuse dans sa tenue de randonneuse.

— On dirait que vous n'avez pas pris le temps de vous changer, mademoiselle Fauvel, fit remarquer Janine. En cette saison, on porte de jolies robes.

— Je suis plus à l'aise comme ça, la défia Soline.

Elle songeait à ses vêtements d'été qui étaient au chalet. Son cœur se serra, de crainte de ne plus vivre là-bas, dans ce coin de forêt où elle avait été si heureuse.

— Bois donc ton verre de muscat, Janine, coupa Viviane. Au fond, qu'est-ce que tu reproches à ma protégée, hein ? Alban la trouve à son goût, alors tu brandis un bouclier ! Il se mariera un jour, ton fiston, que tu le veuilles ou non.

— Je le souhaite de tout mon cœur, ma chère Viviane, mais il lui faudrait une épouse convenable, très douce. Alban est un grand romantique.

— Maman, à mon âge, j'aimerais pouvoir m'exprimer seul sur mes aspirations et mes sentiments, se rebiffa-t-il. Et tu mets tout le monde mal à l'aise, comme d'habitude. J'étais content de dîner ici, mais si tu continues, autant repartir.

— Pardonne-moi, Alban. Je ne prononce plus un mot.

Satisfaite, Viviane grignota un biscuit salé. Elle ignorait que Benjamin avait décidé de venir à Combloux et se tracassait en secret. Soline le ressentit et préféra être honnête.

— Au fait, mon ami va ramener mon 4 × 4 et mes chiens, dit-elle. J'irai les enfermer chez moi, pour une heure ou deux. L'équipe de la police scientifique a terminé ses relevés. Je peux réinvestir mon petit foyer.

Une partie du repas se déroula dans une ambiance plus tranquille, ponctuée de banalités sur la météo et les touristes qui affluaient déjà. Soline servait le moka quand elle entendit un bruit de moteur et un coup de klaxon.

— Je reviens le plus vite possible, déclara-t-elle. Commencez à manger le gâteau.

Elle s'esquiva à nouveau, partagée entre l'impatience de retrouver Benjamin et un regain de colère envers lui.

— Il s'est garé en haut de la rue, tant mieux.

Benjamin sortit de la voiture. Il avait le teint livide, les traits tirés, ses boucles noires en pagaille. Soline marcha plus vite, dans sa hâte de se serrer contre lui, se moquant soudain du mensonge qui la rendait folle quelques heures auparavant.

— Soline, je dois te parler. Je suis vraiment désolé.

— Tu as sûrement une bonne explication, répliqua-t-elle, prête à l'enlacer.

Cependant un détail avait attiré son attention. Neige s'agitait et la regardait à travers la vitre arrière, mais le tervueren n'était pas là.

— Où est Barry ? s'écria Soline.

— Je n'ai rien compris, plaida Benjamin. Ce matin, la louve s'est enfuie de l'enclos, et Barry l'a suivie.

— Quoi ?

— Je me suis levé à l'aube et j'ai nourri la louve, en laissant les chiens à l'intérieur du chalet. Ensuite je les ai promenés dans la clairière, mais Barry allait sans cesse rôder près de l'enclos. J'ai tenté de l'en écarter et de le ramener, mais il n'obéissait plus, et comme il n'avait ni collier ni harnais, je ne pouvais pas le tenir. Quand Neige a voulu s'approcher de lui, il a même grogné. J'ai couru chercher son collier, en emmenant Neige.

Soline écoutait, muette de consternation, tout en contenant la fureur désespérée qui broyait son cœur.

— J'ai eu tort, je n'aurais jamais dû m'éloigner, déplora Benjamin. À mon retour, j'ai trouvé le grillage de la porte de l'enclos endommagé. Barry et la louve avaient atteint le sous-bois. Ils ont disparu.

— Tu te rends compte de ce que tu me dis, tu sais ce que ça signifie ? C'est la pire époque pour les loups, les braconniers les traquent, les abattent et font brûler les corps ou les enterrent. Barry était juste guéri, on va le tuer !

Benjamin essaya de la prendre dans ses bras, mais elle le repoussa, ivre de chagrin.

— Soline, je suis parti presque immédiatement derrière eux, avec Neige en laisse, car il sentait leurs traces. Je les ai appelés, j'avais même pris de quoi endormir la louve.

— Il fallait m'avertir, c'était la moindre des choses. Barry m'aurait peut-être obéi, s'il avait entendu ma voix !

— Pardonne-moi, j'étais sûr de les retrouver. Tu étais au chevet de Viviane, je n'ai pas osé te déranger.

— Tu accumules les erreurs, trancha-t-elle d'un ton dur. Viens, Neige.

Soline fit sortir le berger suisse, qui longea le mur le plus proche, la truffe au ras du sol.

— Il y a une petite chance que les fugitifs reviennent au chalet, hasarda tout bas Benjamin. On devrait se dépêcher.

La jeune femme prit les clefs de sa maison au fond de sa poche et désigna la façade d'un geste.

— Entrons chez moi, ordonna-t-elle. J'aurais aimé t'inviter un soir, dans d'autres circonstances. Neige, viens !

Il faisait sombre dans la pièce principale, aux volets fermés. Soline ne songea pas à les ouvrir. Elle dévisagea Benjamin d'un air hagard.

— Tu m'as menti hier soir, peut-être que tu continues au sujet de Barry, débita-t-elle d'une voix hostile. J'avais foi en toi, en nous deux, tu as tout détruit ! Je te déteste, tu entends, je ne veux plus te voir, plus jamais !

Elle se jeta sur lui les poings fermés et le frappa au hasard, aveuglée par les larmes qu'elle contenait depuis des heures. Il accepta les coups, se contentant de reculer un peu, et sans oser la saisir par les poignets.

— Disparais, ou rends-moi Barry ! hoqueta Soline.

— Calme-toi, je t'en prie, nous devons en discuter, supplia-t-il avec des accents d'infinie tendresse. Si tu savais combien je m'en veux de te faire souffrir !

Elle lui tourna brusquement le dos et alla s'appuyer contre le mur le plus proche, après avoir allumé le plafonnier. Une clarté rose révéla le charme du décor créé par Soline, ce qui acheva d'affliger Benjamin.

— Moi aussi, j'aurais aimé te retrouver ici, passer une soirée en amoureux, avoua-t-il.

— Va-t'en, dit-elle sans le regarder.

— Tu es obligée de me ramener à Servoz et de monter au chalet, si tu veux récupérer tes affaires.

Confrontée à l'évidence, Soline éprouva une vague sensation de détente. En dépit des paroles amères et haineuses qu'elle avait prononcées, des coups qu'elle avait donnés, elle était rassurée de pouvoir passer encore du temps avec Benjamin.

— D'accord, je n'ai pas le choix, décréta-t-elle. Tu as raison, je dois reprendre mes vêtements et mon ordinateur. J'enverrai un message à Alban, il préviendra Viviane.

— Je conduirai, tu trembles maintenant. Bois quelque chose, je te sers un verre d'eau.

— Je n'ai pas besoin de ta sollicitude, rétorqua Soline. Ne joue pas les gentils garçons, sinon tu n'as qu'à commander un taxi.

Soline fit face à Benjamin, qui lui sembla d'une impassibilité odieuse. Inconsciemment, elle aurait voulu l'entendre se justifier, ou même s'indigner. Une petite voix intérieure lui chuchotait que Barry avait failli lui échapper à elle aussi, quand la louve leur était apparue, un soir. La même louve, Farou.

— Nous étions tellement bien, gémit-elle soudain. Pourquoi tu m'as menti à propos de Sophie Gally ?

— Ce n'était pas le moment d'en parler, tu devais monter dans l'ambulance. Ton amie Viviane venait d'être agressée. En plus, j'ai été le premier surpris, car elle m'a reconnu aussitôt. S'il n'y avait pas eu ce gros souci ce matin, avec Barry et la louve, je t'aurais appelée.

— Tu me mens encore, mais tant pis, allons-y ! De toute façon, c'est fini entre nous. Alors raconte tout ce que tu veux, sur Nadia, sur Sophie, je n'y accorderai aucun crédit.

— Soline, tu es injuste, là, se rebella-t-il enfin. Hier soir, nous étions tous les deux affolés, j'ai répondu ça sans réfléchir. C'est stupide de me quitter à cause d'une minute de confusion ! Tu devrais être heureuse, car tu as sauvé Viviane, que tu aimes tant.

La porte sur la rue s'entrebâilla au même instant. Neige bondit vers la personne qui entrait.

— Tiens, tiens, on cause de moi ! s'écria la septuagénaire en caressant le chien. J'ai eu du nez de venir aux nouvelles, il y a du grabuge dans l'air. Bonsoir, monsieur, Benjamin, je suppose.

— Oui, madame, et je suis enchanté de vous rencontrer, en dépit du grabuge, répliqua-t-il.

— Viviane, il ne fallait pas vous déranger, déplora Soline.

— Mes invités sont partis, je m'inquiétais un peu. Toi, tu as pleuré, gamine ! Il reste du gâteau, si vous veniez tous les deux boire un bon café, et me dire ce qui se passe…

— Si Soline accepte, je veux bien, madame.

— En voilà un bon petit gars, plaisanta Viviane en prenant sa protégée par le bras. Viens donc, ma belle.

Dix minutes plus tard, Benjamin avait exposé la situation à Viviane, qu'il trouvait très sympathique. C'était réciproque, Soline le constata tout de suite.

« Je savais qu'il lui plairait, je rêvais de ce genre de moment, où nous serions tous les trois, songeait-elle. Mais à présent je suis malheureuse et j'ai rompu. »

Elle ignorait que ses traits harmonieux et ses yeux bleus trahissaient son infinie détresse.

— Tu ferais pitié à un cœur de pierre, ma petiote, déclara la septuagénaire en lui étreignant la main. Seulement, je dois te gronder un peu. Tu as du sang-froid, d'habitude ! Bon, pour Barry, je comprends, c'est préoccupant. Sa jolie louve risque de l'entraîner dans les forêts d'altitude. Ceci dit, si vous ne tentez rien avec Benjamin, ton chien n'est pas près de revenir. Tu l'avais dressé au sifflet à ultrasons ?

— Oui…

— Eh bien, dès demain matin, sillonnez la montagne et appelez-le à l'aide du sifflet, recommanda Viviane. Moi aussi, un de mes chiens m'avait faussé compagnie, un berger allemand. J'en ai fait des kilomètres, et je n'avais plus de voix, quand il a déboulé sur le chemin où je marchais.

— Mais votre chien n'avait pas suivi une louve !

— Qu'est-ce qu'on en sait, gamine ?

— Merci de me remettre les idées en place, Viviane. Je vais tenter l'impossible…

Benjamin se leva et débarrassa la table. Soline pensa qu'il paraissait à l'aise n'importe où, à la terrasse d'un café, dans les bois ou ici, dans une maison qui lui était étrangère.

— On peut y aller, Soline, dit-il d'un ton neutre. Madame, merci pour le gâteau et le café.

— Faites au mieux, les jeunes, et réconciliez-vous, ça ne vaut rien les fâcheries, quand on s'aime.

Entre Combloux et Servoz, même soir

Benjamin roulait doucement, comme s'il transportait une personne d'une extrême fragilité. Soline était silencieuse depuis leur départ de Combloux. L'intervention de Viviane l'avait comme dégrisée et à présent elle comparait sa crise de fureur à une ivresse honteuse.

« Qu'est-ce qui m'a pris ? s'interrogeait-elle. Même si Benjamin m'a menti, même s'il n'a pas su retenir Barry, je me suis mal comportée. Il disait vrai, j'ai été injuste. »

Elle se revit le frappant, l'accusant avec rage. Une chape de lassitude la terrassa.

— C'est préférable de nous séparer, dit-elle à mi-voix. Je suis navrée pour tout à l'heure. J'ai perdu le contrôle et j'ai peur que cela se reproduise.

— C'est oublié, répliqua-t-il. Tu devais être à bout de nerfs. Ce sont des choses qui arrivent.

— Non, j'ai de graves problèmes. Petite fille, j'étais suivie par un psychiatre. Mon père avait raison d'obliger Enzo à me quitter.

— Enzo ? Un garçon que tu aimais ?

— Je croyais l'aimer. Notre relation a duré environ un an, mais avant nous étions amis, au lycée. En fait, il a rompu sans hésiter, persuadé que je souffrais d'une maladie mentale. Mon père et lui n'avaient pas tort, je suis incapable de mener une existence normale, entre mon hypersensibilité et mes visions survenant n'importe quand...

Soline se tut, pour ne pas sangloter. Elle évitait de regarder Benjamin, mais elle l'entendit soupirer. Il lui répondit après quelques minutes.

— Les gens ont souvent peur de ce qui les dépasse, de ce qui est inexplicable, comme les phénomènes surnaturels. Mais qui peut se prétendre normal ou anormal ? Nous avons tous une personnalité, un tempérament, des faiblesses et des forces, ces dernières souvent insoupçonnables. Ne regrette pas d'être quelqu'un à part, apprécie le don que tu as reçu. Grâce à lui, tu peux sauver des vies.

— J'en suis consciente, Benjamin, mais parfois je voudrais être une jeune femme ordinaire, sans ce genre de problèmes extravagants. Cet homme a malmené Viviane pour apprendre où j'étais. Rien ne m'empêchera de culpabiliser. Autant te le dire, cette nuit, à l'hôpital, j'ai décidé de revenir habiter à Combloux, pour veiller sur elle. Je n'aurais pas dû l'abandonner.

— Je comprends ce que tu ressens, mais le plus important serait d'arrêter ce type. C'est lui le malade, pas toi. Tu es libre de tes choix, mais je vais devenir fou en t'imaginant de nouveau à sa portée, livrée à ses délires. Et je ne pourrais pas te protéger. Je t'aime, Soline, je t'aime sincèrement.

Sur ces mots, Benjamin freina et se gara sur le bas-côté. Il appuya son front contre le volant.

— Tu es l'unique personne sur terre à qui je tiens corps et âme, murmura-t-il.

— Et tes parents, ta famille ? s'étonna-t-elle, bouleversée.

— Tu es la seule. À quoi bon te raconter mon enfance ? Pour éveiller ta compassion, ou ta pitié, ça jamais.

La résistance de la jeune femme céda. Elle pressentait une tragédie dont il avait subi les conséquences et qu'il lui avait cachée par pudeur.

— Benjamin…

Soline le prit dans ses bras, avide de retrouver son odeur, sa chaleur, sa douceur. Il la serra avec passion contre lui.

— Viviane nous a donné un bon conseil, souffla-t-elle à son oreille, quand on s'aime très fort, il faut savoir se réconcilier. Dès que tu t'éloignes de moi, tu me manques, Benjamin. Eh oui, je suis jalouse, terriblement jalouse, car j'ai peur de te perdre.

Il s'empara de ses lèvres et elle répondit à son baiser comme une noyée qui remonterait à la surface de l'eau en quête d'air, afin de survivre.

— Je me moque de ton passé et du mien, s'écria Soline lorsqu'ils reprirent leur respiration. Je t'aime tant.

Ils se regardèrent, tous les deux au bord des larmes, fascinés l'un par l'autre. Mais Neige aboya au passage d'une voiture, en brisant la magie de l'instant.

— Rentrons au chalet, dit tout bas Benjamin, un sourire ébloui sur le visage.

Servoz, chalet de Benjamin, même soir

Soline et Benjamin gisaient nus sur un lit. Ils avaient épuisé leur frénésie de s'aimer, de se caresser, de sublimer l'acte de chair pour en faire une communion enchanteresse. Pendant deux heures, ils s'étaient éloignés du monde matériel, de ses conventions, pour sceller la passion qui les avait réunis.

— C'était une sorte de nuit de noces, dit-elle en l'embrassant.

— Un jour, on se mariera et nous vivrons sur la montagne, tous les deux, même devenus vieux, répliqua-t-il.

— Dans très longtemps, mais d'ici là, nous aurons des milliers de nuits d'amour.

Rassérénée, Soline semblait avoir oublié tout ce qui les avait conduits à une possible rupture. Elle s'étira, avant de s'asseoir et de relever ses cheveux en désordre, pour rafraîchir sa nuque. Benjamin admira son profil ravissant, ses seins adorables et la ligne harmonieuse de son dos.

— Tu es très belle, soupira-t-il. Comment une femme aussi belle ose-t-elle être jalouse ?

— Ne me taquine pas ! Il n'y a pas que la beauté, tu pourrais tomber amoureux d'une autre.

— Jamais, sinon…

— Sinon quoi, continue ta phrase !

— Rien, je cherchais une plaisanterie à dire. Je ne suis pas fort dans ce domaine. Mais j'ai faim. Je n'ai pas mangé de la journée, sauf une part de gâteau. Soline, on se lève, je grignote quelque chose et on part avec Neige.

— Chercher Barry et la louve ?

— Si tu as le courage, oui. Je prépare un sac, on emporte des lampes, le sifflet à ultrasons. Le soleil se lève très tôt en ce moment. Mais si tu es fatiguée, dors un peu.

— Non, allons-y. Laisse-moi le temps de prendre une douche.

Ils étaient prêts. Soline avait mis son harnais à Neige, qui frémissait d'excitation à la perspective d'une sortie nocturne. Elle le cajola, émue.

— Mon vieux compagnon d'aventure, chuchota-t-elle. Tu es le plus vaillant des chiens. On ramènera Barry, hein…

— Tu devrais l'attacher tout de suite, recommanda Benjamin qui les observait. Sa laisse est assez longue, il pourra nous précéder.

— Au début, je préfère qu'il soit en liberté. Neige m'obéit à la perfection, il est plus sage, à cause de son âge.

Pourtant le berger suisse multipliait les allées et venues de la porte à sa maîtresse, l'œil vif, la gueule entrouverte sur un rictus de chiot, comme s'il souriait. Tout à coup, il lança des jappements joyeux, en bondissant sur place.

— Qu'est-ce que tu as, Neige ? dit Soline, intriguée par son manège.

— Il a peut-être besoin de sortir, hasarda Benjamin. On y va.

La jeune femme le devança sur la terrasse couverte. Un quartier de lune dispensait une paisible clarté sur la clairière. Neige s'élança à toute vitesse en direction de la forêt. Sa silhouette blanche se distinguait sans peine.

— Neige, attends, appela Soline. Neige, reviens !

Elle entendit peu après des grognements, des aboiements et le berger suisse revint ventre à terre, tout hérissé. Benjamin fit signe de ne plus faire de bruit. Il entraîna Soline par la main jusqu'à l'arrière du chalet.

— Regarde, souffla-t-il. Ils sont là, sur la gauche, dans les hautes herbes !

Neige grondait, mais il demeurait près des jeunes gens.

— Je les vois, Barry et la louve… C'est un petit miracle, ils sont revenus. Et ils jouent sous la lune.

— On dirait que Farou s'est accoutumée à nous, supposa Benjamin. Ou bien elle a suivi Barry quand il a décidé de rentrer au chalet.

— Ce serait extraordinaire, non ? chuchota Soline.

— Encore un mystère, un merveilleux mystère, comme toi, mon âme sœur.

Ils s'étreignirent, le cœur en fête, en refusant de songer au lendemain, durant ces quelques minutes de joie. Cependant le jeune homme reprit vite pied dans la réalité.

— Que faire, Soline ? On ne peut pas les laisser divaguer, et je ne vois pas comment les enfermer. Même si je parvenais à endormir Farou, Barry pourrait se montrer agressif. Dans tous les cas, il ne supporterait pas d'être prisonnier dans l'enclos, même avec sa compagne, car je n'ai aucun doute, ils auront une portée dans deux mois environ.

Cette perspective troubla Soline. Elle imagina quatre ou cinq petites créatures, nées des amours du tervueren et de la louve.

— Tu m'as dit que ces croisements étaient à proscrire, car ils généraient des animaux dangereux. Benjamin, je te fais confiance, c'est à toi de trouver une solution.

Soline contemplait Barry qui semblait danser autour de la louve, apparemment rétablie. Farou trottait autour du chien, lui mordillait le cou, puis elle s'allongeait, se relevait.

— Ils sont tellement beaux, soupira-t-elle. S'il n'y avait pas la menace des braconniers, je voudrais leur offrir la liberté de vivre dans la forêt.

Touché par ces paroles, Benjamin la serra fort contre lui. Il déposa un baiser sur sa joue.

— Sais-tu que les loups forment un couple pour la vie. Ils sont fidèles, sauf si l'un des deux meurt. La nature reprend ses droits, pour préserver les générations futures.

— Cette nuit, promettons-nous fidélité et respect, pour les années à venir, déclara gravement Soline.

— J'accepte, mon amour, mais il faudrait des anneaux, en gage de notre vœu.

Très sérieuse, Soline cassa des tiges de graminée qu'elle enroula en forme de bague. Benjamin la trouva d'une beauté irréelle, dans la luminosité argentée de la lune. Elle lui passa un des anneaux de verdure à l'annulaire et il fit de même. Un long baiser tendre suivit les serments qu'ils échangèrent, avec pour unique témoin le grand chien blanc.

*

Cent douze ans auparavant,
église de Combloux, samedi 13 février 1904

Une partie du village était rassemblée dans l'église Saint-Nicolas, pour assister à l'union de Louise Favre et d'Angel Lardet. La mariée portait une robe grise à col blanc et un petit voile de dentelle sur ses cheveux blonds, nattés dans le dos. L'expression triste et résignée qu'elle arborait ne parvenait pas à ternir sa beauté blonde.

Le futur époux, dans son costume du dimanche, avait un sourire triomphant. Il exauçait son plus cher désir, avoir Louise pour femme.

Antoine Favre se tenait derrière sa sœur, un poupon de deux mois sur le bras gauche. Il avait soigneusement emmitouflé son neveu, car il faisait très froid et la neige ruisselait sur les toits et les rues de Combloux.

Le curé prononça les paroles rituelles, d'un air bienveillant. Le religieux était soulagé. En ce jour d'hiver, un honnête jeune homme réparait le tort causé à Louise par cet ouvrier italien qui avait disparu de l'autre côté de la frontière. Quant à l'enfant, déjà baptisé par ses soins, il porterait désormais un nom honorable, celui d'une famille du pays.

Louise s'entendit répondre « oui » et à son accord fit écho celui d'Angel. Le berger l'aimait depuis l'enfance.

« Il sera un bon mari, songea-t-elle. Sobre, travailleur, et il m'a promis d'aimer le bébé comme si c'était le sien. Mon petit Clément, ma joie, ma fierté. Pour lui, je deviens Mme Louise Lardet. Les mères doivent se sacrifier. »

Soudain Angel se pencha sur elle et l'embrassa sur la bouche, sous de discrets vivats des témoins. Ce contact la répugna et il lui vint l'envie de mourir là, sur les dalles grises du sol.

« Pourvu qu'il tienne sa promesse, je l'ai supplié d'être patient, de ne jamais me forcer quand nous serons au lit. »

Cette pensée lui donna le vertige. Louise était la femme d'un seul homme. Elle avait tout offert à Vittorio, sa virginité, ses cris d'amour, son beau corps souple à la chair soyeuse.

— Louise, on peut sortir, lui dit Angel. Tu te souviens, on va manger chez mes parents, tes frères ont décoré la charrette.

— Oui, je sais, mais je ne me sens pas bien.

Antoine scrutait les traits défaits de sa sœur. Quant à Nicolas, en permission exceptionnelle, il demeurait pareil à une statue de marbre, drapé dans son uniforme de soldat et raide d'indignation. C'était lui qui avait sommé sa sœur d'épouser Angel.

— Tu t'es compromise avec ce Vittorio, tu t'es conduite en dévergondée, toi, Louise ! avait-il hurlé en découvrant un nouveau-né à la maison, le jour de l'An. Que penseraient nos parents ? Je vais parler à Angel, il t'aime, il voudra bien de toi quand même.

— Louise, appela Antoine tout bas. Louise ?

La jeune mariée était d'une pâleur affreuse, figée sur place, malgré les exhortations d'Angel. Il lui secoua le bras, mais elle détacha ses doigts d'un geste désespéré.

— Je veux prier encore un peu, balbutia-t-elle, prise de vertige.

Louise s'agenouilla au pied de la statue de la Vierge Marie, à qui elle vouait une profonde vénération. Les yeux fermés, les mains jointes, elle oscillait d'avant en arrière.

« Une vision, je le sentais, se dit-elle. Je dois savoir, si on me montre Antoine ou Clément, plus tard. »

Derrière ses paupières closes se dessina une scène qui lui parut très étrange. Elle voyait une jolie construction en bois, au milieu de la forêt, avec une clairière sur la droite. Il y avait aussi un énorme véhicule en métal.

« Je suis dans le futur, comme la fois où j'ai aperçu une jeune fille blonde, vêtue bizarrement, pensa-t-elle. Oh, un chien tout blanc, je n'en ai jamais vu de si beau. »

Pendant que son mari, ses frères et les bonnes âmes du village respectaient son souhait de prier, Louise fut toute proche d'un jeune couple enlacé, dont l'accoutrement aurait pu la faire sourire.

« C'est la même jeune fille, les bras nus, et on devine la naissance de ses seins. Et ce garçon, que fait-il ? »

La scène était muette, ce qui la désola, car elle eut l'intuition que ces inconnus échangeaient un serment, en glissant des anneaux à leurs doigts.

« Eux aussi, on dirait qu'ils se marient, comme ça, la nuit, derrière ce chalet qui doit être juste construit. Mais eux, je sens qu'ils s'aiment, oui ils s'aiment très fort. »

Une poigne énergique l'obligea à se relever. Son frère Nicolas la foudroya d'un regard outré. Le service militaire et l'exil loin des montagnes l'avaient endurci.

— Arrête tes simagrées, Louise. Rejoins ton époux. Tout est rentré dans l'ordre. Ne t'écarte plus du droit chemin, à l'avenir.

Elle trouva le courage de le défier.

— L'amour n'est pas un crime, Nicolas, dit-elle tout bas. Je ne regrette rien. Mais je te remercie, personne ne traitera mon fils de bâtard, grâce à toi. Tant pis si je suis malheureuse toute ma vie.

*

Cent douze ans plus tard,
Servoz, chalet de Benjamin, même nuit

Soline et Benjamin s'étaient assis sur une pile de planches, derrière le chalet. Ils avaient ouvert en grand la porte grillagée de l'enclos, après avoir mis de l'eau fraîche et de la nourriture.

— Si par chance Barry et la louve entrent à l'intérieur, nous les enfermerons, déplora la jeune femme. Il faudra doubler le grillage, consolider le système de loquet.

— Ou bien on attend de voir ce qu'ils feront, ces deux-là, répondit Benjamin. On avisera au jour le jour. Tu n'en peux plus, Soline.

— J'ai sommeil, mais je préfère les surveiller. Tu as vu, tout à l'heure, Barry est venu me lécher le nez quand je l'ai appelé.

— Et ensuite il est retourné avec Farou.

— Tu lui donnes ce nom, maintenant, comme si la louve était apprivoisée, marmonna-t-elle.

— Elle ne le sera jamais vraiment, néanmoins elle connaît notre odeur, nos voix. Elle nous craint un peu, mais pas assez pour s'enfuir.

Le jeune couple se tenait par la main. Soudain Benjamin sentit les doigts de Soline se crisper autour des siens. Elle cligna des yeux, comme prise d'une invincible somnolence, en nichant sa tête au creux de son épaule d'homme.

— Dors un peu, conseilla-t-il.

— Non, ce n'est pas ça…

Une spirale obscure aspirait l'esprit de Soline vers un abîme vertigineux. Aveuglée, elle crut tomber interminablement sans pouvoir s'accrocher à un détail du présent. Enfin une clarté grise se devina et elle perçut la musique d'un harmonium.

« Je suis dans une église, celle de Combloux, je la reconnais. Il y a beaucoup de monde. C'est un mariage. »

Soline devina la silhouette d'un curé, mais on lui montrait surtout la jeune épousée, au visage tragique, sous un modeste voile de dentelle.

« La jeune fille aux nattes blondes, et derrière elle, on dirait le petit garçon qui tenait ce chiot qu'il appelait Barry. Maintenant il porte un bébé dans ses bras. Pourtant je ressens une immense tristesse, alors ce n'est pas un mariage d'amour, non… »

Inquiet de l'entendre murmurer des paroles inaudibles, Benjamin caressa ses cheveux, son front. Soline se redressa et se tourna vers lui.

— J'étais dans le passé, annonça-t-elle. Des gens se mariaient sans réelle joie, mais la cérémonie se déroulait dans l'église de Combloux, j'en suis sûre ! Et c'était toujours la même jeune femme si belle. J'aurais pu la toucher, tellement ces images étaient précises, et proches de moi. Je crois que cela se passait en hiver.

— Courage, mon amour, cette fois, tu pourras trouver des réponses. Les églises et les mairies gardent les registres d'état-civil. Je t'aiderai, Soline.

18

Stratagèmes

Servoz, chalet de Benjamin, jeudi 25 juin 2015

Benjamin assistait au départ de Soline, qui effectuait une manœuvre pour faire demi-tour et s'engager sur la piste. La jeune femme lui adressa un dernier sourire, doux et lumineux. Il agita la main d'un air joyeux, malgré l'angoisse qu'il éprouvait en la voyant s'éloigner.

Lorsque le 4 × 4 disparut après le premier virage, il prit son téléphone et appela Sophie Gally qui répondit aussitôt.

— Oui, Benjamin ? Rien de grave ?

— Pas pour l'instant. Je fais comme convenu, je t'informe de ce qui se passe au jour le jour. Là, Soline rentre à Combloux, elle a pris Neige pour le confier à Viviane Gonod après la randonnée de ce week-end.

— Où emmène-t-elle ses clients ? Que je sois prête à toute éventualité, demanda Sophie.

— Le massif des Aravis. Soline compte passer la nuit de samedi dans le refuge de la combe de Tardevent. Le lendemain, ils iront aux rochers de la Salla pour faire de l'escalade. Je ne comprends pas trop pourquoi elle a choisi de retourner dans le secteur où elle a retrouvé son amie Kate.

— Peut-être pour exorciser ce qu'elle a vécu là-bas cet hiver. Benjamin, ne crains rien, je te promets qu'il ne lui arrivera rien. Parle-moi plutôt de votre nouveau plan, ton texto de cette nuit m'a intriguée.

Il garda le silence un court instant, en observant Barry et la louve qui étaient couchés au soleil, dans la clairière.

— L'idée vient de Viviane Gonod. Dès ce soir, il y aura un panneau à louer sur la porte de la maison où logeait Soline, expliqua-t-il. En principe, ça devrait dissuader l'homme qui l'a harcelée.

— Ou bien le rendre encore plus dangereux, hasarda Sophie. Il peut s'affoler et perdre toute prudence s'il croit qu'elle a déménagé pour de bon.

— C'est le but, il faut tenter de le pousser à commettre une erreur. Selon Monique Fauvel, ce serait le même individu qui a voulu la tuer, en la heurtant de plein fouet à moto.

— Je sais, je sais… Soline m'a tout exposé en détail. Je pense également que nous avons affaire au même homme. J'ai étudié ses manières d'agir, son profil, il me semble redoutable, d'une rare intelligence. Il ne laisse aucune empreinte digitale, ni génétique, il détruit les véhicules dont il se sert, mais d'un autre côté…

La capitaine Gally se tut. Benjamin entendit des bruits de voix masculines, le claquement d'une porte.

— Excuse-moi, le mécano m'a demandé de signer un rapport. C'est bon, je suis à nouveau seule.

— Que voulais-tu dire avec ton « d'un autre côté » ?

— Ce type n'est pas libre de ses faits et gestes la journée, seulement la nuit ou tard le soir. On peut en déduire qu'il travaille, peut-être qu'il est marié et même père de famille. Autant chercher une aiguille dans une botte de foin, pardonne-moi cette banalité. J'ai vérifié, il y a plus de deux mille habitants à Combloux, et ce criminel peut habiter Chamonix ou Sallanches… Passons ! J'ai appris quelque chose, hier. J'allais justement t'appeler pour en parler. Le brigadier de gendarmerie Bonnard, de Combloux, celui qui avait convoqué Kate et fait surveiller la maison de Soline, figure-toi qu'il a démissionné et quitté la région.

— Tu es sûre qu'il y a un rapport ? répliqua Benjamin.

— C'était un excellent gendarme, avec des années de service. D'un coup, il perd ses acquis. J'ajoute qu'il a deux gamins, une femme au foyer et un crédit immobilier sur le dos.

Un frisson parcourut le jeune homme. Leur ennemi invisible prenait une nouvelle dimension.

— Bonnard aurait été menacé ?

— Menacé ou payé, car j'ai réussi à savoir qu'il avait classé sans suite les enquêtes. Soline en était révoltée, ce qui est normal. Benjamin, arrête les cachotteries. On devrait pouvoir en discuter tous les trois. Invitez-moi à dîner un de ces soirs, au chalet.

— Plus tard, Sophie, c'est beaucoup trop tôt, on avisera quand cet homme sera enfin arrêté. Pour le moment, Soline ne doit rien savoir à notre sujet.

— D'accord, je patienterai. Déjà, c'est gentil de m'avoir confirmé que vous étiez ensemble, même si je m'en suis doutée en te découvrant au volant de son 4 × 4, mardi. Je te laisse, Derain me fait signe, encore un souci administratif à gérer. Salut, n'hésite pas à m'appeler si tu as des ennuis. Surtout avec les opposants au loup. Ils ne t'ont pas encore repéré, méfie-toi quand même.

Sophie Gally coupa la communication. Benjamin effaça l'historique de ses appels en s'assurant également qu'il n'avait pas oublié un message d'elle.

— Je suis désolé, Soline, je t'expliquerai tout quand ce sera possible, murmura-t-il.

Combloux, même jour, deux heures plus tard

Viviane jubilait en préparant pour Soline une des chambres de son premier étage. Elle était secondée par une jeune aide ménagère dont elle sollicitait les services une fois par semaine.

— On couchait dans la pièce d'à côté, mon mari et moi, quand nous avons emménagé ici, soupira-t-elle, un plumeau archaïque à la main. Léon se plaisait à Combloux, il aimait la vue sur les glaciers des Aravis.

— Eh oui, sans doute, madame Gonod... Dites, vous devriez acheter un aspirateur, insinua son employée. J'ai beau balayer, ça ne donne pas le même résultat.

— Je déteste tous ces appareils électriques, Vanessa, ils sont trop bruyants à mon goût. J'ai déjà la télévision et le téléphone, ça me suffit largement. Tenez, ouvrez l'armoire, il y a un édredon en satin rouge, garni de duvet d'oie, c'est bien chaud. Et il fera joli sur le lit de mon invitée.

— Tant qu'elle n'est pas allergique, madame Gonod.

— Vindiou, les gens ne faisaient pas d'allergies de mon temps. Maintenant il faut se méfier de tout.

— Je vais le secouer, votre édredon, proposa la jeune fille en se penchant à la fenêtre. Tiens, Mlle Fauvel vient de se garer.

— Et zut, on n'a pas fini. Je voulais cueillir un bouquet d'hortensias, pour ce vase en porcelaine.

— Pourquoi pas des roses, madame Gonod ? Vous en avez de superbes dans votre jardin.

— Oh non, surtout pas de roses, Vanessa. Termine le ménage, je vais accueillir Soline. On boira un café ou du thé, ensuite je lui ferai la surprise.

— Je cours cueillir des hortensias, j'ai le temps, Mlle Fauvel est encore dans sa voiture à discuter au téléphone, assura l'aide ménagère.

Soline parlait à sa mère, qui l'appelait désormais tous les jours. Monique Fauvel vivait dans un état d'anxiété permanent, qui commençait à influer sur sa santé.

— Maman, je te répète que je vais bien, disait la jeune femme d'un ton persuasif. Je suis entourée d'amis dévoués, notamment Viviane, dont je t'ai tant parlé, Sophie Gally, une capitaine de gendarmerie, et mon amoureux.

— Mais on a agressé cette dame, Viviane, tu l'as dit à ton père. La prochaine fois, ce fou s'en prendra à toi.

Un sanglot l'empêcha de poursuivre. Attendrie et navrée, Soline s'appliqua à la raisonner.

— Je t'en prie, maman, tu dois te nourrir convenablement et dormir. Papa est très inquiet. Il trouve que tu as maigri et que tu as une mine affreuse. Tu dois garder des forces, pour l'opération du mois de juillet.

— Sais-tu, ma chérie, j'ai des pensées coupables, moi qui suis pieuse ! Parfois, je regrette d'avoir survécu à l'accident, ou je voudrais que ce sale bonhomme se soit tué sur sa moto, un peu plus loin. Je t'en supplie, fais attention à toi.

— Je suis prudente, maman. Mais ça m'aiderait beaucoup si tu allais mieux. Là, chaque fois que je t'entends, j'ai envie de partir pour Lons.

— Non, non, reste où tu es, avec tes amis et ce garçon que tu aimes. Soline, moi aussi je t'aime. Tu es ma fille par le cœur, la belle enfant que j'ai élevée. Je t'embrasse, l'infirmière est là.

Monique Fauvel raccrocha. Soline ferma les yeux, émue. Il avait fallu tous ces drames et ce climat de peur pour lui prouver combien ses parents adoptifs la chérissaient, en dépit de leurs erreurs, de leur sévérité.

— Viens, Neige, Viviane nous attend, dit-elle en sortant du 4 × 4 et en ouvrant la porte arrière.

Le berger suisse bondit dans la rue. Il se précipita vers le portillon du jardinet.

— Vous êtes enfin là ! s'écria la septuagénaire depuis le perron. J'ai acheté une brioche à l'anis pour le goûter.

Soline avait mis une robe bleue en cotonnade. Ses cheveux couleur de miel ruisselaient sur ses épaules. Elle rayonnait de bonheur.

— Je vous envahis, vous et votre petit divan où je dors si bien, ma chère Viviane, déclara-t-elle en embrassant sa vieille amie qui riait de joie. Demain matin, en plus, je dois me lever à 6 heures, j'ai rendez-vous avec mes clients devant l'église de Combloux.

— Notre église Saint-Nicolas où tu as vu un mariage bien triste, dans ta dernière vision ! Quand tu m'as raconté ça au téléphone, j'en étais médusée.

Des bruits de meuble que l'on déplaçait résonnèrent à l'étage. Soline sursauta.

— Qui est là-haut ?

— Vanessa, mon aide ménagère, j'ai eu envie d'aérer les chambres, par ce beau temps. Où sont tes sacs ?

— Dans le coffre, j'irai les chercher tout à l'heure. Je suis contente de faire cette randonnée, bien rémunérée en plus.

— Encore des Anglais ?

— Pas du tout, des gens d'ici. J'ai été un peu surprise, il s'agit de Valérie, la fiancée de mon vétérinaire, Claude Mercier. Elle reçoit son frère, qui vient de La Réunion, et elle voulait lui offrir une excursion en montagne. Ils veulent grimper, surtout, ils pratiquent tous les deux l'escalade.

— Bah, je te fais confiance, ils ne seront pas déçus. Au fait, as-tu rencontré le curé ?

— Oui, il m'a reçue au presbytère, mais le nombre de registres est impressionnant. J'ai pu en consulter une dizaine de l'année 1900. Nous avons regardé d'anciennes photos sur Internet avec Benjamin, pour déterminer une période d'après les vêtements des gens, l'aménagement de la maison et de l'église.

— Vindiou, vous vous lancez dans une quête difficile, surtout sans aucun nom de famille, gamine, soupira Viviane.

Vanessa descendit l'escalier au même moment, sa blouse déboutonnée sur un jean et un tee-shirt blanc.

— Bonjour, mademoiselle Fauvel. J'ai fini, madame Gonod ! On fait comme d'habitude, je reviens mardi ?

— D'abord, tu manges une part de brioche, Vanessa, ou si tu es pressée, tu en emportes une.

— Merci beaucoup, vous êtes si gentille… Je préfère en emporter un petit morceau, pour ne pas vous déranger.

Une fois seules, Viviane et Soline reprirent leur conversation sur la mystérieuse mariée d'un autre siècle. Elles émirent de nombreuses hypothèses, dans la douce ambiance qui présidait le plus souvent à leurs entretiens.

— Bon, assez causé, on n'aboutit à rien, décréta soudain la septuagénaire. Monte donc fermer les fenêtres à l'étage, ma belle, il y a du vent, je crains les courants d'air. Comme ça, tu visiteras, tu n'es jamais montée.

Soline s'empressa de lui rendre service. Parvenue sur le palier, elle vit tout de suite une feuille de papier blanc, piquée d'une punaise sur la porte la plus proche. Son prénom était écrit dessus.

Elle se glissa dans la chambre, stupéfaite de découvrir un parquet ciré, un grand lit aux montants de cuivre et son édredon en satin rouge, une armoire sculptée de fleurs et de feuilles. Un bouquet d'hortensias, d'un bleu délicat, ornait le dessus en marbre d'une commode. Le vent tiède de juin agitait les rideaux en dentelle, de véritables pièces de musée.

— Oh, ma chère Viviane, dit-elle dans un souffle ravi. Vous avez fait tout ça pour moi.

Vite, Soline dévala l'escalier et se jeta au cou de sa grand-mère de cœur, qui se tenait près de la cheminée, une expression malicieuse sur le visage.

— Alors, ça te plaît, gamine ? interrogea-t-elle. Quand tu auras besoin de dormir à

Combloux pour le travail, au moins tu seras bien logée.

— Merci, c'est une merveilleuse surprise. Vous êtes un ange, Viviane…

— Penses-tu, une idiote, oui. Kate et toi, je vous casais sur mon vieux divan, au rez-de-chaussée, parce que je refusais d'utiliser les chambres de l'étage. Je n'avais touché à rien depuis le décès de Léon. On t'a mis des draps neufs, quand même. Si tu savais combien les souvenirs sont douloureux, parfois.

— Vous faites allusion à votre mari ? J'ignore toujours comment il est mort, je suppose que c'était un accident en montagne ?

Viviane prit place au creux du fauteuil en osier dans lequel elle regardait la télévision le soir. Soline s'assit sur la pierre de l'âtre, en lui prenant les mains.

— Tu m'as accompagnée au cimetière, petiote, mais Léon n'est pas là-bas. On n'a jamais retrouvé son corps et ça m'a rongée de longues années. Plusieurs équipes de gendarmes et des guides chevronnés l'ont cherché en vain. Moi aussi, avec mon chien de l'époque, le berger allemand qui est en photo dans le bureau. Je me suis résignée et j'ai décidé, avec l'accord de son frère, que mon Léon aurait une tombe ici, à Combloux. Une tombe vide, pour tous ceux qui l'admiraient et l'aimaient.

L'émotion submergea Viviane. Des larmes embuèrent ses yeux, qu'elle tamponna prestement à l'aide de son mouchoir.

— Il m'avait demandé, s'il lui arrivait malheur, de ne pas le pleurer, de me remarier. Ce cher embourni, me remarier à l'âge que j'avais, la cinquantaine bien sonnée…

— Je suis désolée, murmura Soline. Qu'est-ce qui a pu se passer ?

— C'était au début de l'hiver. Le froid était sibérien, il neigeait beaucoup. S'il est tombé au fond d'une crevasse, comment veux-tu ? Ni mon chien, ni ceux du PGHM n'ont relevé de piste. Léon voulait mourir en haute montagne, il a été exaucé.

— Comme c'est triste, Viviane. Vous avez dû espérer durant des jours et des jours.

— Allez, causons d'autre chose, gamine ! Tiens, pourquoi pas de ton amoureux ? Je sais que vous vous êtes rabibochés, grâce à moi, paraît-il. Il m'est sympathique, ce garçon, très séduisant, mais un peu spécial.

— Un peu spécial ? répéta Soline. Que voulez-vous dire ?

— Il semble désinvolte, presque enfermé dans son monde à lui, pourtant il est à l'écoute des autres, très poli, très aimable. Un p'tit gars mystérieux, avec sa passion pour les loups. Vindiou, vous faites la paire, tous les deux.

Ces mots firent sourire la jeune femme, dont le cœur était resté du côté de Servoz, dans un chalet isolé.

Combe de Tardevent, samedi 27 juin 2015

Après un long périple en altitude, sur des sentiers balisés, Soline conduisait Valérie Tonneins et son frère Jonathan vers le refuge de Tardevent. Le soleil déclinait dans le ciel limpide, jetant des reflets dorés sur les glaciers des sommets voisins.

— Je suis vannée, se plaignit la fiancée du vétérinaire. J'aurai sûrement des courbatures. Mais c'était extra, j'ai pris plein de photos. Claude sera épaté, on a pu observer des marmottes et un groupe de chamois.

— Je suis contente que le circuit vous ait plu, répondit Soline sans se retourner.

Afin de dissimuler son exaspération, elle fixait son attention sur Neige, qui les précédait d'un trot régulier.

« Valérie se croit vraiment tout permis, enrageait-elle en silence. Déjà, on devait partir vendredi, elle a repoussé à ce matin, en me demandant par conséquent de payer beaucoup moins cher. Comme si elle manquait d'argent ! »

Durant toute la journée, sa cliente l'avait agacée par ses manières affectées, ses extases exagérées devant la moindre fleur, sans oublier son entêtement à ne pas salir son élégante tenue de randonnée toute neuve.

« Est-ce qu'elle sera vraiment capable de grimper, demain ? s'interrogea Soline. La falaise des rochers de la Salla exige un bon niveau. »

Quant à Jonathan, son frère, il était incroyablement taciturne et paraissait dénué d'intérêt pour les paysages somptueux qu'ils avaient parcourus.

— J'ai réservé le refuge, leur précisa-t-elle. Vous aurez des couchettes. Pour ma part, j'ai une tente, je dormirai dehors.

— Vous pourriez prendre la peine de nous regarder, quand vous nous parlez, mademoiselle, déclara Valérie d'un ton sec, soudainement agressive. Tu es d'accord, Jonathan ?

— Moi ça m'est égal, je suis vanné, répliqua-t-il. J'ai juste envie de me reposer.

Soline s'arrêta et désigna d'un geste discret le refuge où ils allaient dîner et coucher. Le bâtiment était édifié au bord d'un chemin.

— Je vous ai prévenue, c'est très rudimentaire. Et si vraiment des gens arrivaient ce soir, il faudra se serrer. La réservation nous garantit des places, rien d'autre.

— J'avais compris le principe, trancha Valérie. Franchement, ce sera déjà merveilleux d'ôter mes chaussures et de pouvoir m'allonger.

J'espère qu'il y aura du réseau, j'ai promis à Claude de l'appeler.

Soline se remit à marcher à une cadence régulière. Son sac à dos pesait sur ses épaules et elle avait hâte de se reposer.

« Je n'ai eu qu'une satisfaction, se dit-elle. Valérie a essayé en vain d'amadouer Neige, il a esquivé toutes ses caresses. »

Malgré sa mauvaise humeur, elle admettait que la fiancée du vétérinaire était jolie, très blonde, les yeux d'un bleu un peu pâle, mais ourlés de cils dorés. Son frère ne lui ressemblait guère, bien que blond lui aussi.

— Vous ne craignez pas d'être croquée par un loup, si vous dormez à l'extérieur ? s'enquit Jonathan, qui l'avait rattrapée. Mon futur beau-frère m'a assommé d'anecdotes sur le retour du loup dans les Alpes et ses conséquences. Il n'y a pas ce problème à La Réunion.

— D'après ce que j'ai lu sur Internet, vous avez des requins, rétorqua Soline en faisant la moue. Je préfère les loups. Ils ne mettent pas les humains en pièces.

— Touché, s'esclaffa-t-il. Ma sœur a eu très peur lors de son dernier séjour. Elle surfait sur une vague et plus loin, quelqu'un a repéré un aileron.

— Depuis, Claude m'interdit de mettre un pied dans l'océan, minauda Valérie. Mais nous irons quand même en voyage de noces à La Réunion.

Soucieuse de sa réputation de guide, Soline fit un effort pour être plus aimable.

— Vous avez fixé une date pour le mariage ? questionna-t-elle en souriant.

— Oui, en septembre, et j'ai acheté ma robe. Une merveille.

— Toutes mes félicitations, vous ferez une très jolie mariée, affirma Soline. M. Mercier fermera sûrement le cabinet vétérinaire ?

— Claude ? Il prend peu de congés. Si je le laissais faire, il m'épouserait entre l'examen d'un canari et celui d'un chat. Dieu merci, nous avons nos dimanches.

— Je confirme, marmonna Jonathan.

— Adolescente, je voulais exercer ce métier, avoua Soline. La longueur des études m'a rebutée, et leur aspect pratique, comme les dissections…

Jonathan Tonneins la regarda attentivement, avant de dire à mi-voix :

— Je vous imagine mal en véto !

— Eh bien, réjouis-toi, mademoiselle vient de t'expliquer qu'elle n'en était pas capable.

Ils avaient atteint le refuge. Soline en éprouva un intense soulagement. Elle allait pouvoir souffler, s'isoler un peu et téléphoner à Benjamin.

— On allumera un feu, n'est-ce pas ? s'écria Valérie.

— Pour tenir les loups à l'écart, plaisanta son frère.

— Mais non, ce sera plus gai !

Soline entra dans le modeste bâtiment où elle para au plus pressé. Il fallait aérer et vérifier le matériel de cuisine rangé dans un placard. Elle fut brusquement assaillie par une angoisse irraisonnée. Neige la rejoignit et demeura à ses côtés.

— Reste avec moi, lui dit-elle. Tu es inquiet ? J'ai pourtant consulté la météo, il n'y a pas d'orage annoncé. Je suppose que ton sixième sens t'indique des tensions dans l'air.

Des éclats de rire s'élevèrent à l'extérieur. Soline décela une note insolite dans celui de Valérie. Elle s'approcha du seuil et observa ses clients. Ils s'étaient allongés sur l'herbe rase, les pieds nus, et le bas de pantalon retroussé. Penché sur sa sœur, Jonathan lui ôta une brindille des cheveux. La scène avait quelque chose de troublant.

« On dirait un couple, ils doivent être très proches, pensa Soline. Qu'ils s'amusent, je vais préparer le repas. »

Elle reculait d'un pas lorsque les jeunes gens s'embrassèrent sur la bouche, un baiser explicite.

« Qu'est-ce que ça signifie ? Valérie ferait passer cet homme pour son frère ? Et elle va épouser Claude Mercier ? Quelle hypocrite ! »

Sidérée, elle se dirigea vers le coin du refuge où était installé un réchaud à gaz. Nerveusement, elle s'attela à la préparation d'un plat de pâtes au fromage. Mais l'attitude de son chien continuait à l'intriguer. Le berger suisse sortait de la pièce, faisait trois pas dehors puis il rentrait, ressortait encore, sans cesser de humer l'air du crépuscule.

— Tiens-toi tranquille, Neige, tu me stresses, soupira-t-elle.

Il se coucha à ses pieds, haletant, au moment où Valérie apparut dans l'encadrement de la porte. Elle inspecta la pièce au décor sommaire.

— On va dormir là-dedans ? C'est une blague, vous nous prenez pour qui ? Je croyais qu'il y avait un minimum de confort.

— Je vous avais prévenus, il n'y a pas d'hôtel trois étoiles dans le coin, rétorqua Soline.

— Très drôle ! Mademoiselle Fauvel, je suis sérieuse. Votre organisation laisse vraiment à désirer. En plus, il y a une odeur désagréable, même affreuse, à chaque coup de vent.

— Peut-être un nid de rapace nocturne, les déjections sont souvent malodorantes.

— De mieux en mieux. Bon, faites vite, nous sommes affamés. Et à quelle heure vous allumez le feu de camp ? Jonathan en rêve, il fait déjà sombre dans votre combe sinistre.

Soline fut incapable de se contenir davantage. Elle jeta sur la table l'écumoire qu'elle tenait, d'un geste furibond.

— Pourquoi avoir fait cette randonnée ? s'exclama-t-elle, le regard assombri par la colère. Rien ne vous convient, j'en ai assez ! Est-ce que demain matin vous exigerez que je change la falaise de place ? Et surtout pourquoi vous être adressée à moi précisément ? De nombreux guides proposent leurs services dans la région.

— J'ai consulté Internet pour trouver un guide, et j'ai reconnu votre nom, trancha Valérie. Vous aviez quelques commentaires favorables, alors j'ai eu confiance, mais à présent je m'en mords les doigts !

— Je le regrette aussi, renchérit Soline. Vous êtes incapable de vous adapter à la montagne, et impolie, irrespectueuse !

— Il y a de quoi ! Faites donc votre travail, nous sommes vos clients, je vous le rappelle, et mon frère est affamé, malgré la pestilence ambiante.

— Votre frère, bien sûr, comme si j'allais vous croire…

Valérie la toisa avec une expression incrédule. Ensuite, presque menaçante, elle marcha droit sur Soline. Au même instant, Neige déboula en aboyant, tandis que Jonathan entrait en titubant. Il était livide.

— Désolé d'interrompre votre crêpage de chignon, bégaya-t-il. Le chien, dans les buissons, un cadavre…

Il fut incapable de finir sa phrase, car une nausée le prit. Il courut droit devant lui pour vomir à dix mètres de là.

— Jonathan ? appela Valérie. Qu'est-ce qu'il a vu ?

— Sûrement un cadavre d'animal, un cerf ou un chevreuil, d'où l'odeur, hasarda Soline. Viens, Neige, montre-moi.

Les deux jeunes femmes se bousculèrent en sortant. L'une se rua vers Jonathan, qui hoquetait encore. La seconde, tenant le berger suisse par son harnais, s'approcha prudemment d'un bosquet de noisetiers, envahi par un roncier.

— Oh non ! Quelle horreur !

Soline, qui se bouchait le nez, devina malgré la végétation le corps d'un homme, dissimulé sous des branchages. Le mort portait un uniforme de gendarmerie et son visage, en dépit de l'état de décomposition, lui était familier.

— On dirait le brigadier de Combloux, marmonna-t-elle. Je suis sûre que c'est lui.

Épouvantée, elle fit demi-tour en entraînant Neige, dont les poils blancs étaient tout hérissés.

De sa main libre, elle prit son téléphone et appela Sophie Gally.

Combe de Tardevent, une demi-heure plus tard

Il faisait quasiment nuit lorsque Soline, Valérie et Jonathan assistèrent à l'atterrissage de l'hélicoptère du PGHM, dont les phares dispersèrent la pénombre. Ils s'étaient assis sur des couvertures, à une bonne distance du cadavre.

— Il faut nous emmener tout de suite, je n'en peux plus, se lamenta Valérie. C'est compris ? Nous sommes prioritaires.

Les pales de l'appareil s'arrêtèrent et la porte latérale s'ouvrit sans bruit. La capitaine Gally et le sous-officier Derain sautèrent sur le sol, équipés de lampes torches. Soline bondit sur ses pieds et s'élança.

— Merci d'être venus aussi vite, Sophie, dit-elle, en faisant un gros effort pour maîtriser les tremblements nerveux qui gênaient son élocution.

— Où est le corps ? demanda Derain. Vous êtes certaine qu'il s'agit du brigadier Bonnard ?

— Mais oui. Je l'ai souvent rencontré, et même dans l'état où il est, je l'ai reconnu.

— On s'en occupe, Soline, la rassura Sophie. Conduis tes deux clients dans l'hélico, l'adjudant

Rivet leur donnera du café et des couvertures de survie s'ils ont froid.

— D'accord, la jeune femme est très choquée. Je vais la chercher.

Soline retrouva son calme, grâce à la présence bienveillante de Sophie Gally, dotée d'un grand sang-froid et d'une voix basse et chaleureuse. Mais Jonathan, revenu de ses émotions, jugea bon de faire un scandale, dès qu'elle revint vers eux.

— Comment récupérer ma voiture, mademoiselle ? tempêta-t-il. Nous sommes garés à je ne sais combien de kilomètres d'ici. Ma sœur va mal, elle est au bord de la crise de nerfs, par votre faute ! Vous auriez dû inspecter l'endroit, avant de prévoir d'y dormir.

— Je l'admets, monsieur. Je vous présente toutes mes excuses, et vous n'aurez rien à payer.

— Il ne manquerait plus que ça, gémit Valérie. Jon, mon cœur, j'ai essayé de joindre Claude, pour qu'il vienne nous chercher avec son pick-up, je suis tombée sur son répondeur. Je veux m'en aller d'ici !

— S'il vous plaît, soyez raisonnable, vous serez mieux à l'intérieur de l'appareil, insista Soline. Je suis vraiment navrée. Je porte vos sacs.

L'étrange couple, soit expert en dissimulation soit aux mœurs incestueuses, consentit à se lever et à la suivre. Valérie marcha blottie contre

Jonathan, qui la tenait par la taille. Tout de suite, l'adjudant Rivet les prit en charge.

— Comment est-ce possible ? se dit Soline tout bas. Qu'est-ce qui est arrivé au brigadier ?

Elle avait la sensation d'être imprégnée de l'odeur atroce du cadavre. Le murmure du ruisseau tout proche la poussa à se fondre dans l'ombre, talonnée par Neige. Le mince torrent paraissait en argent sous la clarté de la lune. Le chien se mit à boire, mais sa maîtresse trempa ses mains jusqu'aux coudes dans l'eau glacée, puis s'en aspergea les bras et le visage.

— Au moins, ce pauvre homme n'est pas mort par ma faute, déclara-t-elle, la gorge nouée. Il tenait à classer chaque affaire, je m'en souviens. Kate et moi étions révoltées. Benjamin, mon amour, j'aurais dû rester avec toi.

Soline put enfin pleurer à son aise, agenouillée sur la berge humide. Elle avait envie de s'enfuir, écœurée par l'affreuse image du gendarme au masque verdâtre.

— Du cran, s'exhorta-t-elle. Je dois y retourner.

On l'appelait. Neige aboya, comme s'il répondait à sa place. Bientôt Sophie apparut, sa lampe éteinte.

— C'est bien le brigadier Bonnard, on l'a tué d'une balle dans la tête, annonça-t-elle d'un ton las. Je dois te mettre au courant, Soline.

— Au courant de quoi ?

— Bonnard avait démissionné, une semaine à peine après avoir enregistré la déposition de ton amie Kate. Ses collègues pensaient qu'il avait quitté la région sur un coup de tête, à cause d'un grave souci dans son couple. Renseignements pris, on a découvert que son épouse et les deux enfants sont en Normandie, chez des cousins.

Une terrible sensation de froid terrassa Soline. Elle scruta les traits tendus de la belle capitaine.

— La mort de cet homme a un lien avec moi, encore une fois ? Tu imagines ce que j'éprouve, Sophie ? Combien de gens innocents vont mourir ou finir handicapés par ma faute ?

— Par la faute d'un être malfaisant, un pervers, rectifia celle-ci. Maintenant, j'ai une question. Pourquoi avoir choisi la combe de Tardevent, les rochers de la Salla, ce refuge ? C'est le lieu précis où ce criminel a abandonné Kate. Tu es consciente qu'il y avait un risque ? Le responsable de ce sale bazar se cache peut-être dans les parages.

Sophie sortit un paquet de cigarettes et en alluma une. Après quelques bouffées, elle la jeta et l'écrasa d'un pied rageur.

— Je t'en prie, ne fais plus ça, protesta Soline qui ramassa le mégot et le mit dans la poche de sa veste.

— Pardon, je suis en rogne et j'en oublie les bonnes manières. Viens avec moi, la police scientifique va arriver. Et une prochaine fois, ne t'éloigne pas toute seule. J'étais inquiète. Si tu savais la peur que j'ai eue quand tu m'as téléphoné.

La sollicitude amicale que lui témoignait la capitaine Gally était sincère, Soline le percevait avec acuité, mais elle s'en étonna.

— On se connaît depuis peu, pourtant tu joues les grandes sœurs, lui dit-elle. Je n'ai pas l'habitude.

— Moi non plus, rétorqua Sophie. Je suis fille unique, alors je compense. Ne te plains pas, tu attires l'affection sans même le vouloir. Et si tu te demandes pourquoi j'ai enquêté sur ce malheureux brigadier, je te répondrai que je l'ai fait pour toi, dans l'espoir d'élucider l'affaire qui te concerne.

— C'est gentil, je te remercie.

Elles étaient de retour sur la scène de crime. Mathis Derain avait tendu un cordon en plastique jaune autour du bosquet d'arbuste. Il s'approcha à grands pas.

— Mademoiselle Fauvel, décréta-t-il aussitôt, si vous pouviez gérer vos clients… L'adjudant Rivet ne sait plus quoi faire. La jeune femme fait tout un cinéma et son frère en rajoute.

— Laisse-les se défouler, Derain, prôna Sophie. Pour moi, le plus important serait de retrouver la balle qui a tué le brigadier. On pourrait enfin déterminer l'arme dont se sert l'assassin. Tant pis si on passe la nuit ici, il nous faut des résultats.

Soline se dirigea vers l'hélicoptère. Elle venait de prendre une décision.

« Je vais changer de vétérinaire, dorénavant j'irai chez celui de Saint-Gervais. Il est hors de question de revoir Valérie Tonneins, la future mariée qui trompe son fiancé. Je plains Claude Mercier ! Comme dirait Viviane, il se fait rouler dans la farine… »

L'expression imagée lui arracha un triste sourire. Elle renonça à monter dans l'appareil, révulsée par les imprécations de Jonathan et les jérémiades de sa soi-disant sœur.

— Vivement l'aube, murmura-t-elle. L'aube du jour où je rentrerai au chalet.

Son téléphone vibra. C'était Benjamin. Tout de suite, le cœur de Soline s'emballa. La voix grave et suave du jeune scientifique la réconforta aussitôt.

— Je ne te dérange pas ? Il est tard, et comme tu ne m'as pas appelé, je m'inquiétais un peu.

— La randonnée a viré au cauchemar, avoua-t-elle. Je sais à présent pourquoi je devais venir au refuge de Tardevent. On m'y a envoyée, sans doute pour qu'un malheureux ait une sépulture décente. C'est un meurtre, qui doit dater de plusieurs jours.

Elle lui relata les événements des dernières heures, avec des accents de fillette affolée, sans en avoir conscience.

— Je pars immédiatement, Soline, dit-il à la fin de son récit. Reste près de Sophie Gally, je viens te chercher.

— Vraiment ? Il y a presque deux heures de route.

— Je me moque de la distance. Attends-moi, je t'en prie.

Combe de Tardevent, dimanche 28 juin 2015

Le soleil pointait à l'est. Des écharpes de brume stagnaient au-dessus du torrent. L'hélicoptère avait décollé au milieu de la nuit, emportant Valérie Tonneins et Jonathan. La capitaine Gally discutait avec le légiste de la police scientifique, dont le véhicule tout-terrain avait pu atteindre le refuge.

— Nous allons pouvoir rentrer à Chamonix, j'ai eu un appel radio, l'hélico revient, précisa Derain, irrité de ne pas avoir fermé l'œil. Il faudrait prévenir Mlle Fauvel.

— Rien ne presse, affirma Sophie. Elle peut dormir encore dix minutes.

Pour attendre Benjamin, Soline s'était allongée sur une des couchettes du refuge, en se glissant dans son duvet. Bien au chaud, Neige veillant sur elle, la jeune femme avait vite sombré dans un profond sommeil, malgré les bruits de moteur, de portières claquées et les nombreux éclats de voix.

Ce fut le concert des oiseaux saluant l'aube qui la réveilla. Surprise, elle regarda son téléphone. Il était 5 heures.

— Benjamin devrait être arrivé depuis longtemps, se dit-elle.

On parlait à l'extérieur, mais assez bas. Soline se leva, tout engourdie. Par la porte entrebâillée, elle aperçut son chien qui furetait sur la pente voisine.

— Benjamin, répéta-t-elle, prise de panique.

En avançant encore, le sous-officier Derain et un homme en combinaison blanche entrèrent dans son champ de vision. Elle se décida à sortir, pour se heurter à Sophie Gally.

— Ah, tu es debout, Soline. Prépare-toi, l'hélico revient. On va te ramener à la base. Je te reconduirai à ta voiture plus tard. Cette fois, on va peut-être nous envoyer un inspecteur d'Annecy.

— Je ne veux pas aller à Chamonix, Benjamin doit venir ici. Enfin il devait… Il s'inquiétait hier soir, alors il m'a appelée. Quand il a su ce qui s'était passé, il m'a dit qu'il partait immédiatement.

Sophie, les traits marqués par la fatigue, enroula une mèche de ses cheveux roux autour de son index, en pinçant les lèvres. Elle avait failli s'écrier « quel idiot ! ».

— C'était inutile qu'il fasse le trajet, soupira-t-elle. Ceci dit, ton ami a pu tomber en panne. Enfin, je suppose que Benjamin Martin est plus qu'un ami.

— Oui, bien sûr, mais je reste discrète. Tu sais pourquoi…

— Essaie de le joindre !

— Il m'aurait avertie, s'il était en panne. Je n'ai rien reçu, pas d'appel, pas de texto, s'effraya Soline.

— Téléphone-lui quand même, ordonna Sophie, qui cachait de son mieux sa propre angoisse.

Soline fut confrontée à l'exaspérante sonnerie s'achevant sur le message du répondeur. Le mot « accident » se mit à résonner dans son esprit, obsédant, terrifiant. Elle ferma les yeux, terrassée par un vertige. Une image fugace, pareille à un éclair, la fit gémir. Elle avait vu le pick-up gris de Benjamin au fond d'un ravin, la carrosserie disloquée, le pare-brise éclaté.

19

Disparitions

Servoz, dimanche 28 juin 2015,
même jour, deux heures plus tard

L'hélicoptère survolait au ralenti une route en lacet, qui longeait des ravins hérissés de sapins immenses. Soline et Sophie scrutaient les pentes abruptes à l'aide de jumelles, dans l'espoir de découvrir le pick-up gris de Benjamin.

— Nous n'avons repéré aucun véhicule accidenté, et c'est la deuxième fois que nous suivons cet itinéraire, fit remarquer Mathis Derain d'un ton excédé.

— Pourtant l'accident a forcément eu lieu dans ce secteur, affirma la capitaine Gally. Mais en cette saison la visibilité est mauvaise à cause de la végétation. Il faut continuer à chercher, une chose est sûre, Benjamin Martin a pris cette route vers minuit. Il n'est pas rentré chez lui non plus. Quand nous sommes passés au-dessus du chalet, il n'y avait pas sa voiture.

— Il voulait me rejoindre au plus vite, il a dû commettre une imprudence, déclara Soline. Tout est à cause de moi, comme le meurtre du brigadier, un honnête père de famille.

Sa voix trahissait son chagrin et sa terreur. Pourtant elle se refusait à imaginer le pire, certaine que Benjamin était vivant et avait besoin d'être secouru.

— Garde ton sang-froid, Soline, lui souffla Sophie sans cesser d'observer le paysage sauvage, sous l'appareil.

— C'est ce que je fais.

Le sous-officier Derain leur décocha un regard furibond. Il était d'une humeur de dogue.

— Vous avez eu de la chance que le commandant Jarny consente à cette opération improvisée, basée sur une vision de quelques secondes, décréta-t-il. Le pilote est de mon avis, on aurait pu rentrer et envoyer des collègues à notre place.

— Faites un effort, messieurs, trancha la capitaine Gally. Je vous rappelle que la vie d'un homme est en jeu. Nous avons déjà un mort sur les bras, autant éviter d'en avoir un second.

Son franc-parler aurait pu choquer Soline, mais il la rassura. Elle sentait que sa nouvelle amie ne lâcherait pas l'affaire, forte de son grade et de son autorité naturelle. Sophie avait ordonné à Derain et au pilote de décoller dès que Soline leur avait raconté ce qu'elle avait vu. Les deux hommes semblaient avoir été surpris par son empressement, mais Soline y voyait la preuve de son investissement dans son métier et de sa détermination à sauver les personnes en péril.

— Je suis désolée, messieurs, renchérit-elle. Mais vous êtes témoin, Mathis, que mes visions se sont révélées exactes pour la coulée de neige de février et pour Kate, qui se trouvait bien dans la combe de Tardevent.

— Là où on a tué le brigadier Bonnard, ajouta Sophie. Tout est lié. Je me suis promis de coincer le coupable de ces actes barbares.

L'hélicoptère reprit de l'altitude. Sophie, le nez au hublot, observait les pentes broussailleuses, parsemées d'énormes blocs de rocher.

— J'ai quelque chose ! hurla-t-elle soudain. Essaie de faire du sur-place, Jacques.

— Oui, c'est là, cria Soline, survoltée. Je vois le pick-up, dans la même position que dans ma vision, mais on ne peut pas atterrir.

— Derain va nous descendre avec le treuil, je n'aperçois pas de corps à l'intérieur du véhicule ni autour. Il faut emmener ton chien. Benjamin a pu être éjecté ou vouloir marcher et tomber un peu plus loin.

— Oui, bien sûr, Neige nous aidera, répliqua Soline, qui tremblait d'impatience et d'appréhension.

Les deux jeunes femmes avaient touché terre, sur l'étroit talus au bord de la route. Puis ce fut au tour du chien de descendre, sanglé dans un harnais.

— Je compte sur toi, Neige, murmura Soline.

— Dépêchons-nous, recommanda Sophie. J'ai la mallette de premiers secours. Je voudrais bien savoir ce qui s'est passé. De toute évidence, Benjamin a perdu le contrôle du pick-up. C'est un excellent conducteur, il y a forcément une raison. Allons-y ! On va s'encorder, c'est plus prudent.

Elle désigna l'à-pic vertigineux qui les attendait, comme un défi. Soline se représenta la chute de la voiture, heurtant les troncs d'arbre, puis les rochers.

— Il n'a pas pu survivre à une chute pareille, Sophie, gémit-elle. Je refusais si fort l'idée de sa mort, je me suis persuadée qu'il n'était que blessé.

— Peu importe, on doit le retrouver. Tu pratiques l'escalade, n'est-ce pas ?

— Oui.

— Alors passe la première.

Soline s'engagea sans hésiter sur une plaque de granit, tandis que son chien dévalait les éboulis, sur sa gauche. Hantée par la peur de découvrir le corps disloqué de Benjamin, elle décida d'interroger la capitaine.

— Je sais que ce n'est pas le moment, Sophie, mais je dois m'occuper l'esprit, sinon je vais sangloter et suffoquer. Si tu as eu une relation avec Benjamin par le passé, tu peux m'en parler. Nous avons eu une grave querelle, car il m'avait menti à ton sujet. Finalement, tu as l'air de très bien le connaître.

— On aurait pu en discuter plus tard, je me concentre pour ne pas tomber.

— J'ai besoin de le savoir, insista Soline.

— Et flûte, tu m'agaces ! Bon, les collègues sont déjà loin.

Elle suivait des yeux l'hélicoptère qui n'était plus qu'un point sombre dans le ciel d'un bleu intense. Elle avait donné à Derain la consigne de retourner à la base du PGHM et de préparer une autre équipe, prête à revenir de toute urgence.

— Je t'en prie. Je n'ai jamais aimé quelqu'un comme j'aime Benjamin. J'ignorais que j'étais aussi jalouse.

— La jalousie, quel poison, quelle perte de temps, clama Sophie qui déboula à ses côtés, dans un ruissellement de cailloux. Soline, ne sois surtout pas jalouse de moi, même si je te semble proche de Benjamin. En résumé, on est des copains d'enfance, mais comme il déteste évoquer ce qu'il a vécu gamin, je respecte son choix.

— D'accord, il m'en aurait sûrement parlé un jour ou l'autre.

— Mais oui, la veille de votre mariage, plaisanta Sophie, les larmes aux yeux. Benjamin, c'est un peu mon frère de cœur, et je suis terrorisée à la perspective de…

— De rien du tout, n'imagine pas le pire, coupa Soline. Je te remercie de ta franchise. On continue ? C'est moins pentu.

Elles se laissaient glisser vers la carcasse du pick-up en se tenant aux jeunes arbres. Soudain Sophie s'arrêta et sortit son téléphone.

— Un message, indiqua-t-elle peu après. Bon sang, je n'y crois pas. C'est le commandant Jarny. Il veut te prévenir, tes clients vont porter plainte contre toi.

— Quoi ? Je n'aurais jamais dû faire cette randonnée, déplora Soline. Benjamin serait tranquille au chalet, avec moi… Mais il y avait le brigadier Bonnard. Je suis sûre qu'on m'a envoyée là-bas pour que je le trouve.

— Quand tu dis ça, « on t'a envoyée là-bas », tu fais allusion à qui, à quoi ? s'enquit Sophie.

— Je n'en sais rien, peut-être à des entités supérieures, ou bien à des puissances divines…

Elle fixait le pick-up, maintenant à une centaine de mètres. Sophie se remit en chemin.

— J'irai seule inspecter la voiture, dit-elle.

— Inutile de vouloir me protéger, protesta Soline.

— Benjamin t'adore, je dois veiller sur toi. Tiens, Neige revient.

Le berger suisse, haletant, grimpait la pente vers elles. Il avait les pattes trempées.

— Il est allé boire dans le torrent, au fond du ravin. Son comportement m'étonne, nota Soline. Il ne s'est même pas approché du pick-up.

Sur ces mots, elle sortit de sa poche un petit foulard carré, en coton. Sophie fronça les sourcils, intriguée.

— Ne te moque pas, quand je suis loin de Benjamin, je dors avec son foulard. Il y a une légère odeur de parfum, l'eau de chèvrefeuille qu'il met dans son cou après sa douche.

Elle fit sentir le bout de tissu à Neige. Le chien remua la queue, le regard plus vif.

— Cherche Benjamin, tu as compris, cherche bien…

— Soline, tu aurais dû lui dire ça une fois près de la voiture.

— Je suis mon intuition. Le pick-up sera vide, tu verras.

Cinq minutes plus tard, elles en eurent la confirmation. Les portières étaient bloquées, la vitre du conducteur baissée.

— Le pare-brise a explosé, la banquette avant est tapissée d'éclats de verre, mais il n'y a aucune trace de sang, fit remarquer Sophie. C'est incompréhensible.

Soline respira mieux. Son pressentiment se confirmait. Benjamin avait dû échapper à la mort.

— Il a pu sauter, hasarda-t-elle.

— Où est-il, dans ce cas ?

Neige se mit à aboyer. Il marquait l'arrêt près d'une touffe de fougère, fidèle au dressage inculqué par sa maîtresse, qui se précipita. Le téléphone portable de Benjamin gisait sur le sol, l'écran fissuré. Soline le ramassa aussitôt.

— Fais attention ! s'exclama Sophie. Il y a peut-être d'autres empreintes digitales dessus ! Je mets des gants, donne-le-moi.

— Si tu prends cette précaution, insinua Soline, ça signifie que tu penses que Benjamin a peut-être été victime du meurtrier lui aussi !

— C'est une éventualité, oui. On ne doit rien laisser au hasard. Bon, le téléphone n'a plus de batterie, il est éteint depuis l'accident à mon avis. Heureusement que je n'ai pas demandé un bornage. Je vais demander du renfort. Il faut fouiller un large périmètre. On se sépare pour explorer les environs, mais on reste en contact.

— Entendu, Sophie. Regarde, Neige repart, je crois qu'il suit une piste.

Pleine d'espoir, Soline s'éloigna derrière son chien. Elle ne put s'empêcher d'appeler Benjamin, plus elle avançait au fond du ravin.

— Mon amour, par pitié, réponds, répétait-elle.

À son immense déception, seules des corneilles criaient dans les arbres. Le berger suisse débusqua deux chevreuils, ensuite un renard. Souvent, il revenait vers sa maîtresse, qui le suppliait de chercher encore.

— Où est-il, que lui a-t-on fait ? s'exaspéra Soline après une heure à parcourir la berge du torrent, scrutant le moindre détail du paysage chaotique.

Enfin, profondément découragée, elle s'allongea sur la terre humide, les bras en croix. Un sentiment d'intense solitude lui broyait le cœur. Neige se coucha à proximité.

— J'ai déjà ressenti ça, s'avoua-t-elle. Ce vide affreux, cette peur atroce de ne jamais revoir un être aimé.

La luminosité éclatante du ciel bleu l'aveuglait. Soline ferma les yeux, submergée par l'immensité de sa peine. Les oreilles bourdonnantes, pénétrée d'un froid anormal, elle fut encore une fois emportée dans le tourbillon du temps. Une scène se dessina, au sein d'un univers blanc. L'unique touche de couleur venait d'une petite femme très mince, aux cheveux d'un roux flamboyant. Elle était à genoux et sanglotait.

« C'est Viviane ! Elle pleure, car son mari adoré demeure introuvable, son cher Léon. Comme elle souffre ! Je ressens sa douleur... »

Ce triste tableau s'effaça, à la manière d'un dessin à la craie éliminé d'un coup d'éponge. Lui succéda l'image d'une tombe, sur laquelle se penchait Viviane, un bouquet de lys à la main. Mais le mot « disparu » résonnait dans l'esprit de Soline, tel un refrain cruel.

Le même terme présida à l'apparition d'un autre décor, dominé par le clocher de l'église Saint-Nicolas de Combloux. Une silhouette féminine, toute vêtue de noir, courait vers un soldat. La jolie veuve avait les traits de la jeune fille aux nattes blondes, mais son visage était meurtri par le chagrin.

« La mariée si triste, maintenant elle porte le deuil, mais qui est ce soldat ? Je connais son visage. Le petit garçon devenu grand, oui, sans doute. »

Soline n'avait pas conscience de ses gestes, pourtant elle appuyait ses mains à la naissance de son cou, la bouche entrouverte, en quête d'air. Il y eut soudain une nouvelle scène, à l'atmosphère dramatique. La veuve, coiffée d'un chignon sur la nuque, était assise à une table. Elle considérait une feuille de papier, sous le regard d'un homme en costume. Là aussi, le mot « disparu » retentissait, pareil à une sinistre mélodie.

La sonnerie de son téléphone brisa l'étrange sortilège qui promenait Soline dans les spirales du passé. Hébétée, elle se tourna sur le côté pour prendre l'appareil et répondre à l'appel. La voix de Sophie Gally acheva de la ramener au siècle présent.

— Soline, tu n'as pas communiqué sur ta position, lui reprocha-t-elle. Je commençais à m'inquiéter sérieusement.

— Excuse-moi.

— Des collègues sont arrivés, avec trois chiens. Ils ont fouillé le pick-up. Je suppose que tu n'as rien trouvé ?

— Non, rien.

— Tu étais du mauvais côté. On vient de découvrir la veste en toile kaki de Benjamin, avec un étui en cuir contenant sa carte bleue et ses papiers d'identité dans la poche intérieure. Toujours pas une trace de sang. Je comprends de moins en moins ce qui lui est arrivé. Reviens, Soline.

Chalet de Benjamin, quatre heures plus tard

Les recherches étaient momentanément interrompues, mais le chalet où vivait le jeune homme depuis un an abritait six gendarmes du PGHM, dont la capitaine Gally. Quant aux trois malinois, ils étaient enfermés dans un des 4 × 4 du peloton, garé sur l'esplanade.

Dans un état second, Soline préparait du café et du thé, en pensant néanmoins à Barry et à la louve, qui s'étaient enfuis dans la forêt dès l'envahissement de leur territoire par des étrangers. Elle éprouvait un peu la même sensation. Le décor chaleureux où ils avaient été si heureux, Benjamin et elle, lui semblait différent, peuplé d'hommes en uniforme, qui parlaient fort et investissaient les lieux.

— On repart bientôt, annonça Sophie. Il faut élargir la zone d'investigation.

— Oui, capitaine, répondit l'adjudant Rivet, debout près de la cheminée.

Le médecin urgentiste de l'équipe faisait les cent pas, les bras croisés sur la poitrine. Il venait de consulter la carte topographique du secteur concerné.

— J'avance une hypothèse, mais je peux me tromper. Nous pouvons être confrontés à un cas d'amnésie post-traumatique, consécutive à un traumatisme crânien. Benjamin Martin a pu subir une violente commotion, entraînant une extrême confusion mentale, d'où la perte de contrôle de son véhicule. S'il est ressorti indemne de l'accident, ce qui serait surprenant, il a pu partir droit devant lui, ne sachant plus où aller, ni qui il est. Cet état peut durer des jours, voire des semaines.

Ces propos tirèrent Soline de son abattement. En apportant un plateau rempli de tasses, elle hasarda d'une petite voix :

— Mais si c'était le cas, mon chien, et ceux du peloton auraient senti les traces de Benjamin.

Un murmure d'approbation fit écho à sa remarque. Sophie elle-même hocha la tête d'un air consterné.

— Je suis d'accord avec toi, marmonna-t-elle. On dirait que Benjamin s'est volatilisé.

— J'ai une autre théorie, intervint un des gendarmes. Rex a suivi une piste jusqu'au torrent. Benjamin a pu traverser le torrent et l'eau aura brouillé les odeurs. Les animaux traqués emploient ce stratagème pour semer les chiens de chasse.

Chaque geste coûtait un effort à Soline, pourtant elle servit du café et du thé, selon les préférences de chacun.

Le bruit d'un moteur poussif l'alerta, assortit d'un coup de klaxon. Elle se précipita sur la terrasse du chalet, espérant un miracle. Une vieille 2 CV, à la carrosserie piquetée de rouille, frémissait sur ses roues. Viviane était au volant. Elle coupa le moteur et descendit du véhicule.

— Je ne pouvais pas te laisser toute seule, gamine, s'écria la septuagénaire. J'ai emprunté cette pièce de musée à mon voisin, ce brave Jeannot. Elle a piètre allure, mais il l'entretient avec soin. Elle roule du tonnerre !

— Oh Viviane !

Soline courut vers son amie en pleurant. Elles s'étreignirent un court instant. Neige avait suivi le mouvement et aboyait de satisfaction.

— La capitaine Gally m'a téléphoné, chuchota Viviane à son oreille. Et me voilà ! J'ai apporté de quoi rester un jour ou deux. Je sais ce que tu endures…

— Oui, pour l'avoir vécu, répliqua Soline tout bas. Je vous ai vue, à genoux dans la neige, en larmes, à l'époque où votre mari avait disparu.

— Tu me raconteras tout ça, gamine. Je dois me mettre au frais, le soleil tape encore dur.

La présence de Viviane stimula Soline. Elle toléra mieux les cogitations à haute voix des gendarmes, grâce à sa grand-mère de substitution qui la soutenait d'un sourire complice, d'une tape sur l'épaule, de bonnes paroles murmurées.

— Nous reprenons les recherches jusqu'à la nuit, annonça Sophie Gally. Je crois que tu devrais rester là, Soline. Nous te tiendrons au courant. Et qui sait, Benjamin pourrait revenir…

— Tu as raison, je vais l'attendre ici, chez lui. C'est peut-être irrationnel, mais j'ai le sentiment qu'il est vivant.

Dans la montagne, même jour, même heure

Ceux qui se souvenaient de son existence se comptaient sur les doigts d'une main. Ils le surnommaient le « sauvage », ou parfois « l'ermite. » En fait, c'était un ancien berger. Il vivotait désormais dans une grange d'estive en ruine, sans pratiquement aucun lien avec le monde extérieur. Pour sa part, il se désignait sous le nom biblique de Moïse.

Solide vieillard, il utilisait et buvait l'eau d'un torrent et mangeait tout ce que la nature lui offrait. En cette fin d'après-midi, il dépeçait un lièvre pris au collet, un piège dont il bénissait l'efficacité.

— Qu'est-ce qu'y fiche là, ce clampin ?

Un homme marchait entre les sapins. Il paraissait jeune, malgré la boue et le sang maculant son visage. Ses cheveux noirs étaient en désordre, parsemés de brindilles.

— Fiche le camp, t'es chez moi ! hurla Moïse.

L'intrus avançait toujours, le regard dans le vague. Il s'arrêta à une dizaine de mètres du vicillard.

— Avez-vous à manger, monsieur ? demanda-t-il.

— Et puis quoi encore ? Je n'fais pas la charité.

— Pourtant la chasse a été bonne, répliqua l'inconnu en désignant le lièvre de la main. J'ai vraiment très faim.

— Quel culot, espèce de blanc-bec ! vociféra Moïse. Tu vas décamper en vitesse sinon…

Les mots de menace moururent sur ses lèvres, car l'homme tituba avant de s'effondrer, face contre terre.

— Y va pas crever sur mon lopin de bois, vindiou ! clama le vieillard. Nom d'un chien, y a pas moyen d'être tranquille…

Une délicieuse odeur de viande grillée ranima Benjamin. Il cligna des yeux, tout de suite réconforté par la vue d'un feu. Des flammes d'un jaune orangé léchaient le corps du lièvre. Un étrange personnage surveillait la cuisson, un masque de pure réprobation sur sa figure tannée par le grand air et sillonnée de profondes rides.

— Tu peux remercier le vieux Moïse, lui assena celui-ci. Une chance que tu n'pèses pas trop lourd, sinon je t'laissais passer la nuit dehors. Le frichti va être prêt. Té, bois ça !

Benjamin se redressa, prit le gobelet crasseux qu'on lui tendait et but d'un trait le contenu. Le liquide avait un goût amer, écœurant et devait être fort en alcool, car il se sentit revigoré.

— D'où tu viens, toi ? interrogea Moïse. T'es en cavale et tu comptes te planquer en Italie. La frontière, c'est un peu plus loin, mon gars ! Et c'est quoi, ton nom ?

— Je n'en sais rien, monsieur. Mais j'ai faim.

— Bon sang de bois, ça, j'ai compris.

L'ancien berger sortit le lièvre de la fourche sur laquelle il rôtissait et le posa sur une large pierre plate. Il découpa des morceaux à l'aide d'un canif.

— J'n'ai pas de pain, précisa-t-il, mais je fais des galettes avec de la farine. Un camarade m'en monte un sac tous les trois mois. Que veux-tu, je vis comme un ermite, la société m'a rejeté alors moi aussi je la rejette…

— Oui, monsieur, je comprends, répondit le jeune homme qui mangeait déjà avec appétit.

— Qui tu es ? marmonna Moïse. Je t'ai fouillé, pendant que t'étais dans les vapes, t'as même pas de papiers !

Une fois rassasié, Benjamin observa en souriant l'endroit où il se trouvait. Les murs en pierre, la charrette poussiéreuse, le toit rafistolé avec des ramures de sapin, tout lui parut plaisant.

— Je peux rester un peu avec vous, monsieur ?

— Bah, pourquoi pas, ça m'fera de la compagnie. T'inquiète, les flics monteront pas te chercher dans le coin. T'es jeune, t'as dû faire un coup foireux. Faudra te débarbouiller, demain matin, t'es pas beau à voir. Allez, lâche-moi ton petit nom, au moins !

— Je suis désolé, j'ignore qui je suis, monsieur.

— D'abord, appelle-moi Moïse. J'vois bien que tu as de l'éducation, mais ça me hérisse le poil. Rengaine tes « vous » aussi, et on sera peut-être copains.

Benjamin approuva d'un signe de tête. Il frotta ensuite son visage dans le creux de ses mains, comme pour se laver.

— Mazette, t'es complètement fada, s'esclaffa le vieillard. Il faut de l'eau, mon gars, pour faire sa toilette. Bon, t'as rien qui te revient, dans le ciboulot ? Rien de rien ?

Les paupières mi-closes, Benjamin esquissa une grimace de dépit. Il avait beau sonder son esprit, le vide y régnait.

— Ne t'fatigues pas, va, reprends du râble, c'est le meilleur dans le lièvre.

— Non, merci. J'ai sommeil maintenant. Je dors là ?

Il tâta de la paume l'épaisse litière de fougères séchées qui lui avait servi de couchette.

— C'est mon lit, mais je te le prête pour cette nuit, affirma Moïse en affichant une expression bienveillante. Je suis habitué à la dure, va... J'étais dans le maquis à quatorze ans, pendant la seconde guerre. Quel âge tu me donnes ?

Hésitant, Benjamin le considéra attentivement. Il fit signe qu'il était incapable de deviner.

— J'aurai mes quatre-vingt-quatre au mois d'août, se vanta Moïse. T'es d'accord, je fais beaucoup moins vieux, parce que ça conserve la santé de vivre en sauvage. Et puis je n'suis pas si solitaire... Je peux te dire que j'en vois des créatures, quand je m'balade. Des cerfs, des martres, des blaireaux, les vrais, pas mes concitoyens. Il y a même un loup qui traîne dans le bois, certaines nuits.

— Un loup...

— Oh, n'me dis pas que tu n'sais pas ce que c'est, un loup ? Ces bestioles aux dents longues qui tuent les moutons !

— Soline, je m'appelle peut-être Soline, balbutia Benjamin. J'ai ce mot qui m'est venu. Soline...

— Tu dérailles, c'est un prénom de nana, ça !

— Soline, Soline, répéta Benjamin, son regard sombre ravivé.

— Boudiou, veux-tu te taire ? protesta le vieillard. Pique un bon roupillon, avec un peu de chance, t'auras les idées plus claires au réveil.

Moïse vit son singulier invité s'allonger sur la litière, puis se recroqueviller, secoué de frissons.

— Misère, voilà qu'il grelotte, ronchonna-t-il. J'ai trop bon cœur, ma mère le disait souvent. Tant pis pour mes vieux os, je lui donne ma couverture, à ce pauvre gosse.

Servoz, chalet de Benjamin, même soir, même heure

Il faisait presque nuit. Soline, accoudée à la fenêtre qui ouvrait sur la terrasse, regardait les premières étoiles. Les voix de Viviane et de Sophie lui parvenaient, mais elle n'écoutait pas leur discussion. Ses pensées se concentraient sur son amoureux disparu.

— Où es-tu, Benjamin ? Est-ce que tu vois encore le ciel, le quartier de lune qui monte doucement ? Je vous en prie, faites que j'aie une vision de lui…

Elle ignorait à qui s'adressait sa prière. Fillette, Soline avait reçu une éducation religieuse. Mais dès l'adolescence, sa foi d'enfant s'était transformée en une vague croyance en un Dieu mystérieux et lointain.

« Au fond, c'est un paradoxe, songea-t-elle. Mon don s'est manifesté à l'époque où je doutais de tout. J'aurais dû prendre ça pour un signe important. »

Soline eut l'impression d'aborder un problème capital, dont elle n'avait jamais eu pleinement conscience. Il n'était plus question pour elle de paranormal ou de surnaturel, mais bien d'une bénédiction qu'on lui avait accordée.

— Et je dois en faire bon usage, dit-elle à mi-voix.

— Tu nous causes, gamine ? s'enquit Viviane, occupée à couper des légumes.

— Non, je réfléchissais tout haut. Excusez-moi, toutes les deux, je ne vous aide même pas à préparer le dîner.

— On te pardonne, Soline, répliqua Sophie, sa chevelure rousse relevée en chignon. Ce sera un repas végétarien, il n'y a pas un gramme de viande dans le réfrigérateur.

— Benjamin n'en mange jamais, ça le dégoûte. Mais il doit rester des fromages.

— Vindiou, je dépérirais, moi, sans un bon steak deux fois par semaine, et sans mon poulet rôti du dimanche, affirma Viviane. Sans oublier le lard.

— Je me suis vite habituée à ce genre d'alimentation, précisa Soline.

Elle mit le couvert pour trois, soudain désemparée d'être là en leur compagnie. Son regard bleu errait dans la grande pièce, faisant renaître la silhouette élancée de Benjamin, soit assis à son bureau, soit étendu sur le canapé, devant la cheminée. Seul Neige était à sa place, près de la pierre de l'âtre, sur un tapis.

— Sophie, est-ce que vous allez continuer les recherches demain ? s'enquit Soline d'un ton soucieux.

— En principe, oui. Mais tout dépend du préfet. S'il confie l'enquête sur le décès du brigadier Bonnard au commandant Jarny, j'ignore comment former une équipe et mobiliser un des hélicoptères.

— Dites donc, capitaine, ça fait quand même deux crimes en cinq mois, et deux tentatives d'assassinat ! s'indigna Viviane. Il faudrait peut-être qu'on vous envoie un inspecteur de police chevronné en renfort.

— La gendarmerie est habilitée à gérer une enquête, madame Gonod, rétorqua Sophie. Le PGHM notamment. Mais nous manquons d'hommes, j'en conviens.

— Pourtant l'affaire devient grave, insista la septuagénaire. Enfin, cette nuit on s'enfermera bien, hein, gamine ?

— Oui, mais a priori nous sommes en sécurité ici.

— J'espère ! Personne ne m'a suivie, je peux te l'assurer. J'ai quitté Combloux en faisant un gros détour.

— Je vous fais confiance, Viviane, dit gentiment Soline.

Sophie prit place à la table. Ses yeux verts fixaient le feu qu'elle avait allumé.

— Benjamin a pu avoir des ennuis avec des braconniers, hasarda-t-elle. Je l'avais mis en garde. Il se croyait à l'abri des individus qui abattent des loups en cachette, mais j'ai appris de source sûre qu'on le surveillait.

— Tu en sais des choses, commenta Soline, un peu amère.

— C'est une déformation professionnelle, je me renseigne au maximum quand je débarque dans une région, admit Sophie.

— Et en ce qui concerne la famille de Benjamin, tu connais peut-être un de ses proches ? Il a refusé de me parler de son enfance, mais il y a forcément quelqu'un à prévenir ?

— Il est orphelin, du moins il le prétend, j'ignore tout de son passé, comme toi, Soline. Benjamin est très secret en ce qui concerne sa famille, déplora Sophie. Bien, cela dit, je partirai après le dîner. J'aurais préféré dormir ici, mais je dois rentrer à Chamonix.

— On se débrouillera, sois tranquille, lui dit Soline. Moi je ferai sans doute un tour dans la clairière, pour appeler Barry avec le sifflet à ultrasons. Nous étions si contents, Benjamin et moi. La louve s'amadouait et elle restait près du chalet.

Le repas fut vite terminé, les trois femmes n'ayant guère d'appétit. Une fois Viviane et Soline seules, elles s'installèrent sur le canapé, en contemplant les bûches incandescentes, Neige étendu à leurs pieds.

— Si tu me causais de ta vision, à présent, gamine !

— C'était très émouvant, Viviane, de vous découvrir plus jeune, même si vous n'avez pas beaucoup changé. Je percevais surtout votre chagrin, votre détresse, semblable à la mienne.

— Je te souhaite un dénouement différent, ma pauvre petite. Ton Benjamin reviendra, lui.

— Comment en être sûre ? Pourtant j'ai la conviction qu'il est vivant. Mais évitons le sujet, sinon je vais sangloter des heures. Je me suis retenue toute la journée de pleurer.

— As-tu vu autre chose ?

— Oui, toujours cette jeune femme blonde, qui me ressemble un peu. Elle portait le deuil, et j'ai pu déterminer l'époque, grâce à l'uniforme du soldat qui lui tendait les bras. C'était pendant la Première Guerre mondiale. Viviane, ces visions avaient toutes un rapport avec la terrible douleur que provoque une disparition.

— Et tu n'as pas un nom de famille, rien de précis ?

— Hélas, ces scènes sont très courtes et muettes, comme si on me montrait un extrait de film, sans le son, conclut Soline. Mais elles illustraient l'état de panique, de désespoir où j'étais…

— Courage, ma belle, soupira Viviane en lui prenant la main. Un jour, tu auras la clef de l'énigme. Si on allait au lit, hein, je suis fatiguée. Hé ! Ce n'est pas souvent que je quitte Combloux et ma maison. Quant à toi, tu as des cernes et tu es pâle à faire peur.

— Je vous montre la chambre, j'ai changé les draps du lit tout à l'heure. Moi je dormirai là, sur le canapé… Je voudrais tant que Benjamin arrive, qu'il soit là, que je puisse le toucher, l'embrasser. S'il revient, plus rien ne nous séparera.

Viviane approuva d'un signe de tête. Elle aussi, des années plus tôt, elle avait gémi ces mots-là. En vain. Léon n'était pas revenu.

Dans la montagne, le lendemain,
lundi 29 juin 2015

Le soleil pointait derrière les cimes enneigées, dans un ciel limpide, sans le moindre nuage. Le vieux Moïse toucha encore une fois le front brûlant du jeune homme qu'il hébergeait. Un gros soupir lui échappa, en se remémorant la mauvaise nuit qu'ils avaient passée, l'un comme l'autre.

— Bon sang ! je n'ai presque pas fermé l'œil, bougonna-t-il. Ce pauvre gars, il avait le délire, y faisait que répéter ce nom, Soline…

D'un geste paternel, il tamponna les joues et le cou de Benjamin avec un chiffon imbibé d'eau froide. Sa vie en pleine nature lui avait été facilitée par sa connaissance des plantes. Mais sa mémoire lui jouait des tours depuis deux ou trois ans, aussi il se creusait la cervelle, assis près de son malade.

— Faut bien que je l'soigne, marmonna-t-il. Seulement, y sera tout seul, si je pars à la cueillette. Bah, y va pas s'enfuir.

Il se leva en grimaçant, engourdi pour être demeuré assis trop longtemps. Après un nouveau soupir, il prit une besace dont il cala la bandoulière sur son épaule.

— J'reviens vite, lança-t-il sans espérer de réponse.

Ses étroits yeux gris, aux paupières tombantes, se posèrent sur le visage livide de Benjamin.

— Mon fiston à moi, l'est mort bien plus jeune que celui-ci. Et j'n'ai pas pu le sauver. Ben non, j'ai juste pu l'enterrer, ce pauvre petiot.

Moïse s'éloigna sans hâte, la gorge serrée, au bord des larmes. Il ne pleurait plus depuis longtemps la perte de son fils unique, un des cinquante-six enfants victimes d'une coulée boue, dans la nuit du 15 au 16 avril 1970. Tous d'innocents pensionnaires du sanatorium de Passy, près de Saint-Gervais-les-Bains[1].

— Chienne de vie, maugréa-t-il. Sa mère avait raison, on aurait dû l'emmener, valait mieux un gamin malade que mort.

Les souvenirs affluaient, d'un cauchemar qu'avaient partagé à l'époque de nombreux parents.

— De la boue, des rochers, de la neige débita-t-il d'une voix étranglée par l'émotion. Et tous ces petits anges tués dans leur sommeil. Heureusement qu'ils dormaient, ils n'ont pas eu peur.

Le vieillard se frotta le nez du dos de la main. Les chagrins enfouis au fil des années reprenaient leurs droits. Il tenta de les repousser.

— Vaut mieux que j'pense aux herbes qu'y me faut, dit-il en se grattant la broussaille de sa barbe grise.

Pourtant il revit sa femme, Amélie, allongée dans son cercueil, un crucifix sur la poitrine.

— Pardi, elle n'a pas supporté de perdre notre petiot, son cœur a lâché.

Une harde de sangliers détala devant lui, le ramenant au temps présent. Il compta deux adultes et six marcassins déjà d'une bonne taille.

---

1. Fait véridique.

— Faut pas que j'oublie de relever mes pièges, se dit-il. J'ai une bouche supplémentaire à nourrir.

Il respira plus à son aise, se sachant investi d'un rôle de protecteur. Plus il s'enfonçait dans la forêt, plus l'image du jeune inconnu effaçait celles de ses chers défunts. Sa quête des plantes susceptibles de combattre la fièvre lui prit plus de deux heures.

Lorsqu'il fut de retour, satisfait de sa récolte, Benjamin somnolait toujours, en sueur, très agité.

— Soline, Soline, chuchotait-il de ses lèvres gercées.

Combloux, mardi 7 juillet 2015,
huit jours plus tard

Il pleuvait sur la petite ville de Combloux, envahie par les touristes. Soline, avant de sortir de l'épicerie, son cabas à bout de bras, considéra l'avis de recherche qu'elle avait scotché trois jours auparavant. Une photographie récente de Benjamin y figurait, avec la date de l'accident, son signalement et le numéro de téléphone du PGHM.

« Où es-tu mon amour ? Pourquoi suis-je aussi sûre que tu es vivant, alors que tout le monde prétend le contraire ? se dit-elle, le cœur lourd. Tu as disparu, comme Barry et la louve. »

La jeune femme avait confié le drame qui la frappait à son amie, puis à Monique et Jacques Fauvel. Leur pessimisme l'avait découragée, cependant elle les comprenait. En fait, ils voulaient la préparer au pire.

Les recherches n'avaient pas abouti. Dans le pick-up et sur le téléphone de Benjamin, on n'avait trouvé que ses empreintes digitales et celles de Soline. Même si la capitaine Gally persistait à envoyer des équipes réduites dans différents secteurs, elle doutait désormais de retrouver le corps du jeune homme.

— Je repars cet après-midi avec Neige, décida Soline.

Elle effectuait ses propres investigations, du matin au soir, puis elle rentrait épuisée au chalet, où Viviane l'attendait, pour lui servir des plats préparés avec soin.

— Tu ne manges rien, gamine, tu as perdu du poids, lui serinait la septuagénaire. Quand ton amoureux reviendra, tu n'auras plus que la peau sur les os.

Soline se remémora cet avertissement et esquissa un sourire. Viviane était la seule à lui donner un peu d'espoir.

Un coup de klaxon retentit au moment où elle s'apprêtait à traverser la rue. C'était Sophie, au volant de son break. Elle baissa la vitre et lui fit signe.

— Monte, Soline, je dois te parler !

Son expression ne présageait rien de bon. Soline prit place sur le siège avant, tellement anxieuse qu'elle ne pouvait pas dire un mot.

— N'aie pas peur, on n'a pas découvert le corps de Benjamin, déclara tout de suite sa nouvelle amie.

— Ah, j'ai cru que tu allais m'annoncer cette chose horrible, articula péniblement Soline.

— Non, rassure-toi. J'ai klaxonné dès que je t'ai reconnue. Je ne peux pas être partout, alors arrête de t'exposer ainsi. Tu es vraiment imprudente. Je t'avais demandé de faire tes courses à Servoz ou à Saint-Gervais.

— Mais je devais passer chez Viviane pour récupérer un gilet en laine, des livres et le traitement homéopathique qu'elle avait oublié. J'ai aussi pris des affaires chez moi.

— Soline, nous avons la certitude que le meurtrier habite ici, à Combloux. Il te fiche la paix ces temps-ci uniquement parce qu'il y a un panneau à louer sur la porte de ta maison. Si tu te balades dans les rues, il peut te repérer et te suivre jusqu'au chalet. Ce type est un dangereux malade.

Une subite colère submergea Soline. Elle défia Sophie de son regard bleu, agrandi par la détermination.

— Tant mieux si ce monstre me trouve, je pourrai voir sa sale face d'assassin et l'affronter enfin ! Qu'il fasse ce qu'il veut de moi, au moins il arrêtera de tuer ! De toute façon, ma vie n'a plus d'importance sans Benjamin.

— Idiote, si tu étais ma sœur, je te giflerais ! s'enflamma Sophie. Et tes parents, Viviane ? Ne dis plus ce genre de sottises, c'est compris ? J'ai promis à Benjamin de veiller sur toi s'il lui arrivait malheur, et je tiendrai ma promesse.

Sidérée, Soline douta d'avoir bien entendu. Elle eut un léger rire empreint d'incrédulité et d'amertume.

— Donc, il se sentait menacé, dit-elle d'un ton dur. Et vous êtes vraiment très proches, pour qu'il te demande ça.

— Je t'en supplie, aie confiance en moi, insista Sophie. J'ai beau penser que notre Benjamin n'est plus de ce monde, ça me semble impossible à admettre.

— Notre Benjamin, répéta Soline. Je t'interdis de parler de lui avec autant de tendresse. Si tu l'aimes, avoue-le, ne me torture pas. Peut-être que j'accepterai de le pleurer avec toi.

— Je l'aime comme un frère, tu n'as pas besoin d'en savoir plus. Maintenant, je te dépose à côté de ton 4 × 4 et je t'escorte jusqu'à Servoz.

Soline haussa les épaules, résignée, mais Sophie lui caressa la joue en souriant.

— Tu n'as pas à être jalouse, c'est la dernière fois que je te le dis. Sinon, j'ai une bonne nouvelle, Valérie Tonneins n'a pas porté plainte contre toi. J'ai pu l'en dissuader, après avoir mené ma petite enquête sur Jonathan. Tu avais raison, ce n'est pas son frère, mais un cousin par alliance. La demoiselle a eu peur que la rumeur de sa liaison avec lui parvienne aux oreilles de son futur mari.

— Tu lui as fait du chantage ?

— Appelle ça comme tu veux ! Dites, vous m'invitez à dîner ce soir, Viviane et toi ? Je ne suis pas d'astreinte.

— D'accord, mais à condition que tu me racontes au moins comment tu as connu Benjamin.

La capitaine Gally consentit d'un oui à peine audible. Elle serait obligée de mentir encore une fois.

20

Le mystère Soline

Dans la montagne, même jour, même heure

Les tisanes et les décoctions de Moïse avaient contribué au rétablissement de Benjamin, la plupart du temps somnolent, tout endolori.

Mais ce mardi 7 juillet, après une semaine de semi-léthargie, il s'était assis pour manger une portion de viande, dont le goût lui paraissait excellent.

— Régale-toi, c'n'est pas tous les jours qu'on dégustera de la perdrix des neiges.

— Du lagopède, je crois, hasarda le jeune homme.

— Mazette, tu t'y connais en bestioles ! s'extasia le vieillard. Prends une galette, je les cuis sur les pierres chaudes. On n'manquera pas de farine.

Ses boucles noires en désordre, ses joues amaigries ombrées par un début de barbe, Benjamin se lécha les doigts en riant.

— T'as l'air d'un sauvage, s'esclaffa Moïse. Quand tu seras d'aplomb, faudra laver tes vêtements qui n'sentent pas bon. J'te montrerai une cascade, pas loin de là.

— Je peux y aller aujourd'hui !

— Non, tu n'es pas assez vaillant. Boudiou, t'en as raconté des choses, à cause de la fièvre. Tu n'causais pas fort, j'ai presque rien pigé… Et j'ne sais toujours pas ton nom, alors j'ai eu une idée. Faut bien que j'puisse t'appeler, hein ?

Benjamin fit signe qu'il était d'accord, d'un air enfantin qui remua le cœur de Moïse.

— J'te baptise Pierre, ou Pierrot, comme tu veux !

— Pierrot, ça me plaît.

— Et puis faudra m'obéir, si jamais un hélico vole au-dessus des ruines. Tu t'cacheras. Avant, par ici, c'était un hameau d'estive. Tu n'les vois pas, mais y a des tas de vieux murs écroulés. J'me suis installé dans le seul bâtiment qui tenait encore debout.

— Je dois me cacher ?

— Pas maintenant, Pierrot, bougonna le vieillard d'une voix tremblante. Bah, ça me remue ce nom-là, c'était celui de mon fiston, un joli petit gars qu'est mort à cinq ans.

— Je suis désolé, monsieur.

— T'y peux rien. Recouche-toi, va, t'es tout blanc, d'un coup.

Moïse se leva pesamment pour aider Benjamin à s'étendre. Il arrangea la couverture sur lui, avec une joie timide.

— Dors un peu, j'm'en vais chercher de quoi souper. Des truites, ça te dirait ?

Il obtint juste le souffle régulier du jeune homme endormi en guise de réponse. La litière de fougères se trouvait à l'abri d'un pan de toit en tôle rouillée. Moïse vérifia si l'on pouvait apercevoir son protégé, surtout depuis un hélicoptère.

« J'en ai entendu qui tournaient ces jours-ci, peut-être bien que les gendarmes en ont après ce pauvre gosse, songea-t-il. Demain, j'lui montrerai ma cachette, s'il tient debout… »

À sa grande surprise, Moïse allait mener à bien son projet le soir même. Lorsqu'il revint chez lui, Benjamin se tenait assis, adossé au mur de la grange, une expression paisible sur le visage.

— J'ai chopé deux truites, Pierrot ! clama-t-il. Vindiou, tu as meilleure mine.

— Je me sens mieux, oui.

— Pardi, tu fais la grimace en buvant mes tisanes, mais elles te guérissent, mon gars. Peux-tu marcher ?

— Je ne sais pas, monsieur.
— Moïse, pas monsieur !
— Excusez-moi… Moïse.
— Pas grave, viens par là, donne-moi la main.

Doté d'une vigueur peu commune pour son âge, le vieil homme réussit à mettre Benjamin debout. D'abord le malade vacilla sur ses jambes, puis il émit un petit rire étonné.

— On n'va pas loin, c'est par là, au fond de cette bâtisse, l'encouragea Moïse qui le soutenait par la taille. Je t'explique, y fait grand froid, l'hiver, mais moi, j'suis bien au chaud. Je n'veux pas t'mentir, s'il neige trop fort, si ça gèle dur, y m'arrive de zoner un mois ou deux chez ce camarade, celui qui me livre en farine et autres denrées. Sinon, j'hiberne là-dedans, comme les marmottes ou le vieil ours mal léché que j'suis.

Une construction sommaire, en grosses planches, occupait un angle de la grange. Moïse ouvrit une porte et il entraîna son protégé à l'intérieur.

— Regarde donc, j'ai un poêle, du bois autant que j'en veux et des provisions. Même un matelas et des couvrantes en laine. Je me claquemure là-dedans et j'suis comme un prince !

— Tu restes ici tout l'hiver ? murmura Benjamin, sidéré.

— Bah, ça dépend, Pierrot, mais j'le raconte aux clampins qui m'posent la question, ces fichus randonneurs que j'croise dans la forêt.

— C'est une bonne vie, ta vie, Moïse.

— J'suis d'accord, mon gars. Alors, t'as pigé, si des gêneurs se pointent, tu te planques ici et tu n'bouges pas. On est libres, dans la montagne, ça m'ferait mal si on te fichait en prison. J'en ai fait, de la taule, suite à une saleté d'erreur judiciaire, qu'y disaient tous. Depuis, y m'faut des grands espaces.

— Je comprends.

Benjamin souriait encore. Tout lui paraissait simple. La somme anxiogène des événements de son passé ne pesait plus sur son âme. Il se souvenait des mots inoffensifs du monde naturel, à l'instar de la perdrix des neiges ou lagopède alpin, du feu, de la viande, de l'eau. Mais une importante partie de sa mémoire était provisoirement en veilleuse, ce qui le rendait gai et puéril.

— Tant mieux si tu comprends, marmonna Moïse.

Ils retournèrent près du foyer, d'où montait un filet de fumée. Le cercle de pierres plates se trouvait à mi-chemin du réduit et de l'extérieur.

— Je t'aiderai, il faut arranger le toit, commenta Benjamin en désignant le rudimentaire assemblage de branchages, de tôles et de planches. Tu dois avoir des gouttières quand il pleut.

— Pas tant que ça ! Allez, faut vider les truites.

Moïse remarqua avec une secrète satisfaction que le jeune homme ne répétait plus le prénom Soline. Prudent, il évita d'y faire allusion. Maintenant, il craignait de perdre la compagnie de celui qu'il avait baptisé Pierrot, en hommage à son enfant.

Les jours suivants, le vieillard et Benjamin se lièrent d'une réelle affection. Ils parcouraient les sous-bois, cueillaient les premières myrtilles, passaient de longs moments près d'une cascade, jusqu'à cette matinée pluvieuse où un hélicoptère survola le hameau en ruine.

— Vite, va te planquer, ordonna Moïse.

Une demi-heure plus tard, deux gendarmes grimpaient d'un pas rapide vers la grange.

— Bonjour, monsieur, cria le plus gradé au pittoresque personnage qui venait à leur rencontre.

Hirsute, sa barbe grise frôlant sa chemise crasseuse, Moïse jouait d'un air jovial avec les bretelles qui tenaient son pantalon en velours, élimé aux genoux.

— Boudiou, c'n'est pas souvent que j'ai de la visite, dit-il en riant. Surtout la maréchaussée !

— Nous sommes du PGHM, monsieur. Nous avons repéré ce bâtiment, en survolant le secteur, expliqua l'adjudant Rivet.

— Ouais, j'ai vu passer vot' engin de malheur ! Bon sang, vous avez fait vite pour venir jusque-là.

— Un collègue nous a indiqué la position des ruines par radio. On recherche quelqu'un. Vous l'avez peut-être vu ?

L'adjudant Rivet sortit de sa poche une photo de Benjamin, qui datait d'un an environ.

— Jamais vu, grogna Moïse. Hé, il est dangereux, ce zig ? Qu'est-ce qu'il a fait ? Du trafic de drogue…

— Non, il s'agit d'une disparition inquiétante, dans la nuit du 27 au 28 juin. On a découvert le véhicule appartenant à cet homme dans un ravin, en contrebas d'une route, mais son corps demeure introuvable.

— Moi, j'l'ai jamais vu, y a pas grand monde qui vient traîner par ici.

Le second gendarme, une jeune recrue, observait le feu, la litière de fougères. Il approcha de la grange.

— Vous habitez là ? demanda Rivet.

— Oui, môssieur, et je suis chez moi. J'ai acheté ce lopin de terre y a vingt ans de ça.

— Vous restez même l'hiver ? s'enquit l'autre gendarme, qui fronçait les sourcils, médusé.

— Mais non, un ancien camarade du maquis m'héberge, mon gars. Je n'suis point fou.

— Je suppose que vous n'avez pas le téléphone, renchérit l'adjudant.

— Pour quoi faire ? s'impatienta Moïse. On peut se causer sans vos maudits appareils.

— Toujours est-il que si vous voyez cet homme, un scientifique nommé Benjamin Martin, mort ou vivant, il faudra contacter le PGHM de Chamonix.

— Le PG… quoi ? marmonna le vieillard, en plissant les yeux.

— Le peloton de gendarmerie de haute montagne, débita la jeune recrue.

— Ah, j'comprends mieux. Ben, j'ferai mon possible, je n'suis pas aussi sauvage que j'en ai l'air !

Recroquevillé au fond du réduit, Benjamin percevait leurs bruits de voix. Apeuré, il avait plaqué ses paumes sur ses oreilles. Soucieux de sauver sa liberté, il était prêt à se cacher des heures. Moïse lui avait si souvent répété qu'il était sûrement traqué par la police.

« Je suis à l'abri, ils ne me prendront pas, pensait-il, le cœur survolté. Personne ne peut venir. »

Une image traversa soudain son esprit pris de panique. Elle était floue, voilée, pourtant Benjamin devina l'éclat doré d'une chevelure blonde, un regard très bleu, un sourire.

— Soline, chuchota-t-il. Qui est Soline… ?

La porte s'ouvrit. Moïse apparut, hilare, se frottant les mains dans sa joie d'avoir dupé les gendarmes.

— Attends encore un peu, Pierrot, après tu pourras sortir.
— C'était la police ?
— Ouais, on te cherchait, mais j'ai rien lâché.
— Merci, Moïse, tu es un vrai ami, toi…

*

Quatre-vingt-dix-huit ans plus tôt,
Combloux, mercredi 15 août 1917,
jour de L'Assomption

Louise avait prié longtemps, entre les murs de l'église Saint-Nicolas. Avant de sortir, elle reprit les bouquets de fleurs qu'elle avait posés derrière le bénitier, sur les dalles. Il était encore tôt, pourtant la lumière du soleil était déjà éblouissante. Une main sur ses yeux en guise de visière, elle se dirigea vers le cimetière d'un pas rapide.

Toute vêtue de noir, ses cheveux blonds dissimulés sous une petite coiffe grise, la belle veuve Lardet, comme on l'appelait, marcha jusqu'à la tombe de sa mère. Les années s'écoulaient, pourtant Louise gardait l'habitude de se confier à sa chère défunte, Clémence Favre, née Marty.

— Ma petite maman, tu trouverais le monde bien triste, si tu étais encore parmi nous. La guerre n'en finit pas, pourtant on nous disait qu'elle ne durerait pas longtemps. Ton grand fils Nicolas est mort sur le front, ça, tu le sais déjà. Moi, j'ai perdu mon mari, ce brave Angel dont je porte le nom. La semaine dernière, je suis allée lui rendre visite dans un hôpital, à Lyon, l'épouse du nouveau maire m'a payé le voyage. C'est ainsi, je suis devenue la femme de ménage attitrée des notables de Combloux.

Toute tremblante, Louise reprit son souffle, en serrant ses deux bouquets sur son cœur.

— Angel s'est éteint dans mes bras, maman. Le malheureux, il était défiguré, amputé d'une jambe. J'ai dû l'enterrer là-bas, dans cette immense ville où je n'irai jamais. Une infirmière m'a appris que je toucherai une pension de veuve. Je mettrai l'argent de côté pour Clément, ton petit-fils.

Un sourire mélancolique raviva la beauté de Louise, que l'on vantait encore dans le village, malgré ses trente-sept ans.

— Clément pleure beaucoup, il adorait Angel, qui l'a élevé et qui s'est montré un très bon père pour lui.

Un sanglot la fit taire, au souvenir des années vécues auprès du berger, l'hiver sous le toit ancestral des Marty, l'été sur l'alpage, dans le chalet d'estive des Lardet.

— Maman, je n'ai pas dit la vérité à Clément, et maintenant il a quinze ans. Personne ne peut me conseiller. Est-ce que je dois lui avouer qu'il est né de ma folle passion pour Vittorio ? Si seulement Antoine était là, mais il a été porté disparu. Mon frère me manque tant, mon petit Toinet… Je refuse de croire à sa mort. Monsieur le maire lui-même s'est déplacé pour m'apporter la lettre, je l'ai lue et relue sans pouvoir accepter cette nouvelle perte.

Le clocher de l'église sonna dix coups au timbre argentin. Louise retint un soupir. Son fils était parti la veille sur l'estive avec son grand-père, Ernest Lardet. Une longue journée s'annonçait, qu'elle passerait en solitaire, dans l'humble maison trop vide.

— Au revoir, maman, je t'ai cueilli des dahlias et des roses dans le jardin. Papa aura son bouquet lui aussi.

Elle déposa les fleurs et se signa, à bout de courage, ivre d'un chagrin étouffant, intolérable. Pendant les premiers mois de son mariage, Louise s'était refusée à Angel, pour ne pas trahir le souvenir brûlant de Vittorio, puis un désir d'enfant l'avait poussée vers son époux.

« J'ai perdu trois fois mon fruit, au début de la grossesse, se remémora-t-elle. Dieu me punissait. »

D'une démarche languissante, elle quitta enfin l'enceinte du cimetière. Un adolescent au teint doré et aux boucles brunes courait dans sa direction. Vêtu d'une chemise et d'un pantalon en toile, chaussé de sabots, il semblait bouleversé.

— Clément ! s'écria Louise. Qu'est-ce que tu fais là ? Seigneur, il y a eu un malheur ?

— Non, maman, répondit le garçon en lui prenant les mains. Un soldat a rendu visite à grand-père, là-haut. J'avais fini de traire les vaches, on mettait le lait à cailler, et cet homme est arrivé. Un camarade de régiment d'oncle Antoine.

Louise jeta un regard affolé à son fils. Clément ajouta, un peu essoufflé tellement il avait couru :

— Il y a eu une erreur, oncle Antoine a été fait prisonnier, mais il est vivant, maman.

— Merci, mon Dieu, gémit-elle en étreignant l'adolescent. Tu es gentil d'être venu. Mais où est ce soldat ? Je voudrais le voir, discuter un peu avec lui, si c'est un bon camarade de mon frère.

— Grand-père le garde au chalet. Il couchera dans mon lit et il viendra au village demain matin. Je reste avec toi, maman. On pourrait aller au bord du torrent, il va faire très chaud.

— Si tu veux, Clément, murmura Louise. J'ai tant prié, le Seigneur m'a exaucée.

Cet après-midi-là, étendue sur l'herbe, à quelques mètres de l'eau vive, Louise eut une vision, de celles dont elle n'osait pas parler. Son fils marchait au milieu du torrent, ses bas de pantalon retroussés sous les genoux. Il cherchait les truites cachées sous les rochers. En toute bonne foi, Clément croyait sa mère endormie et il ne vit pas l'expression douloureuse de son visage aux paupières closes.

« Toujours cette belle jeune femme si blonde, aux yeux bleus, songeait Louise. J'aurais dû remarquer combien elle me ressemblait… Pourquoi pleure-t-elle aussi fort ? Il y a toujours ce grand chien blanc qui la suit. Nous n'avons plus de chien, hélas, depuis notre Barry qui a vécu treize ans. Clément l'aimait tant. »

Un cri de triomphe ramena Louise au temps présent, elle qui observait une scène ayant lieu des décennies plus tard.

— Maman, j'ai une belle truite ! clamait son fils. Je la tiens par les ouïes, comme papa m'a montré.

— Tu es un champion, le félicita sa mère. Angel est fier de toi, car il nous voit, de son Paradis.

Clément lança le poisson sur la berge, où il se tordit en convulsions.

— Tu y crois au paradis, maman ? hurla-t-il, soudainement en larmes. Pas moi, et si la guerre dure encore trois ans, j'irai me battre et je vengerai mon père.

Bouleversée, Louise voulut se relever pour tendre les bras à son fils, cependant l'adolescent s'éloignait, pataugeant avec rage dans l'eau limpide.

« Tu as un autre père, mon enfant, pensa la belle veuve, très émue. Un homme que j'ai aimé à la folie. »

Elle se rallongea, la gorge nouée par la brûlure d'une passion enfouie mais toujours vivace. De nouveau, l'image de la jeune femme blonde s'imposa, au milieu d'une forêt de sapins, vêtue d'une robe légère en tissu fleuri, qui dévoilait ses mollets et ses chevilles.

« La pauvrette appelle quelqu'un, je la sens désespérée, se dit-elle. Oh, la voilà qui se jette sur le sol, et son chien lui lèche la joue, la brave bête. Que de malheur dans ce monde, que de chagrin ! Je voudrais l'aider, cette petite… »

*

Quatre-vingt-dix-huit ans plus tard,
Servoz, chalet de Benjamin,
vendredi 17 juillet 2015

Soline, couchée à plat ventre sur le sol tapissé de mousses et d'aiguilles de sapin, sanglotait éperdument. Elle avait fui le chalet pour crier sa douleur loin de ceux qui tentaient chaque jour de la consoler, de la soutenir. Neige l'avait suivie.

Il venait de se blottir contre elle, après l'avoir gratifiée de quelques légers coups de langue sur la joue à sa portée.

— Benjamin, reviens, mon amour, implora la jeune femme. Je n'en peux plus.

Elle grattait la terre de ses ongles, sensible cependant à l'odeur fraîche, si particulière, de l'humus et de la végétation.

— Tu as disparu, tu t'es volatilisé, mon amour, dit tout bas Soline. Un jour, on découvrira ton corps, et j'en perdrai la raison. Je ne pourrai pas vivre sans toi, même si on m'assure du contraire.

Elle pleura encore, secouée de frissons nerveux. Depuis la veille, un horrible soupçon lui était venu, qu'elle n'avait confié à personne.

— Je sais ce qui s'est passé, cet homme a su pour nous deux, il s'est débarrassé de toi, comme il a voulu éliminer Kate. Il a réussi à te tuer, et il t'a abandonné quelque part, une balle dans la tête, comme le brigadier.

Une clameur rauque échappa à Soline, qui exprimait ainsi sa révolte et sa haine. Elle se releva, échevelée, l'air égaré.

Neige bondit, prêt à la suivre, mais sa maîtresse demeurait immobile, en parlant à haute voix.

— Est-ce que toute ma vie, il détruira ceux que j'aime ou ceux qui m'aiment ? disait-elle. Il n'y a qu'une solution pour l'arrêter, disparaître moi aussi. Oui, autant mourir.

Soline ferma les yeux pour chercher un moyen rapide et efficace de se supprimer. Une scène lui revint en mémoire, aperçue lors d'une des visions qui l'emmenaient dans le passé.

— Le pendu dans le grenier, il n'a pas hésité, lui, soupira-t-elle. Je ne saurai jamais qui c'était, ni cette belle femme blonde.

Elle avait à peine prononcé ces derniers mots qu'une image s'imposa à son esprit, une image lumineuse de l'inconnue d'un autre siècle, comme éclairée par son doux et ineffable sourire, qui lui semblait destiné.

— Soline ! Soline !

On s'inquiétait, on l'appelait. Neige se mit à aboyer, car des roulements de tonnerre ébranlaient l'atmosphère. L'orage éclata un instant plus tard, dans un violent concert de déflagrations et d'éclairs aveuglants. Une pluie drue s'abattit sur la forêt, mais Soline ne bougeait toujours pas. Elle eut même un geste de refus quand son père adoptif et la capitaine Gally apparurent, l'un abrité par un parapluie, la seconde en uniforme.

— Il grêle maintenant, pesta Jacques Fauvel. Soline, il faut rentrer à l'abri. Ta robe est trempée, tu vas prendre froid.

— Laissez-moi faire, monsieur, dit Sophie.

Elle sortit un étui d'une poche de sa veste. Il contenait une couverture de survie qu'elle déplia pour en envelopper Soline, en ayant soin de protéger sa tête.

— Voilà, tu es toute vêtue de doré, petite folle, lui souffla-t-elle à l'oreille. Viens vite. Tu n'as pas honte de faire peur à ton père, à tout le monde !

— Fiche-moi la paix, Sophie, j'en ai assez de toi, de vous tous, de votre sollicitude bon marché !

— C'est de pire en pire, déplora Jacques Fauvel. Je vais appeler un docteur, il lui faudrait des antidépresseurs.

— Non, papa, je veux rester lucide. Je suis partie pour être seule, et demander une vision à Dieu, une vision d'une seconde, ça me suffirait, si je vois Benjamin bien vivant.

Sophie en avait le cœur serré. Elle entraîna Soline, qui ne résista pas. Tous les trois avancèrent sur le sol tapissé de grêlons blancs.

— Sans te faire avaler des cachets trop forts, insinua-t-elle, tu devrais prendre de l'homéopathie contre l'angoisse. Tu es à bout, Soline.

— Pas surprenant, bougonna son père. Elle ne mange plus, elle ne dort presque pas. Vous avez eu raison de m'avertir, capitaine Gally. Mme Gonod ne pouvait pas s'en occuper du matin au soir.

— C'est bizarre d'entendre parler de soi comme si on était un objet ou un animal, énonça Soline d'un ton ironique. Tu ne changeras jamais, papa. À t'écouter, je suis bonne pour l'asile ! Il fallait m'y envoyer bien plus tôt, quand j'étais petite fille.

— Tais-toi ! s'indigna Sophie. Même ta mère est venue. Tes parents t'ont prouvé combien ils t'aiment, il me semble. Tu as beaucoup de chance.

Le tonnerre continuait à gronder. Les sourdes vibrations résonnaient dans toute la montagne. De la terrasse couverte du chalet, trois femmes observaient le singulier cortège qui traversait à présent la clairière.

— Si j'avais su que Soline était perturbée à ce point, je serais venue plus tôt, madame Vivi, affirma Kate, une cigarette à la main.

— J'ai surestimé mes forces, plaida Viviane. Ma gamine était sur une mauvaise pente, mais elle me le cachait.

— Soline avait de graves problèmes psychologiques, fillette, précisa Monique Fauvel, les traits marqués par le chagrin. Mon mari hésitait beaucoup pour l'adoption, mais j'ai insisté, et je ne le regrette pas.

— Et pourquoi elle avait des problèmes, cette petite ? s'enquit Viviane, qui espérait obtenir quelques renseignements.

— Un traumatisme lié à un accident, c'est tout ce qu'on nous a dit. Ah, ils sont là…

Un éclair ponctua le cri de soulagement de Monique. Kate scrutait le visage livide et pathétique de Soline, auréolé du doré de la couverture.

— Ma puce, viens avec moi, dit-elle doucement. Je vais faire du thé.

— Il faut qu'elle prenne d'abord une douche bien chaude, protesta Sophie.

— OK, mon capitaine, je m'en occupe, trancha Kate. Je connais Soline depuis plus longtemps que vous. Je sais qu'elle est pudique, et je dois l'aider à se déshabiller.

Le courant ne passait pas du tout entre Sophie et Kate, qui était là depuis deux jours. Elles échangeaient un coup d'œil hostile lorsque Viviane régla le conflit.

— Je suis comme sa grand-mère, j'emmène la gamine dans la salle de bains. Et c'est un grog qui lui ferait du bien, pas du thé.

— Je suis de votre avis, madame Vivi, mais il n'y a peut-être pas d'alcool ici.

— Dans le placard, Benjamin avait du rhum pour flamber les crêpes, intervint Soline d'une petite voix. Il savait que j'adorais ça. Je crois qu'il savait tout de moi. Et il m'a laissée seule.

Elle sanglota à nouveau. Désappointée, Sophie se mordilla la lèvre inférieure, avant de consulter sa montre.

— Ne la lâchez pas une minute, prôna-t-elle. Je ne faisais que passer, je dois m'en aller.

Nul ne soupçonna l'étau qui enserrait sa poitrine, sous l'uniforme bleu marine. La disparition de Benjamin l'affectait profondément, d'autant plus qu'elle en était arrivée à la même conclusion que Soline.

« Ce salaud a dû lui barrer la route, le tuer et faire croire à un accident, songea-t-elle. Ce type est redoutable, il aura emporté le corps. Moi qui étais venue pour exposer ma théorie à Soline, ce n'était pas le bon moment. Si elle perd espoir, elle est capable de tout. »

Monique Fauvel avait demandé à rester encore un peu sur la terrasse. Elle vit la capitaine du PGHM monter dans sa voiture, en lui adressant un signe de la main. Elle y répondit avec un sourire poli, pour replonger ensuite dans sa contemplation. Le cadre sauvage qui entourait le chalet la fascinait, malgré la pluie et les rafales de vent.

« Ma fille était heureuse dans ce décor, je l'imagine avec ce jeune homme, en train de rire ou de s'embrasser, pensait-elle. Pourquoi lui a-t-on volé son bonheur ? Ma Soline, je t'avais mise en garde, quand tu rêvais de vivre dans les Alpes. »

Son mari vint la chercher. Il se pencha et lui massa les épaules.

— C'est imprudent d'être là pendant l'orage, Monique. Tu serais mieux à l'intérieur, près du feu, murmura-t-il.

— Je me torture l'esprit, Jacques, répliqua-t-elle tout bas. Je n'ai pas pu empêcher Soline de s'installer en Haute-Savoie. Le destin se moque de nous. J'avais peur qu'elle se souvienne de sa toute petite enfance, mais non, elle a rencontré l'amour de sa vie. Ce sont ses mots : « Benjamin était l'amour de ma vie. »

— Nous sommes là, nous veillerons sur elle, ma chérie. Mais promets-moi de fixer une nouvelle date pour ton opération.

— Je te le promets, Jacques.

Viviane avait conduit Soline dans sa chambre où Kate patientait. La jeune femme, en peignoir de bain, les cheveux humides, s'assit sagement au bord du lit.

— Si vous voulez bien lui faire un grog, madame Vivi, je ne m'en suis pas occupée. Je triais ses habits, pour lui dénicher un jogging et un pull.

— Je vais en préparer pour ses parents aussi, déclara la septuagénaire. Ne tardez pas.

Kate acquiesça, en prenant place à côté de son amie. Elle attendit le départ de Viviane pour l'attirer dans ses bras.

— Ma pauvre petite puce, tu me fais de la peine.

— Je suis désolée, répondit Soline. Kate, tout à l'heure, je voulais mourir. Si j'avais eu une arme, ou une corde, j'aurais mis fin à mes jours. Je t'en prie, surveille-moi, je dois tenir bon…

— Évidemment, ma puce, tu n'as pas le droit de nous faire ça, hein ? On t'aime tant, nous tous.

— Tu n'as pas compris, je dois attendre d'être sûre de la mort de Benjamin. Si par miracle, il réapparaissait et que je ne sois plus en vie, ce serait affreux pour lui.

— Tais-toi, Soline ! s'insurgea son amie. On se croirait dans *Roméo et Juliette*, zut à la fin… Le deuil, c'est une longue et horrible épreuve, mais on s'en remet. Un jour, tu croiseras un autre homme et tu l'aimeras.

Soline eut un sourire étrange. Kate en fut troublée, car elle ne l'avait jamais vue aussi lointaine, aussi mystérieuse.

— Tu me flanquerais la frousse, parfois, gémit-elle. Bon, j'ai trouvé ta brosse, je te coiffe. Tu as l'air d'une noyée.

— Kate, tu vas te moquer, mais Benjamin était mon âme sœur. Tu te souviens, Viviane nous avait parlé du coup de foudre, et on doutait beaucoup de ce phénomène digne des romans à l'eau de rose. Pourtant, dès que j'ai vu Benjamin, j'ai su que c'était lui.

— En causant de foudre, ça tonne encore, dehors !

— Je suis contente que tu sois là, Kate, avoua soudain Soline. J'aime bien Sophie, mais j'ai l'intuition qu'elle me ment, qu'elle me cache certaines choses.

— Moi, perso, les nanas en uniforme de gendarme, ça me hérisse ! Et puis tu as raison, elle n'est pas franche. Directe, autoritaire, ça oui.

On frappa à la porte. Jacques Fauvel leur cria de venir boire un grog ou un thé.

— Mes parents sont là, dans le chalet, soupira Soline. C'est bizarre, non ?

— Une décision de la capitaine Gally, rappela son amie en hochant la tête. Par chance, on loge tous. Heureusement qu'il y a trois chambres. Moi, je dors là, avec ma petite puce… Habille-toi vite.

À la vive surprise de Kate, Soline ôta le peignoir et se leva, entièrement nue. La perfection de ses formes, sa peau hâlée avaient de quoi susciter l'admiration.

— Tu es vraiment canon, lâcha-t-elle à mi-voix. Dis donc, toi qui étais super pudique…

— Benjamin m'a guérie, il aimait me regarder.

— Non, ne pleure pas, Soline. Tu sais quoi, on va croire de toutes nos forces à son retour.

Raconte-toi qu'il vit au fond des bois, avec une meute de loups. Tu m'as montré sa photo, il m'a fait penser à un aventurier. Il reviendra, ma puce. Sois patiente, comme une femme de marin, et surtout attends-le.

— Kate, tu es adorable, mais s'il avait survécu à l'accident, pourquoi il ne se manifesterait pas ? Bien sûr, le médecin du PGHM a évoqué la possibilité d'une amnésie. Même si c'était le cas, quelqu'un aurait dû le voir, le croiser. Et comment pourrait-il m'oublier, moi, me rayer de sa mémoire, de son cœur ?

— Je ne sais pas, ça me semble difficile à admettre. Viens, on va tous s'asseoir devant la cheminée. Sois gentille avec tes parents, et ne perds pas espoir, sinon je me fâche.

Viviane, Monique et Jacques Fauvel les virent sortir de la chambre, main dans la main. Soline, en pull blanc à col roulé et jogging noir, parvint à sourire. La pièce embaumait le feu de bois et le rhum chaud.

— Je vous remercie d'être tous là pour moi, dit-elle. Maman, papa, et vous aussi, ma chère Viviane. Et toi, Kate, bien sûr. Je vais essayer de dominer mes émotions, d'être courageuse.

La journée s'acheva dans une ambiance moins tendue et le dîner qui suivit se déroula sans incident. La pluie ruissela sur le toit du chalet toute la nuit. Pour la première fois depuis la disparition de Benjamin, Soline réussit à dormir plusieurs heures d'affilée.

Servoz, chalet de Benjamin,
dimanche 19 juillet 2015

Le soleil était revenu. En ce début d'après-midi, il inondait la clairière envahie de hautes graminées et de marguerites. Sophie Gally avait déjeuné au chalet et à présent, elle buvait un café sur la terrasse, en compagnie de Soline.

— Tu as une jolie robe, commenta celle-ci, peu habituée à voir la capitaine dans une tenue aussi féminine.

— J'ai mon dimanche et même la soirée, précisa Sophie. Alors je me suis pomponnée, pour reprendre le compliment de Mme Gonod.

— Appelle-la Viviane, c'est plus simple.

Soline étudiait la visiteuse d'un regard perplexe. Avec son corps d'athlète moulée dans de la soie verte et sa longue chevelure rousse nappant en souples ondulations ses épaules nues, elle lui semblait d'une séduction rare.

— Tu as fini de m'examiner ? protesta Sophie avec un léger sourire. Enfin, tant que tu es lucide, je ne me plains pas. Tu m'as fait peur, vendredi.

— Je te trouve belle, et je me demande pourquoi il n'y a rien eu entre Benjamin et toi, si tu m'as dit la vérité, bien sûr !

— Soline, nous avons d'autres soucis. Je voulais te parler en tête à tête, car tu es la première concernée. Je me suis permis de contacter les organismes qui financent ses études sur les loups et qui lui ont fourni ce logement. Je voulais leur poser quelques questions et j'en ai profité pour leur expliquer la situation... Ils vont bientôt envoyer un autre scientifique. Il habitera ici, donc il faudra que tu retournes à Combloux, et peut-être que tout recommencera. On dirait que l'homme qui te harcelait ignore où tu es depuis deux mois, c'est déjà un petit miracle.

— Mais il y a encore toutes les affaires de Benjamin, ils ne peuvent pas le remplacer aussi vite !

— J'ai obtenu un délai, précisa Sophie. Nous avons jusqu'au 1er septembre, car ils n'ont personne de disponible pour le moment.

Soline cacha son visage entre ses mains, en luttant contre les larmes. Elle avait l'impression qu'on dénigrait le travail de Benjamin, qu'on se moquait de sa disparition.

— Tiens bon, insista son amie. Il y a un rapport à envoyer, sur une attaque de troupeau il y a quelques semaines. Déjà, si tu cherches dans son ordinateur et que tu l'envoies, ce sera bien.

— Entendu, je m'en occuperai. Autre chose ?

Sophie alluma une cigarette, qu'elle prit dans le paquet de Kate. Ses gestes trahissaient sa nervosité.

— Je lui en achèterai demain, c'est la deuxième que je lui taxe. J'aurais voulu t'éviter ce problème supplémentaire. L'info vient de Mathis Derain. Un éleveur de moutons a des ennuis, malgré toutes les précautions qu'il prend. Un groupe de loups lui a tué trois brebis.

— Et il n'y a personne de compétent pour effectuer des prélèvements ? Je ne peux pas y aller à la place de Benjamin. En plus, il m'avait dit que le PGHM se chargeait parfois de cette procédure. Tôt ou tard, l'éleveur sera indemnisé.

— Ce monsieur et son épouse sont tolérants, je les ai eus en ligne hier soir. Ils ne se plaignent pas du retour des loups, mais là c'est différent. Selon eux, il y aurait un chien parmi la meute, ils ont parlé d'un tervueren.

— Barry ! s'écria Soline. Non, c'est impossible !

— Je leur ai conseillé de prendre des photographies, s'ils le peuvent. Nous serons fixées.

— Si c'est lui, je dois le récupérer. Je n'ai aucune envie qu'il prenne un coup de fusil.

— Ces gens n'ont pas d'arme, sois tranquille, mais d'autres éleveurs se feront un plaisir de tirer au hasard.

La bonne humeur de Soline, qui n'était qu'une façade, vola en éclats. Elle s'efforçait d'être courageuse, aimable avec tous, une lutte quotidienne qui l'épuisait.

— Sais-tu, Sophie, sans l'aide que je reçois, je baisserais les bras, avoua-t-elle.

— Je m'en doute, la présence de Kate, de Viviane et de tes parents t'obligent à garder le contrôle.

— Un peu, mais j'évoquais une autre présence. Quelqu'un du passé, une radieuse et belle dame blonde. Je la vois le soir, dès que je ferme les yeux, le matin avant de les ouvrir. Et si je me cache pour pleurer, je sens comme une onde de chaleur dans mon cœur.

Interloquée par cet aveu, Sophie se contenta d'approuver en silence. Encore une fois, elle renonça à confier son hypothèse sur la disparition inexplicable de Benjamin. Pourtant Soline aborda le sujet, d'une voix tremblante.

— Vendredi, tu as eu raison d'avoir peur, dit-elle. J'avais décidé d'en finir, pour arrêter ces meurtres et protéger ceux que j'aime de ce malade mental. Ce jour-là, j'étais sûre qu'il avait tué Benjamin et que je ne le reverrais jamais.

— Puisque tu en parles, j'ai pensé la même chose. Hélas, je le pense encore, soupira Sophie. Je suis navrée. Une atroce épreuve nous attend. Si on découvre son corps…

— Tais-toi, pas un mot ! s'écria Soline.

Alertée par son exclamation affolée, Kate sortit du chalet. Elle toisa la capitaine Gally d'un œil furibond.

— Qu'est-ce que vous lui racontez ? Soline allait un peu mieux, depuis hier et vous gâchez tout !

— Kate, je t'en prie, ne t'en mêle pas, protesta l'intéressée, Sophie s'est déplacée pour des raisons importantes. J'ai eu des nouvelles de Barry, lui au moins il est peut-être vivant. Mais Benjamin aussi, je le sens dans mon cœur.

— Très bien, je vous fiche la paix, rétorqua Kate, vexée. Je retourne à mes fourneaux, je cuisine pour ce soir. Une idée de Viviane, un gratin de poireaux au saumon fumé.

— Tu es invitée, Sophie, affirma Soline.

— Je te remercie, mais j'ai réservé une table dans un resto de Chamonix. Un dîner avec Alban Demolliens.

— Il te plaît ? J'admets qu'il est bel homme, galant, et très sentimental.

— Ah, enfin une conversation légère entre filles, plaisanta Sophie, un vague sourire sur ses lèvres minces, fardées d'un rose vif. Je crois que je dois passer aux confidences, moi aussi. Soline, c'est gênant, mais je préfère que tu le saches. Je ne suis pas attirée par les hommes, voilà, c'est dit ! Comprends-tu pourquoi tu n'avais pas à être jalouse ?

— Tout à fait, murmura Soline, un peu surprise cependant. Je ne m'en suis pas doutée une seconde. Benjamin le savait ?

— Non, j'ai tendance à être discrète sur ce point. Même si les mentalités ont évolué, il y a des gens pour juger, critiquer ou se moquer. Mes collègues du PGHM, notamment, n'ont pas à être au courant.

Songeuse, Sophie contemplait l'orée de la forêt de sapins. Elle s'angoissait, redoutant ce que pouvait en déduire Soline.

— Alors pourquoi ce dîner avec Alban ? demanda celle-ci, sans paraître choquée ou suspicieuse.

— On peut passer un moment sympathique, en amis !

— Et s'il croit autre chose ? Je le connais un peu, il sera déçu.

— Que tu es naïve, Soline, ou vraiment inconsciente de ton charme. Demolliens est toujours très amoureux de toi. Je parie qu'il me parlera de toi toute la soirée.

Soline détourna le regard. Elle se revoyait nue sous le corps vigoureux d'Alban, soumise à sa frénésie sexuelle.

« Je n'aurais jamais dû coucher avec lui, déplora-t-elle. Seul Benjamin a su me combler, me ravir et m'emmener au paradis des amants. »

— Ne rougis pas, murmura Sophie en lui effleurant la main. Tu es encore plus craquante. Pardon…

La jolie capitaine Gally venait de commettre une erreur. Elle avait dévoilé sans réfléchir ses sentiments et son désir. Soline se leva, embarrassée, mais son expression était plus proche de la compassion que de l'indignation.

— Je m'en vais, déclara Sophie. Je te téléphone si je reçois une photo du tervueren. J'ai déjà vu Barry, je le reconnaîtrai. Au revoir.

Kate réapparut sur la terrasse dès qu'elle entendit démarrer le break de la visiteuse.

— J'ai l'impression que cette rouquine te drague, ma puce, chuchota-t-elle. Je vous ai observées de l'intérieur.

— Ne t'inquiète pas, je ne serai jamais intéressée. Au moins, je suis rassurée sur un point, elle disait la vérité, elle aimait Benjamin comme un frère, soupira Soline.

21
Une vision…

Entre Les Ayères et Les Mollays,
mardi 21 juillet 2015

La ferme de Christian Pasquier était située à mille deux cents mètres d'altitude. Soline gara son 4 × 4 en bas du chemin goudronné qui menait en pente douce au corps d'habitation. Sophie lui avait donné le numéro de téléphone de l'éleveur, sans se douter que la jeune femme déciderait de lui rendre visite.

— Je préfère monter chez ces gens à pied, se dit Soline. C'est plus discret.

Sur sa gauche s'étendait un vaste terrain où était parqué un troupeau de moutons. Des agneaux gambadaient. En toile de fond, le massif du Mont-Blanc se dressait, majestueux. Le soleil faisait miroiter les glaciers des cimes, comme autant de plaques d'argent.

— Les bois ne sont pas loin, de ce côté, nota-t-elle. Comment font les loups pour franchir la clôture, du barbelé, plus du ruban électrifié ?

Une femme aux cheveux gris se montra à une des fenêtres. Elle sortit peu après, campée sur le seuil de la maison aux allures de chalet, mais en grande partie bâtie en pierre.

— Mademoiselle, vous vous êtes égarée ? interrogea-t-elle quand Soline fut assez près.

— Bonjour, madame ! Je me présente, Soline Fauvel. Votre mari doit m'attendre. Je l'ai averti de ma visite.

— Entrez donc, il fait chaud dehors !

— Je vous remercie. Vous avez été récemment en contact avec la capitaine Gally, du PGHM, à propos des dégâts causés par des loups, expliqua Soline. Il y aurait un chien avec eux, un tervueren.

— Ah ça, j'en mettrai ma main au feu, mademoiselle ! Un beau chien, on ne peut pas le confondre avec un loup.

— Je suis d'accord.

— Asseyez-vous, je préviens Christian. Mon mari bricole dans son appentis. Il va installer un boîtier avec une caméra à infrarouge, sur un arbre. Je l'ai grondé, car ça coûte cher. Ce serait-y votre chien ?

— Il y a de grandes chances, oui. Mon tervueren a suivi une louve dans la forêt, sur les hauteurs de Servoz.

— C'est vrai que ce n'est pas très loin d'ici ! Je vous sers un café ?

— Non, merci, je suis assez stressée ces temps-ci, j'évite d'en boire. Un verre d'eau me ferait du bien, madame.

— Appelez-moi Ginette. Il en passe du monde dans le secteur quand il fait si beau. Eh oui, il y a de formidables randonnées à faire, par le plateau de Passy, les chalets d'Ayères…

Soline retint un soupir. Elle avait établi un programme pour l'été avec l'aide de Benjamin, qui lui recommandait justement ces itinéraires.

« Je suis incapable de travailler, mais je devrais, se reprocha-t-elle. Je n'ai plus un sou, sans Viviane et mes parents, je serais bien en peine d'acheter de la nourriture pour Neige et moi. »

Un bruit de pas la fit se retourner. Christian Pasquier entrait dans la cuisine, en bleu de mécanicien, une casquette sur ses cheveux poivre et sel. Son teint sanguin faisait ressortir le bleu pâle de ses yeux.

— Bonjour, vous êtes la demoiselle que j'ai eue en ligne à midi ?

— Oui, bonjour, monsieur, je suis navrée de vous déranger.

L'homme la regarda attentivement sans répondre. Il jeta un coup d'œil à son épouse qui esquissa une moue perplexe. Soline interpréta ce silence comme une marque de colère.

— Monsieur, est-ce qu'il y aurait eu une autre attaque sur votre troupeau ? s'inquiéta Soline. Comme je vous l'ai dit au téléphone, je suis venue pour le chien errant, c'est sans doute le mien.

— Bien sûr, le chien, un beau tervueren, marmonna l'éleveur. Je n'ai pas pu prendre de photos, mais j'aurai des images, grâce à une caméra. Vous l'appelez comment, votre chien ?

— Barry ! Je n'ai pas choisi son nom, il avait quatre mois quand je l'ai acheté. Il est jeune, mais c'est un excellent chien d'avalanche.

— Sers-moi donc un café, Ginette, ma douce, qu'on cause avec cette demoiselle, marmonna-t-il.

— Tout de suite, mon chéri.

Soline s'émut de la tendre complicité qui unissait ce couple. Elle évalua leur âge, entre cinquante et soixante ans.

— Barry, répéta Christian Pasquier, un nom illustre, hein, surtout dans les Alpes. Et vous, c'est quoi votre nom, déjà ?

— Soline Fauvel.

— Fauvel, ça ne me dit rien, vous n'êtes pas de la région ?

— Non, monsieur, mon père vit dans le Jura, mais il est originaire de Picardie.

— La Picardie ! Moi, je n'ai jamais quitté la Haute-Savoie. Donc, vous n'êtes pas d'ici ?

L'insistance de l'éleveur désempara Soline, qui espérait des renseignements sur les loups et son chien.

— Arrête d'ennuyer cette petite avec tes questions, dit Ginette à son mari.

L'homme hocha la tête, tout en observant leur visiteuse.

— Vous savez, ils sont peut-être loin, les loups, déclara-t-il enfin. Et votre chien, si c'est le vôtre, je me demande comment il est toujours vivant ?

Benjamin avait enseigné à Soline tout ce qu'il savait sur les loups. Elle hasarda à mi-voix :

— Vous voulez dire que les loups auraient dû le tuer… ? Il a pu être accepté, s'il est soumis au mâle dominant.

— Sans doute, ça a pu se passer comme ça ! Ginette, j'ai le droit à une petite goutte ?

— Allez, d'accord, mon chéri, en l'honneur de mademoiselle.

Soline sentit sa gorge se serrer. Elle avait commis l'erreur de s'imaginer des années plus tard, vivant ainsi avec Benjamin, dans un magnifique cadre de montagne, sous le toit d'une maison chaleureuse.

— Voilà qu'elle pleure, déplora Ginette Pasquier. Il ne faut pas vous en faire, mademoiselle ! Il y aura moyen de le récupérer, votre chien.

— Excusez-moi, je traverse des moments difficiles, plaida Soline. Mais je ne veux pas vous déranger plus longtemps. Si vous me permettez de faire le tour de votre pâture et d'aller dans le bois voisin, je voudrais utiliser mon sifflet à ultrasons. Barry y répondait très bien. S'il m'entend, il pourrait revenir.

Un sanglot sec la suffoqua, car ces trois derniers mots s'appliquaient aussi à Benjamin.

— Ginette, sers une petite goutte de génépi à mademoiselle, recommanda l'éleveur. On dirait que ça ne va pas fort.

— Merci, vous êtes très aimables, chuchota Soline qui vida le minuscule verre d'un trait. Mon compagnon a disparu depuis trois semaines. On a retrouvé sa voiture accidentée, ses papiers, son téléphone, mais aucune trace de lui. C'est une situation pénible, très éprouvante. Peut-être que vous avez vu un avis de recherche, nous en avons affiché à Servoz, à Saint-Gervais, à Chamonix et à Combloux, où je vis.

Elle reprit sa respiration et leur dédia un sourire confus. Le couple la considérait avec une sincère compassion.

— Gardez espoir, on ne sait jamais, ma pauvre petite, lui dit Ginette. Je suppose que vous avez appelé partout, les hôpitaux, les asiles…

— Bien sûr, et les gendarmes ont survolé différentes zones en hélicoptère. Je me raccroche à la théorie d'un médecin, qui a parlé d'amnésie.

— Ah, ça me revient ! s'écria soudain Christian Pasquier. Il s'appelle Benjamin Martin, votre ami ! Oui, j'ai vu l'avis de recherche. Je lui ai téléphoné l'hiver dernier à ce monsieur, toujours à cause des loups… Bon, si je vous accompagnais, au moins autour de mes prés.

— Je ne voudrais pas abuser, vous étiez occupé, monsieur.

Soline se leva. Elle était venue jusqu'ici pour Barry et elle perdait du temps.

— Je vous laisse mon numéro de portable, dit-elle en prenant congé. Vous pouvez m'appeler à n'importe quelle heure, si vous revoyez le tervueren.

— Et il faudra revenir, mademoiselle, insista Ginette en lui prenant les mains. Quand tout ira mieux, je ferai une belle tarte aux myrtilles et on goûtera ensemble.

— Peut-être, encore merci, madame.

Le couple suivit la jeune femme des yeux, tandis qu'elle descendait le chemin goudronné.

— C'est quand même bizarre, hasarda l'éleveur. Hein, tu crois ça possible, toi, une ressemblance pareille ?

— Sans doute. La demoiselle t'a dit que ses parents n'étaient pas d'ici, alors… Allez, mon chéri, ne te mets pas d'idées en tête.

— Tu as raison, ma douce.

Soline avait accompli une large boucle autour des pâtures. Elle s'engageait maintenant dans un bois de feuillus, où il régnait une fraîcheur agréable. Encore une fois, elle fit usage du sifflet à ultrasons, sans résultat.

« Je rêve éveillée, se dit-elle. Barry doit être très loin de là. Je voudrais comprendre ce qui s'est passé. Un combat avec le chef de meute, qui l'a épargné ? Et la louve ? En principe, elle s'accouplera avec le dominant. »

À sa propre surprise, Soline se sentait plus forte, malgré la crise de chagrin dont avaient été témoins les Pasquier. Elle continuait à nier de toute son âme la mort de Benjamin.

— C'est grâce à cette dame blonde qui m'apparaît, une image de trois ou quatre secondes, mais elle me redonne courage.

Tout en parcourant le sous-bois envahi de fougères, elle prit des résolutions. Déjà, accepter d'accompagner une excursion, si le bureau des guides de Chamonix la contactait.

— Soit j'abandonne et je sombre, soit je me bats, déclara-t-elle tout haut. Cet hiver, la station de Combloux compte sur moi. Des mois de neige sans mon amoureux, de nouveau logée à Combloux, chez Viviane ou chez moi.

Cette perspective lui parut morne, sans attraits, en dépit de l'affection que lui portait la septuagénaire.

— Je ne dois pas y penser, c'est l'été.

Soline utilisait le sifflet par intermittence. Enfin, lassée de guetter le moindre bruit, le moindre mouvement, elle se reposa, assise sur une souche. Une petite note de musique lui indiqua qu'on lui avait envoyé un message. Il s'agissait d'un texto d'un numéro inconnu.

Immédiatement, son cœur s'emballa. On lui donnait peut-être des renseignements sur Benjamin. Mais elle eut une très mauvaise surprise.

— Non et non ! C'est cet homme, comment a-t-il eu mon téléphone ?

Tremblante de nervosité et de rage, Soline lut tout bas : « Je ne te ferai jamais de mal. Tu joues avec moi en te cachant, mais je te retrouverai bientôt. Tu sais toi aussi que nos destins sont liés, ma beauté, ma reine et je t'emmènerai dans ton domaine. »

Outrée, elle faillit jeter l'appareil contre le tronc d'un arbre. Son premier réflexe fut de joindre Sophie. La capitaine Gally était en pleine intervention dans le massif du Mont-Blanc. En apprenant le contenu du texto, elle lança un juron.

— Ne panique pas, Soline, ce type est un fêlé, il semble t'accorder du répit. Nous reconduisons une blessée à Chamonix, et ensuite je te rappellerai ou je viendrai ce soir au chalet.

Village de Servoz, jeudi 23 juillet 2015

Soline avait accompagné son père au village, où il souhaitait acheter du pain et de la charcuterie. Il était lassé du régime végétarien que sa fille leur imposait à tous.

— Nous repartirons samedi, maman et moi, lui annonça-t-il, avant de remonter dans le 4 × 4. L'opération de la dernière chance a été fixée au 6 août. J'ai eu le service de chirurgie en ligne, hier soir.

— Vous pouvez rentrer à Lons, papa. Je vais mieux, l'espoir fait vivre. C'est pareil pour maman, si elle a une chance de remarcher, elle doit la tenter.

— Je suis d'accord. Il est plaisant, ce village, nota Jacques, le nez levé vers le clocher de l'église Saint-Loup.

— Oui, et tu as remarqué, c'est calme. Benjamin prétendait que Servoz était un peu à l'écart du flux touristique.

— Mais tu vas devoir retourner à Combloux, Soline. Je suis inquiet pour toi. De toute évidence, l'homme recommencera à te harceler dès que tu habiteras là-bas. Seigneur, le texto qu'il t'a envoyé avant-hier m'a donné la chair de poule.

— Envoyé d'un téléphone non identifiable, bien sûr, sinon ce serait trop simple. J'ai une étrange impression, papa.

— Laquelle ?

— Viens, marchons un peu, il n'est pas encore midi. En fait, ce texto m'a paru ridicule, comme écrit par un désaxé…

— Sur ce point, je partage ton avis, ma chérie.

— Pourtant Sophie est certaine d'une chose, le meurtrier fait preuve d'une grande intelligence, d'une stratégie implacable. Comment peut-on m'adresser des niaiseries, tout en ayant la capacité d'échapper à la police ?

Jacques Fauvel acquiesça d'un marmonnement pensif. Il prit Soline par le bras, pour l'entraîner sur un chemin empierré. La jeune femme aperçut un pré, où se trouvaient deux chevaux à la robe brune et à la crinière rousse.

— Avançons encore, papa. Je crois que ce sont les chevaux que Benjamin m'avait montrés, au mois d'avril. L'hiver, leur propriétaire propose du ski-joering, avec eux. Ils étaient dans une écurie… J'avais pleuré, en les caressant.

— Dans ce cas, inutile d'aller les voir ! se récria-t-il. Tu as suffisamment pleuré ces jours-ci.

— Attends-moi là, alors ! Juste quelques minutes.

Soline courut en longues foulées souples jusqu'au pré. Son père adoptif fut touché par sa silhouette gracieuse, aérienne, les mouvements souples de sa chevelure blonde. Il crut l'entendre rire, quand elle s'approcha de la barrière en bois.

— Venez plus près, disait Soline en tendant la main. Je vous reconnais.

L'animal le plus imposant trottina et vint sentir ses doigts. Elle put le caresser, lui murmurer des paroles amicales. Le cheval s'approcha encore et appuya son grand front contre sa poitrine. Le même phénomène se produisit. Soline fondit en larmes, le cœur chaviré.

— Mais pourquoi, gémit-elle. Pourquoi je suis si émue, si triste…

Jacques Fauvel la rejoignit au pas de course. Il l'attira sur son épaule, en lui tendant un mouchoir en papier.

— Tu te fais du mal, soupira-t-il. Ne reste pas là. On remonte au chalet.

Viviane et Kate reçurent les victuailles achetées au village avec des expressions ravies. Elles s'empressèrent d'élaborer des menus, sous le regard indulgent de Monique Fauvel.

— Personnellement, je n'étais pas en manque de viande, ni de toute cette charcuterie, avoua-t-elle. Les fromages du pays sont excellents, le pain du boulanger aussi.

— Mais je ne tenais plus, moi, se plaignit la septuagénaire en esquissant une grimace. Jacques, avez-vous eu des déchets pour Neige ? C'est meilleur que les croquettes, pour un grand chien de son âge.

— Et où est Soline ? s'étonna Kate, qui rangeait les provisions dans le réfrigérateur.

— Elle voulait aérer le camion de Benjamin, mais elle n'en a pas pour longtemps.

Ils se sourirent tous les quatre, heureux des progrès de leur protégée. Chacun d'eux lui vouait de l'amour, de l'amitié et de l'affection. Ils faisaient bloc autour de son immense chagrin, de la douleur intolérable du doute.

— Soline redevient elle-même, commenta Kate. Si elle peut habiter ici encore tout le mois d'août, je lui tiendrai compagnie.

— Notre fille souffre en secret, nota Jacques Fauvel. Elle fait semblant d'aller mieux, mais c'est déjà ça. Tout à l'heure, au village, il s'est passé quelque chose de singulier.

— Quoi donc ? s'enquit son épouse. Rien de grave ?

— Comment le savoir, Monique, répliqua-t-il. Soline a voulu caresser des chevaux au pré, qu'elle avait déjà approchés, avec Benjamin. Elle s'est mise à pleurer, ce qui lui était arrivé la première fois. Je me demande…

— Eh bien, dites-nous votre opinion, Jacques, avant que la gamine déboule, ordonna Viviane.

— Ses véritables parents possédaient peut-être des chevaux, lâcha-t-il du bout des lèvres.

— Toujours des « peut-être », déplora Kate.

Soline déambulait à l'intérieur du camion. De tendres souvenirs lui serraient la gorge. Elle revoyait Benjamin torse nu, lorsqu'il s'était coupé à un angle de tôle.

« Je l'ai soigné, en me retenant de le toucher, de le caresser. Je le désirais, mais c'était un désir profond, différent de tout ce que j'avais ressenti avant. Et j'en étais bouleversée. »

Du bout des doigts, elle effleura le plan de travail en métal, puis observa la cage amovible où la louve s'était rétablie.

— Mon amour, reviens, implora Soline à mi-voix. La forêt est si belle, en cette saison. Nous dormirons au clair de lune, sur l'herbe de la clairière.

Victime de sa rêverie, Soline éprouva une cruelle sensation de manque, d'une violence inouïe. Elle s'appuya d'une main à la cloison, en poussant de petites plaintes.

Elle ferma les yeux, partagée entre l'envie de hurler et celle de mourir sur place. Une vision se dessina, d'abord floue, puis d'une netteté sidérante. On lui montrait une cascade argentée, un tissu effervescent de filets brillants. L'eau qui frappait les rochers rejaillissait en perles de lumière. Un homme se tenait là, de dos, nu, et sa peau dorée, ruisselante, captait les rayons du soleil. Une végétation exubérante bordait le torrent en contrebas. Les feuilles, les herbes, les pierres, les mousses, tout était précis, d'une réalité flagrante.

Haletante, Soline n'avait plus qu'une crainte. La vision pouvait s'effacer.

— Retourne-toi, supplia-t-elle, en transe.

Comme s'il l'entendait, l'inconnu lui fit face. Il avait les cheveux mouillés, des boucles noires, un regard aussi sombre, mais rieur, insouciant. Malgré la barbe et la moustache qui ornaient ses joues et sa lèvre supérieure, le doute n'était pas permis.

— Benjamin, c'est toi, Benjamin.

L'image tant espérée s'estompa. Soline, libérée de toutes ses peurs, poussa un cri de joie. Elle sauta du camion sur le sol, sans même descendre les marches. Les bras tendus en avant, un peu écartés, comme pour accueillir quelqu'un, elle s'élança vers le milieu de la clairière. Son cœur exultait, son âme chantait.

— Vivant ! Mon amour est vivant, quelque part, dans la montagne… Il reviendra, je suis sûre qu'il reviendra.

Chalet de Benjamin, un quart d'heure plus tard

Kate était sortie sur la terrasse, son paquet de cigarettes à la main. Elle vit tout de suite Soline, qui tournait sur elle-même, en plein soleil, ses cheveux blonds dénoués suivant le rythme de sa ronde. En dépit de la distance, le sourire extatique de son amie témoignait d'un bonheur exalté.

— Madame Vivi, Monique, Jacques, venez ! appela Kate en se campant sur le seuil du chalet dont la porte était grande ouverte. Il s'est passé quelque chose.

Bientôt ils furent tous réunis le long de la balustrade, afin d'assister à la danse aérienne de Soline. La jeune femme dut sentir le poids de leurs regards, car elle s'arrêta et se tourna vers eux.

— Il est vivant ! Benjamin est vivant !

La clameur émerveillée fit verser une larme à Viviane et sangloter Monique Fauvel. Seul son mari demeura soucieux. Il exigeait du tangible, de la logique, or il n'apercevait aucune silhouette masculine.

— Je l'ai vu, ajouta Soline en courant vers le chalet.

Tout de suite, elle embrassa Viviane, puis Kate, enfin sa mère adoptive.

— J'ai eu une vision très nette de Benjamin quand j'étais dans le camion, expliqua-t-elle en riant.

— Ma chérie, pardonne-moi d'être pragmatique, mais en quoi as-tu la preuve qu'il ne s'agissait pas d'un souvenir, ou bien d'une image que tu as créée, hasarda son père.

— Non, papa, c'était réel. Déjà, Benjamin avait de la barbe. Je sais qu'il se rasait tous les matins, car elle poussait vite. Et une moustache aussi. Il devait s'être lavé sous une cascade, oui, j'ai vu la cascade, les rochers, la lumière sur les herbes humides, s'enflamma Soline.

— Comment sais-tu qu'il se lavait ? s'étonna Kate.

— Il était entièrement nu ! D'abord, il se tenait de dos, et j'avais une peur affreuse que ma vision s'arrête, mais il s'est retourné. C'étaient ses yeux noirs, son visage.

Monique saisit le poignet de sa fille pour déposer de légers baisers sur son avant-bras.

— Mon Dieu, si seulement tu disais vrai, ma petite chérie !

— Maman, je suis capable de faire la différence, ce n'était pas un rêve éveillé. Par ailleurs,

Benjamin avait un regard que je ne lui avais encore jamais vu, précisa Soline.

— Quelle sorte de regard ? s'enquit son père.

— J'aurais du mal à le définir, papa. Disons un regard serein, heureux. Benjamin paraît désinvolte et assez gai quand on le rencontre pour la première fois, n'est-ce pas, Viviane ?

— En effet, gamine, concéda celle-ci.

— Dès qu'on le connaît mieux, ou si on prend la peine de l'observer, on peut lire de l'inquiétude, de la mélancolie dans ses yeux.

— Je confirme, un peu comme du vague à l'âme, renchérit la septuagénaire.

— Oui, mais là, je vous assure, il ressemblait à un enfant insouciant, et c'était magnifique, s'extasia Soline. Il est vivant, en pleine montagne sûrement. Je vais explorer les alentours de toutes les cascades ! Celle-ci s'achevait en torrent, un torrent assez large. En étudiant les cartes topographiques, je pourrai faire une liste des cours d'eau.

— Ma pauvre enfant, ce sera du boulot, s'alarma Viviane.

Jacques Fauvel faisait les cent pas en se faufilant entre le fauteuil roulant de son épouse et les trois femmes qui étaient debout.

— Si c'est vraiment le cas, argumenta-t-il soudain, comment se nourrit-il ? Je suppose également qu'il ne vit pas tout nu du matin au soir !

Soline, je suis navré, ta vision prête à confusion. Tu t'es emballée, ma chérie. Quant à ton idée de visiter la moindre cascade, c'est de la folie.

— J'ai toujours été folle, papa, du moins un peu folle, tu me l'as souvent signifié, trancha la jeune femme.

— Moi, j'ai confiance en Soline, je suis certaine qu'elle a vu une scène bien réelle, ajouta Kate. Monsieur Fauvel, grâce à une de ses visions, je suis toujours vivante. Je t'aiderai, ma puce, j'irai avec toi et nous trouverons cette cascade.

Monique Fauvel se déplaça, en actionnant le mécanisme de son fauteuil. Elle alla se réfugier à l'intérieur du chalet, afin de cacher les sanglots qui la secouaient.

— Maman, appela Soline. Je t'en prie, ne pleure pas, je suis tellement heureuse !

— Même si tu as raison, ma pauvre chérie, rétorqua sa mère, tu vas te lancer dans des recherches fastidieuses. Mettons que Benjamin se soit lavé ces jours-ci, près d'un torrent, il a pu partir plus loin, avant-hier, hier ou aujourd'hui ! Et nous rentrons à Lons samedi. Je ne serai pas tranquille, je ne serai plus jamais tranquille.

Fébrile, Soline se précipita pour enlacer sa mère. Elle lui donna un baiser sur la joue.

— Ne te fais aucun souci pour moi, ma petite maman, chuchota-t-elle à son oreille. J'ai l'intuition que tu remarcheras un jour. Et tu viendras à mon mariage avec Benjamin, dans l'église de Servoz.

Tout en reniflant, Monique la considéra d'un air surpris.

— Tu te marierais à l'église, toi ? Soline, adolescente tu me répétais que tu avais perdu la foi.

— J'avais tort et j'en ai eu conscience récemment. Je serais bien ingrate de renier les puissances divines, ou les entités supérieures qui président à nos destinées. Elles m'ont accordé un don extraordinaire, je leur en suis reconnaissante.

— Alors, tout est bien, ma chérie. Je penserai à toi sans cesse, et j'espère que tu retrouveras vite ton amoureux, ou qu'il va arriver prochainement. Comment pourrait-il t'oublier ? Tous ceux qui t'approchent tombent sous ton charme, ton emprise...

Soline étreignit encore cette femme qui l'avait élevée et lui prouvait désormais son amour indéfectible.

— C'est vrai, maman, Benjamin n'a pas pu m'oublier, puisqu'il est vivant. Il reviendra et ce jour-là, je serai la plus heureuse du monde.

Haute-Savoie, près d'Yvoire,
dimanche 26 juillet 2015

Il pleuvait ce dimanche, une suite d'averses tièdes dont les millions de gouttes se fondaient dans l'eau du Léman. L'homme roulait prudemment, perdu dans ses rêveries. Il avait traversé la localité d'Yvoire, pour emprunter ensuite une départementale qui le mena en pleine campagne.

Le paysage se composait de champs, de bois, de haies, sur les terres planes qui bordaient l'immense lac.

« J'aurais préféré un peu de soleil, mais peu importe, se dit-il. Là où je vais, le décor extérieur ne compte pas. »

Il s'engagea un quart d'heure plus tard sur une piste creusée d'ornières et parsemée de flaques. Un édifice d'une architecture singulière se dressait à droite. Ses toits pointus, hérissés de cheminées, se dessinaient sur le gris du ciel. Les volets étaient tous fermés, d'un rouge couleur de sang.

— J'espère que personne n'est venu rôder par ici depuis que j'ai mis le panneau.

La pancarte était toujours en place, avec les mots en majuscules : « PROPRIÉTÉ PRIVÉE. ATTENTION VIDÉOSURVEILLANCE. » L'homme se gara, descendit sans hâte de sa voiture. Il portait un imperméable kaki, des bottes et une casquette en tweed.

« J'ai acheté ce vieux manoir abandonné, mais je n'avais pas prévu que les amateurs de sensations fortes s'amuseraient à le visiter, enragea-t-il. Encore des aménagements à prévoir, pour éviter toute intrusion. »

Un trousseau de clefs entre ses doigts gantés, l'homme entra dans la sinistre bâtisse, qui datait du début du XXe siècle. Il tourna deux verrous et traversa le hall sous un plafond tapissé de toiles d'araignées. Ses pas réguliers le conduisirent au bout d'un couloir. Les cloisons étaient couvertes de lambris en bois sombre, mais un des panneaux se révélait être une porte étroite.

« Sans ce passage secret dans les murs, j'aurais choisi un autre lieu. Mais plus tard, une fois restauré, ce sera une demeure magnifique. »

Il grimpa en sifflotant un escalier en béton très exigu, mais éclairé par une ampoule électrique. Enfin il put se cloîtrer dans l'unique pièce qui avait motivé sa venue.

— Le temple de Soline, murmura-t-il en admirant la chambre ronde, où le jour maussade filtrait par une fenêtre grillagée.

D'un geste vif, il ôta son imperméable et sa casquette pour s'asseoir à une petite table. Le mobilier de la pièce était ancien et à chaque visite, il s'interrogeait sur la façon dont on l'avait amené là.

Son regard se ranima dès qu'il contempla les nombreuses photographies accrochées sur le plâtre peint en rose. Les clichés avaient été pris à l'aide d'un zoom, et certains étaient un peu flous, mais la jeune femme figurait sur tous.

— Soline, je savoure même ton habileté à me fuir, dit-il en se levant.

L'homme se livra au rite qui le comblait de joie. Il admirait chaque image volée à la vie de Soline Fauvel.

— Là, tu as treize ans, sur la plage, en Vendée. Déjà une beauté idéale… Ah, le jour où tu as remporté une compétition d'escalade, à quinze ans.

La liste était longue. Il effleura du dos de la main la photo montrant Soline et le berger suisse assis dans la neige, près d'une luge rouge, avec en toile de fond, une rangée de sombres sapins.

Tranquillement, il étudia ce qu'il surnommait son petit musée, dédié à une seule créature de rêve.

— J'en ai beaucoup de toi à Combloux, quand tu montes dans ton 4 × 4, ou à la station de ski.

Il s'arrêta longuement devant une autre photographie, qui le plongea dans une amère méditation. On y voyait Soline à côté de Cédric Rousseau.

— Pourquoi tu lui souris, à ce type ! Et il ose te toucher, te parler de près. Il l'a payé cher, n'est-ce pas ? Bien, bien, je suis en manque de nouvelles images, mon adorée ! Il faut montrer le bout de ton joli nez…

D'un pas nonchalant, l'homme regagna le fauteuil où il se prélassait, en fumant un cigare.

— Quelle sera la suite de notre précieuse histoire d'amour, Soline ? demanda-t-il d'une voix rauque.

Un pincement au cœur fit écho à cette question. Il était souvent fatigué de jouer la comédie, dans le monde hostile de ses concitoyens. Soudain il enfouit son visage entre ses mains.

— J'ai tellement lutté, marmonna-t-il. Toutes ces opérations pour changer d'aspect, effacer ma sale figure d'adolescent.

Il livrait un combat acharné contre la nature qui l'avait puni en lui donnant un physique ingrat. Depuis des années, il devait décolorer ses cheveux, les teindre.

— Tout ceci pour toi, Soline, pour le jour béni où tu n'auras plus d'autre refuge que mes bras, déclara-t-il.

Un sourire plissa ses lèvres, car il regardait à présent une photographie où la jeune femme tenait une des roses rouges qu'il lui offrait.

— J'ai su être invisible, une ombre parmi les ombres, et j'en suis content. Il me suffit d'être patient, de faire le vide autour de toi. J'ai eu quelques échecs, mais ce n'est que partie remise.

Comprends-tu, si on se met en travers de mon chemin, je suis obligé de te faire de la peine.

Un soupir lui échappa. Il consulta l'heure à sa montre, déçu de devoir s'en aller. En guise de viatique, il ouvrit un placard et s'empara d'une peluche défraîchie qu'il serra très fort, comme pour la mettre en pièces, avant de la reposer sur l'étagère.

— Ton poney ! Est-ce que tu t'en souviens, Soline ? De la peluche bon marché, blanc et marron, une selle et un licol en laine verte. Je te la redonnerai, je n'ai qu'une parole.

L'homme effectua le même trajet en sens inverse. Quand il sortit du manoir, la pluie avait cessé et le soleil perçait entre les nuages. Il mit ses lunettes noires, s'efforçant de ne plus penser à Soline, afin de reprendre le rôle qu'il jouait au quotidien, à des kilomètres de là.

Dans la montagne, même jour, même heure

Le vieux Moïse et Benjamin disputaient une partie de cartes, sur un billot de bois, à l'abri de la grange, car il pleuvait.

— Tu vois, Pierrot, j'ai tout ce qu'y faut pour qu'on passe le temps ! Hé, autant rester au sec, aujourd'hui. On a de quoi casser la croûte une bonne semaine.

— Grâce à toi, mais tu étais chargé, j'aurais pu t'accompagner au village.

— Boudiou, es-tu fou ? Et les gendarmes qui t'cherchent ?

— J'oublie toujours, concéda Benjamin avec ce grand sourire d'enfant qui avait poussé le vieillard à lui mentir, pour le garder à ses côtés.

— T'avais besoin de te remplumer, mon gars. J'ai fait des folies, hein ? Le vieux Moïse a pioché dans son bas de laine. Tu vas t'régaler, ce soir. On a des sardines à l'huile, du pain frais, des biscuits et du vin. C'sera la fête, pardi, s'esclaffa Moïse.

— Oui, la fête, j'aime bien la fête…

Un bref étourdissement fit vaciller Benjamin, assis en tailleur sur la terre battue. Il cligna des yeux, en respirant vite.

— Oh, Pierrot ! Qu'est-ce que t'as ?

— Je ne sais pas trop, enfin si, c'est ce prénom, Soline !

— Bah, tu n'en causais plus !

— Il m'est venu à l'esprit. Soline… Qui est-ce ?

Devant son vieux compagnon rongé par l'appréhension, Benjamin bondit sur ses pieds et s'éloigna en direction de la forêt, sous la pluie. Il secouait la tête, semblait parler tout bas.

— Reviens donc ! s'égosilla Moïse. Tu vas t'tremper et t'as rien pour t'changer !

— J'arrive, mais je cherche qui est Soline !

— Boudiou, viens chercher au sec, Pierrot.

La mine dépitée, Benjamin suivit son conseil. Comme le feu était presque éteint, il remit des brindilles et des bouts de bois, puis il souffla sur les braises. Des flammes jaillirent, d'un jaune lumineux. Leur clarté dansante réveilla brusquement un souvenir troublant.

« Des baisers, tant d'amour, nous deux nus, près d'un feu dans une cheminée. Elle est si blonde, si dorée, Soline… »

Le vieillard, perspicace, avait deviné qu'il se passait quelque chose. Il eut une moue chagrine.

— Dis, tu n'vas pas m'quitter, Pierrot ?

— Non, je reste encore… Moïse, mais un jour, je partirai, pour rejoindre Soline, quand je saurai où elle est…

Table

De la même autrice
aux éditions Calmann-Lévy :

L'Orpheline des neiges, 2010
Le Rossignol de Val-Jalbert, 2011
Les Fiancés du Rhin, 2012 ; 2019
Angélina. Les mains de la vie, 2013
Les Soupirs du vent, 2013
Angélina. Le temps des délivrances, 2014
Les Marionnettes du destin, 2014
Angélina. La force de l'aurore, 2015
Les Portes du passé, 2015
Le Val de l'espoir, 2016
L'Ange du lac, 2016
Le Scandale des eaux folles, 2016
Les Amants du presbytère, 2017
Les Sortilèges du lac, 2017
La Galerie des jalousies (3 vol.), 2017
Amélia, un cœur en exil, 2017
Abigaël, messagère des anges (6 vol.), 2018
Le Refuge aux roses, 2018

Astrid, la reine bien-aimée, 2018
L'Orpheline de Manhattan (3 vol.), 2019
Le Cachot de Hautefaille, 2019
Lara. La ronde des soupçons, 2020
L'Amour écorché, 2020
Lara. La valse des suspects, 2020
Lara. La danse macabre, 2020
Les Feux de Noël, 2020
Le Mystère Soline (3 vol.), 2021
Les Enquêtes de Maud Delage (2 vol.) 2021

Rejoignez le groupe Facebook
Les Amis de Marie-Bernadette Dupuy

PAPIER À BASE DE
FIBRES CERTIFIÉES

Le Livre de Poche s'engage pour
l'environnement en réduisant
l'empreinte carbone de ses livres.
Celle de cet exemplaire est de :
650 g éq. CO_2
Rendez-vous sur
www.livredepoche-durable.fr

Composition réalisée par PCA

Achevé d'imprimer en décembre 2022 en Espagne par
LIBERDUPLEX
Dépôt légal 1re publication : janvier 2023
Librairie Générale Française
21, rue du Montparnasse – 75298 Paris Cedex 06

70/2392/6